W0303073

FOLIO POLICIER

Peter Temple

Séquelles

Traduit de l'anglais (Australie)
par Mireille Vignol

Gallimard

Titre original :

THE BROKEN SHORE

© Peter Temple, 2005.
First published in 2005 by The Text Publishing Company.
© Éditions Gallimard, 2008, pour la traduction française.

Né en Afrique du Sud en 1946, Peter Temple vit en Australie depuis 1980.

Séquelles a remporté plusieurs prix dont le Ned Kelly Award 2006 du meilleur roman policier et, en 2007, le Duncan Lawrie Dagger, considéré comme la plus prestigieuse récompense littéraire du monde anglo-saxon.

À Anita, pour les rires et la loyauté

Cashin fit le tour de la colline en marchant contre le vent de l'océan. C'était une froide journée de fin d'automne ; les dernières feuilles rougeoyantes, cramponnées aux liquidambars et aux érables que le frère de son arrière-grand-père avait plantés, étaient prêtes à capituler. Il adorait cette époque de l'année ; dans le calme matinal, il la préférait même au printemps.

La fatigue avait gagné les chiens. Ils continuaient à arpenter le terrain, museau au sol, mais sans grande conviction. Puis l'un d'eux flaira quelque chose, et, leurs pattes retrouvant de la vigueur, ils disparurent d'un bond entre les arbres, l'un après l'autre.

Quand il s'approcha de la maison, les chiens, au pelage noir réglisse, sortirent du bois et s'immobilisèrent, tête dressée. Ils examinèrent les terres comme s'ils les voyaient pour la première fois. De vrais explorateurs. Ils se tournèrent un instant vers lui, puis s'élancèrent dans la descente.

Cashin parcourut les derniers mètres aussi rapidement que possible. Il tendait la main vers le portail quand ils le rejoignirent. Leurs têtes noires et frisées tentèrent de l'écarter ; les chiens insistaient pour entrer les premiers, poussaient sur leurs fortes pattes arrière. Il souleva le loquet, ils l'entrouvrirent suffisamment pour se glisser à l'intérieur, museau contre queue, et trottinèrent jusqu'à la porte de la remise. Ils se disputaient à nouveau la première place, les queues dressées comme des cimeterres poilus, les truffes pressées l'une contre l'autre devant le chambranle.

À l'intérieur, les grands caniches le précédèrent dans la cuisine. Ils plongèrent le museau dans leurs gamelles d'eau et lapèrent bruyamment. Cashin leur prépara à manger : deux tranches de l'énorme saucisse pour chiens préparée par le boucher de Kenmare et trois poignées de croquettes chacun. Il attira leur attention, sortit leurs gamelles qu'il plaça à un mètre d'intervalle.

Les chiens le rejoignirent et il leur ordonna de s'asseoir. Le ventre plein d'eau, ils obéirent avec mépris et nonchalance, comme s'ils souffraient d'arthrite. Quand ils reçurent la permission de manger, ils échangèrent un regard indifférent qu'ils promenèrent ensuite de la nourriture à leur maître. L'air de dire : mais que fait-on ici, face à ce truc immangeable ?

Cashin rentra. Le portable se mit à sonner dans sa poche revolver.

— Oui.

— Joe ?

Il reconnut la voix de Kendall Rogers, du commissariat.

— Une dame vient d'appeler, dit-elle. Près de Beckett. Une Mme Haig. Apparemment, y a quelqu'un dans son hangar.

— Qu'est-ce qu'il y fait ?

— Ben, rien. Mais son chien aboie. Je vais m'en occuper.

Cashin caressa les piquants de sa barbe.

— Quelle adresse ?

— J'y vais.

— Laisse tomber. C'est pas loin de chez moi. L'adresse ?

Il se dirigea vers la table de la cuisine et nota sur son bloc : date, heure, incident, adresse.

— Dis-lui que j'y serai à quinze heures vingt. Et donne-lui mon numéro de portable si elle a besoin de me contacter avant.

Son agitation déteignait sur les chiens. Dès qu'il fut sorti, ils se précipitèrent vers sa voiture. En route, ils prirent leur poste, le museau sortant de la vitre arrière. Cashin se gara dans l'allée, à une centaine de mètres du portail de la ferme. Une tête fit le tour de la haie et vint à sa rencontre.

— Flic ? demanda-t-elle.

Ses cheveux gris sale encadraient un visage taillé dans du bois dur avec un outil émoussé.

Cashin acquiesça.

— Pas d'uniforme ni rien ?

— En civil, répondit-il.

Il lui montra son insigne de la police du Victoria dont l'emblème ressemble à un renard. Elle ôta ses lunettes encrassées pour l'étudier.

— Ce sont des chiens policiers ?

Il se retourna. Deux têtes de peluche noire collées derrière la même vitre.

— Ils sont employés par la police. Où est l'intrus ?

— Venez. J'ai enfermé le chien dans la maison, il jappe comme un enragé, ce petit salopiaud.

— Un jack russell, dit Cashin.

— Comment vous avez deviné ?

— Simple coup de chance.

Ils firent le tour de la maison. Il sentit la peur s'installer en lui comme une nausée.

— Là-dedans, dit-elle.

Le hangar était loin de la maison. Il leur fallut traverser un grand jardin envahi par les mauvaises herbes et franchir l'ouverture d'une palissade ensevelie sous des lianes de faux jasmin. Ils marchèrent jusqu'au portail. Au-delà, l'herbe arrivait à mi-genoux avec des bouts de métal rouillé qui dépassaient ici et là.

— Qu'est-ce qu'il y a dedans ? demanda Cashin en regardant la porte entrouverte du hangar en tôle ondulée situé à quelques mètres de la route.

Son cou moite de sueur lui fit regretter de ne pas avoir laissé Kendall s'en occuper.

Mme Haig gratta son menton hérissé de poils noirs, qui ressemblait à une vieille brosse à cheveux.

— Tout un tas de bazar. Le vieux camion. J'y ai pas mis les pieds depuis des années. Vaut mieux pas y entrer.

— Lâchez votre chien, lui dit-il.

Elle rejeta brusquement la tête en arrière, effrayée.

— Le salopard risque de lui faire du mal.

— Non, dit-il. Comment s'appelle le chien ?

— Monty, j'appelle tous mes chiens Monty, en mémoire de Lord Monty of Alamein[1]. Z'êtes trop jeune pour que ça vous dise quelque chose.

1. Vicomte Montgomery of Alamein : maréchal britannique, héros de la Seconde Guerre mondiale. *(Toutes les notes sont de la traductrice.)*

— Exact, dit-il. Faites sortir Monty.

— Et les chiens policiers, alors, ils servent à quoi ?

— On les réserve pour les affaires de vie ou de mort, répondit Cashin en maîtrisant le ton de sa voix. Je reste à la porte et vous faites sortir Lord Monty.

Il avait la gorge sèche, son crâne le démangeait… ce genre de problèmes lui était inconnu, avant Rai Sarris. Il traversa le pré et se posta à gauche de la porte. On apprend rapidement à garder ses distances avec les individus potentiellement dangereux : ne pas aller à leur rencontre dans un hangar obscur s'inscrit dans cette logique.

Mme Haig était à hauteur de la haie de faux jasmin. Le cœur battant, il lui fit signe que tout allait bien.

Le petit chien arriva en bondissant dans l'herbe. Boule mobile de muscles tendus et concert de jappements, il fonça vers le hangar, freina, passa la tête par la porte et se mit à grogner, son petit corps raide et surexcité.

Cashin frappa du poing gauche sur le mur en tôle ondulée.

— Police ! lança-t-il d'une voix forte, content de passer à l'action. Sortez de là ! Immédiatement !

Il n'eut pas à attendre longtemps.

Le chien glapit et revint en vol plané sur la quasi-totalité du trajet.

Un homme apparut à la porte. Il marqua un temps d'hésitation, puis il sortit, un sac en toile à la main. Il ignora le chien.

— J'allais partir, dit-il. Je voulais juste un coin pour dormir.

La cinquantaine, les cheveux gris, courts, il était aussi carré que mal rasé.

— Rappelez votre chien, madame Haig, lança Cashin par-dessus son épaule.

La femme cria et le chien la rejoignit, réticent mais obéissant.

— Violation de propriété privée, dit Cashin en recouvrant son calme.

Il ne se sentait nullement menacé par cet homme.

— C'est vrai, mais je voulais juste un coin où dormir.

— Posez votre balluchon et quittez votre manteau.

— Vous êtes qui, vous, d'abord ?

— Un flic.

Il lui montra le renard.

L'homme plia sa parka et la posa sur son balluchon, à ses pieds. Ses bottes à lacets, aux bouts cabossés, n'avaient jamais vu de cirage.

— Comment vous êtes venu ici ? demanda Cashin.

— À pied. En stop.

— D'où ?

— Nouvelle-Galles.

— Nouvelle-Galles du Sud ?

— Ouais.

— C'est pas la porte à côté.

— Non.

— Vous allez où ?

— Je vais, c'est tout. Là où je vais, ça regarde que moi.

— On vit dans un pays libre. Vous avez vos papiers ? Un permis ou une carte de sécu par exemple ?

— Non.

— Pas de papiers ?

— Non.

— Me compliquez pas la vie, dit Cashin. J'ai pas encore déjeuné. Comme vous n'avez pas de papiers, je dois vous ramener au poste, prendre vos empreintes, vous inculper de violation de propriété et vous boucler. Vous risquez de pas voir la lumière du jour pendant longtemps.

L'homme se baissa, sortit un portefeuille de sa parka, y prit un papier plié et le lui tendit.

— Mettez-le dans la poche et lancez-moi le manteau.

Celui-ci atterrit à un mètre de lui.

— Reculez un peu, dit Cashin.

Il ramassa le manteau et le palpa. Rien. Il prit la feuille de papier, froissée, souvent pliée. Et l'ouvrit.

> Dave Rebb a travailler dans la ferme de Boorindi Downs pendant trois ans, il travaille dur et sait ce tenir, il est bon mécanicien, répare a peu près tout. Bien aussi avec le bétail. Je suis prêt à lui redonner du travail quand il veut.

La lettre, signée Colin Blandy, exploitant agricole, était datée du 11 août 1996 et accompagnée d'un numéro de téléphone.

— Elle est où, cette ferme ? demanda Cashin.

— Dans le Queensland. Près de Winton.

— Et c'est tout ce que vous avez comme papiers ? Une lettre qui date de dix ans ?

— Ouais.

Cashin sortit son calepin et nota les noms et le

numéro de téléphone, puis il remit la lettre dans la veste.

— Vous avez fait peur à cette dame. Ce n'est pas bien.

— Y avait pas un chat quand je suis arrivé, dit l'homme. Et le chien a pas aboyé.

— Déjà eu des démêlés avec la police, Dave ?

— Non. Jamais eu de démêlés.

— C'est peut-être un meurtrier, lança Mme Haig derrière son dos. Un assassin. Un dangereux assassin.

— Madame Haig, c'est moi le policier, alors laissez-moi faire mon boulot. Dave, je vais vous conduire jusqu'à la route principale. Si vous revenez par ici, je ne vous ferai pas de cadeau. D'accord ?

— D'accord.

Cashin s'avança de deux pas et rendit sa parka à l'individu.

— En route.

— Arrêtez-le ! cria Mme Haig.

Dans le véhicule, Dave Rebb tendit la main aux chiens ; cet homme connaissait les bêtes. À l'intersection, Cashin se rangea sur le bas-côté.

— Vous allez dans quelle direction ?

La réponse ne fut pas immédiate.

— Cromarty.

— Je vous laisserai à Port Monro, dit Cashin.

Il prit la route de gauche, puis s'arrêta à l'embranchement de la ville. Il descendit et ouvrit le coffre pour que l'homme récupère son balluchon.

— Bonne route, dit Cashin. Vous avez besoin d'un peu de fric ?

— Non, répondit Rebb. Vous m'avez traité en être humain. Ça devient rare.

Avant de faire demi-tour, Cashin regarda Rebb s'éloigner. Le sac en toile, qu'il portait dans le dos, à l'horizontale, dépassait sur les côtés. Dans la brume matinale, on aurait dit une croix ambulante aux branches boudinées.

— Pas de problème ? demanda Kendall Rogers.

— Juste un vagabond. Tu fais des heures sup gratuites, maintenant ?

— Je me suis réveillée tôt. De toute façon, il fait plus chaud ici.

Elle tripotait quelque chose sur le comptoir, à l'accueil.

Cashin en souleva le battant, s'installa à son bureau et commença à rédiger son rapport.

— Je vais peut-être demander ma mutation, dit-elle.

— Je peux essayer de moins négliger mon hygiène personnelle, dit Cashin. Je peux changer.

— Je n'ai pas besoin de protection. Je ne suis pas une bleue.

Cashin leva la tête. Il s'était attendu à une telle réaction.

— Je ne t'ai jamais protégée. Je ne le ferais pour personne. Tu peux mourir pour moi quand tu veux.

Un silence.

— En tout cas, dit Kendall, certaines choses doivent être réglées. Comme cette histoire de fermeture du pub. Tu reviens à dix heures du soir.

— Ces animaux de Caine n'oseraient pas me toucher. Et je ne veux pas comparaître devant une commission d'enquête et leur expliquer pourquoi je t'ai laissé t'en occuper.

— Et pourquoi les Caine ne te toucheraient pas ?

— Parce que mes cousins les tueraient. Et leur feraient des choses abominables ensuite. Ma réponse vous satisfait-elle, Votre Honneur ?

Il se replongea dans son rapport, mais il sentait toujours son regard.

— Quoi ?

— Je vais chez Cindy. Sandwich à l'œuf et au jambon ?

— Tu crois que je vais te laisser affronter cette chienne enragée ? Un vendredi matin ? Pas question, j'y vais.

Elle rit et la tension s'apaisa un peu.

Elle s'apprêtait à franchir la porte quand Cashin lui dit :

— Ken, tu crois que tu peux lui demander de mettre un peu plus de moutarde ? T'auras le courage de le lui demander ?

Il s'approcha de la fenêtre et la regarda traverser la rue. Ancienne gymnaste, à seize ans elle avait remporté la médaille d'or pour l'État du Victoria. On ne s'en serait jamais douté en la regardant marcher. Un jour où elle n'était pas de service, elle était sortie en boîte avec un ami à elle, un photographe. Un jeune qu'elle avait arrêté quelques mois auparavant – apprenti mécanicien, *raver* les week-ends, bagarreur et emmerdeur – l'avait reconnue et les avait suivis. Le photographe, salement tabassé, puis enfermé dans le coffre de sa voiture, avait eu de la chance de s'en tirer vivant.

Amenée ailleurs, Kendall avait été traitée comme une poupée gonflable. Un homme et son chien l'avaient trouvée, au petit jour. Elle avait le pelvis brisé, le bras et six côtes cassés, un poumon perforé, la rate et le pancréas esquintés, le nez écrasé, une pommette défoncée, cinq dents en moins, une épaule démise et le corps meurtri de coups.

Cashin reprit son rapport. Bien sûr, on pouvait survivre sans avoir de papiers, mais Rebb avait été employé, il y avait peut-être un dossier sur lui aux impôts. Il composa le numéro de Boorindi Downs. Le téléphone sonna longtemps.

— Oui ?

— Police du Victoria à l'appareil. Inspecteur Cashin de Port Monro. J'aurais besoin de quelques renseignements sur un gars qui a bossé chez vous.

— Oui ?

— Dave Rebb.

— Quand ça ?

— 1994 à 1996.

— Non, mon pote, plus personne de cette époque ici. La ferme a été rachetée, tout le monde s'est barré.

— Et Colin Blandy, ça vous dit quelque chose ?

— Ah, Bland's, oui, je le connaissais d'avant, lui. Les Grecs l'ont viré, il est parti en Australie-Occidentale. Mais il est pas allé plus loin : mort là-bas.

— Merci de votre aide.

Cashin se dit qu'il avait commis une erreur ; il aurait dû prendre les empreintes digitales de Rebb. Il aurait été en droit de le faire, mais avait laissé sa compassion prendre le dessus.

« C'est peut-être un meurtrier, avait dit Mme Haig. Un assassin. »

Il téléphona à Cromarty et demanda à parler à l'inspecteur de la Crim qu'il connaissait.

— T'as un pressentiment, c'est ça ? demanda Dewes. Je vais signaler ton bonhomme.

Cashin resta assis, les mains sur le bureau. C'est ce qu'il avait menacé de faire à Rebb : prendre ses empreintes, le laisser moisir en cellule.

— Sandwich ! dit Kendall. Extra-moutarde. Elle te l'a tartinée à la truelle.

Les heures de travail s'écoulèrent sans incident particulier. En fin de journée, on lui annonça qu'on n'avait trouvé aucune trace de David Rebb dans les fichiers électroniques du gouvernement des États ou territoires australiens. Ce qui ne voulait pas dire grand-chose. Cashin savait que des recherches similaires n'avaient rien donné chez des individus qui avaient toute une ribambelle de condamnations. Il quitta le boulot, prit la route principale en direction de Cromarty.

Rebb avait parcouru vingt-trois kilomètres à pied. Cashin se gara devant lui, pas trop près, et sortit.

L'homme marcha vers lui de sa démarche tranquille, s'arrêta, inclina les épaules de côté ; la croix devint bancale.

— Dave, il faut que je prenne vos empreintes.

— Je vous ai déjà dit que j'ai rien fait de mal.

— Je peux pas vous croire sur parole. Ni vous ni un autre. Je dois vous inculper de violation de propriété privée.

Rebb ne répondit rien.

— Juste pour pouvoir relever vos empreintes.

— Me mettez pas en taule, dit Rebb doucement, d'une voix blanche. Je supporte pas les cellules.

Cashin sentit la peur dans le ton de sa voix ; il ne s'en serait guère soucié dans le temps. Il hésita, puis dit :

— Ça vous dirait de travailler ? Vous vous y connaissez en vaches laitières ? Ce genre de chose ?

Rebb acquiesça.

— Y a un bail que j'ai pas fait ça.

— Vous voulez du boulot ?

— Prêt à étudier toutes les offres.

— Et du jardinage, avec peut-être un peu de bâtiment ?

— Ouais, j'en ai fait.

— Bon, on a du boulot ici. Y a les vaches de mon voisin et moi je débarrasse une vieille baraque. Possible que je veuille la retaper, d'ailleurs. Vous travailleriez pour un flic ?

— J'ai travaillé pour des salopards de tout poil.

— Merci. Je peux vous héberger pour la nuit. J'ai une cabane avec un lit de camp et une douche. On parlera boulot demain.

Ils montèrent en voiture, le sac de Rebb dans le coffre.

— Alors c'est comme ça qu'on recrute la main-d'œuvre par ici ? demanda-t-il. C'est le boulot des flics ?

— Une partie importante du boulot.

— Et les empreintes ?

— J'ai décidé de vous faire confiance. Faut être con, non ?

— Ça fera faire des économies aux contribuables, dit Rebb, le regard fixé sur le paysage.

Cashin se réveilla dans le noir avec à l'esprit Shane Diab et les bruits qu'il avait faits en mourant.

Il prêta attention à ses douleurs ; colonne vertébrale, hanches, cuisses – il avait mal partout. Il repoussa le lourd et doux fardeau des couettes, enfila les bottes glaciales, quitta la chambre, traversa le couloir, la triste salle de bal de Tommy Cashin, le hall et sortit. Il ne faisait pas plus froid dehors qu'à l'intérieur, la brume avait été balayée par le vent fort venu de l'océan.

Debout sur la véranda, il pissa sur les mauvaises herbes. Ça ne les dérangeait pas. Puis il rentra, fit quelques étirements, se lava le visage, se rinça la bouche, enfila une salopette, des chaussettes et des bottes.

Derrière la porte, les chiens suivaient ses mouvements et manifestaient leur impatience par des geignements. Il leur ouvrit et les bêtes lui reniflèrent les jambes en remuant la queue.

La soif le mena devant le frigo et la vue des bouteilles de bière glacées l'amena à penser qu'il pourrait en boire une. Il sortit le magnum plastique de jus de fruits – huit fruits pouvait-on lire dessus. Fallait vraiment être un couillon de première pour y croire.

Il tint la bouteille à deux mains et but longuement, au moins l'équivalent d'un grand verre. Il prit le vieil imperméable sur le clou derrière la porte, s'empara de l'arme. Dès qu'il eut entrouvert la véranda, les chiens se frayèrent un passage. Ils dévalèrent l'escalier et l'attendirent devant la porte. Ils se bousculaient en le regardant descendre ; il frissonna dans son imperméable. Dès qu'ils furent sortis, ils se précipitèrent dans le sentier côte à côte et, une fois en pleine campagne, foncèrent vers les arbres en bondissant par-dessus les grosses touffes d'herbes, les oreilles au vent.

Tout en marchant, Cashin ouvrit le petit fusil à canons superposés, fouilla dans ses poches et chargea les cartouches de 22 et de 41 qu'il y avait trouvées. Les lièvres ne manquaient pas ; il observait souvent dans le viseur une de ces belles bêtes brun grisâtre aux oreilles alertes. Il ne songeait jamais à faire feu ; il aimait trop les lièvres et leur intelligence espiègle. Il lui arrivait en revanche de tirer sur un lapin, comme s'il s'agissait d'un jeu de foire, d'un défi. Il les ratait systématiquement. Il réagissait trop lentement et la balle ne suffisait jamais : elle se désagrégeait avant de pouvoir faire mouche.

Cashin marchait, la petite arme pliée en deux sur son bras ; il observait l'intérieur sombre du bosquet, attendait que les chiens l'atteignent et fassent fuir les oiseaux comme des balles traçantes.

Les caniches parvinrent aux arbres en un bond

ultime, ce qui provoqua une nuée d'éclats noirs se dispersant dans le ciel avec des cris perçants.

Cashin monta sur la colline puis redescendit en suivant les chiens, dont le pelage sombre absorbait toute la lumière ; têtes baissées, pattes alertes, ils chassaient, fouinaient dans les feuilles mortes. Sur le plat, en lisière de clairière, un lièvre prit la fuite. Cashin suivit la traversée des trois bêtes dans la campagne ; le lièvre mesurait précisément le rythme de sa course et faisait un brusque écart dès qu'il sentait les chiens se rapprocher. Ils disparurent dans le bosquet au-dessus du ruisseau.

Cashin traversa la prairie. De loin, le sol semblait plat mais en foulant l'herbe, longue et sèche, on sentait les creux et bosses des sillons ciselés par une charrue. La clairière avait été cultivée dans le temps, mais pas de mémoire d'homme. Il n'avait aucun moyen de savoir si son ancêtre, Tommy Cashin, avait exploité ce champ.

Traverser les peupliers et les saules pour atteindre le cours d'eau relevait de l'exploit, des milliers de pousses y proliféraient depuis trente ans, sans que personne intervienne. Quand il arriva au ruisseau – qui n'était guère plus qu'un filet entre deux petites retenues –, il fut rejoint par les chiens hors d'haleine. Ils entrèrent immédiatement dans l'eau, repérèrent les endroits les plus profonds, burent et pataugèrent. L'eau faisait de faibles remous autour de leurs fines pattes musclées. Ils la mordillaient, puis ils dressaient au ciel leurs museaux pointus, la barbiche dégoulinante. Les caniches aiment les mares, ils craignent les profondeurs et n'apprécient pas la mer. De vrais barboteurs.

Ils traversèrent le ruisseau et prirent la boucle

qui contournait la colline en pente douce. Il repéra les oreilles de deux lièvres dans l'herbe brune, siffla les chiens et les leur montra. Ils suivirent son doigt des yeux, détalèrent et poursuivirent le gibier, qui s'enfuit sans se séparer et resta ainsi, côte à côte sur une quinzaine de mètres, deux chiens à ses trousses, formant un groupe de quatre bien ordonné. Puis le lièvre de gauche bifurqua et dévala la colline. Son chien le suivit. C'était intolérable pour l'autre caniche, qui perdit son élan, vira à gauche et rejoignit son compagnon. Ils s'engouffrèrent dans le bosquet au-dessus du ruisseau.

Ils ressortirent quelques instants plus tard, le rose de leurs langues repérable de loin, leur enthousiasme intact.

Tout en marchant, Cashin perçut un regard. Les chiens, qui le devançaient, n'allaient pas tarder, eux aussi, à sentir la présence de l'homme ; après un coup d'œil alentour, ils partiraient sur la gauche, droit sur lui. Il continua son chemin et entendit bientôt des aboiements perçants.

L'homme était sorti du bois ; les chiens l'encerclaient, lui faisaient fête. Cashin n'était pas inquiet. Il avait vu les mains que leur tendait l'homme, les bêtes les prenaient dans leur gueule, ravies de voir leur ami. Il changea de trajectoire pour aller à la rencontre de Den Millane, presque octogénaire, mais au physique inchangé depuis son cinquantième anniversaire. Il mourrait avec une chevelure abondante et aussi noire qu'un canon de fusil.

Ils échangèrent une poignée de main, comme toujours quand ils ne s'étaient pas vus depuis un moment.

— Pas encore de pluie digne de ce nom, observa Cashin.

— C'est pas naturel, nom de Dieu, répondit Millane. Je vais finir par croire à ces conneries d'effet de serre.

Il grattait la tête des deux chiens, chacune d'une main.

— Merde alors, reprit-il, j'aurais jamais cru pouvoir aimer un putain de caniche. T'as vu les femmes dans la maison de Corrigan ?

— Non.

Leurs deux propriétés jouxtaient celle des Corrigan. Mme Corrigan était partie au Queensland après le décès de son mari. Depuis, personne n'avait vécu dans la petite demeure en brique rouge. Les intempéries avaient écaillé la peinture des boiseries et desséché le mastic des fenêtres dont les vitres s'étaient détachées. Les dépendances en bois avaient pris de la gîte avant de s'écrouler et l'herbe avait poussé sur les restes pourrissants. Il se souvint que lors d'un chaud week-end d'été passé ici au début des années 1990 – il était encore avec Vickie à l'époque –, il avait remarqué qu'il manquait un énorme morceau de toit à la maison : envolé. Il avait demandé à Den Millane de contacter Mme Corrigan et elle avait procédé à quelques réparations sommaires. Une maison vide sans toiture a tôt fait de devenir une ruine.

— C'est le type d'Elders Immobilier qui les a amenées, dit Den sans lever la tête. Un enculé de première, celui-là, tiens. Y en a une qu'a les cheveux courts, une coupe de mec. Enfin, comme les mecs se les coupaient avant. Puis elles sont revenues hier. Maintenant y a trois filles et je les ai vues traîner vers la vieille clôture. Ça pue la colonie de lesbiennes à vingt bornes à la ronde, mon pote.

— Tu sais repérer les lesbiennes, toi ? Ça existait déjà de ton temps ?

Millane cracha.

— C'est toujours mon temps, mon pote. Y avait plein de gouines chez les instits. C'était des filles intelligentes et à l'époque, on les envoyait dans des coins complètement paumés, où elles se retrouvaient entourées d'abrutis même pas fichus de lire une bande dessinée. Je vais te dire, si j'étais une nana, avec des mecs comme ça, je me serais fait gouine aussi. Mais bon, je m'égare, t'as déjà regardé ton titre de propriété ?

Cashin fit non de la tête.

— Tu sais que c'est pas le ruisseau qui marque la limite.

— Ah bon ?

— La limite est à vingt ou trente mètres de l'autre côté du ruisseau, annonça-t-il en se passant le pouce sur la lèvre inférieure. Si tu revendiques pas ce putain de ruisseau, tu vas le perdre, mon pote. Clôture tes terres, sinon tu peux faire une croix dessus.

— Mais, dit Cashin, faudrait être fou pour acheter cette propriété. La maison a besoin de travaux et le terrain est tout en pente.

Millane hocha la tête.

— T'as vu combien se vend le moindre tas de terre, par ici ? Un couillon sur deux veut vivre à la campagne en ce moment, ils rêvent tous de se mettre au volant d'un 4 × 4 pour défoncer les routes et râler contre les bouses de vache et les engrais chimiques.

— J'ai pas eu le temps de m'intéresser à l'immobilier. Trop occupé à maintenir l'ordre public. Tu cherches toujours quelqu'un pour amener ton troupeau de vaches à Coghlans ?

— Ça oui ! Mon genou me fait de plus en plus mal.

— Je t'ai trouvé un type.

— Y a d'autres petits trucs à faire, disons trois jours de boulot en tout. Mais je peux pas l'héberger.

— Je te l'amènerai.

Den observait les chiens qui fouillaient dans les ronces.

— Au fait, quand est-ce que tu me confies à nouveau tes chiens de luxe ?

— J'osais pas te le demander, dit Cashin. C'est pas de tout repos.

— T'inquiète ! Je peux m'occuper de ces sales bêtes. Amène-les-moi. Ils ont l'air un peu maigrichons, je leur donnerai du lapin, ça leur fera pas de mal.

Ils se séparèrent ; Cashin avait fait une cinquantaine de mètres quand Den lui hurla :

— Laisse pas filer ce qui t'appartient, tu m'entends ?

Le poste de Cromarty lui transmit l'appel à huit heures dix. Cashin était presque au carrefour de Port Monro, sur la route de la côte, quand il vit l'ambulance s'approcher. Il ralentit pour lui permettre d'arriver au croisement avant lui et la suivit. Elle gravit la route sinueuse de la colline, franchit le portail des Heights et se gara dans la cour.

Plantée au milieu des gravillons, assez loin de la maison, une femme fumait une cigarette. Elle la jeta et précéda les ambulanciers dans l'escalier. Cashin les suivit, traversa le hall d'entrée et pénétra dans une vaste salle très haute de plafond. Un vague relent aigre flottait dans l'air.

Le vieil homme gisait à plat ventre devant l'imposante cheminée, la tête sur la pierre de l'âtre. Il ne portait qu'un pantalon de pyjama ; son dos mince et nu était maculé de sang séché, strié de lignes horizontales plus sombres. Le sang avait formé une flaque sur les pierres et imprégné la moquette, il semblait noir dans la lumière projetée par une haute fenêtre sans rideau.

Les deux secouristes s'agenouillèrent à côté de

lui. La femme posa sa main gantée sur la tête et la souleva délicatement.

— Blessure ouverte importante à la tête, lésion cérébrale possible, dit-elle à son collègue et dans un petit micro.

Elle procéda à un examen respiratoire, puis étudia l'œil et l'avant-bras de la victime.

— Lésion cérébrale probable, poursuivit-elle. Quatre salines, hyperventilation 100 %, intubation recommandée, 100 ml de Lidocaïne.

En installant l'oxygène, son collègue boucha la vue de Cashin, qui ne put suivre le déroulement de la procédure.

Un peu plus tard, elle reprit :

— Score de coma : trois. Hélico, Dave !

Il sortit un téléphone portable.

— La porte était ouverte, expliqua la femme qui les avait accueillis et se tenait derrière Cashin. J'ai fait qu'un pas, j'ai tout de suite reculé, je l'ai cru mort. Je voulais m'enfuir, monter dans ma voiture et partir. Puis je me suis dit : oh merde, et s'il était encore vivant ? Alors je suis revenue et c'est là que j'ai vu qu'il respirait.

Cashin examina la pièce. Dans le coin gauche, devant une porte, un tapis était sommairement plié sur le plancher ciré.

— Où donne cette porte ? demanda-t-il en la montrant du doigt.

— Dans l'aile sud.

Un tableau gigantesque occupait le mur à l'ouest : une vue plongeante sur un paysage aux teintes sombres. Le bas de la toile était déchiré, un morceau pendait.

— Il a dû se coucher tôt, il n'a même pas brûlé la moitié des bûches que le petit Starkey lui avait amenées, dit-elle.

— Vous remarquez autre chose ?

— Sa montre n'est pas sur la table. Il la pose toujours là, avec le verre à whisky, à côté du fauteuil en cuir. Il buvait plusieurs whiskys le soir.

— Il enlevait sa montre ?

— Oui. Il la laissait toujours sur la table.

— Allons parler ailleurs, dit Cashin. Nous risquons de déranger les médecins.

Il la suivit dans le hall en marbre, puis dans un couloir bordant une cour gravillonnée et enfin dans une cuisine qui aurait pu répondre aux besoins d'un hôtel.

— Qu'avez-vous fait quand vous êtes arrivée ?

— J'ai juste posé mon sac et je suis entrée. Comme tous les jours.

— Je vais devoir examiner votre sac. Vous vous appelez ?

— Carol Gehrig.

Elle avait la quarantaine ; mignonne, cheveux teints en blond, rides autour de la bouche. Gehrig était un nom courant dans la région.

Elle alla chercher un grand sac en toile jaune sur la table de l'autre côté de la cuisine, et ouvrit la fermeture éclair.

— Vous voulez fouiller ?

— Non.

Elle renversa le contenu sur la table : un portemonnaie, deux trousseaux de clés, un étui à lunettes, du maquillage, des mouchoirs, quelques autres objets anodins.

— Merci, dit Cashin. Vous avez touché à quelque chose, là-bas ?

— Non. J'ai posé mon sac, je suis allée dans le salon chercher le verre à whisky, puis j'ai téléphoné. De dehors.

Ils étaient ressortis. Le portable de Cashin se mit à sonner.

— Hopgood à l'appareil. Quoi de neuf ?

Hopgood était le chef de la Crim à Cromarty.

— Charles Bourgoyne s'est fait tabasser. Très amoché. Les secours s'occupent de lui.

— J'arrive. On ne touche à rien et tout le monde reste sur place, c'est bien compris ?

— Flûte alors, dit Cashin. Moi qui m'apprêtais à renvoyer tout le monde et à tout astiquer pour l'arrivée des experts légistes.

— Ne faites pas le malin, rétorqua Hopgood. Rien de marrant dans cette histoire.

Carol Gehrig était assise sur la deuxième des quatre larges marches de pierre qui menaient à la porte d'entrée. Cashin prit son bloc-notes et la rejoignit. Au-delà des gravillons et des haies taillées au carré, une rangée de grands cyprès s'agitait à l'unisson dans le vent, comme un chœur de danseuses ventrues. Il était passé devant cette propriété des centaines de fois, mais n'en avait jamais vu que les grandes et belles cheminées sur le toit en tuile rouge. La plaque en cuivre du pilier d'entrée annonçait *The Heights*, mais dans le coin, on parlait toujours de « chez Bourgoyne ».

— Je m'appelle Joe Cashin, dit-il. Vous êtes de la famille de Barry Gehrig ?

— Sa cousine.

Cashin se rappela la bagarre qui l'avait opposé à Barry à l'école primaire. Il devait avoir neuf ou dix ans. Barry l'avait remporté, mais il s'était rattrapé plus tard : il se revit assis sur les épaules de Gehrig, écrabouillant son visage pâle dans la poussière de la cour.

— Qu'est-ce qu'il devient ?

— Il est mort, répondit-elle. Son camion a raté un pont près de Benalla. Une bretelle d'autoroute.

— Désolé. Je n'étais pas au courant.

— C'était un abruti complet, toujours camé jusqu'à l'os. Moi je suis plutôt désolée pour les passagers de la voiture. Celle que son camion a écrabouillée.

Elle alla chercher des cigarettes et lui en offrit une. Il en aurait bien pris, mais refusa.

— Vous travaillez ici depuis longtemps ?

— Vingt-six ans. J'arrive pas à y croire. J'ai commencé à dix-sept ans.

— Vous avez votre petite idée sur ce qui s'est passé ?

— Pas la moindre. Non.

— Qui aurait pu s'en prendre à lui ?

— Je vous l'ai dit, pas la moindre idée. M. Bourgoyne n'a pas d'ennemi.

— Quel âge a-t-il ?

— Plus de soixante-dix. Soixante-quinze, peut-être.

— Et qui habite ici, à part lui ?

— Personne. Sa belle-fille est venue le voir avant-hier. Elle n'était pas venue depuis longtemps. Des années.

— Comment s'appelle-t-elle ?

— Erica.

— Vous savez où je peux la joindre ?

— Aucune idée. Demandez à Mme Addison, la notaire de Port Monro. C'est elle qui s'occupe des affaires de M. Bourgoyne.

— Il y a d'autres employés ici ?

— Bruce Starkey.

Cashin connaissait le nom.

— Le joueur de foot ?

— C'est ça. Il s'occupe du parc.

Elle désigna le gravillon soigneusement ratissé, les haies taillées.

— Enfin, c'est Tay, son gamin, qui fait le gros du boulot. Un peu simplet, le Tay, il ne dit jamais rien. Bruce bouge pas son gros cul, il passe le plus clair de son temps à fumer. Ils viennent les lundis, mercredis et vendredis. Et quand il fait le chauffeur pour Monsieur B., c'est Sue Dance qui prépare le déjeuner et le dîner. Elle arrive ici vers midi, s'occupe des deux repas, les lui laisse et il les réchauffe. Tony Crosby pourrait presque faire partie des employés, la plomberie n'arrête pas de déconner.

Le secouriste sortit.

— Un hélicoptère est en route. Où peut-il se poser ?

— Dans le pré à côté de l'écurie, dit Carol. Derrière la maison.

— Comment va-t-il ? demanda Cashin.

— Il devrait être mort, répondit-il en haussant les épaules.

Il rentra.

— La montre de Bourgoyne. Vous vous souvenez de la marque ?

— Breitling, dit Carol. Objet de luxe. Avec un bracelet en crocodile.

— Comment vous épelez ça ?

— B-R-E-I-T-L-I-N-G.

Cashin s'approcha de son véhicule et reprit contact avec Hopgood.

— Ils vont l'évacuer sur Melbourne. Vous devriez peut-être essayer de discuter le coup avec un dénommé Bruce Starkey et son gamin.

— À propos de quoi ?

— Ils sont employés à mi-temps ici.

— Et alors ?

— Je pensais juste que ça vous intéresserait. Et la montre de Bourgoyne a probablement été volée.

Il lui répéta ce que lui avait dit Carol.

— Bon. On arrive dans quelques minutes. Trois voitures sont en route. Les techniciens ne pouvaient pas avoir d'hélico avant dix heures trente.

— Il faut avertir sa belle-fille, dit Cashin. Elle est venue le voir avant-hier. Cecily Addison, de l'étude notariale Woodward, Addison & Cameron à Port Monro, vous donnera ses coordonnées.

— Je connais Cecily Addison.

— Naturellement.

Cashin revint vers Carol.

— Beaucoup de flics sont en route. La matinée va être longue.

— Je suis payée pour quatre heures de boulot.

— Ça devrait suffire. Il était comment ?

— Bien. Bon patron. Je savais ce qu'il voulait et je faisais mon boulot. Prime à Noël. Salaire mensuel.

— Jamais de problème ?

Elle posa les yeux sur lui, marron tacheté de jaune.

— Je gère la maison comme une clinique, dit-elle. Pas le moindre problème.

— Vous n'auriez pas de raison particulière de vouloir le tuer ?

Carol émit un petit son, pas tout à fait un rire.

— Moi ? Et foutre mon boulot en l'air ? Je m'y suis mis sur le tard, mon pote. J'ai encore deux gamins qui me pendent aux mamelles. Et le boulot court pas les rues, par ici.

Ils restèrent sur les marches dans l'enclos silencieux. En cette matinée d'hiver, les seuls bruits provenaient des chants d'oiseaux, des voitures sur la route et d'un tracteur mal réglé, plus loin.

— Nom de Dieu, dit Carol. Je me sens… Je crois que je commence juste à réaliser… Je pourrais faire un café.

Cashin fut tenté.

— Vaut mieux pas. On doit toucher à rien. Ils me tomberaient dessus comme une cuve à purin. Mais je vais vous piquer une cigarette.

Quelle faiblesse, ces clopes. La vie était faite de faiblesses, la force était l'exception. Leur fumée était épaisse et dorée par les rayons du soleil.

Un son, lointain au départ. Les crétins, pensa Cashin. Ils arrivaient avec les sirènes.

— Les flics de Cromarty vont prendre votre déposition, Carol. Ils sont chargés de l'affaire, mais si vous avez quelque chose à me dire, n'hésitez pas à m'appeler, entendu ?

— Entendu.

Ils restèrent assis.

— S'il vit, dit Cashin, c'est à votre ponctualité qu'il le devra.

Carol ne répondit rien.

— Vous croyez que je vais continuer à être payée ?

— Sans doute, jusqu'à ce que les choses soient réglées.

Ils écoutèrent les sirènes qui s'intensifiaient en s'approchant et suivirent leur progression, sur la colline, au croisement et dans l'allée. Trois voitures de patrouille, bien trop proches les unes des autres, arrivèrent dans la cour, et freinèrent en faisant voler des graviers.

La portière s'ouvrit, côté passager, sur un homme d'âge moyen. Grand, ses cheveux bruns étaient coiffés en brosse : l'inspecteur en chef Rick Hopgood. Cashin l'avait rencontré à deux reprises, ils avaient échangé quelques politesses. Cashin se leva à son approche.

Un hélicoptère se fit entendre à l'est.

— Service terminé, dit Hopgood. Vous pouvez rentrer à Port Monro.

Cashin sentit une bouffée de chaleur inexpliquée derrière les yeux et eut envie de lui balancer un coup de poing. Mais il se tut, chercha l'hélicoptère des yeux, contourna la maison derrière la haie la plus éloignée et le regarda se poser dans le pré. Le sol était dur : l'automne sec d'une année sèche. Le secouriste attendait. Trois hommes descendirent avec un brancard, passèrent derrière les écuries et entrèrent dans la maison par une porte latérale.

— Je vous ai offensé ?

C'était Hopgood, derrière lui.

— Comment ? demanda Cashin.

— Je ne voulais pas être brusque.

Cashin le regarda. Hopgood lui adressa un sourire qui révéla des dents jaunies et de solides canines.

— Je ne suis pas offensé, dit Cashin.

— Tant mieux, dit Hopgood. Je peux faire appel à vous si nécessaire ?

— On travaille tous pour la même boîte.

— C'est cela, bien dit ! Je vous contacterai.

Les secouristes sortirent avec Bourgoyne, sur la civière, le corps criblé de tubes. Ils ne se pressaient pas. Ils avaient fait ce qu'ils pouvaient. Une fois le brancard dans l'hélicoptère, la médecin de campagne glissa quelques mots à l'un des membres de l'équipe de la ville, impassible. Il ne pouvait s'agir que du docteur.

Il monta dans l'appareil qui décolla en direction de la métropole, tous feux allumés.

Cashin prit congé de Carol Gehrig et descendit l'allée sinueuse bordée de peupliers.

— Vous l'avez arrêté ?

— Pas que je sache, madame Addison, répondit Cashin. Comment l'avez-vous appris ?

— Par la radio, mon cher. Où va-t-on, dans ce pays ? Un homme agressé dans son lit, dans nos paisibles campagnes. Nous n'avions jamais de problèmes de ce genre dans le temps.

Assise devant la cheminée de son bureau, Cecily Addison agitait une cigarette de la main gauche et, de la droite, touchait son long nez, puis sa chevelure blanche tirée en arrière. L'étude, dont le siège était à Cromarty, avait relégué Cecily dans son annexe pastorale de Port Monro. Elle arrivait au bureau à neuf heures trente, et après avoir lu le journal et bu la première de ses nombreuses tasses de thé de la journée, elle recevait quelques clients inquiets, souvent pour des histoires de testaments. Puis elle rentrait chez elle, à pied, où elle arrosait son déjeuner de quelques verres de vin.

Quand elle revenait au bureau, elle se jetait sur tous ceux qui n'étaient pas assez rapides pour l'éviter.

— Asseyez-vous. Le monde est devenu fou. Vous avez lu le journal ?

Elle lui montra son bureau. Cashin prit le *Cromarty Herald* qui titrait à la une :

HAUSSE DE LA CRIMINALITÉ
RAS-LE-BOL GÉNÉRALISÉ

Les citoyens demandent le couvre-feu

— Mais un couvre-feu, franchement, poursuivit-elle. Ce n'est pas une solution ! On ne va pas laisser les vigiles de quartier prendre les affaires en main. Des vieux cons qui n'ont rien d'autre à foutre que de fourrer leur sale nez partout. On devrait plutôt parler de nazis de quartier, oui.

Cashin lut l'article. Indignation à une réunion publique. Appel à un couvre-feu pour les adolescents. Cambriolages et vols de voiture à répétition. Cinq attaques à main armée en deux mois. Montée brutale du nombre d'agressions. Vitrines brisées dans le centre commercial. Comportement anarchique de certains éléments. L'heure de passer à une répression musclée.

— Ils visent les Abos, dit Cecily, comme toujours. Ça les reprend tous les quatre ou cinq ans. À croire que les samedis soir, tous les petits délinquants blancs du coin chantent à la chorale. Je vais vous dire un truc : en quarante-quatre ans dans les tribunaux de Cromarty, j'ai vu plus que mon compte de coups montés contre les Aborigènes.

— Pas par la police, tout de même ? dit Cashin.

L'éclat de rire de Cecily se termina en une quinte de toux. Cashin patienta.

— Même si ça me coûte de l'admettre, dit Cecily en prenant le journal, j'avoue que j'ai voté à droite toute ma vie. Mais depuis que ce torchon a changé de proprio, on voit bien que sa seule mission est de faire revenir la droite au pouvoir à Cromarty. Et c'est pour ça qu'ils bouffent du Noir à la première occasion.

— Intéressant. Je voulais vous poser quelques questions sur Charles Bourgoyne. C'est vous qui gérez ses affaires.

Cecily n'avait pas envie de changer de sujet.

— Je n'aurais jamais cru en arriver à dire de tels trucs un jour. J'espère que mon père ne m'écoute pas. Vous savez que, quand Bob Menzies a quitté Canberra, il n'avait même pas une maison où aller ?

— Non, je n'étais pas au courant. Mais je suis assez pressé.

Mensonge. Cashin connaissait les énormes difficultés de l'ancien Premier ministre conservateur parce que Cecily lui racontait l'histoire une ou deux fois par mois.

— Il payait ses appels téléphoniques personnels, Bob Menzies. Dans son logement de fonction, à Canberra, quand il appelait sa vieille maman, il mettait une pièce dans une tirelire. Une tirelire ! Et quand elle était pleine, il la donnait au Trésor public. Et le tout repartait dans les caisses de l'État. Vous imaginez un peu les politiciens actuels faire la même chose ? Quand ils s'approchent de la caisse, c'est plutôt pour mettre la main dedans. Des profiteurs et des filous, tous autant qu'ils sont. Je vous ai dit qu'ils voulaient que je me présente aux législatives ? Non merci, que je leur ai répondu, je suis déjà payée pour travailler avec des escrocs.

— Charles Bourgoyne. Je suis venu vous parler de lui. C'est vous qui payez ses employés et ses factures.

Cecily cligna des paupières.

— C'est exact. Je connais Charles depuis longtemps. Vieux clients de l'étude, Dick et Charles, Bourgoyne & Cromie, on suivait toutes leurs affaires.

— Bourgoyne & Cromie ? C'était avant moi. Qui c'est, ce Dick ?

— Le père de Charlie. Un peu play-boy sur les bords, le Dick, mais il gérait sa boîte comme une épicerie de quartier : il pouvait passer des heures à discutailler pour quelques sous. Pas par besoin, attention ! Partout dans ce pays, dans tout le Pacifique et même en Nouvelle-Zélande, il y avait des groupes électrogènes B&C partout. Ils ont éclairé tout l'arrière-pays et équipé chaque atelier de tonte de moutons. Ils se sont fait une fortune après la guerre, vous pouvez me croire. Le monde entier voulait de l'électricité.

— Et ensuite ?

— Dick a cassé sa pipe et Charles a vendu la boîte à ces saloperies de Rosbifs. Ils n'avaient pas la moindre intention de continuer à faire tourner l'usine. Ils voulaient simplement se débarrasser d'un concurrent.

Cecily regarda par la fenêtre, la fumée s'entortillait autour de ses doigts.

— Une véritable tragédie. Je me souviens quand ils ont annoncé la nouvelle. La moitié de Cromarty au chômage d'un seul coup. La plupart des habitants n'ont toujours pas retrouvé de boulot, d'ailleurs.

Elle gratta l'emplacement que son sourcil avait occupé autrefois.

— Mais, bon, on ne peut pas en vouloir à Charles. Ils lui avaient fait des promesses qu'ils n'ont pas tenues. Personne ne lui en a voulu.

— Et ces factures ?

— Ah oui, les factures. Depuis l'attaque de Percy Crake, c'est moi qui gère les affaires à sa place. Ce n'est pas comme si Charles ne pouvait pas s'en charger, mais il adore faire semblant d'être trop occupé.

Cecily aspira une ultime bouffée sur sa cigarette et, sans regarder ce qu'elle faisait, glissa le mégot dans un vase sur la cheminée. Un chuintement, comme un frottement soyeux. Mme McKendrick, sa vieille secrétaire, remplaçait tous les bouquets deux fois par semaine, après avoir vidé les urnes pleines d'une eau infâme, couleur de bière, où flottaient les mégots boursouflés de Cecily.

— Qui aurait pu vouloir sa mort ?

— Un voyou de passage, j'imagine. Ce pays ressemble de plus en plus à l'Amérique. On tue pour quelques dollars, ou pour rien du tout. Pour le plaisir.

Elle gonfla les joues, comme si quelque chose essayait de s'échapper de sa bouche.

— C'est la drogue, poursuivit-elle. Je mets ça sur le compte de la drogue.

— Et parmi ses proches ? Quelqu'un qui le connaissait ?

— Ici ? Si Charles Bourgoyne nous quitte, on aura droit aux plus grandes funérailles depuis que la vieille Dora Campbell a passé l'arme à gauche, et c'était pas rien. Un homme charmant, Charles Bourgoyne, charmant. Un des derniers gentlemen de cette trempe. C'était un sacré bon parti, je vous dis que ça. Et pourtant, les filles intéressées n'étaient plus de la première fraîcheur quand il a épousé Susan Kingsley. Le vieux Dick lui aurait dit que s'il ne se mariait pas, il pouvait faire une croix sur sa fortune. Qu'il la donnerait à l'hospice des vieux de Cromarty.

— Et le père d'Erica, qu'est-il devenu ?

— Le père d'Erica et de Jamie. Bobby Kingsley. Accident de voiture. Avec une autre femme à ses côtés, malheureusement.

— Charles a-t-il des ennemis ?

— Ma foi, allez savoir. Le Fonds Bourgoyne a permis à des centaines de gamins d'aller en fac. En plus de ça, Charles ouvre son portefeuille au premier venu. École, galerie d'art, Armée du Salut, anciens combattants… tout le monde. Et je ne compte pas le nombre de fois où il a sorti le club de foot du rouge.

— Comment fonctionne la gestion des affaires Bourgoyne ?

— Fonctionne ?

— Au niveau pratique, je veux dire.

— Ah ! Eh bien, je reçois ses factures ici. Même celles de ses cartes de crédit, tout. On lui envoie un relevé tous les mois, il approuve, le renvoie et on les honore en puisant dans un de ses comptes. On verse aussi les salaires.

— Vous enregistrez donc toutes ses transactions financières ?

— Seulement ses frais et factures.

— Et depuis combien de temps ?

— Pas très longtemps. Sept ou huit ans, je dirais. Depuis l'attaque de Crake.

— Je peux consulter vos archives ?

— Confidentiel. Ces informations doivent rester entre un notaire et son client.

— Un client tabassé et laissé pour mort.

Cecily cligna plusieurs fois des paupières.

— Je ne risque pas de m'attirer les foudres de la Chambre des juristes si je le fais ? Je n'ai vraiment pas envie d'avoir à solliciter les services de cet énergumène de Rees.

— Madame Addison, vous n'avez pas le choix. Si vous refusez, je reviendrai dans la journée avec un mandat.

— Bon, ça change un peu la donne. Je vais demander à Mme McKendrick de vous faire des photocopies. Mais je vois mal en quoi ça va vous aider. Vous feriez mieux de poursuivre ces satanés junkies. Qu'est-ce qui a été volé ?

— Et les employés de Bourgoyne ? Peut-on parler de leurs salaires ? Seront-ils toujours versés ?

Cecily leva les traits qui lui servaient de sourcils.

— Il n'est pas encore mort, vous savez. Les employés seront payés jusqu'à ce que je reçoive l'ordre d'arrêter. Vous vous attendiez à quoi ?

— Au pire, dit Cashin en se levant. C'est ce qu'on nous apprend dans la police.

— Je vous trouve bien cynique, Joe. Croyez-en mon expérience, et je dis ça sans…

— Merci, madame Addison. J'enverrai quelqu'un chercher les photocopies. Où est Jamie Bourgoyne ?

— Il s'est noyé en Tasmanie. Y a des lustres.

— La chance ne court pas dans la famille.

— Non. L'argent ne peut pas l'acheter. Et ça s'arrêtera là si Charles meurt. La descendance s'arrêtera. Celle des Bourgoyne.

Dans la rue calme, des rayons de soleil s'étaient posés sur la pierre pâle de la bibliothèque. C'était à l'origine un ancien Institut de mécanique, ouvert en 1864, l'année gravée au-dessus de la porte. Trois vieilles femmes montaient les marches, les unes derrière les autres, la main gauche sur la rampe en métal. Il remarqua la fragilité de leurs chevilles. Les vieux étaient comme des chevaux de course – trop reposait sur trop peu, tout était une question de lignée.

Il préférait ne pas penser à la lignée des Cashin. Il ne valait mieux pas.

— Je peux rien magouiller pour toi, Bern, dit Cashin. Rien du tout. Sam est dans la merde parce qu'il fait que des conneries : il s'est fait prendre, il va payer, un point c'est tout.

Il était chez son cousin Bern Doogue, dans un hangar assez grand pour abriter un avion, tout près de Kenmare, une ville située à vingt kilomètres de Port Monro : une rue principale aux magasins fermés où ne subsistaient plus que deux pubs, une boucherie, une épicerie et un vidéoclub.

Dans le temps, le village de Kenmare était une île flottante dans un océan de verdure agricole. Les jardins, derrière les maisons, s'ouvraient sur des prés où paissaient des vaches laitières, puis sur des champs de pommes de terre chargés de pâles grenades. Puis vint l'époque du remembrement. On construisit des maisons en fibrociment sur des terrains d'un hectare, avec de grands hangars en tôle à l'arrière. Maintenant, la terre ne produisait plus que des ordures et des gamins, roux dans l'ensemble. Le week-end, les terrains servaient de parking à de gros semi-remorques en provenance d'un peu partout – des Mack, Kenworth, Man, Volvo, dix-huit vitesses, réservoir de 1 800 litres, le nom du propriétaire inscrit en lettres fleuries sur les portières, les chauffeurs mal rasés et mal reposés perchés à deux mètres du sol, défoncés, écoutant des chansons d'amour perdu et de solitude.

À l'époque où les routiers avaient acheté ces terrains, l'immobilier ne valait rien, le fret rapportait gros, le gasoil ne coûtait pas grand-chose et ils étaient jeunes avec le ventre plat. Maintenant, ils ne pouvaient pas voir leur bite sans un miroir, les camions suçaient des billets de cinquante dollars et les entreprises de transport les exploitaient tant qu'ils devaient conduire six ou sept jours par semaine pour rembourser leurs emprunts.

De la porte, Cashin resta à observer son cousin fendre des bûches avec sa nouvelle machine, un engin rouge avec des pieds écartés comme un véhicule lunaire. Bern prit une bûche, la lâcha sur le plateau contre l'épaisse griffe d'acier et mit la machine en marche d'un coup de botte. La centrale hydraulique projeta la lame dans le tronc et le fendit en deux.

— Franchement, dit Bern, je vois pas l'utilité d'avoir un flic dans la famille, nom de Dieu.

— Aucune utilité, confirma Cashin.

— De toute façon, c'était même pas la faute de Sam. Il était avec ces deux gamins de Melbourne, des jeunes de la ville, et l'un d'eux a cassé la vitre de cette putain de voiture avec une bouteille.

— Bern… Sam va forcément écoper. Je vais appeler une bonne avocate qui lui évitera la taule.

— Bordel, et combien ça va coûter, cette plaisanterie ? La peau du cul ?

— Ça coûtera ce que ça coûtera. Sinon, dis-lui qu'il peut toujours appeler le commis d'office. Où t'as trouvé ce bois ?

En se passant les doigts sous un bonnet vert crasseux, Bern découvrit un V noir à la racine de ses cheveux et se gratta la tête. Il avait le nez des Doogue – gros et crochu. Discret chez les jeunes spécimens, l'appendice s'aggravait avec l'âge et finissait par manger le visage des hommes de la famille.

— Joe, dit-il. Tu me demandes ça en tant que flic ou quoi ?

— Je m'intéresse pas trop à la criminalité forestière. Mais il a l'air de bonne qualité.

— C'est le gratin du bois, mon pote. C'est du casuarina, pur pin australien. Pas cette merde pourrie de Mount Gambier.

— Combien ?

— Soixante-dix.

— Démerde-toi tout seul pour lui trouver un avocat.

— C'est un prix de famille, nom de Dieu. Écoute, mon pote, on se l'arrache, ce bois.

— Je les laisse te l'arracher, dit Cashin. Faut que j'y aille.

— Oh, putain, Joe, attends. Tu peux pas t'arrêter d'être chiant, pour changer ?

— Donne le bonjour à Leeane de ma part, répondit Cashin. Dieu sait ce qu'elle a bien pu faire pour mériter un type comme toi. Elle doit payer pour les méfaits d'une vie antérieure.

— Joe, mon pote. Mon pote !

— Quoi ? demanda Cashin, à la porte.

— Faut que chacun y mette du sien.

— Hum, t'aurais pas parlé à ma mère, toi, par hasard ?

— Non. Ta mère ne daigne pas nous adresser la parole. Si on disait soixante, et tu te charges de l'avocate ? Coupé, livré, sans frais supplémentaires, pas même la main-d'œuvre. Tu vas me ruiner.

— Quatre pour deux cents, dit Cashin. Empilé bien comme il faut.

— Merde alors, t'arracherais la nourriture de la bouche de ta propre famille. Il comparaît mercredi prochain.

— Je te téléphonerai quand j'aurai fixé un rendez-vous.

Bern jeta un autre tronc et donna un coup de pied dans la manette. Il y eut une explosion et des éclats de bois fusèrent à la ronde.

— Bordel de merde ! hurla-t-il en enlevant une grosse écharde enfoncée dans son pull crasseux du surplus de l'armée.

— Ton atelier est un modèle de sécurité au travail, dit Cashin. Bon, à plus tard.

Il sortit dans la grisaille du jour. Le terrain faisait près d'un hectare et servait de cimetière de voitures, pick-up, camions, machines, fenêtres, portes, lavabos, cuvettes de W-C, éviers, vieilles planches et briques. Bern le suivit jusqu'à son véhicule, garé dans un endroit dégagé.

— Écoute, Joe, y a autre chose. Debbie dit que le fils Piggot – je sais plus son prénom, y en a des centaines – bref, elle dit qu'il vend des trucs à l'école.

Cashin monta en voiture et descendit la vitre.

— T'as quelque chose contre la drogue, Bern ? Depuis quand ?

Bern plissa les paupières et, de ses ongles noirs de crasse, se gratta la tête à travers son bonnet.

— Mais ça a rien à voir, bordel de merde ! Je te parle d'un mec qui deale des drogues dures à des gamins.

— Et pourquoi t'en a-t-elle parlé ?

— C'est pas vraiment à moi qu'elle en a parlé, c'est à sa mère.

— Et pourquoi ?

Bern s'éclaircit la gorge et cracha, les lèvres bien serrées, véritable sarbacane.

— Leeane en a trouvé sur elle. C'était pas à Debbie, elle le gardait juste pour une autre fille qui l'avait acheté à un Piggot.

Cashin démarra.

— Bern, la dernière chose que tu veux, c'est que ton flic de cousin fasse des descentes pour emmerder les ados camés de Kenmare. Réfléchis-y. Pense aux Piggot. Ils sont toute une armée.

Bern réfléchit.

— Ouais, c'est sans doute ce qui fait leur force. Ils me prendraient tout de suite pour une balance, ces salopards. La balance Abo. Par contre, si on en venait aux Doogue contre les Piggot, ils ont pas la moindre chance de s'en tirer.

— Vaut mieux pas qu'on en arrive là. Je t'appellerai.

— Attends, attends. Y a un autre truc que tu peux faire pour moi.

— Quoi ?

— Foutre un peu la trouille à Debbie. Elle veut pas écouter sa mère et moi, n'en parlons pas.

— Mais tu m'as pas dit qu'elle gardait juste la came pour quelqu'un d'autre ?

Bern haussa les épaules, le regard fuyant.

— Bah, on sait jamais, vaut mieux être prudent, tu crois pas ?

Cashin savait qu'il était piégé. S'il refusait, Bern allait lui rappeler la fois où il avait risqué sa vie pour lui : il avait sauté sur le dos de ce crétin colossal de Terry Luntz, où il était resté agrippé comme un chimpanzé sur un gorille, étouffant la brute de l'école avec son avant-bras maigrichon jusqu'à ce que ce dernier relâche son emprise mortelle sur Cashin.

— Elle rentre de l'école à quelle heure ?

— Vers les quatre heures.

— Je passerai un de ces jours lui exposer les dangers.

— T'es un type bien, Joe.

— Non. Mais je peux plus supporter d'entendre cette putain d'histoire de Terry Luntz. De toute façon, il aurait bien fini par me lâcher.

Bern lui décocha le sourire malicieux des Doogue.

— Jamais. T'étais déjà bleu, avec la langue qui pendouillait. Il te restait plus que quelques secondes à vivre.

— Ah oui, et alors, pourquoi t'as attendu aussi longtemps ?

— J'ai dû prier pour être sûr de suivre le bon chemin. Et vous, bande de branleurs, pourquoi vous avez pas encore arrêté l'assassin de notre vénéré Charlie Bourgoyne ?

— La victime n'est pas en train de se faire étouffer par un gros lard, alors y a pas le feu. Qu'est-ce que t'as contre Bourgoyne ?

— Rien. Notre saint régional. Tout le monde aime Charlie. Riche et oisif. Tu sais que mon père travaillait pour eux, Bourgoyne & Cromie ? Charlie a fait un sacré tour de salaud en vendant la boîte. Tout foutu en l'air.

Cashin croisa trois voitures quand il rentra chez lui. Il les connaissait toutes. Au dernier croisement, deux corbeaux se disputant des débris vermillon tournèrent la tête dans sa direction. Ils lui jetèrent le regard désapprobateur que vous lancent les vieux dans les pubs délabrés.

La nuit tombait quand Cashin arriva chez lui ; le vent ébouriffait les arbres sur la colline et martelait le toit en tôle ondulée. Il alluma le feu, sortit un paquet de six canettes de Carlsberg, mit *L'élixir d'amour* de Donizetti et s'effondra dans son vieux fauteuil, un petit coussin dans le creux des reins. Le corps fatigué, le bassin douloureux, les jambes lourdes, il avala deux aspirines avec sa première gorgée de bière.

Crois-moi, fiston, la vie est trop courte pour boire n'importe quelle piquette.

Conseil de Singo, qui ne buvait que de la Carlsberg ou de la Heineken.

Assis avec Domingo en fond sonore, le regard vide, Cashin but et pensa à Vickie et au garçon. Pourquoi l'avait-elle appelé Stephen ? Il devait avoir neuf ans maintenant, calcula-t-il : il connaissait la date exacte, la nuit, le moment précis. Il ne lui avait jamais parlé, ne l'avait jamais touché, ne s'était jamais approché à moins de vingt mètres. Vickie avait refusé d'amener le garçon à l'hôpital quand Cashin le lui avait demandé. « Il a un père, et ce n'est pas toi », lui avait-elle dit.

Elle était intraitable.

Il voulait seulement le voir, lui parler. Il ne savait pas pourquoi. Tout ce qu'il savait, c'est que la pensée du garçon le faisait souffrir autant que ses os brisés.

À sept heures, à la deuxième bière, il alluma la télévision.

> « Nouveau crime dans le monde de la pègre et de la drogue : un comptable quinquagénaire de Melbourne, Andrew Gabor, domicilié dans la banlieue de Kew, a été abattu ce matin sous les yeux de sa fille de quinze ans devant Saint Theresa, un lycée privé de jeunes filles de Malvern. »

Images d'une BMW verte garée devant l'établissement, entourée d'hommes en pardessus noirs. Cashin reconnut Villani, Birkerts et Finucane.

> « Deux hommes armés ont pris la fuite à bord d'un fourgon Ford Transit, qu'ils ont abandonné un peu plus tard à Elwood. »

Images du fourgon emmené sur un plateau de remorquage de la police à destination du labo.

> « Les deux hommes étaient vêtus de couleurs foncées et portaient des casquettes de base-ball… La police demande à tous ceux qui les auraient aperçus, au volant du fourgon ou à proximité de la scène du crime, vers les sept heures trente, de les contacter.
>
> La police aurait apparemment questionné le neveu de M. Gabor, Damian Gabor, organisateur de soirées “rave” et de concerts de rock. Rappelons que, en 2002, M. Gabor avait été reconnu non coupable de

l'agression d'Anthony Metcalf, un dealer dont on avait retrouvé le corps – sans vie et criblé de sept balles – dans une décharge à Carnegie. »

Sur l'écran derrière le journaliste, Cashin reconnut la propriété des Heights, filmée depuis un hélicoptère et encombrée de véhicules ; des recherches étaient en cours dans le parc.

« Enchaînons avec un autre acte de violence : Charles Bourgoyne est entre la vie et la mort, après avoir été brutalement agressé dans sa demeure, proche de Cromarty. M. Bourgoyne, patriarche d'une des grandes familles de l'État, est âgé de soixante-seize ans.

Découvert sans connaissance chez lui ce matin, il a été héliporté de son manoir aux urgences de l'hôpital King George.

Philanthrope apprécié, Charles Bourgoyne est le fils de Richard Bourgoyne, un des fondateurs de Bourgoyne & Cromie, l'usine légendaire de groupes électrogènes. M. Bourgoyne a vendu la firme à des intérêts britanniques en 1976. Ses frères, des jumeaux, ont tous deux sacrifié leur vie lors de la Seconde Guerre mondiale. L'un d'eux a été exécuté par les Japonais.

D'après les enquêteurs, M. Bourgoyne se trouvait seul chez lui et a peut-être été victime d'un cambriolage qui a mal tourné. Des objets de valeur ont été volés. »

Hopgood face à la caméra, devant les Heights, le vent agitant ses cheveux raides.

« "C'est une agression brutale sur un homme sans défense, apprécié de tous. Nous allons déployer tous nos moyens pour retrouver les responsables de cet acte ignoble et nous demandons à tous ceux qui détiendraient des renseignements de nous en faire part."

D'après l'hôpital King George, l'état de M. Bourgoyne est toujours critique. »

Cashin s'empara de l'enveloppe renfermant les relevés de Cecily Addison. Ça ne me regarde pas, pensa-t-il. Je suis responsable de brigade à Port Monro et de ses quatre employés.

Vieilles habitudes, curiosité… Il commença par les relevés les plus récents. Puis il entendit le nom.

« C'est fait : le plus jeune des partis politiques australiens, United Australia, a aujourd'hui élu son leader : Bobby Walshe, avocat et militant pour les droits des Aborigènes, conduira la campagne pour les prochaines élections fédérales. »

Cashin regarda la télévision.

« Le nouveau parti – coalition de Verts, de démocrates et d'indépendants – a obtenu le soutien des sympathisants mécontents des partis travailliste et conservateur, et présentera des candidats dans toutes les circonscriptions. »

Bobby Walshe apparut à l'écran : bel homme, le teint mat, le nez aquilin, le cheveu brun légèrement ondulé.

« "C'est un grand honneur d'avoir été choisi par les adhérents dévoués et talentueux de United Australia pour diriger le parti. Nous sommes arrivés à un grand tournant de la vie politique de notre pays, car les électeurs disposent à présent d'un vrai choix politique. L'époque où beaucoup pensaient qu'une voix pour un petit parti était une voix gaspillée est révolue. Nous ne sommes plus petits. Nous avons un programme qui ne se limite pas à une question particulière. Nous offrons une alternative viable à la politique essoufflée des deux grosses machines politiques qui sont de véritables copies conformes et qui dominent la vie politique de ce pays depuis trop longtemps." »

Bobby Walshe avait été le gamin le plus doué de la classe de Cashin, à l'école primaire. Ce qui ne l'avait jamais empêché de se faire traiter de sale nègre, de moricaud et de *boong*[1].

Les relevés des dépenses de Bourgoyne ne représentaient qu'une série de chiffres. Cashin n'arrivait plus à se concentrer. Il les rangea dans le dossier, ouvrit une autre bière et réfléchit à ce qu'il allait manger.

1. Terme péjoratif et très insultant pour désigner les Aborigènes australiens.

La colline avait disparu dans la brume matinale, sur la terre silencieuse et détrempée. Cashin se dirigea vers la propriété des Corrigan ; il n'y voyait pas à plus de trente mètres et les chiens apparaissaient et disparaissaient – des taches noires gambadant dans un monde gris pâle.

À la clôture, il trouva un sentier envahi par la végétation. Il l'avait souvent emprunté quand il était petit. C'était le raccourci pour aller au ruisseau qui, dans sa mémoire, ressemblait à un fleuve – plus large et plus profond, dangereux et captivant quand il était en crue. Les chiens le suivirent à travers les herbes et sautèrent par-dessus le filet d'eau. Quand il les siffla, ils se précipitèrent vers lui et le précédèrent dans la montée qui menait à la vieille demeure des Corrigan.

Violation de propriété privée, songea-t-il.

Les chiens gardaient la truffe au sol : nouvel endroit, nouvelles odeurs, coups de queue intrigués mais intéressés. Il fit le tour de la maison et regarda par les fenêtres. Portes, plinthes, planchers, cheminées, carrelage : tout semblait intact. La maison n'avait pas été pillée comme la ruine de Tommy

Cashin. S'il y avait de nouveaux propriétaires, ils n'auraient pas grand-chose à faire pour rendre l'endroit habitable.

Ils foulèrent l'herbe jaunie jusqu'à la clôture de chez Den Millane, puis descendirent. Au-dessus du ruisseau, Cashin trouva des restes de clôture, des barbelés rouillés et quelques piquets gris, fendus : il s'agissait peut-être de la limite dont avait parlé Den. Elle faisait environ deux cents mètres de long, peut-être un peu plus.

Voulait-il vraiment revendiquer cette parcelle de terre ?

Laisse pas filer ce qui t'appartient, tu m'entends ?

Oui, il voulait la revendiquer.

Il traversa le ruisseau, descendit le sentier étroit et tortueux qui se faufilait parmi les peupliers et les terriers de lapins, puis il rentra chez lui. Il faisait complètement jour quand il arriva près de la maison, même si le soleil mettrait encore une heure avant de percer la brume. Il songeait à Kendall. Quel effet ça pouvait bien faire, d'être violée ? Dans la banlieue ouest de Sydney, un flic avait été enlevé par trois types, un jour où il n'était pas de service. Ils l'avaient conduit dans un drive-in désaffecté et menotté à un des pylônes de l'écran. Ils avaient alors découpé son jean avec un cutter et lui avaient tailladé des croix gammées sur les fesses et sur le dos…

Puis ils l'avaient violé.

Gerard, un autre flic, avait raconté cette histoire à Cashin, un soir, dans leur voiture. Ils étaient garés et mangeaient des kebabs.

Le mec n'a jamais repris le boulot. Parti à Darwin. Il s'y serait foutu en l'air.

Gerard : teint basané, belle gueule, cheveux noir corbeau, grain de beauté sur la joue.

Mais on les a chopés, ces enculés. Grâce à une bague, figure-toi, un truc en plombs de pêche fondus, production artisanale. Le flic en avait fait un dessin.

Qu'est-ce qu'ils ont pris ?

Peine de mort. L'un s'est noyé dans la rivière. À Homebush. Meurtre-suicide pour les deux autres. Pas beau à voir.

Gerard avait souri. Son sourire avait dévoilé l'intérieur de ses lèvres : une couleur intime, vaginale.

Les chiens avaient repéré Rebb avant Cashin et chargèrent le vieux banc où il était assis, dans le jardin.

Il fumait une cigarette roulée, toute plate – autant de papier que de tabac. Il s'était rasé et ses cheveux étaient encore humides.

Les chiens se trémoussaient et remuaient la queue. Ils aimaient Rebb, mais au fond, ils aimaient presque tout le monde.

— J'ai mis quelques trucs dans la machine à laver, dit-il, la cigarette fichée à la commissure des lèvres, tout en caressant les chiens. Ça te dérange pas ?

— Du tout, fais comme chez toi, répondit Cashin. Tu t'es levé tôt ?

— Non.

— Je préparerai le petit déjeuner après ma douche.

— J'ai de quoi manger.

Il avait répondu sans regarder Cashin, concentré sur les chiens. Il avait donné la même réponse pour le dîner de la veille.

— Je fais des œufs brouillés. Alors tu sais, pour un ou pour dix, c'est du pareil au même.

Une fois propre et habillé, Cashin mit la table – couverts, pain et beurre, Vegemite[1] et confiture – puis il prépara les œufs et alla chercher Rebb auprès des chiens. Il ne mangeait pas comme un vagabond. Il ne posait pas les coudes sur la table, mastiquait sans ouvrir la bouche, lentement, méticuleusement.

— Très bon, dit-il. Merci.

— Termine par une tartine.

Rebb se coupa une tranche épaisse. Il la beurra et la zébra de veines charbonneuses de Vegemite.

— Tu peux rester ici, si tu veux. Gratuit. T'es à dix minutes de marche du boulot avec les vaches.

Rebb tourna son regard sur lui – rien, des yeux noirs. Il acquiesça.

— On fait comme ça, alors.

Ils roulèrent jusque chez Den Millane sans échanger un mot. Den, qui les avait entendus arriver, les attendait au portail. Rebb et lui se serrèrent la main.

— C'est pas payé des mille et des cents, dit-il. Je m'en serais bien occupé tout seul, si ce putain de genou m'avait fichu la paix. Tu t'y connais, en vaches ?

— Un peu, ouais.

Cashin les laissa et roula vingt minutes, jusque chez sa mère. Les routes étaient des rubans étroits de bitume, truffés de nids-de-poule. Elles s'effritaient sur les bords et ne permettaient qu'à un seul véhi-

1. Pâte à tartiner noire et salée à base d'extraits de levure concentrés. Les enfants australiens grandissent en mangeant des tartines de Vegemite.

cule de passer à la fois : quelqu'un devait céder le passage et placer deux roues dans les ornières du bas-côté. La plupart du temps, les deux voitures s'écartaient et les gens du coin se saluaient en levant la main. Il longea des champs de pommes de terre et des fermes laitières où les vaches ruminaient en lui lançant de doux regards. À partir de Beacon Hill, les terres descendaient jusqu'à la mer. Leur sol tourbeux, couleur chocolat quand il était labouré, s'offrait nu au vent de sud-ouest et aux violentes rafales hivernales provenant de l'Océan du Sud. Avec plus ou moins d'efficacité, les premiers colons avaient planté des cyprès et des haies pour protéger leurs maisons du vent qui, détourné, s'était parfois vengé. Les arbres, buissons, cabanes, réservoirs, éoliennes, cabinets, niches, poulaillers et voitures abandonnées penchaient tous du côté où il soufflait.

Cashin se gara devant la maison, fit le tour et aperçut sa mère par la fenêtre de la cuisine. Quand il ouvrit la porte de derrière, Sybil lui dit :

— J'ai beaucoup pensé à toi, dans ta maison en ruine. Après tout ce qu'on a fait pour vous, ton père et moi.

Elle disposait des fleurs dans une grosse poterie carrée, marron et violet.

— Ce vase, demanda Cashin, ne serait-ce pas un prototype raté pour entreposer des déchets nucléaires, par hasard ?

Sa mère ignora la question. Dehors, son beau-père sortit du hangar, en combinaison blanche, avec des gants, un masque sur la tête et un réservoir dans le dos. Il se mit à pulvériser les rosiers grimpants. Des vapeurs s'échappèrent.

— Les roses aiment que Harry les bombarde d'Agent Orange ? demanda Cashin.

Elle prit du recul pour admirer son travail ; c'était une petite femme coquette, avec une chevelure abondante tirée en arrière. Pour ce qui était de la taille, Cashin et son frère Michael avaient hérité des gènes de leur père, Mick Cashin.

— Et Charles Bourgoyne, dit-elle. Vous en êtes où ?

— Où on peut.

— Je ne comprendrai jamais la nature humaine. Pourquoi ne se sont-ils pas contentés de prendre ce qu'ils voulaient ? Pourquoi frapper un vieillard sans défense ?

— Je n'essaie plus de comprendre. Je préfère essayer de trouver *qui* plutôt que *pourquoi*.

Sa mère hocha la tête.

— Passons à autre chose, enchaîna-t-elle sans quitter son bouquet des yeux ni cesser de l'arranger. Michael a acheté un appartement à Melbourne. Aux Docklands. Vue sur la mer. Deux chambres, une salle de bains et demie.

— Toujours propre, notre Michael. Très propre. Que fait-on dans une moitié de salle de bains ?

— Verse donc le thé. Je viens juste de le faire.

Il servit le thé dans des tasses artisanales et bancales. Sa mère achetait beaucoup de choses dans les marchés en plein air : des aquarelles exécrables, des sabliers et poivriers en forme de champignon, des sets de table en sacs plastique tissés et des chapeaux en poil de chien feutrés.

— Michael passe tellement de temps à Melbourne : il avait besoin d'un endroit où poser ses habits, expliqua-t-elle.

— C'est-à-dire *son* autre costume.

Sa mère soupira.

— Tu n'as jamais été capable de reconnaître la valeur des autres, Joseph.

— Ouais, faudra que je pense à m'entraîner si je veux qu'on me donne la médaille du mérite. Pourquoi Harry a-t-il besoin de couvrir les roses de cette merde chimique ?

— Tu ne jurais jamais avant. Michael a pris cette mauvaise habitude à l'école, le premier jour : il est rentré en disant un gros mot. J'y suis descendue, et j'ai montré à ce Killeen de quel bois je me chauffais. Je ne lui ai jamais fait confiance et j'avais raison. Instinct maternel.

— J'aurais dû apprendre à jurer plus tôt. J'aurais peut-être réussi à avoir une moitié de salle de bains aux Docklands. Je vais retaper la maison.

— Tu es fou ? Pourquoi donc ?

— Pour y vivre. Pour ne plus avoir à habiter dans une ruine.

— Elle est hantée, dit-elle avec un frisson théâtral. C'est un fou furieux qui l'a construite. Laisse tomber. Tu devrais la vendre.

— J'aime bien l'endroit. Je vais débroussailler le jardin.

— Je croyais que c'était temporaire. Le temps que tu te rétablisses…

Cashin finit son thé.

— La vie est plus ou moins temporaire. Ça va, à la fac ?

— Ne change pas de sujet. J'aurais dû y aller plus tôt. J'ai perdu des années.

— *Perdu*, comment ça ?

Elle s'approcha de la table, lui tapota deux fois la joue et finit par une gifle rapide.

— Je ne veux que ton bien. Tu n'as aucune ambition. La police, franchement… Si tu y restes une minute de plus que nécessaire, tu y seras coincé à jamais. *Game over*.

— D'où tu sors ça ?

— Quoi ?

— *Game over* ?

— J'étais vieille avant toi, dit-elle. Pourquoi ne pas suivre un cours à la fac ? Fréquente les jeunes. Reste dans le vent.

— Plutôt mourir.

Sybil lui posa les doigts sur la bouche.

— Ne dis pas ça. Quelle étroitesse d'esprit ! Je croyais que c'était réservé aux vieilles générations.

— Faut que j'y aille. Je vais fréquenter les petits jeunes. Les arrêter.

— Tu tournes tout en dérision. Tu es bien le fils de ton père, tiens. Cent pour cent Cashin. Après cinq minutes, même une tragédie devient une blague.

Ils sortirent. Harry pulvérisait les rosiers. Bonzo, le chien de berger, se tenait derrière lui sans le quitter des yeux et respirait fidèlement les vapeurs.

— On peut aussi sacrifier le chien ? demanda Cashin. Ça fait partie des dégâts collatéraux ?

Sa mère l'accompagna jusqu'au portail et lui dit :

— Dommage que tu n'aies pas d'enfants, Joseph. Ils aident les gens à se poser.

Ces paroles figèrent Cashin sur place, il n'en croyait pas ses oreilles. Comment osait-elle – elle ! – lui dire ça ?

— Comment sais-tu que je n'ai pas d'enfants ? dit-il.

— Oh, toi…

Elle le retint par le bras et il se baissa pour l'embrasser sur la joue. Pendant des années, il avait été incapable de l'embrasser.

— Je t'ai déjà dit que j'ai toujours pensé que tu étais le plus intelligent de vous deux ? demanda-t-elle.

— Je suis le plus intelligent. Ne confonds pas avec le plus riche. Un des fils de Bern a des ennuis, à Melbourne.

— Sam, à tous les coups.

— Gagné.

— Quel genre d'ennuis ?

— Vol dans une voiture. Lui et deux autres.

— Qu'est-ce que tu peux faire ?

— Rien, probablement.

— Ah, ces Doogue ! Je remercie le bon Dieu de ne pas avoir de liens avec eux.

— Tu es une Doogue. Bern est ton neveu. Le fils de ton frère. Comment peux-tu ne pas avoir de liens ?

— Les liens, mon cher, les liens. Je n'ai aucun lien avec eux.

— *Game over*, dit Cashin. Au revoir, Syb.

— Au revoir, mon chéri.

Harry lui fit un signe de sa main gantée, lentement, comme un explorateur polaire qui fait tristement ses derniers adieux.

Alors qu'il roulait en direction de Port Monro, en ce jour couvert et froid, Cashin songea à sa mère dans la caravane ; il la revit assise à sa table pliante recouverte de Formica vert marbré, au bord en aluminium. Elle tenait d'une main un gobelet en plastique, rempli de vin jaune, et de l'autre une cigarette, le filtre contre ses ongles au vernis rose écaillé. Brûlé par le soleil, son nez pelait. Sa tignasse de mèches blondes décolorées par le soleil et alourdies par le sel de l'océan se désintégrait par endroits et laissait apparaître son cuir chevelu. Elle buvait et le liquide s'était échappé de sa bouche pour dégouliner le long de son menton, puis sur son T-shirt. Alors qu'elle s'essuyait le visage d'un revers de main, la cigarette lui avait effleuré le visage et le bout brûlant s'était collé sur son T-shirt. Elle avait posé les yeux sur la brûlure qui s'ouvrait comme une fleur. Après une attente interminable, elle avait versé du vin dessus. Il se souvint de l'odeur de coton brûlé, de peau grillée et de vin, qui avait envahi le petit espace ; malade, il s'était réfugié dehors, dans la nuit subtropicale.

Après le décès du père de Cashin – il ne savait pas au juste combien de temps après – sa mère avait bouclé leurs deux valises et ils avaient quitté la ferme près de Kenmare. Il avait douze ans. Son frère, qui bénéficiait d'une bourse, étudiait à l'université. Quand ils s'étaient arrêtés pour prendre de l'essence, la première fois, sa mère lui avait dit de l'appeler Sybil. Il n'avait pas su quoi répondre. On n'appelle pas sa mère par son prénom.

Ils avaient passé les trois années suivantes sur la route, ne restant jamais longtemps au même endroit. D'après les calculs qu'avait faits Cashin plus tard, Sybil avait eu de l'argent la première année : ils descendaient dans des hôtels ou des motels, puis ils avaient loué un bungalow sur la plage pendant quelques mois. Après, elle avait commencé à travailler dans des pubs, des restaus routiers, toutes sortes d'endroits de ce genre, et ils avaient alors habité dans des meublés, des appartements loués par des particuliers au fond de leurs jardins ou des caravanes dans des campings. Il n'arrivait pas à la revoir autrement qu'en train de boire, une activité qui la faisait soit rire, soit pleurer. Elle oubliait parfois d'acheter à manger et certains soirs, elle rentrait bien après minuit. Éveillé dans son lit, il écoutait les bruits extérieurs et tentait de maîtriser sa peur pendant qu'il l'attendait.

Le croisement de Port Monro. Pluie fine.

Cashin commençait le travail à midi, il avait le temps de boire un café. Il acheta le journal à la station-service, se gara devant le Dublin, où il n'avait pas mis les pieds depuis un bon moment. Il était impossible d'aller trop souvent au même endroit sans se faire remarquer.

L'étroite salle était vide ; avec la fin de l'été, la ville coulait des jours froids et paisibles.

— Un noir pas trop serré pour le flic qui règle ses consommations, dit un homme assis derrière le bar. Mon seul client du jour.

Il s'appelait Leon Gadney et avait été dentiste à Adélaide, en Australie du Sud. Son amant avait été retrouvé mort dans un parc près de la rivière, poignardé, soit par un détraqué sexuel dont Adélaide avait le secret, soit par des policiers qui estimaient que les détraqués rendaient service à la communauté quand ils tuaient des homosexuels.

— Tu pourrais fermer, en hiver, dit Cashin. Tu économiserais sur tes notes d'électricité.

— Et qu'est-ce que je ferais ?

— T'irais à Noosa faire la causette à d'autres dentistes à la retraite. Il fait chaud, là-bas.

— Au cul, le chaud ! Et je te prie de noter que je ne suis pas un dentiste à la retraite. Ancien dentiste, ex-dentiste, à présent garçon de café appauvri et cuisinier de fast-food.

Il servit le café.

— Tu veux un bon biscuit aux amandes ?

— Non merci, je surveille ma ligne.

Leon reprit sa chaise, alluma une cigarette.

— Tu n'es pas laid, sous un certain angle, observa-t-il. Et pourtant, voilà où nous en sommes : deux célibataires virils échoués sur une île de vieilles femmes en sandales.

Cashin ne leva pas les yeux. Il lisait un article sur la corruption au sein de la police de Melbourne, la brigade des stupéfiants. Certains avaient revendu la drogue qu'ils confisquaient, d'ailleurs fabriquée à partir d'ingrédients fournis par leurs bons soins.

— Je te trouve très distingué, dit-il. Mais tu sais, Leon, je suis trop occupé, je ne pourrais pas te consacrer l'attention que tu mérites.

— Réfléchis-y, répondit Leon, j'ai une dentition en excellent état.

Cashin alla au poste. Il enregistra la plainte d'un homme à propos de l'arbre de son voisin, puis on lui signala qu'un banc avait été vandalisé dans un parc des marais. Une femme avec un œil au beurre noir vint ensuite lui demander de donner un avertissement à son mari. À quatorze heures quinze, l'école primaire téléphona : un parent d'élève avait signalé la présence suspecte d'un homme dans un terrain en face de l'école.

Il se gara assez loin de l'établissement, descendit un chemin et regarda par-dessus la palissade. L'herbe était haute et jaunie. Quelqu'un avait coulé une dalle en béton puis abandonné les travaux ; les mauvaises herbes avaient envahi le tas de sable. Il y avait une petite cabane et derrière elle, un break.

Cashin revint sur la route et traversa le terrain pour s'approcher du véhicule. Les vitres étaient embuées, on ne voyait personne à bord. Il frappa des petits coups sur le toit.

Silence. Il frappa du poing.

— Tirez-vous ! cria une voix d'homme.

— Police, dit Cashin.

Le véhicule ballotta. Cashin recula et vit une silhouette escalader le siège arrière. La vitre du conducteur descendit de quelques centimètres : des yeux, des sourcils foncés, des mèches brunes.

— Je faisais juste la sieste.

— C'est votre propriété, monsieur ? demanda Cashin en montrant son insigne.

— Je suis le constructeur.

— Ça n'a pas l'air de beaucoup construire.

— On doit attaquer dès que le prêt sera accordé.

— Vous êtes de la région, monsieur ?

— De Cromarty.

— J'aimerais que vous descendiez de voiture et que vous me montriez une pièce d'identité.

— Écoutez, c'est quand même pas un crime de roupiller sur un chantier, nom de Dieu !

— Sortez de la voiture, s'il vous plaît. Avec vos papiers.

L'homme se retourna et se pencha. Cashin vit une couleur chair : l'homme était à moitié nu et cherchait son pantalon.

Cashin recula davantage, la main dans la veste ; il sortit le revolver de son étui.

L'homme remua. Il bataillait et ne parvenait pas à enfiler son pantalon.

— Écoutez, dit-il par la vitre. Je m'occupais d'affaires un peu privées, ici, si vous voyez ce que je veux dire. Vous pouvez pas nous lâcher un peu, non ?

— Sortez, monsieur, et enfilez votre pantalon, dit Cashin.

La portière s'ouvrit. L'homme était maigre, la vingtaine bien tassée. Il sortit ses jambes. Il portait une chemise de flanelle déboutonnée sur un T-shirt et des chaussettes rouges trouées. Il n'avait pas de chaussures. Une jambe dans son jean, il sortit et finit de l'enfiler dans l'herbe, puis ferma sa braguette. Il avait un bouton sur une cuisse.

Il fouilla à l'intérieur, trouva son portefeuille et le lui tendit.

— Permis, cartes de crédit, tout le bordel...

— Posez-les sur le toit, dit Cashin, et allez vous mettre contre la cabane.

— Putain, mec, je suis qu'un maçon, nom de Dieu.

Il obéit. Cashin prit le portefeuille et examina les cartes. Allan James Morris et une adresse à Cromarty qu'il nota.

— Numéro de téléphone ?

Il lui donna un numéro de portable.

— Maintenant, si vous pouviez aider la personne qui vous accompagne à sortir, j'aimerais aussi vérifier son identité.

Morris s'approcha du break, ouvrit la portière arrière, échangea quelques mots. Une fille en jean et en veste rose, courte et plissée, sortit. Elle avait quinze ans à tout casser. Elle était brune et mignonne, mais ça ne durerait pas. Elle avait les lèvres enflées, barbouillées de rouge à lèvres.

— Tes papiers, s'il te plaît, demanda Cashin.

Elle ouvrit un portefeuille et sortit une carte. Cashin l'examina.

— C'est pas toi, ça, dit-il en jetant la carte sur le capot. T'as que des faux papiers ? Tu préfères peut-être me suivre au poste ? On attendra que papa et maman viennent te chercher.

Elle fit la moue, lança un regard rapide à Morris et sortit une autre carte, une carte de lycéenne, avec une photo : Stacey-Ann Gettigan.

— Tu as quatorze ans, Stacey. Qu'est-ce que tu fais dans un break avec un adulte ?

— J'ai juste séché les cours, dit-elle en croisant les bras sous la poitrine. C'est pas un crime.

— Qu'est-ce que tu en penses, Allan ? demanda Cashin. C'est pas un crime de sauter une gamine de quatorze ans dans ta bagnole ?

— On s'embrassait, c'est tout.

— Vous enlevez votre pantalon pour vous embrasser ? Vous vous embrassez les fesses, peut-être ? Vous êtes marié, Allan ?

Morris se gratta la tête. Il était au soleil et Cashin aperçut des pellicules s'envoler dans l'air paisible. Tête baissée, la fille se mordillait un ongle vernis.

— Écoutez, dit Morris, on a rien fait de mal, je vous le jure.

— Vous êtes marié, Allan ?

— Ouais, enfin, à peu près.

— À peu près ? Tiens, c'est nouveau, ça ? Ils font des cérémonies de mariage approximatif à l'église ?

Morris refusait de croiser le regard de Cashin, qui fit signe à la fille de le suivre. Ils allèrent derrière la cabane.

— Est-ce que tu veux porter plainte contre cet homme, Stacey ? Est-ce qu'il t'a fait faire des choses contre ton gré ? Est-ce qu'il t'a menacée ? C'est le moment de me le dire.

Elle ferma les yeux et fit non d'un signe de tête.

— Non, rien.

— Tu es bien sûre ? Je vais noter tout cela. Que je te l'ai demandé. Si tu préfères, tu peux parler en privé à un autre flic, une femme…

— Non.

Cashin revint et fit signe à Morris de s'approcher. L'homme descendit de quelques pas, l'air penaud, mal dans sa peau. Ils étaient tous deux au milieu des mauvaises herbes. Des nuages blancs défilaient dans les flaques de pluie accumulées sur la dalle en béton.

— Bon, alors, qu'est-ce qu'elle est, pour toi ?

— Une espèce de cousine, je sais pas trop.

— Ah bon ?

— Elle me fout pas la paix cinq minutes, elle vient même me voir au boulot. J'ai rien fait. Aujourd'hui, c'est la première fois... De toute façon, il s'est rien passé. Je le jure.

— Ça serait pas la petite-fille de Deke Gettigan, par hasard ?

Morris se gratta la tête des deux mains comme s'il était soudain attaqué par une armée de poux.

— Mec ! Ils vont me massacrer s'ils l'apprennent, nom de Dieu. S'il vous plaît...

— Ne revenez jamais ici baiser des gamines, Allan. Ne revenez plus dans le coin. À partir de maintenant, votre break est fiché. Et vous n'êtes pas du tout employé sur ce chantier, j'imagine...

— C'est mon pote, il est un peu, enfin il est...

— Si jamais vous devez revenir par ici pour bosser, et je parle de bosser, pas de baiser des mineures, prévenez-moi d'abord, Allan ! Et je pourrai dire à l'école qu'elle ne doit pas s'inquiéter : si un mec a la bite à l'air, c'est seulement qu'il est en train de pisser. Compris ?

— Bien sûr. D'accord. Merci.

Cashin repartit et se retourna. La fille soutint son regard. Elle savait qu'elle s'en était tirée, qu'il n'allait pas les dénoncer et elle lui lança un sourire culotté, sexuel et empreint de sagesse immémoriale.

Au poste, il croisa Carl Wexler qui faisait des mouvements de musculation. Tout frais sorti troisième de sa promo à l'école, loin d'être bête, mais en bon garçon de la ville, il éprouvait beaucoup de ressentiment d'être tenu à l'écart de l'action.

Cashin descendit sa vitre.

— Cromarty a téléphoné, patron. L'inspecteur Hopgood veut vous parler.

Cashin entra et le rappela.

— Votre pote l'inspecteur Villani vous transmet ses amitiés, dit Hopgood. Je sais pas comment ils se sont démerdés, mais ce sont les métèques qui dirigent la police maintenant.

— Processus de sélection naturelle, répondit Cashin. La survie du mieux habillé.

— C'est ça, ouais, enfin bref, il a daigné partager avec moi son opinion de métèque. Il demande que vous l'appeliez.

Cashin ne répondit rien. Hopgood raccrocha.

Le standard de Melbourne mit Cashin immédiatement en ligne avec Villani.

— Comment se passe la retraite ? lui demanda ce

dernier. Je suis déjà allé dans ton coin, une fois. Charmant. Apparemment, les surfeurs l'ont baptisé la Côte des Couilles Bleues.

— Bande de mauviettes ! Alors ?

— Écoute, Joe, je n'avais pas entendu parler de cette histoire de Bourgoyne, mais les journalistes ont comblé mes lacunes. Et hier, le commissaire Wicken m'a expliqué que la belle-fille a des contacts en haut lieu, elle est associée du cabinet Rothacker Julian, aile juridique du parti travailliste.

— Depuis quand c'est important dans une affaire d'homicide ?

— J'ai découvert tout un tas de trucs. Aujourd'hui, monsieur le commissaire rosbif Wicken s'est mis à me donner des petits conseils pour que je soigne mes apparitions publiques. Et ça va jusqu'aux consignes de mode. Le type de costume, de chemise et de souliers. J'ai vraiment apprécié.

— Et alors ?

— Je voudrais te mettre sur l'affaire.

— Je suis l'estropié responsable de Port Monro. Envoie donc cet abruti d'Allen.

— Joe, notre équipe est tellement réduite qu'elle pourrait se réunir dans une cabine téléphonique. Jantz, Campbell et Maguire sont tous partis à la retraite le mois dernier. De Piero a démissionné, Tozer est en congé maladie pour stress. Quant à ton pote Allen, sa femme s'est fait la malle avec un boucher du marché Victoria en emmenant les gamins. Il s'est replié sur quelque merde mystique et a décidé de vivre pour le moment présent, bordel de merde. J'oserais même pas l'envoyer régler une dispute conjugale chez des bouddhistes.

Silence.

— En plus, poursuivit Villani, quand les journalistes finiront par arriver, dans quelques jours, tu vas voir, les anciens potes louches de la brigade des stups vont recommencer à se flinguer entre eux. Notre *wonderwoman* en charge a soi-disant viré tous les pourris et monté en grade les intègres, mais vlan… voilà que le cirque recommence. Ce qui fait que je dois consacrer un certain nombre de mes effectifs à déterminer précisément quel salopard d'enculé a tué un autre salopard d'enculé, dont la mort devrait tous nous réjouir. Nous devrions applaudir sa disparition dans l'intérêt de la ville, de l'État, de la nation, du monde même, bordel de merde !

— Je te trouve bien énervé, dit Cashin. Pour Bourgoyne, qu'ont trouvé les fins limiers que tu nous as envoyés ?

— Que dalle. Il n'avait pas mis son alarme. Aucun signe d'effraction, pas une empreinte, pas d'arme. Pas d'ADN suspect. Aucune idée de ce qui a été volé, en dehors de la montre. Les serrures des tiroirs ont été forcées dans son bureau et dans sa chambre.

— Et lui ?

— Ça sera sans doute un meurtre. S'il vit, ce sera un légume.

— Tu t'es jamais demandé pourquoi on dit légume ? Pourquoi légume plutôt que brique ? Ou fromage blanc ?

— Laissons la philosophie au comptoir.

C'était une des expressions favorites de Singo, à l'époque d'avant Rai Sarris.

— Qu'est-ce que tu attends de moi ?

— On a besoin d'un policier expérimenté pour enquêter sur le lien avec le cabinet juridique Rothacker Julian. On ne peut pas se permettre de merder. Je suis nouveau venu dans la tour du pouvoir, Joe, je t'assure que je sens encore les courants d'air. Ça va se terminer comme un putain de truc à la *De sang-froid*, je le sens jusque dans ma queue, mais faut qu'on réussisse à gérer la merde entre-temps.

— Et Cromarty, qu'est-ce que t'en fais ?

— Qu'ils aillent se faire foutre. Et je cite le commissaire.

— Et si je refuse ?

— Écoute, fiston, tu fais toujours partie de la brigade criminelle. T'es en vacances, mais tu dois savoir où est ton devoir.

— Plus ou moins.

— Je suis heureux que tu acceptes aussi gracieusement.

— Espèce de trou du cul.

— Passe à mon bureau et répète ça à un supérieur, dit Villani. Bon, tu commences par discuter un peu avec la belle-fille, Mme Bourgoyne. On lui a demandé de se rendre sur place. Elle devrait arriver dans l'heure. Cromarty vous ouvrira la porte.

— C'est un interrogatoire ?

— Pas vraiment. Je veux seulement que tu l'accompagnes dans sa visite. Essaie de savoir ce qu'il y avait dans les tiroirs. S'il manque autre chose, le moindre élément inhabituel – tout ce qui pourrait nous aider.

— T'es sûr que t'as besoin d'un officier supérieur pour ça ? Pourquoi ne pas donner tes instructions merveilleusement détaillées au premier gros con de planton venu ?

— Toutes mes excuses. Nom de Dieu, ne sois pas aussi susceptible !

— Et le reste de la famille ?

— Aucun proche. Il y a eu un beau-fils, le frère d'Erica, mais d'après elle, il s'est noyé en Tasmanie il y a longtemps.

— D'après elle ?

— On va tout vérifier. D'accord ? On va donner ça au premier gros con de planton venu. On va lui donner des instructions détaillées.

— C'était juste une question.

Pour se rendre chez Bourgoyne, Cashin emprunta la route escarpée, franchit le portail, puis descendit la sinueuse allée de peupliers et se gara au même endroit que la fois précédente. Les graviers indiquaient le passage de nombreux véhicules.

Il attendit en écoutant la radio. Il se remit à penser aux années sur la route avec sa mère et aux autres enfants qu'il avait rencontrés : certains étaient de vrais gamins des rues et ne mettaient jamais les pieds à l'école. Parmi ces délinquants de plage, les Blancs avaient une peau brun foncé, brûlée ou étaient couverts de taches de son et perdaient en permanence des lambeaux de peau parcheminée. Il songea à celui qui lui avait appris à surfer, en Nouvelle-Galles du Sud, peut-être bien à Ballina. Il s'appelait Gavin. Il lui avait prêté une planche de surf à laquelle il manquait un énorme morceau.

— Requin, mon pote, lui avait expliqué Gavin. Il a croqué le mec en deux, il risque plus d'en avoir besoin, alors je te la prête.

Quand il était parti, Gavin lui avait donné la planche. Qui sait où était Gavin maintenant ? Et la planche ? Cashin avait été très attaché à sa planche. Il avait couvert le trou de scotch.

Je m'ennuie ici, mon chéri. Nous partons.

Sa mère disait ça avant chaque nouveau départ vers le nord[1].

Cashin sortit de voiture pour s'étirer la colonne vertébrale et se mit à marcher en rond. Un véhicule s'approcha.

Une Saab noire émergea du virage et se gara à côté de la voiture de patrouille. Le chauffeur sortit lentement ; grand et fort, les cheveux ras, il portait un jean et un blouson de cuir ouvert.

— Salut, dit-il. John Jacobs, de l'agence de sécurité privée Orton. Ancien du GOS. Je peux vous demander une pièce d'identité ?

L'appartenance au Groupe d'opérations spéciales était censée revêtir un aspect divin qui transcendait le fait d'en avoir été viré pour lâcheté ou pour de violentes tendances psychopathes.

— C'est ma voiture, dit Cashin, qui fixait le véhicule de la police des yeux. Vous me prenez pour un homme dangereux avec une voiture de police volée ?

— Faut toujours tout vérifier, dit Jacobs. C'était une pratique d'usage dans la police, dans le temps.

— C'est toujours le cas. Mais c'est moi qui vous demande vos papiers. Faites voir.

Jacobs lui décocha un sourire pincé, puis fit étinceler sa canine gauche en lui tendant une carte plastifiée avec une photo. Cashin prit le temps de comparer la photo et l'original.

1. En Australie, plus on va vers le nord, plus il fait beau.

— Vous faites attendre la dame, râla Jacobs. Vous ne voyez pas clair ? Vous voulez peut-être du renfort ?

— Quelle mission vous a été confiée, aujourd'hui ?

— Je suis chargé de la sécurité de Mme Bourgoyne, ça se voit pas ?

Cashin lui rendit la carte. Jacobs fit le tour de la voiture et ouvrit la portière côté passager. La femme qui sortit était grande et mince ; le vent jouait dans ses longs cheveux blonds. Elle leva la main pour les tenir en place. Petite quarantaine, d'après Cashin.

— Madame Bourgoyne ?

— Oui.

C'était une belle femme aux traits anguleux et aux yeux gris.

— Inspecteur Cashin. L'inspecteur en chef Villani vous a déjà parlé, je crois.

— Oui.

— Ça vous dérangerait qu'on jette un coup d'œil ensemble ? Sans M. Jacobs, si ça ne vous ennuie pas.

— Je ne sais pas trop à quoi m'attendre.

— C'est toujours difficile, dit Cashin. Je vous propose de faire le tour de la maison. Prenez votre temps, regardez bien, et dites-moi si vous remarquez quoi que ce soit d'anormal.

— Merci. Bien, entrons par le côté.

Elle le précéda et fit le tour de la véranda. À l'est, une étendue de gravillons ratissés, parsemée de gros blocs de pierre lisses, était délimitée par une haie taillée. Elle ouvrit une porte-fenêtre qui donnait dans une pièce au sol en céramique, meublée de fauteuils d'osier, disposés autour de tables basses. Il y faisait tiède, alors qu'il n'y avait pas un brin de soleil.

— J'aimerais en finir avec tout cela le plus rapidement possible, dit Erica.

— Naturellement. M. Bourgoyne gardait-il de l'argent chez lui ?

— Je n'en ai pas la moindre idée. Pourquoi l'aurait-il fait ?

— Beaucoup de gens le font. Où donne cette porte ?

— Sur un couloir.

Elle le devança dans un large corridor.

— Il y a des chambres à coucher et un salon, dit-elle en ouvrant une porte.

Cashin entra et alluma la lumière. C'était une grande pièce aux rideaux tirés avec, sur les murs, quatre dessins au fusain et à l'encre, dans un cadre noir. Ils étaient tous du même artiste et suggéraient des scènes de rue avec des lignes sévères et verticales. Ils n'étaient pas signés.

De gros oreillers reposaient sur le large lit blanc.

— Il n'y a rien à voler ici, fit remarquer Erica.

Les deux chambres suivantes étaient presque identiques. Il y avait ensuite une salle de bains et un petit salon.

Ils arrivèrent dans le vaste hall d'entrée : il s'élevait sur deux étages et était éclairé par un puits de lumière venant d'une fenêtre de toit. Un escalier imposant dominait tout l'espace.

— Il y a deux salles à manger, dit Erica, une grande et une petite.

— Et en haut ?

— Des chambres.

Cashin jeta un coup d'œil dans les salles à manger qui ne semblaient pas avoir été visitées. À la porte du grand salon, Erica se figea soudain et se tourna vers lui.

— Je vais entrer en premier, dit-il.

Une vague odeur, mélange de lavande et d'un autre parfum, flottait dans la pièce. La lumière de la haute fenêtre tombait sur la moquette devant l'emplacement du tableau déchiré. La tache de sang était masquée par une feuille de plastique noir, scotchée au sol.

Cashin ouvrit l'armoire en cèdre contre le mur de gauche : whisky, cognac, gin, vodka, Pimm's, Cinzano, xérès, liqueurs variées, verres à vin, à whisky ou sans pied, en cristal ciselé, verres à cocktail.

Un petit frigo renfermait de l'eau gazeuse, du Schweppes et de l'eau minérale. Pas de bière.

— Vous savez ce qu'il gardait dans son tiroir ?

La petite table aux pieds fins, recouverte de cuir, était appuyée contre un mur.

Erica haussa les épaules.

Cashin ouvrit le tiroir de gauche. Des blocs de papier, des enveloppes, deux stylos plume et deux bouteilles d'encre. Cashin sortit le premier bloc, l'ouvrit et le plaça sous la lumière. Aucune trace de stylo. L'autre tiroir renfermait un coupe-papier en argent, une agrafeuse, une boîte d'agrafes, un perforateur et des trombones.

— Pourquoi n'ont-ils pas volé la chaîne stéréo ? demanda-t-elle.

Cashin examina la chaîne Bang & Olufsen, la marque la plus chère du marché, à l'époque où elle avait été achetée.

— Trop encombrante, répondit-il. Il avait un poste de télévision ?

— Dans l'autre salon. Mon beau-père n'aimait pas beaucoup la télévision.

Cashin parcourut les étagères de CD à côté du lecteur. Musique classique. Symphonique. Des opéras, des dizaines de disques. Il en sortit un, le mit dans l'appareil, appuya sur le bouton.

Maria Callas.

La salle jouissait d'une acoustique parfaite. Il ferma les yeux.

— Est-ce bien nécessaire ? demanda Erica.

— Excusez-moi, dit-il en éteignant la chaîne.

La voix de la Callas sembla flotter et se réfugier en hauteur dans les sombres recoins du plafond.

Ils sortirent de la pièce. Encore un couloir.

— Voici son bureau, dit-elle.

Il entra dans une grande pièce, dont trois murs étaient couverts de photos encadrées et de quelques peintures, tandis que le quatrième était tapissé de livres, du sol au plafond. Le bureau formait une courbe de bois pâle reposant sur des pieds carrés en bois sombre qui s'effilaient jusqu'à disparaître. La chaise était moderne, elle aussi – cuir et chrome. Une version fauteuil, plus confortable, était placée devant la fenêtre.

Les six tiroirs forcés, vraisemblablement à l'aide d'une pince-monseigneur, appartenaient à deux hauts meubles en bois massif. Rien n'avait été touché depuis la veille.

— Vous avez une idée de ce qu'ils contenaient ?

— Pas la moindre, répondit-elle.

Cashin n'y vit que des lettres et des papiers. Il fit le tour de la pièce, étudia les photos. Elles semblaient affichées par ordre chronologique et, à première vue, couvrir près d'une centaine d'années – photos de famille, portraits, jeunes hommes en uniforme, mariages, soirées, pique-niques, scènes de plage, deux hommes en costume devant un groupe de travailleurs en salopette, une plaque inaugurée par une femme portant un chapeau.

— Lequel est votre beau-père ? demanda-t-il.

Erica lui fit faire le tour et commenta l'évolution de Charles Bourgoyne sur les photos : du petit garçon souriant au jeune en uniforme de lycéen, en passant par les photos de sport – tenue blanche de cricket ou membre d'une équipe de foot australien –, il était devenu un jeune homme au visage fin en smoking, et finalement un homme d'âge moyen serrant la main d'un aîné… Charles Bourgoyne avait bien vieilli, tranquillement, sans perdre un seul de ses cheveux.

— Il y avait aussi et surtout les chevaux, dit-elle en les montrant du doigt. Ils avaient probablement plus d'importance que les personnes de son entourage.

Un mur de photos de chevaux et de cavaliers. Des dizaines de photos sur la ligne d'arrivée, certaines sépia, d'autres coloriées, quelques-unes en couleurs. On voyait Charles Bourgoyne monter à cheval, mener les bêtes, les caresser ou les embrasser.

— Est-ce que votre mère est encore en vie ?

— Non. Elle est morte quand j'étais jeune.

Cashin s'intéressa à la bibliothèque : romans, récits historiques, biographies et de nombreux ouvrages sur l'art et la culture du Japon et de la Chine. La rangée supérieure contenait des livres sur la Seconde Guerre mondiale, le conflit avec le Japon, les prisonniers de guerre australiens aux mains des Japonais.

Il y avait également des étagères de livres de poterie, des traités techniques. Trois rangées.

Ils poursuivirent la visite.

— Voici sa chambre, dit Erica Bourgoyne. Je n'y suis jamais entrée et je n'ai pas envie de le faire aujourd'hui.

Cashin pénétra dans une pièce blanche : un lit, une table de nuit, une simple lampe de chevet, un petit bureau avec quatre tiroirs ouverts. Ceux du bas avaient été forcés. Un petit couloir menait à un dressing. Il examina les habits de Bourgoyne : vestes, costumes, chemises sur cintres, chaussettes et sous-vêtements dans des tiroirs, chaussures alignées sur des supports métalliques. Tout semblait cher, rien ne semblait neuf.

Il remarqua un placard laqué rouge. Quand il l'ouvrit, il sentit une forte odeur de cèdre. Des effets de soie étaient suspendus aux cintres, d'autres enroulés sur une étagère.

Il songea à demander à Erica de le rejoindre.

Non.

Le dressing donnait sur une salle de bains aux murs et sols en ardoise, avec une baignoire en bois cerclée de cuivre comme un tonneau, des W-C et une douche simplement composée de deux plaques d'inox perforées : l'eau coulait de l'une sur l'autre. Il y avait des savons jaune pâle, des rasoirs jetables et du shampooing. Il ouvrit une armoire en bois : trois piles de serviettes sur six de profondeur, des savons, des sacs de rasoirs, du papier toilette, des mouchoirs.

Il rejoignit Erica. Ils visitèrent une autre chambre, qui ressemblait à une chambre d'hôtel de luxe, flanquée d'un petit salon avec deux fauteuils et une cheminée. Il y avait une autre salle de bains, plus ancienne, sans surprise. Au fond du couloir, une buanderie accueillait une machine à laver et un sèche-linge d'aspect récent.

Derrière, dans un débarras, il trouva sur des étagères d'épais draps blancs, des nappes, des serviettes de table et de bain et des appareils ménagers.

Ils revinrent par le même chemin.

— Il y a un autre salon ici, dit Erica, celui avec la télévision.

Quatre fauteuils en cuir autour d'une cheminée, une télévision disposée sur une étagère, à gauche, une deuxième chaîne Bang & Olufsen sur la droite. C'était une pièce cosy comparée au reste de la maison, songea Cashin.

— Bon, dit-il. C'est tout. Ce n'est pas la peine d'aller à l'étage, ils n'y sont pas montés.

Elle sembla poser sur lui un regard incertain.

— J'aimerais monter, dit-elle. Pouvez-vous m'accompagner ?

— Bien sûr.

Ils traversèrent la maison pour rejoindre le hall d'entrée, gravirent côte à côte le grand escalier en marbre, franchirent un palier, puis continuèrent de monter. Il contint sa douleur tout du long, sans grimacer. En haut de l'escalier, il y avait un couloir de six portes en cèdre sombre, toutes fermées. Sous leurs pieds, le tapis persan était éclairé par un puits de lumière.

— Je voudrais aller chercher quelques affaires dans la chambre de ma mère, dit Erica. Je n'en ai jamais eu le courage avant.

— Vous avez attendu longtemps ?

— Près de trente ans.

— Je reste ici. À moins que…

— Non, merci. Ça ira comme ça.

Elle se dirigea vers la seconde ouverture sur sa gauche. Il la vit hésiter, puis ouvrir la porte à six panneaux, passer la main pour atteindre l'interrupteur en cuivre et entrer.

Cashin ouvrit la porte la plus proche de lui et alluma. C'était une chambre immense, avec des lits jumeaux aux couvre-lits blancs, deux armoires, une commode et une écritoire devant la fenêtre aux rideaux tirés. Il marcha sur la moquette rose pâle, aux motifs copiant une couverture piquée, et écarta les rideaux. La fenêtre donnait sur une écurie en brique rouge, puis sur les arbres, presque nus, leurs branches agitées par le vent, et enfin sur une petite colline aux couleurs brun-roux des feuilles d'automne.

Il revint dans le couloir, s'approcha de la balustrade et quand il jeta un coup d'œil au hall d'entrée en contrebas, il fut pris d'un violent vertige et d'une envie pressante de se précipiter par-dessus la rampe.

— J'ai fini, dit Erica, derrière lui.

— Vous avez trouvé ce que vous cherchiez ?

— Non. Il n'y a plus rien. J'étais sotte de penser trouver quelque chose.

Ils regagnèrent le solarium et s'assirent, séparés par une table en verre.

— Vous avez remarqué quelque chose ?

— Non, je suis navrée, je ne suis pas d'un grand secours. Je me sens plus ou moins étrangère dans ces murs.

— Comment ça ?

Elle le regarda sévèrement.

— C'est ainsi, inspecteur, voilà tout.

— Est-ce qu'il avait l'habitude de fermer la nuit ? Est-ce qu'il mettait l'alarme ?

— Je ne sais pas. Il y a longtemps que je ne suis pas restée ici le soir.

Il était temps de changer de sujet.

— Parlez-moi de votre frère, madame Bourgoyne.

— Il est mort.

— Noyé, apparemment.

— En Tasmanie. En 1993.

— Lors d'une baignade ?

Erica gigota, croisa les jambes de son pantalon de velours, agita une botte noire bien cirée.

— Vraisemblablement. On a retrouvé ses affaires sur la plage, mais pas son corps.

— Je vois. Et vous étiez ici mardi matin.

— Oui.

— Vous rendez souvent visite à votre beau-père ?

— Souvent ? Non, répondit-elle en se frottant les mains.

— Vous ne vous entendez pas bien ?

Erica fit une grimace qui la vieillit et la rida considérablement.

— Nous ne sommes pas proches. C'est ainsi dans la famille, j'ai été élevée comme ça.

— Et la raison de votre visite ?

— Charles avait demandé à me voir.

— Pourriez-vous être plus précise ?

— C'est indiscret. Pourquoi voulez-vous le savoir ?

— Madame Bourgoyne, dit Cashin. Il m'est difficile de vous dire précisément ce que nous voulons savoir. Mais si vous préférez que je note que vous ne voulez pas répondre à cette question, je peux le faire. Ça ne me dérange pas.

Mécontente, elle haussa les épaules.

— Il voulait parler de ses affaires.

Cashin attendit d'être sûr qu'elle ne veuille pas en dire plus.

— Passons à autre chose… Qui doit hériter ?

Yeux écarquillés.

— Aucune idée. Qu'allez-vous insinuer ?

— C'est une simple question. Il ne vous a jamais parlé de son testament ?

Un rire.

— Mon beau-père n'est pas du genre à parler de son testament. Je doute qu'il y ait accordé la moindre pensée. C'est bon pour le commun des mortels…

— En supposant qu'il ait connu son agresseur…

— Pourquoi le supposerait-on ?

— C'est une piste possible. Qui aurait pu lui vouloir du mal ?

— Pour autant que je sache, il est très respecté dans la région. Mais je ne vis pas ici, je n'y ai pas habité depuis… depuis mon enfance. Je me contente de quelques visites.

Elle détourna les yeux. Il suivit son regard, qui fuit sur les graviers disciplinés jusqu'à la haie. Le parc des Heights n'offrait rien qui puisse remonter le moral – haies, pelouses, dalles, graviers : il se limitait à une palette de verts et de gris. Cashin s'aperçut qu'il n'y avait pas la moindre fleur.

— Il a fait arracher tous les parterres de fleurs, dit-elle en lisant dans ses pensées. Ils étaient superbes.

— Une dernière chose. Pouvez-vous réfléchir et

me dire si vous trouvez quoi que ce soit, dans votre vie ou dans celle de votre beau-père, qui puisse expliquer les faits ?

— Comme quoi ?

— On risque d'avoir à mener une enquête criminelle.

— Ce qui veut dire ?

— Que rien de ce qui touche à votre beau-père ne pourra rester dans le domaine privé.

Elle se raidit, lui lança un regard impassible.

— Est-ce que vous essayez de me dire que je serai suspecte ?

— Nous nous intéresserons à tout le monde.

— Et aux inconnus ? dit-elle. Serait-il possible que vous vous intéressiez aux inconnus qui ont pénétré dans sa maison et se sont attaqués à lui ?

Il voulut reproduire son ton sarcastique.

— C'est tout à fait possible. Mais comme il n'y a pas le moindre signe d'effraction, nous devons aussi envisager d'autres cas de figure.

— Bon, dit-elle en consultant sa montre montée sur un fin bracelet d'argent. J'aimerais pouvoir partir. Vous êtes de la police locale ?

— Je resterai ici le temps qu'il faudra.

Ce n'était pas faux. Il y avait une part de vérité dans pratiquement tout ce que les gens disaient.

— Est-ce que je peux vous demander pourquoi vous êtes accompagnée d'un garde du corps ?

— Simple précaution professionnelle, dit-elle en se levant.

Cashin l'imita.

— On vous a menacée ?

Erica tendit la main droite.

— C'est professionnel, inspecteur. C'est donc confidentiel. Au revoir.

Ils échangèrent une poignée de main. L'ancien du GOS, Jacobs, s'avança dans la cour pour le voir partir. Dans le rétroviseur, Cashin le vit lui faire un signe d'adieu moqueur, les doigts en éventail, la main droite juste à côté de son sourire de gros dur.

Cashin mit les gaz et projeta une pluie de graviers sur Jacobs qui tenta de se protéger le visage.

Cashin prit la route qui longeait Open Beach, tourna au croisement avec la route principale et regagna Port Monro où il alla boire un café. Il se gara au-dessus de Lucan Rocks, avec une vue plongeante sur cinq ou six surfeurs : certains prenaient les gros rouleaux, d'autres mettaient beaucoup de temps à se décider.

C'était un passe-temps apaisant de rester assis bien au chaud dans une voiture à regarder l'écume des vagues portée par le vent, l'apparition verte et translucide des trombes d'eau se dressant en mur, la silhouette noire qui frôlait le verre en fusion, l'échappée poétique, la chute.

Le souvenir de la planche de Gavin, croquée par le requin, lui rappela l'époque où il pagayait dans de l'eau tiède comme dans une baignoire. Ici, l'eau glaciale vous escamotait les testicules. Il repensa aux bains qu'ils prenaient quand il était petit et qu'ils avaient encore la cabane de famille au-delà d'Open Beach. La cabane des Doogue était derrière la dune voisine : un assemblage délabré de tôle ondulée, de plaques de fibrociment et de planches récupérées. À cette époque, la ville avait deux épiceries, deux boucheries, un *fish-and-chips*, une quincaillerie, un magasin où l'on trouvait de tout, une pharmacie et un médecin. Les riches – la plupart éleveurs de moutons – avaient des maisons de campagne sur la Barre, la langue de terre qui sépare la mer de la rivière. Les gens ordinaires de l'intérieur des terres se contentaient de cabanes au-dessus d'Open Beach ou de South Port, ou de celles établies derrière le terrain de camping.

Cashin revit son père arrêter sa Falcon sur le pont de bois, jeter un coup d'œil à la rivière et aux yachts arrimés des deux côtés.

— Nom de Dieu ! On se croirait sur la Côte d'Azur, avait-il dit.

— C'est quoi la Côte d'Azur ? avait demandé Joe.

— Monaco est sur la Côte d'Azur, avait dit Michael.

Mick Cashin avait regardé Michael.

— Comment tu sais ça, toi ?

— Je l'ai lu. C'est là qu'ils ont des *grand pricks*[1].

— *Grand pricks* ? avait demandé Mick. Tu veux dire la famille royale ? Le prince Rainier ?

— Sois poli, avait dit la mère de Cashin, en tapotant Mick sur la joue. On ne prononce pas le *x* en français, Michael, on dit *pri*.

Chaque année, il y avait eu plus de gamins de la ville sur les plages. On les reconnaissait à leurs coupes de cheveux, leurs habits, aux chaînes que les

1. Jeu de mots. Prix, si le *x* final est prononcé, devient *pricks*, qui peut se traduire par « connard » ; avec *grand*, qui signifie « grandiose », on a donc des « connards grandioses ».

filles et garçons plus âgés portaient autour du cou et aux cigarettes qu'ils fumaient sans se cacher.

Cashin pensa au samedi matin d'hiver où ils étaient arrivés à leur cabane et où celle de leur voisin Macca, la « Cabana Macca », avait disparu. Elle s'était volatilisée et il n'en restait plus que quelques traces dans le sable à l'emplacement de l'ancienne cahute décolorée qui penchait légèrement en arrière.

Il en avait fait le tour, fasciné par la disparition. Des piquets étaient plantés dans le sol et, la fois suivante, on avait coulé une dalle et construit la moitié d'une maison.

C'était le dernier été qu'ils avaient passé dans leur cabane, le dernier été avant la mort de son père. Des années plus tard, il avait demandé à sa mère ce qu'elle avait fait de la cabane.

— Je l'ai vendue, avait-elle répondu. J'étais obligée, je n'avais plus un sou.

Aujourd'hui, il ne suffisait pas d'être riche, il fallait être bourré aux as pour pouvoir s'acheter un terrain dans les bois de *teatree* sur la Barre et les cabanes ne risquaient plus de vous faire de l'ombre à Open Beach : sur les dunes autrefois sans valeur se dressait maintenant un mur compact de maisons et d'appartements avec des terrasses en bois et des baies vitrées. Rien en dessous de six cent mille dollars.

Un bateau de pêche s'approchait, prêt à entrer au port.

Cashin le connaissait. Il appartenait à un ami de Bern dont le frère, un type un peu louche, braconnait les ormeaux. Il ne restait plus que six bateaux de pêche en activité à Port Monro. Ils ramenaient des langoustes et quelques caisses de poissons, mais avec l'usine de caséine, c'était la seule industrie de la ville. À moins que l'on ne compte aussi les six restaurants, cinq cafés, trois boutiques de vêtements, la librairie, deux antiquaires, quatre masseurs, un aromathérapeute, trois coiffeurs, des dizaines de *bed-and-breakfast*, le labyrinthe et le musée de poupées.

Il termina son café et emprunta le chemin le plus long pour aller au travail, par Muttonbird Rocks. Comme la plupart des maisons de vacances étaient fermées, les rues étaient désertes. Il descendit puis remonta la voie principale du centre-ville, passa devant les deux supermarchés, les trois agences immobilières, les trois cabinets médicaux, les deux cabinets juridiques, la maison de la presse, le magasin de sport et l'hôtel Shannon, à l'intersection de Liffey Street et de Lucas Street.

À la fin des années 1990, un gars de la ville, trafiquant de drogue et promoteur immobilier, avait acheté le Shannon, avec ses fenêtres condamnées et son revêtement en chiures de mouettes. On parlait encore de la bagarre de 1969 qui avait nécessité deux ambulances de Cromarty pour évacuer les blessés du pub. Le nouveau propriétaire avait consacré plus de deux millions de dollars au Shannon. Les artisans du coin avaient embauché des apprentis, s'étaient acheté des pick-up flambant neufs et avaient offert de nouvelles cuisines à leurs femmes : électroménager importé d'Allemagne et plans de travail en granit.

Deux hommes coiffés d'un bonnet sortaient de l'Orion, le seul assommoir de Port Monro n'ayant pas encore trouvé son promoteur. La semaine où

Cashin avait pris ses fonctions, trois routards anglais qui buvaient un coup à l'heure du déjeuner s'étaient payé la tête de quelques voyous locaux. Le premier avait eu droit à une bonne raclée qui l'avait expédié à terre. Les autres, deux maigrichons de Leeds, avaient répliqué en donnant des coups de boule et des coups de pied ; et ils avaient déjà amoché de nombreux gars du coin quand Cashin et son collègue étaient arrivés.

Ronnie Barrett, le plus costaud des deux hommes, observa attentivement Cashin. Il avait été condamné à plusieurs reprises : voies de fait, conduite en état d'ivresse ou sans permis. Maintenant au chômage, il faisait des petits boulots au noir à Cromarty pour un magasin de pièces détachées. Depuis son excès de zèle dans le domaine – il avait tenté de mettre son ancien foyer conjugal en pièces détachées – il lui était interdit de s'approcher de son ex-femme.

Cashin se gara devant le poste et prit le temps de contempler le vent qui se mesurait aux pins. Ça sentait l'hiver. Il songea à l'été, quand les rues débordaient de gamins de la ville pourris-gâtés, avec leurs mères blondes et leurs pères grassouillets en chaussures bateau. Les places de parking étaient encombrées de Cruiser, de Mercedes et de BMW. Les hommes s'installaient à la terrasse ou à l'intérieur des cafés, ou bien ils restaient plantés dans les magasins, la main contre l'oreille, à aboyer dans leurs portables avec force grimaces.

Mais l'été s'était enfui, mai[1] était revenu avec ses

1. Le mois de mai marque la fin de l'automne en Australie.

pluies glaciales, ses vents qui vous décapaient la peau, et il ne restait plus en ville que le noyau dur : les sans-emploi, les travailleurs pauvres, les « inemployables », les ivrognes et les camés, les retraités, les bénéficiaires d'allocations en tous genres et les estropiés. Cashin regardait maintenant la ville comme on regarde un paysage après un incendie : affleurements de rochers, ravins obscurs, détritus divers tels que les bouteilles brunes de bière et les carcasses de voitures.

Ronnie Barrett incarnait Port Monro l'hiver. Ils devraient coller sa photo sur une affiche de pub : LE VRAI VISAGE DE PORT MONRO.

Cashin entra et discuta avec Kendall. Leurs services se chevauchaient pendant quelques heures. Il rédigea le compte rendu de sa visite aux Heights, l'envoya à Villani et en classa deux exemplaires dans les dossiers.

Puis il téléphona à la brigade criminelle et demanda à parler à Tracy Wallace.

— Alors, t'as repris le collier ? dit-elle. J'imagine qu'on se les gèle vers chez toi ?

Cashin apercevait le drapeau devant le poste, raide comme une planche dans le vent arctique.

— N'importe quoi ! Faut vraiment avoir des parties hypersensibles pour se les geler. On en est où, pour Bourgoyne ?

— Rien de neuf. Dès que tu vas mieux, reviens vers nous. On est envahis de jeunes cons.

— Sois patiente. En temps voulu, on réussira à en faire des vieux cons.

Les heures de service s'écoulèrent.

Cashin rentra chez lui par les routes de campagne. Les vaches, momentanément soulagées après la traite, le gratifièrent de leur regard sombre et luisant.

Aucune trace de Dave Rebb.

Il sortit les chiens, se prépara quelque chose à manger et regarda la télé, tandis que la douleur ne cessait d'empirer. Elle se vengeait des heures qu'il avait passées debout. Après sa sortie de l'hôpital, il avait longtemps été incapable de fonctionner sans péthidine. Se sevrer de péthidine, cette charmante alliée, avait été la chose la plus difficile à accomplir dans sa vie. Ses drogues de choix étaient maintenant l'aspirine et l'alcool, de bien fades succédanés.

Cashin se leva et descendit trois aspirines avec une bonne rasade de whisky. La Callas, Bergonzi et Gobbi l'avaient toujours aidé. Il se dirigea vers son bien le plus coûteux – une chaîne de deux mille dollars – et mit un CD. *Tosca* de Puccini. Le son envahit l'immense pièce.

Il devait son goût de l'opéra et de la lecture à ce sale abruti criminel de Raimond Sarris. Avant lui,

Cashin avait toujours considéré l'opéra comme une foutaise que les snobs affectaient d'apprécier. Une affaire de gros bonshommes et bonnes femmes qui chantent en langue étrangère. Les bouquins, ça allait, mais il fallait tellement de temps pour les lire et il y avait tant à faire. Cashin n'avait eu que peu de temps libre avant de rencontrer Vickie et, après, il quittait la maison le plus tôt possible, rentrait quand il faisait noir, mangeait à son bureau, dans la voiture ou dans la rue. Il consacrait ses loisirs à dormir à moins que quelqu'un – un flic – ne vienne klaxonner devant chez lui ; ils partaient alors aux courses, au foot, ou rejoignaient d'autres flics dans un jardin pour manger de la viande carbonisée, boire de la bière et parler boulot.

Puis il y avait eu Rai Sarris.

Après Rai, il avait passé de longues heures, du jour ou de la nuit, à lire ou regarder la télévision, rien d'autre. La nuit, quand ils tentaient de réduire ses doses d'analgésiques, ses douleurs au dos, au bassin et aux jambes lui laissaient toujours du répit avant qu'il ne s'endorme. Il s'échappait un moment dans un sommeil profond et sans rêve. La douleur le réveillait lentement, comme un bruit lointain mais persistant – pleurs de bébé ou appel importun qui nous tire de fragments de rêve. Il s'agitait alors, pas complètement conscient, pour tenter d'adopter une position atténuant la douleur. Puis il abandonnait, se plaçait sur le dos – couvert de sueur, souffrant du cou aux genoux –, allumait la lumière et se redressait pour essayer de lire. Ce scénario se répétait jusqu'au matin, tant de fois qu'elles se fondaient en une seule.

Un jour, une infirmière nommée Vincentia Lewis lui avait prêté un lecteur stéréo, deux petits haut-parleurs et une boîte de vingt ou trente CD. « C'étaient ceux de mon père, avait-elle expliqué, il n'en a plus besoin maintenant. » Les disques étaient longtemps restés sur la table de nuit sans qu'il y touche, jusqu'à l'aube où, à l'approche de la douleur, Cashin avait allumé et pris le premier CD qui lui était tombé sous la main. Il l'avait placé dans l'appareil sans le regarder, puis avait mis le casque et éteint la lumière.

C'était Jussi Björling.

Cashin ne le connaissait pas à l'époque. Il avait enduré la musique quelques instants, lui avait accordé une minute supplémentaire, une autre. Peu à peu, la lumière s'était glissée sous les stores crème, l'infirmière de jour était arrivée et les avait ouverts. « Vous avez l'air plus reposé aujourd'hui, avait-elle dit, vous avez passé une bonne nuit ? »

Comment Rai Sarris se faisait-il appeler maintenant ? Des mois durant, ils avaient mis toutes les connaissances de Rai sur écoute. Il n'appelait jamais personne.

Cashin eut des difficultés à se lever pour se verser un autre whisky. Encore deux ou trois et il parviendrait à dormir.

Ils firent le tour de la maison par l'ouest, à travers les hautes herbes ; les chiens les devançaient en cabriolant, en arrêt sur leurs pattes raides quand ils espéraient voir un lapin dans la brume.

— T'as grandi où ? demanda Cashin.

— Un peu partout, répondit Rebb.

— Ça a commencé où ?

— J'étais bébé, je m'en souviens pas.

— Je vois. T'es allé à l'école ?

— Pourquoi ?

— La plupart des gens se rappellent où ils sont allés à l'école.

— Qu'est-ce que ça peut faire ? Je sais lire et écrire.

Cashin se tourna vers Rebb, qui évita son regard, le sien fixé droit devant.

— T'aimes bien tailler le bout de gras, dis donc. Le roi de la tchatche !

— J'adore piailler. Et toi, pourquoi tu marches comme si t'avais peur de te briser en mille morceaux ?

Cashin ne répondit rien.

— Tu te confies au premier venu, peut-être ? Dis-moi, pourquoi ta maison est dans cet état ?

Les chiens avaient disparu au milieu de la végétation. Cashin ouvrit la marche dans le sentier étroit qu'il avait dégagé avec un taille-haie. Ils arrivèrent aux ruines.

— C'est le frère de mon arrière-grand-père qui l'avait construite, puis il en a fait sauter certaines parties à coups de dynamite. Il avait prévu de tout faire sauter, mais le toit s'est effondré sur lui.

Rebb opina de la tête, comme s'il ne voyait rien d'exceptionnel au dynamitage d'une maison. Il regarda autour de lui.

— Bon, et qu'est-ce que tu comptes faire ?

— Commencer par débroussailler le jardin. Après, je me suis dit que j'allais peut-être retaper la maison.

Rebb examina un morceau de métal rouillé.

— Retaper ça ? C'est comme essayer de construire la cathédrale de Chartres. C'est tes gamins qui devront finir le chantier.

— Tu t'y connais, en cathédrales ?

— Non.

Rebb regarda à travers un trou qui avait été une fenêtre.

— Je me suis dit qu'on pourrait s'y attaquer petit à petit, répondit Cashin sans grand enthousiasme.

Il commençait à percevoir le projet à travers les yeux de Rebb.

— Ça serait plus facile de faire du neuf.

— Ça me dit rien.

— Ça serait plus raisonnable.

— Les cathédrales non plus ça devait pas avoir l'air bien raisonnable.

Rebb longea le mur, s'arrêta, donna des petits coups de botte et se pencha pour regarder de plus près.

— Mais c'était la religion. Les pauvres bougres ne savaient pas qu'il existait d'autres possibilités.

Cashin le suivit. Ils firent péniblement le tour de la maison. Rebb explorait, raclait ou frappait autour de lui. Il découvrit un reste de dallage à petits carreaux octogonaux, rouges et blancs.

— Pas mal, observa-t-il. T'as des photos de la maison ?

— On m'a dit qu'il y en avait quelques-unes dans un livre de la bibliothèque de Cromarty.

— Ah bon ?

— Je les ferai photocopier.

— Il nous faut un mètre à ruban. Un très long, dit Rebb en faisant le geste de le rembobiner.

— J'en trouverai un.

— Du papier millimétré aussi. On verra si on arrive à faire un dessin.

Ils rentrèrent par le chemin le plus long, le temps s'était levé, des îlots bleu pâle traversaient le ciel ; les chiens parcouraient chaque recoin de terre, tels des dragueurs de mine.

— D'autres ont habité ici avant toi ? demanda Rebb.

— Pas vraiment. Un type a loué les terres pour ses moutons. Il lui arrivait de passer un peu de temps ici.

— Ça prendra longtemps pour dégager le jardin, dit Rebb. Avant que tu t'attaques au gros du boulot.

Il se roula une cigarette en marchant, tourna le dos au vent et l'alluma, sans s'arrêter.

— Tu te donnes combien de temps ?

— Ils savaient combien de temps il leur faudrait pour une cathédrale ? répondit Cashin.

— Catholique ?

— Non. Et toi ?

— Non.

Les chiens rejoignirent Cashin comme s'ils avaient un rendez-vous avec le chef. Ils attendaient des ordres, des suggestions ou une simple inspiration.

— D'après un curé qui avait fait de la taule pour une histoire de filles, dit Rebb, la religion est un problème mental, comme la schizophrénie.

— Tu l'avais rencontré où ?

Rebb émit un bruit, peut-être un rire.

— Sur la route, on rencontre tellement de curés qui ont fait de la taule pour des histoires d'enfants… Impossible de s'y retrouver.

Ils étaient arrivés devant la maison.

— Si tu veux casser la croûte, fais comme chez toi, dit Cashin. Je vais en ville.

Rebb lui tourna le dos et demanda sans se retourner :

— Tu veux pas laisser les chiens ? Je les emmènerai et je les laisserai dans la cour de chez Millane. Il m'a dit qu'il les aimait bien.

— Avec ça, tu vas te faire des copains à vie. Ils seront forcément mieux chez Den qu'au bloc.

Cashin rejoignit Port Monro par des routes jonchées de bêtes écrasées : oiseaux, renards, chats, rats, un jeune kangourou ; il traversa des croisements vérolés, où une ou deux maisons déglinguées défiaient le vent, avec des pancartes indiquant d'autres carrefours tout aussi mornes.

À Port Monro, Leon lui fit un sandwich à emporter : bacon, laitue et avocat.

— Tu oses braver le courroux de Mme Gros-Cul ?

lui demanda-t-il. J'ai envie de faire faire une enseigne : « Provende de la gendarmerie de Port Monro, exclusivement sur rendez-vous. »

— Qu'est-ce que c'est que ce pro-vente ?

— Provende. Provisions de vivres. En général.

— Comment tu l'écris ?

— P-R-O-V-E-N-D-E.

— J'ai du mal à accepter ça.

Cashin prit son petit déjeuner à Open Beach. Garé à côté du club de secours en mer, il observait deux planches à voile : elles frôlaient la crête des vagues et prenaient leur envol d'un saut, comme d'étranges volatiles humains se découpant sur la pâleur du ciel. Il ouvrit le couvercle de son gobelet de café. Il avait le temps. Kendall avait été nommée chef de poste intérimaire pour la durée de l'enquête Bourgoyne. Carl Wexler était loin d'apprécier, mais en contrepartie, il pouvait tyranniser le remplaçant envoyé par Cromarty, un gamin encore plus inexpérimenté que lui.

Bourgoyne.

Son frère avait été exécuté par les Japs. Était-il possible de s'intéresser à la culture japonaise quand votre frère a été exécuté par les Japs ? Que signifiait « exécuté » ? Se faire trancher la tête ? Un Jap lui avait-il coupé la tête d'un coup d'épée, sectionnant le cou et la colonne vertébrale d'un seul geste fulgurant ?

« Un putain de truc à la *De sang-froid.* » Comment Villani connaissait-il Truman Capote ? Il ne risquait pas d'avoir vu le film. Villani n'allait jamais au cinéma. Cela dit, il ne lisait pas non plus. Exactement comme moi avant Rai Sarris, songea Cashin. Il n'a pas la patience de lire.

Avant Rai, il n'aurait jamais su ce que *De sang-froid* signifiait. Vincentia, qui préparait une licence de lettres à mi-temps, lui avait offert le livre. Il l'avait lu en un jour et une nuit. Elle lui avait alors donné *Le chant du bourreau* de Norman Mailer qu'il avait dévoré tout aussi rapidement. Il lui avait demandé de lui acheter un autre Mailer et elle lui avait rapporté *Les nus et les morts*, en édition d'occasion.

— Y a que des histoires de morts ? avait-il remarqué. Je pourrais peut-être lire d'autres trucs de temps en temps.

— Commence-le, avait-elle répondu, ça parle de mort gratuite, mais sous un angle nouveau.

Shane Diab n'aurait pas dû se trouver là. Mais on ne peut pas revenir en arrière. Il n'était qu'un gamin zélé, bluffé et heureux de faire partie de la brigade criminelle au point de faire n'importe quoi, d'aller partout, de faire des journées de vingt-trois heures et d'arriver au boulot en avance le lendemain.

Il était vain de penser à Shane. Ce n'était d'aucune utilité. Des flics se faisaient tuer n'importe comment, il aurait tout aussi bien pu se faire descendre par un trou du cul abruti au Jack Daniel's et aux amphés. Les risques du métier.

Le portable de Cashin sonna.

— Joseph ?

Sa mère.

— Oui.

— Michael m'a appelée. Je suis inquiète.

— Pourquoi ?

— À cause du ton de sa voix.

— Comment ça ?

— Étrange. Ça ne lui ressemble pas.

— D'où appelait-il ?

— De Melbourne.

— De la salle de bains et demie ?

— Je n'en sais rien. Qu'est-ce que ça peut faire ? Irritée.

— Et qu'est-ce qu'il a, son ton de voix ?

— Il est déprimé. Michael ne semble jamais déprimé d'habitude.

— On a tous des coups de blues. La vie est une balançoire. On monte, on descend, avec un peu de bol on arrive à rester d'aplomb un petit moment.

— N'importe quoi, Joseph. Je le connais. Tu ne veux pas l'appeler ? Bavarder un peu avec lui ?

— Et qu'est-ce que je lui dis ? Ta mère m'a demandé de t'appeler ? On ne bavarde pas tous les deux. On ne bavarde jamais.

Silence. Un planchiste, en l'air, flottait sous sa planche à voile. Il disparut, homme et planche plongèrent derrière la vague comme des pièces dans une fente.

— Joe.

— Oui.

— C'est maman, pas « ta mère ». Je vous ai mis tous les deux au monde. Peux-tu me faire ce plaisir ? L'appeler ?

— Donne-moi son numéro.

— Attends, je vais le chercher. T'as de quoi écrire ?

Il nota le numéro sur son calepin et dit au revoir à sa mère. Le planchiste avait réapparu. Je téléphonerai à Michael plus tard, se dit-il. Après quelques verres, je trouverai une raison de l'appeler. On bavardera… Pour autant qu'on peut bavarder tous les deux.

Dans la rue principale, Cashin fit ses courses : lait, oignons, carottes, un demi-potiron, quatre oranges et quelques bananes. Il rangea le tout dans sa voiture et descendit à pied jusqu'à la maison de la presse, qui n'avait qu'une cliente : Cecily Addison, en train de feuilleter un magazine qu'elle reposa dès qu'elle le vit.

— Alors, que se passe-t-il ? Qu'est-ce qui vous prend autant de temps ?

— L'enquête suit son cours.

Cashin s'empara du *Herald* de Cromarty qui titrait à la une :

COMPLEXE TOURISTIQUE
200 EMPLOIS EN VUE

— Ils osent appeler ce type un promoteur, dit Cecily. Autant appeler les hyènes des promoteurs. Et Hitler, tiens, ça c'était un sacré promoteur. Il voulait tout promouvoir. L'Europe, l'Angleterre, le monde entier, nom de Dieu !

Cashin savait que quand Cecily était lancée, il était inutile de lui donner la réplique. Ni même de répondre à ses questions.

— Je vais à l'embouchure depuis toujours, poursuivit Cecily. Mon bon vieux père nous fabriquait des petites cannes à pêche, on était hauts comme trois pommes. Il y a une petite pointe sablonneuse, là-bas, le paradis du pêcheur. Cela dit, ça faisait une bonne trotte. On garait la Dodge au Camp des Compagnons, une bonne vingtaine de minutes de l'autre côté des dunes. On avait l'impression de marcher toute la journée, mais ça valait le coup, c'est moi qui vous le dis.

Elle s'interrompit pour reprendre son souffle.

— Et ce chacal de Fyfe, qu'est-ce qu'il a bien pu leur glisser aux socialos, à votre avis ?

— Je ne vous suis plus, madame Addison.

Cecily pointa le journal du doigt.

— Lisez ça, c'est à chialer ! Les socialistes envisagent de permettre à Adrian Fyfe de construire sur l'embouchure de Stone Creek. Hôtel, terrain de golf, résidences, bordel, casino et tutti quanti. Et comme si ça ne suffisait pas, j'ai découvert ce matin que mon cabinet, mon propre cabinet juridique, doit représenter cet infâme bâtard. Pas étonnant qu'on ait la réputation d'être encore plus bas que des ventres de serpents.

— Pourquoi a-t-il besoin d'avocats ?

— Tout le monde a besoin d'avocats. Il va devoir acheter le Camp des Compagnons à Charles Bourgoyne. Enfin, à lui ou à ses héritiers, maintenant. Ce torchon oublie de préciser qu'il est inutile d'acheter l'embouchure de Stone Mouth sans y avoir accès. Et il y en a seulement deux, par la réserve naturelle ou par le Camp des Compagnons.

— Et le camp appartient à Bourgoyne ?

— Son père l'avait loué aux Compagnons : un bail de quarante ans. Pour y faire pousser des poivriers. C'est de l'histoire ancienne. Il ne s'y est rien passé depuis l'incendie. Et les Compagnons, c'est aussi de l'histoire ancienne.

Le portable de Cashin se mit à sonner. Il sortit. Villani.

— Joe, à propos de Bourgoyne. Deux jeunes ont essayé de fourguer une montre Breitling à Sydney hier.

Cashin s'assit à la table d'une terrasse.

— Quand as-tu appris ça ?

— Il y a cinq minutes, répondit Villani. Ça s'est passé dans un magasin du genre Cash Converters. Au clou, ni plus ni moins. Le gérant a eu le bon réflexe. Il les a fait suivre et a noté le numéro de leur plaque d'immatriculation. Qui a traîné sur le bureau d'un abruti jusqu'à maintenant.

— Et alors ?

— Pick-up Toyota, quatre portes. Propriété de Martin Frazer Gettigan, 14 Holt Street à Cromarty.

— Bordel ! Encore un Gettigan.

— Oui ?

— C'est un vrai clan. Ils sont toute une tripotée.

— À qui a-t-on affaire ? Aborigènes ?

— Certains oui, d'autres non.

— C'est comme les Italiens. Tu peux te renseigner sur le pick-up sans effrayer les esprits ? Je peux pas faire confiance à ces crétins de Cromarty. Des crétins et des brutes.

Cashin repensa au chantier, au break animé de secousses.

— Je vais essayer.

— Tu gardes tes distances, tu me comprends ?

— Tu dis plus *capisce* ? C'est plus à la mode ?

— N'y passe pas trop de temps, répondit Villani. Je te parle en minutes plutôt qu'en heures.

— Ça prendra le temps qu'il faudra.

Il appela le poste et tomba sur Kendall.

— Écoute, trouve-moi le procès-verbal d'un incident avec Allan James Morris, suite à une plainte de l'école primaire. C'est moi qui l'ai rédigé. Je veux son numéro de portable.

Morris mit plus d'une minute à répondre. Sans doute occupé à se reculotter sur un chantier, pensa Cashin.

— Ouais.

— Allan ?

— Ouais.

— Inspecteur Cashin de Port Monro. Vous me remettez ?

— Ouais.

— J'aurais besoin d'un coup de main. D'accord ?

— Quoi ?

— Martin Frazer Gettigan, 14 Holt Street. Vous le connaissez ?

— Pourquoi ?

— Je suis pressé, fiston. Vous le connaissez ?

— Ouais, je le connais.

— Il est en ville ?

— J'sais pas. On se voit pas trop.

— Allan, je vais vous demander quelque chose.

— Putain, mec, je vais pas me mettre à faire le sale boulot d'un flic…

— Allan, je n'ai que ces mots à dire : la petite-fille de quelqu'un.

Cashin entendit des bruits de chantier : une cloueuse, un marteau, des cris.

— Quoi ? demanda Morris.

— Je veux savoir qui conduit le pick-up de Martin.

— Mais putain, comment voulez-vous que je…

— Débrouillez-vous. Vous avez cinq minutes.

Cashin fit le plein au garage Callahan, au carrefour de Kenmare. Derry Callahan sortit de sa zone de travail, mal rasé, la casquette enfoncée sur les sourcils. Cashin le connaissait depuis le primaire.

— Vous autres, vous avez rien à foutre que de vous promener ? demanda-t-il en se passant un doigt sous le nez, ce qui assombrit encore la tache de cambouis. Vous en êtes où dans l'affaire Bourgoyne ?

— L'enquête suit son cours.

— Suit son cours ? T'es allé faire un tour chez les *boongs* ? Couvre-feu sur tout le Daunt, bordel de merde, voilà ce qu'il faut. On commence par l'entourer de barbelés pour vérifier les entrées et les sorties.

— Approche originale, dit Cashin. Pourquoi t'écris pas une lettre au Premier ministre ? Ah, oui, y a le problème des fautes d'orthographe. Tu pourrais peut-être lui téléphoner ?

Les sourcils de Derry disparurent derrière sa casquette.

— C'est possible ? demanda-t-il. Ils ont une ligne ?

Le portable sonna tandis que Cashin payait la sœur de Derry, la grosse Robyn aux yeux bridés. Un rictus moqueur lui tordait la bouche en permanence. Il laissa sonner le téléphone, prit sa monnaie, sortit dans le froid et, appuyé contre son véhicule, en plein vent, les yeux sur les plaines qui s'étalaient au-delà de la route, il répondit enfin.

— Bon, il est ici, dit Allan Morris. Il travaille chez son père.

— Et le pick-up ?

— Il a fallu que j'invente un gros bobard à la con.

— Alors ?

— Il dit qu'il l'a prêté à Barry Coulter et que le fils de Barry s'est barré avec. Il est pas joyeux, nom de Dieu, je vous dis que ça.

Un élancement traversa la jambe gauche de Cashin, du haut de la cuisse jusqu'à la hanche. La sensation était familière, comme une vieille amie. Il changea de position.

— Comment s'appelle le gamin ?

— Donny.

— Donny Coulter ?

— Évidemment.

— Il s'est barré où ?

— Sydney. Il a téléphoné. Il est avec un autre môme, Luke Ericsen. C'est Luke qui conduit. Ils sont cousins. Enfin plus ou moins. Donny a pas inventé la poudre.

— Ils ont déjà fait des conneries, ces gamins ?

— Des gamins noirs ? Dans cette ville ? Vous appelez d'où ? De Mars ?

— Oui ou non ?

— J'en sais rien.

— Cette conversation n'a jamais eu lieu, conclut Cashin.

— Merde alors, moi qui voulais m'en vanter dans toute la ville.

Cashin appela le commissariat de Cromarty, tomba sur Hopgood et lui communiqua les deux noms.

— Donny Coulter, Luke Ericsen, répéta Hopgood. Faut que je consulte le représentant *boong*. Je vous rappelle.

Cashin s'éloigna de la pompe, se gara au bord de la route et attendit dans la voiture. Il se demandait s'il devait fumer et, aussi, s'il devait prier une nouvelle fois Vickie de lui laisser voir le garçon. Pouvait-elle douter que ce soit son fils ? Elle refusait d'aborder la question. Il a un père, c'est tout ce qu'elle avait dit. Quand ils avaient passé leur dernière nuit d'amour ensemble, de manière tout à fait inattendue, elle fréquentait déjà Don, l'homme qu'elle avait épousé. Elle le fréquentait, ou le baisait d'ailleurs. Il y avait des vêtements d'homme dans la buanderie et des bottes sales vers la porte du jardin. La terre argileuse avait été bêchée pour un potager, des paquets de graines étaient empalés sur des petits piquets – ça ne risquait pas d'être l'œuvre de Vickie.

Il fallait être aveugle pour ne pas savoir qui était le père. Le gamin était le portrait craché de Cashin.

Le portable.

— Typique de cette racaille noire du Daunt, dit Hopgood. Ils ont un petit casier. Soupçonnés d'avoir fait des cambriolages ensemble, ce qui veut dire qu'ils ont cambriolé ensemble. Luke est le plus vieux, il se prend pour un dur. Donny est débile et le suit partout. Luke est le neveu de Bobby Walshe.

— Quel âge ?

— Donny a dix-sept ans, Luke dix-neuf. Ils sont peut-être frères. Le père de Luke baisait tout ce qui bougeait. La routine, pour un *boong*, quoi. Qu'est-ce qu'ils ont fait ?

— Apparemment, l'un d'eux a essayé de vendre une montre comme celle de Bourgoyne à Sydney.

Il marqua une pause, avant de siffler.

— Merde alors, on aurait dû s'en douter.

— La police de Nouvelle-Galles du Sud a lancé un avis de recherche pour un pick-up Toyota au nom de Martin Gettigan, 14 Holt Street, conduit par les gamins.

— Bon, je vais peut-être aller faire un tour chez Martin, dans ce cas, lança Hopgood.

— Ce serait une grosse connerie.

— C'est à vous de me dire que je fais des conneries ?

— Je transmets un message.

— De très haut, j'imagine. Et merde, comme vous voulez.

— Je vous tiendrai au courant, dit Cashin.

— C'est trop gentil. J'adore être dans le coup, bordel de merde.

Cashin appela Villani.

— Bon sang, dit Villani. T'as de bons contacts, dis donc. J'ai du nouveau. Un véhicule a été repéré à Goulburn avec trois passagers à bord. On dirait que les gamins rentrent au bercail.

— Trois ?

— Ils ont peut-être pris quelqu'un en stop, va savoir.

— Au fait, Luke Ericsen est le neveu de Bobby Walshe.

— Et alors ?

— Je préfère que tu le saches. Tu vas les arrêter ?

— Je veux pas de poursuite de film à la con. C'est un coup pour qu'ils fassent du cent quatre-vingts sur l'autoroute et nous rétament toute une famille dans un break. Seul le chien s'en tire vivant et tout est ma faute.

— Et donc ?

— On va se contenter de suivre leur progression. Alerter toutes nos patrouilles de pedzouilles sur la route, en espérant qu'ils sachent encore reconnaître un message d'alerte quand ils le reçoivent. S'ils ne sont pas trop occupés à arrêter les nanas en mini-jupe, ils devraient nous signaler le passage des gamins.

— S'ils reviennent jusqu'à Cromarty, c'est Hopgood qui sera responsable des opérations.

— Non. C'est toi. Tu tires au flanc depuis assez longtemps, maintenant. Je tiens à éviter une nouvelle opération à la Waco menée par des flics qui regardent trop la télé. Tu comprends ?

— *Capiche*, dit Cashin. Même si je sais pas trop ce que ça veut dire.

— Moi non plus. Comment veux-tu que je le sache, je suis un petit gars de Shepparton, dans la cambrousse australienne.

Hopgood téléphona à quinze heures.

Cashin était à Port Monro. Il regardait les mouettes qui profitaient de l'absence des chiens pour se bagarrer dans la cour du poste.

— Ces sales Abos du Daunt sont sur la route, dit Hopgood. S'ils s'arrêtent pas pour fumer un *bong*, ils seront rentrés vers minuit.

Il marqua une pause.

— C'est vous le boss, apparemment.

— Théoriquement, oui. J'arrive. J'en ai pour une heure.

Il rentra chez lui et donna à manger aux chiens qui n'apprécièrent pas ce changement de routine : la nourriture devait suivre la promenade, c'était l'ordre établi. Rebb avait disparu sans laisser de traces. Cashin lui laissa un petit mot à propos des bêtes et regagna Cromarty.

Hopgood était dans son bureau, une pièce bien rangée, les dossiers sur les étagères, les corbeilles à courrier en ordre. Il était en manches de chemise, une chemise blanche, boutonnée aux poignets.

— Asseyez-vous, dit-il.

Cashin s'assit.

— Comment voulez-vous procéder ? demanda-t-il d'une voix qui se voulait blasée.

— Je suis prêt à entendre vos conseils.

— C'est vous le patron, bordel, c'est moi qui vous écoute.

Le portable de Cashin se mit à sonner. Il sortit dans le couloir.

— Le neveu de Bobby Walshe, lui dit Villani. Ça y est, je vois ce que tu veux dire. On va respecter les procédures à la lettre. Un gars est déjà en route pour te rejoindre. L'inspecteur Paul Dove. Récupéré à la police fédérale, il n'a aucune expérience de cas durs. Personne n'en voulait, mais il est intelligent, alors je l'ai pris. Il apprend vite et il se donne de la peine.

Il se donne de la peine. C'était encore une expression de Singo. Ils avaient tous deux été élevés à l'école de Singo et employaient ses expressions sans s'en rendre compte.

— Il prend le relais ? demanda Cashin.

— Non, non. Tu gardes l'affaire.

— Et ?

— Et quoi ?

— Oh allez, dit Cashin.

— Il est aborigène. Le commissaire tient à ce qu'il soit présent.

— Je suis perdu, tout à coup. La nuit est tombée.

— Joue pas les naïfs, mon petit, lui dit Villani. C'est toi qui as mentionné Bobby Walshe. En plus de ça, Cromarty n'a pas des antécédents très reluisants. Deux décès en détention et pas mal d'autres histoires louches.

— Continue.

— Bon. Quand les gamins arriveront, ils seront crevés. Laisse-les rentrer chez eux. Donne-leur le temps de roupiller. Tu débarques là-bas au moins deux heures après qu'ils se seront endormis. Et tu interviens en douceur. En DOUCEUR.

Fin de la conversation. Cashin revint dans le bureau de Hopgood.

— Villani veut qu'on les cueille chez eux, expliqua-t-il.

— Quoi ?

— Chez eux. Il veut qu'on les cueille au lit.

— Nom de Dieu ! s'exclama Hopgood en se passant les deux mains dans les cheveux. On aura tout vu. On ne peut pas aller arrêter quelqu'un dans le Daunt en pleine nuit, bordel de merde ! C'est le Far West là-bas. On a toutes les chances de se faire charger par toute la rue, nom de Dieu. Le Daunt tout entier, des centaines de sales nègres complètement défoncés.

Hopgood se leva et s'approcha de la fenêtre, les mains dans les poches.

— Dites à votre pote métèque de confirmer son entière responsabilité dans cette opération. Vous et lui, tous les deux.

— Que nous conseillez-vous ?

— Les cueillir à leur retour, sur la route, aucun risque, aucun problème.

Cashin quitta la pièce et appela Villani :

— La sagesse locale nous dit qu'aller dans le Daunt pour une telle opération, c'est vouloir rééditer à une moindre échelle la chute du Faucon Noir. Hopgood est d'avis qu'il serait plus facile de les intercepter sur la route. Je pense qu'on devrait l'écouter.

Villani poussa un soupir empreint de tristesse.

— T'es sûr ?

— Comment je peux en être sûr ? Le Daunt a bien changé depuis que j'étais gamin.

— Joe, j'ai le commissaire sur le dos.

Cashin était en train de se dire qu'en cet instant précis, il aurait préféré être ailleurs.

— Je pense que tu dramatises un peu. C'est jamais que trois gamins dans un pick-up. C'est pas la mer à boire.

— Et tu serais prêt à expliquer les mésaventures d'un membre de la famille de Bobby Walshe devant les caméras de télé ?

— Non, répondit Cashin. Moi, tu me trouveras caché dans un placard. Je laisserai à ton inspecteur Dove le soin de s'expliquer.

— Va te faire foutre, dit Villani. Et je te dis ça le plus gentiment possible. Fais comme tu l'entends.

Cashin en informa Hopgood.

— Un peu de bon sens, dit Hopgood, tourné de profil. C'est nouveau.

— Ils ont envoyé quelqu'un. Le commissaire insiste sur la présence d'un officier aborigène.

— Putain, comme s'il y avait pas assez de sales Noirs dans le coin, faut qu'on les importe maintenant.

— Est-ce que je pourrais m'asseoir quelque part ?

Hopgood lui sourit et montra ses dents du haut. Il avait un léger écart entre ses deux incisives.

— Fatigué ? Bousillé comme vous l'êtes, vous auriez dû vous mettre en invalidité et aller vous faire dorer au soleil.

Cashin maîtrisa les muscles de son visage, tourna la tête vers la fenêtre, ne vit rien et se mit à compter. Le jour viendra, l'heure viendra, la minute. L'instant viendra.

C'était le chaos habituel : bureaux poussés les uns contre les autres, dossiers éparpillés un peu partout, l'égouttoir couvert de tasses sales. Quelqu'un avait laissé son sac de golf dans un coin avec sept clubs, pas tous de la même sorte.

Cashin mangeait un pâté en croûte rempli de viande dégoulinante, quand Hopgood fit entrer Dove.

— Le surveillant est arrivé, dit-il en repartant.

Dove avait une petite trentaine ; il était grand, mince, légèrement basané avec la coupe rasée de tous les gars de la Crim, et des lunettes rondes sans monture. Il posa sa serviette sur le bureau. Ils se serrèrent la main.

— Je suis venu parce qu'ils exigent la présence d'un sale Abo pour procéder à l'arrestation du neveu de Bobby Walshe, annonça Dove d'entrée.

Il avait une voix rauque, comme s'il venait de prendre un coup de poing dans le larynx.

— On ne vous accusera pas de tourner autour du pot, répondit Cashin.

Dove prit le temps de l'examiner, puis regarda la pièce.

— Je vous connais de réputation, dit-il. Je m'installe où ?

— N'importe où. Vous avez mangé ?

— Oui, j'ai mangé en route.

Il enleva son manteau noir, sous lequel il portait un blouson en cuir noir.

— J'ai du boulot, dit-il en ouvrant sa serviette.

Cashin n'y voyait pas d'inconvénient. Il enveloppa les restes de pâté en croûte dans une serviette pour les jeter à la poubelle et se replongea dans Joseph Conrad. *Nostromo*. Sans savoir pourquoi, il essayait de lire tous les livres de cet auteur. Peut-être parce que Vincentia lui avait dit que Conrad était un Polonais qui avait dû apprendre à écrire en anglais. Il pensait avoir besoin de ce genre de livre où l'écrivain comme le lecteur sont en territoire étranger.

Son portable sonna.

— Michael m'a encore appelée.

Sa mère.

— Tu sais, Syb, on est débordés ici. Mais dès que j'ai un moment, je m'en occupe.

— Je suis très inquiète, Joe. Et tu sais que ce n'est pas mon genre.

Cashin eut envie de lui dire à quel point il en était conscient.

— Tu pourrais l'appeler tout de suite, Joe. Tu en auras pour une minute. Passe-lui un coup de fil.

— Dès que possible. Je te promets, je l'appelle dès que possible.

— Tu es gentil. Merci, Joseph.

Appeler Michael. Son frère était venu le voir à l'hôpital, une fois. Il était resté debout près de la fenêtre, sans se rapprocher pour lui parler. Il avait répondu à trois coups de fil et en avait passé un. « Bon, avait-il dit avant de partir, t'as choisi un métier dangereux, après tout. » Il avait un fin sourire, un sourire de patron qui disait : je dois garder mes distances, un jour, je serai peut-être obligé de te licencier.

Hopgood passa la tête par la porte.

— On les a repérés à la station BP de Cobham. Ils sont trois dans le pick-up.

Les gamins étaient à cent quarante kilomètres de Cromarty.

Cashin alla faire un tour. Il acheta des cigarettes : nouveau signe d'abdication. La nuit était froide, le vent d'ouest apportait la pluie, les dernières feuilles flirtaient avec des bouts de papier sous les réverbères. Il alluma une cigarette et descendit la rue aux constructions de pierre bleue. Il longea la sombre bâtisse du tribunal, où les jeunes finissaient par trouver le père sévère qu'ils recherchaient. Au croisement suivant, la rue montait et il passa devant des petites boutiques sans éclairage, puis l'ancien immeuble de la banque du Commonwealth à l'intersection, qui abritait maintenant un fleuriste, un magasin de souvenirs et une agence de voyages.

Là, sur les hauteurs de Cromarty, les riches du XIXe siècle et d'après – marchands de laine, de céréales ou autres produits, propriétaires de minoteries, de brasseries, de fonderies, d'usines de jute, de fabriques de glace, de mise en bouteilles d'eau minérale, magnats de l'intérieur des terres, docteurs et notaires – avaient érigé des maisons de pierre et de brique.

Venir en ville était toute une expédition quand

Cashin était petit. Le samedi matin, ils montaient tous les quatre dans la Kingswood, son père qui s'était tailladé le visage en se rasant, les cheveux peignés et brillants, sa mère dans ses beaux habits réservés exclusivement à la ville. Cashin la revit caresser la nuque de son père ; le rose de son vernis à ongles avait la couleur d'une langue.

Il tourna au croisement du Regent. Derrière les fenêtres jaunies du pub, le bruit se fracassait contre les murs comme des vagues sur la côte. Quand il avait fait les courses, avant de rentrer, Mick Cashin buvait un coup au Regent avec son frère Len. Il déposait Sybil et les deux garçons au bord de l'eau. Ils achetaient des frites dans le petit kiosque avant d'aller au bout de la longue jetée observer les pêcheurs et les bateaux. Puis ils rentraient à pied en ville, empruntant la même rue qu'il descendait maintenant. Cashin se souvint que Michael était toujours à la traîne. Il lambinait, léchait les vitrines. Ils n'avaient jamais de mal à trouver la voiture, elle était toujours devant le pub. Ils s'y installaient pour attendre Mick Cashin. Michael avait son cartable et faisait ses devoirs, probablement des maths. Sa mère lisait un livre de devinettes. Joe les adorait et finissait par les connaître par cœur. Michael ne participait pas.

Mick Cashin traversait la route avec l'oncle Len, la main sur l'épaule de son frère, qui riait. Len était mort lui aussi – une crise d'asthme foudroyante.

Cashin sentit le vent sur son visage, et l'odeur du sel lui monta à la tête. Il retombait en enfance, cela réveillait le gamin en lui. Il tourna et pénétra dans l'air vicié du poste de police où deux personnes âgées parlaient au flic de service, qui se grattait la tête d'un air affligé. Un air triste – entre le chant et la plainte – s'échappait d'une cellule.

Hopgood et quatre policiers en civil étaient dans le bureau. L'un d'eux, un homme mince au crâne dégarni, mangeait un hamburger qu'il accompagnait de frites trempées dans de la sauce tomate. Près de la fontaine à thé, Dove versait de l'eau bouillante dans un gobelet en polystyrène.

— Tiens, un revenant, dit Hopgood. Le type de Hoskisson vient juste de signaler le pick-up. Il nous reste une cinquantaine de minutes.

Sans prendre la peine de présenter qui que ce soit, Hopgood se dirigea vers le tableau blanc taché par les résidus de centaines de briefings et dessina une carte routière.

— J'imagine que ces connards vont aller soit chez Donny, soit chez Luke, dit-il. Ça change pas grand-chose, c'est presque à côté. Ils vont prendre Stockyard Road. Nous avons un véhicule sur place, en panne, qui m'avertira quand ils passeront. Une fois arrivés à Andersen Road, ici, au second feu, ils peuvent tourner à droite ou continuer tout droit, prendre Cardigan Street et tourner à droite.

Le feutre de Hopgood prolongea la route après Cromarty.

— C'est trop difficile. Nous devons les appréhender ici, dans la section à une seule voie. Au croisement de Lambing Street et de Stockyard Road.

Il marqua un X un peu plus loin.

— Carrosserie Golding. Preston et KD, vous attendrez là, votre véhicule en direction de la ville. Vous êtes l'équipe 3. Je vous indiquerai quand partir pour que vous soyez devant le pick-up. Quand ils arriveront au feu de Lambing Street, il sera rouge. Il restera rouge jusqu'à ce qu'on ait terminé. Vous me suivez ?

Acquiescement général. Le mangeur de hamburger rota.

— Bon, quand le pick-up s'arrête derrière vous, vous ne bougez pas. Vous attendez, d'accord ? Lloyd, Steggie et moi – c'est-à-dire l'équipe 1 – on s'arrête derrière eux et on sort vite fait.

Hopgood se passa un doigt sous le nez.

— Lloyd et Steggie, dit-il, je vous signale, à vous et aux autres, que j'ai reçu des ordres de très haut et que rien – absolument rien – ne doit arriver à ces… enfoirés.

Il les regarda dans les yeux l'un après l'autre, mais évita Cashin et Dove.

— Bien. Si quelque chose déconne, on se replie et on se cache. On assiège les connards. Pas question de jouer les cow-boys. Inspecteur Cashin, vous voulez ajouter quelque chose ?

Cashin attendit quelques secondes.

— J'ai assuré l'inspecteur Villani et le commissaire divisionnaire que sept officiers compétents peuvent arrêter trois gamins pour un simple interrogatoire.

Hopgood approuva d'un signe de tête.

— Inspecteur Cashin et inspecteur Dove, vous serez l'équipe 2, dans le deuxième véhicule derrière le pick-up. Nous ne devrions pas avoir besoin de vos services. Des questions ? Non ? Alors, allons-y. Je vous contacterai tous. Nom de code de l'opération : Sandwich. D'accord ?

— Et s'ils ont un scanner ? demanda Preston, qui

avait un gros nez, une moustache dégarnie et un air de rongeur.

— Par pitié ! répondit Hopgood. N'oublie pas qu'on a affaire à des petits cons du Daunt.

Un flic en tenue entra.

— Le troisième passager du pick-up, dit-il, il se pourrait que ce soit un autre cousin. Corey Pascoe. Il était à Sydney depuis quelque temps.

Ils prirent leur veste et se dirigèrent vers le parking derrière le poste, un emplacement pavé de pierres extraites de la colline.

— Prenez la Falcon, dit Hopgood à Cashin, elle ne paie pas de mine, mais elle est en bon état.

Ils conduisirent en convoi. Le LandCruiser de Hopgood en tête, puis Cashin et Dove et, derrière eux, les dénommés Preston et KD dans une Commodore blanche. Il pleuvait à seaux maintenant, les rues reflétaient les feux de voitures et les néons des enseignes, dans un flou de rouge, blanc, bleu, vert et jaune. Ils coupèrent la route principale pour traverser la banlieue, devant l'hippodrome et le parc d'expositions, puis tournèrent aux vieux abattoirs. Ils étaient sur Stockyard Road. Les garçons arrivaient, se dirigeaient vers eux.

— Il sait ce qu'il fait, ce type ? demanda Dove qui avait le menton enfoncé dans le col de son manteau.

— Espérons, dit Cashin.

La voiture sentait le tabac froid, la sueur et les frites cuites dans de l'huile rance.

— Sandwich, appela Hopgood à la radio. Équipe 3, on est arrivés. Je reprendrai contact au cours des vingt-cinq prochaines minutes.

— Équipe 3, reçu, répondit une voix, peut-être celle de KD.

La carrosserie Golding apparut sur la droite, un grand bâtiment en métal au néon écarlate. Cashin vit la Commodore tourner dans le rétro.

La pluie était de plus en plus forte. Il mit les essuie-glaces à la vitesse supérieure.

— Sandwich équipe 1, dit Hopgood. On tourne à gauche.

— Équipe 2, reçu, dit Cashin.

Il suivit la voiture de Hopgood dans une ruelle boueuse, non goudronnée. Elle s'arrêta, lui aussi. Elle fit demi-tour, lui aussi. Elle s'arrêta. Il se plaça derrière et éteignit les feux.

On frappa à la vitre, il l'ouvrit.

— Laissez le moteur en marche et suivez-nous dès qu'on s'en va, dit Hopgood. À partir de maintenant, plus d'échange radio.

— D'accord.

— Putain de pluie, j'aime pas ça ! dit Hopgood avant de disparaître dans le noir.

Cashin remonta la vitre. Ils gardèrent le silence. Il avait mal au bassin. Il tenta ses exercices de respiration habituels, mais devait changer de position toutes les deux minutes, essayer de transférer le poids de son torse sur des nerfs moins sensibles.

— Je peux fumer ? demanda Dove.

— Je vais me joindre à vous.

Il enfonça l'allume-cigare, prit la cigarette que Dove lui offrait et descendit sa fenêtre d'un ou deux centimètres. Dove alluma leurs cigarettes avec la petite bobine incandescente. Ils fumèrent un moment en silence, mais la nicotine délie les langues.

— Vous faites souvent ce genre de truc ? demanda Cashin.

Dove se tourna vers lui. Cashin ne voyait que le blanc de ses yeux.

— Quel genre de truc ?

— Représentant aborigène.

— Je rends service à Villani. Apparemment, on lui a mis la pression, à cause du lien avec Bobby Walshe. J'ai quitté la police fédérale parce que je n'avais pas envie d'être le flic *boong* de service.

— J'étais à l'école primaire avec Bobby Walshe, dit Cashin en le regrettant immédiatement.

— Je croyais qu'il avait grandi dans le cantonnement du Daunt.

— Y avait pas d'école, à l'époque. Les gamins allaient à Kenmare.

— Alors vous le connaissez ?

— Je ne pense pas qu'il se souvienne de moi, mais il se souvient peut-être de mon cousin Bern. Ils faisaient équipe pour mater les gamins qui les insultaient.

Pourquoi je me suis lancé dans cette histoire ? se demanda Cashin. Pour m'insinuer dans les bonnes grâces de cet homme ?

Un long silence suivit, le moteur ne faisait aucun bruit. Cashin toucha la pédale et fit gronder le moteur.

— Quel genre d'insultes ?

— Sale Abo. *Boong*. Ce genre de truc.

Nouveau silence. La cigarette de Dove brillait.

— Pourquoi ils traitaient ton cousin de ces noms-là ?

— Sa mère est aborigène. Ma tante Stella. Elle vient du Daunt.

— Ah, alors vous êtes un sale Abo par alliance ?

— Ouais. Pour ainsi dire.

Quand il était à l'hôpital, il s'était mis à penser au fait qu'il n'avait jamais défendu ses cousins Doogue, avec Bobby Walshe et les autres gamins du Daunt, quand les Blancs les traitaient de sales Abos, de nègres ou de *boongs*. Il s'en allait. Personne ne l'insultait, alors ce n'était pas son problème. Il avait rapporté une bagarre à son père. Mick Cashin réparait le tracteur, un vieux Massey Ferguson ; ses grands doigts dévissaient des bougies. « Ne t'en mêle pas tant qu'ils gagnent, avait-il conseillé. S'ils commencent à perdre, défends-les ! Distribue quelques coups de pied ! Vise la tête. Faut bien se conduire, après tout, c'est la famille de ta mère. »

Quand sa tante Stella l'avait recueilli, plus personne n'insultait les gamins Doogue et ils n'avaient besoin de l'aide de personne. Ils étaient costauds et on ne pouvait pas s'en prendre à un seul : ils formaient une équipe.

Cashin observa la route qu'un véhicule traversa. Le Cruiser ne bougea pas. Ce n'était pas le bon. Il mit les essuie-glaces. La pluie tombait de plus en plus fort. Il était encore temps d'annuler l'opération, on ne pouvait pas la mener à bien sous de telles trombes d'eau.

Un autre véhicule passa.

Lueur de feux arrière. Hopgood quittait les lieux.

— C'est parti, dit Cashin.

Avec cette pluie torrentielle, les essuie-glaces de la Falcon n'étaient pas à la hauteur.

Sans hésiter, Hopgood prit à droite au carrefour.

Cashin le suivit, mais sans voir grand-chose.

Ils roulaient à cinquante à l'heure, puis grimpèrent à quatre-vingts, quatre-vingt-dix, cent. Il poussait la Falcon à bout, mais elle refusait d'aller plus vite : quelque chose ne tournait pas rond.

Cashin sentit du jeu dans la roue avant et ralentit, craignant de perdre le contrôle du véhicule.

Les feux arrière de Hopgood avaient disparu dans la nuit pluvieuse.

C'était idiot, vraiment pas la bonne méthode.

— Contactez Hopgood, dit Cashin. C'est n'importe quoi.

Dove prit le micro de la radio.

— Sandwich 2 pour Sandwich 1, me recevez-vous ? À vous.

Aucune réponse.

La carrosserie Golding était sur leur gauche, le néon maculait de rouge la chaussée inondée. La voiture 1 de l'équipe 3, Preston et KD, avait dû sortir et devancer le pick-up, qui s'approchait du feu.

— Il faut annuler la mission, dit Cashin. Dites-leur.

— Sandwich 1, annulez tout, annulez ! Vous me recevez ? Confirmez, s'il vous plaît.

Quatre véhicules, lancés à toute vitesse sous la pluie dans la nuit noire.

Le feu serait rouge, Preston allait s'arrêter.

Le pick-up stopperait derrière. Trois gamins dans un quatre-portes, épuisés après un long trajet, qui bâillaient et rêvaient de retrouver leur maison et leur lit. Étaient-ils les agresseurs de Bourgoyne ? L'un d'entre eux au moins saurait qui avait enlevé la montre du poignet du vieil homme.

— Je répète, annulez. Annulez ! Confirmez, confirmez.

— Ici Sandwich 1, répétez, on vous entend mal.

Dernier virage en vue, pluie battante, le croisement de Lambing Street approchait. Cashin ne voyait que la lueur jaune des réverbères dans le lointain.

— Sandwich 1, annulez, annulez. Reçu ? Confirmez, s'il vous plaît.

Cashin ralentit dans le virage.

Lumières rouges. Feux arrière du Cruiser.

À l'arrêt.

Cashin freina, l'arrière du Falcon se mit à déraper ; il dut redresser doucement.

— Bordel de merde ! s'écria Dove. Annulez, Sandwich 1, annulez, je répète, annulez. Confirmez !

Cashin se gara derrière le Cruiser, il ne voyait rien. Trois portières ouvertes.

— Allons-y, dit-il.

La situation avait sérieusement dégénéré.

Dove fit le tour de la voiture en premier. Cashin lui rentra dedans, ils faillirent tomber, tous deux aveuglés par le rideau de pluie.

Un véhicule s'était arrêté au feu à la dernière minute et se trouvait de l'autre côté de la rue. Un pick-up. Il pouvait distinguer trois ou quatre silhouettes autour de la voiture.

Coups de feu.

Quelqu'un gueula :

— POSE CE PUTAIN DE TRUC...

Encore un coup de feu, l'éclat qui sortit de la gueule du canon se refléta sur le goudron mouillé.

— LÂCHE-LE, LÂCHE CE PUTAIN DE FLINGUE !

— RECULEZ ! RECULEZ !

Deux autres détonations... pistolets, langues de flamme, staccato, CLAC-CLAC.

Silence.

— Bordel de merde, dit Dove. Nom de Dieu de bordel de merde !

Quelqu'un gémissait.

Hopgood hurla :

— KD, VA CHERCHER LA LAMPE, NOM DE DIEU !

Quelques secondes plus tard, il alluma et le monde devint blanc cru. Cashin vit alors le pick-up accidenté et des milliers d'éclats de verre scintillant sur la route.

Trois hommes debout. Un corps derrière le pick-up, à côté d'une arme.

Il s'en approcha et s'essuya le visage.

Lloyd et Steggie avaient l'arme au poing et le

visage blême. Les lèvres de Steggie bougeaient, il essayait de dire quelque chose. Puis il vomit et tomba à genoux, puis à quatre pattes.

— Appelez une ambulance ! hurla Cashin. Et de toute urgence, bordel !

Il se dirigea vers la personne à terre, jeune, pas gros et la bouche ouverte. Il avait reçu une balle dans le cou. Cashin vit un éclat de dents et entendit un gargouillis. Le jeune toussa, il saignait ; le sang coulait dans la rue, plus épais que la pluie.

Cashin agrippa le gamin par les épaules, le releva et sut qu'il allait mourir. Il le sentit aux légers tremblements des bras minces et à la respiration rauque.

— Quel abruti fini, dit Hopgood derrière lui.

Cashin reposa le gamin. Il ne pouvait rien pour lui. Il se leva et se dirigea vers le pick-up. Le conducteur était cloué au volant et au tableau de bord, le visage couvert de sang. Du sang partout.

Cashin lui prit le pouls, qui battait faiblement. Il tenta en vain d'ouvrir la portière, puis passa par l'autre côté. Dove y était, avec le passager, un autre garçon qui crachait du sang, mais gardait les yeux grands ouverts.

— Nom de Dieu, dit-il doucement, puis il le répéta encore et encore.

Ils le sortirent et l'allongèrent. Il vivrait.

L'ambulance arriva, puis une autre, la seconde avec un médecin, une femme. Elle n'avait jamais soigné de blessure par balle avant, mais ça ne changeait rien, elle arrivait trop tard.

Quand ils soulevèrent le garçon, Cashin vit une arme dans une flaque noire derrière lui, un fusil à pompe au canon scié.

Le conducteur était encore vivant quand ils l'évacuèrent dans l'ambulance. Les flics restaient plantés autour de la voiture.

— On ne touche à rien, dit Cashin, à rien du tout. Fermez l'accès à la route !

— Mais pour qui vous vous prenez, bordel de merde ? demanda Hopgood. On est à Cromarty, mon pote.

Villani glissa la cassette dans le magnétoscope et tendit la télécommande à Hopgood.

— Voici la conférence de presse enregistrée il y a deux heures, dit Villani. Elle sera diffusée à l'heure du déjeuner.

Le visage poupon du commissaire adjoint apparut à l'écran. Il était prématurément chauve.

— J'ai le triste devoir de vous annoncer que deux des trois personnes impliquées dans l'incident près de Cromarty, tard hier soir, ont succombé à leurs blessures. La troisième personne, légèrement blessée, est hors de danger. Une enquête a été ouverte.

— Pouvez-vous confirmer que la police a ouvert le feu sur trois jeunes Aborigènes à un barrage routier ? demanda un journaliste.

Aucune expression sur le visage du commissaire adjoint.

— Il ne s'agissait pas d'un barrage, non. D'après nos informations, les policiers ont été la cible de coups de feu et ont riposté de manière appropriée.

— Si ce n'était pas un barrage, qu'est-ce que c'était ?

— Les policiers ont tenté d'appréhender des personnes soupçonnées dans le cadre d'une enquête.

— L'enquête sur l'affaire Bourgoyne ?

— Oui.

— Les deux victimes sont-elles mortes de blessures par balles ?

— L'une d'elles. Malheureusement.

— Confirmez-vous qu'il s'agit de Luke Ericsen, le neveu de Bobby Walshe ?

— Je ne peux pas vous répondre.

— Et l'autre garçon ? De quoi est-il mort ?

— Des suites de ses blessures dans un accident de la route.

— Commissaire, demanda un autre journaliste, les policiers portaient-ils des uniformes ?

— Certains des policiers sur place étaient en tenue.

— Si ce n'était pas un barrage, est-ce un cas de poursuite qui a mal tourné ?

— Il n'y a pas eu de poursuite. L'opération visait à éviter tout danger à ceux impliqués et…

— Pouvez-vous confirmer que deux véhicules de police suivaient la voiture accidentée ? Pouvez-vous le confirmer ?

— C'est exact, mais…

— Excusez-moi, commissaire, mais ça ressemble fort à une course-poursuite.

— La police n'a pas pris le véhicule en chasse.

— Ce n'était ni un barrage ni une poursuite et deux jeunes Aborigènes sont morts ?

Le commissaire se gratta la joue.

— Cette opération d'interception, je vous le répète, visait à minimiser les risques. C'est toujours notre intention. Mais les officiers de police menacés gardent naturellement le droit de se protéger et de protéger leurs collègues.

— Commissaire, n'est-il pas vrai que Cromarty a mauvaise réputation dans ce genre d'affaires ? Quatre Aborigènes morts lors de démêlés avec la police depuis 1987. Deux décès en détention.

— Il n'est pas de mon ressort de commenter ces chiffres. Pour autant que je sache, les forces de l'ordre qui ont participé à cette opération – dont un inspecteur aborigène – ont suivi les procédures à la lettre. Je ne peux rien vous dire d'autre avant de connaître les résultats de l'enquête.

Villani fit signe à Hopgood d'éteindre la télé. Cashin se tenait près de la fenêtre. Il regardait le soleil jouer sur la façade en pierre et avait du mal à se concentrer. Il pensait au gamin écrabouillé dans le pick-up. C'est à cela qu'avait ressemblé Shane Diab, un corps sans vie.

Il observa les pigeons et les mouettes, qui somnolaient dans une entente d'apparence cordiale. Puis la violence éclata sur le parapet – coups d'ailes, de becs, de griffes. La paix n'avait été qu'une accalmie.

— Voici où nous en sommes, dit Villani, en se frottant le visage des deux mains, ce qui ne le rajeunissait pas. Cette opération m'a mis – moi, vous, ce poste de police et les forces de police en général – dans une merde absolue. Une avalanche de merde : coupables ou innocents, on y est plongés jusqu'au cou.

— Sauf votre respect, dit Hopgood. Comment peut-on prévoir qu'un conducteur soit aussi con ? Quel abruti évite une bagnole à un feu rouge et perd le contrôle de son véhicule ?

— C'est imprévisible, répondit Villani. Mais la

question ne se serait pas posée si vous m'aviez écouté et si vous les aviez arrêtés chez eux. Maintenant vous feriez mieux de prier qu'il s'agisse bien des gamins qui ont attaqué Bourgoyne.

— Ericsen n'avait aucune raison de nous tirer dessus, reprit Hopgood. Un petit trou du cul aussi violent aurait réagi de la même manière si on avait attendu qu'il rentre chez lui au Daunt.

— D'après ce que j'ai compris, Ericsen a eu un accident. Il est sorti de son véhicule, a vu deux hommes en civil sauter d'une voiture banalisée et se précipiter sur lui. Il aurait pu s'agir de voyous énervés. Un incident du même genre s'est produit il y a trois ans : quatre brutes épaisses ont bondi d'une voiture, ont tabassé méchamment deux gamins noirs, dont un qui passera le restant de ses jours dans un fauteuil roulant. C'est également dans cette ville, l'an dernier, qu'un gamin noir qui rentrait chez lui a été poursuivi par une voiture. Quand il a essayé de s'enfuir, la voiture est montée sur le trottoir et l'a renversé. Mort avant d'arriver à l'hôpital.

Villani, qui jusqu'à maintenant s'était adressé à tout le monde, fixa son regard sur Hopgood.

— Vous êtes au courant de ces incidents, inspecteur ?

— Oui, patron, mais…

— Épargnez-moi les *mais*, inspecteur. Gardez-les pour l'enquête et l'analyse de l'opération. Je vous assure que vous aurez besoin de tous les *mais* que vous pourrez trouver. Deux gamins noirs, soupira-t-il. Et le neveu de Bobby Walshe. Merde !

— Ils n'ont jamais été proches, dit Hopgood. Il se croit supérieur aux types du Daunt, aux…

Il n'eut pas besoin de finir sa phrase. Tout le monde pouvait le faire à sa place.

— J'aimerais bien être ailleurs, moi aussi, fit Villani. Sur Mars, par exemple, ça serait pas mal. Quoique peut-être encore un peu trop proche.

Cashin toussa et ressentit un vif élancement.

— Je ne suis qu'un flic de province, reprit Hopgood, mais je comprends mal pourquoi la présomption d'innocence s'appliquerait à des trous du cul qui grillent les feux rouges, rentrent dans un poteau, sortent de leur caisse avec un fusil à pompe à canon scié sans permis et tirent sur des officiers de police.

Il frotta les quelques poils mal rasés de sa moustache avec son gros doigt avant de terminer :

— Ou bien les choses sont-elles différentes quand ce putain de Bobby Walshe est impliqué ?

— Très bien formulé, dit Villani. Présomption d'innocence. Vous devriez envisager une nouvelle carrière dans le droit. Ou dans un autre domaine.

Il sortit ses cigarettes, tapota sur le paquet, en porta une à ses lèvres et l'alluma. Il était interdit de fumer, comme l'indiquait une pancarte. Sa fumée flotta dans l'air stagnant.

— La procédure sera un modèle pour les futures bavures, dit Villani. Deux agents fédéraux, plus des officiers de la commission d'éthique, plus le bureau du médiateur. Ils sont ici. Tous les officiers qui ont participé à l'opération sont maintenant en congé, d'office. N'importe quelle prise de contact, le moindre petit coup de fil, bavardage, même un putain de clin d'œil par-dessus les bananes au supermarché et vous serez bons pour la potence. Compris ? La famille, les liens d'amitié, toute cette merde ne rentre plus en ligne de compte ? C'est bien compris ?

— Vous pouvez pas répéter, s'il vous plaît ? demanda Cashin.

— Bon, ce sera tout, dit Villani. Vous pouvez y aller. Sauf Cashin.

Hopgood et Dove partirent.

— Joe, dit Villani, j'ai vraiment pas besoin que tu fasses le malin.

Il fuma et fit tomber la cendre dans le gobelet en plastique. Cashin détourna les yeux et observa les oiseaux à l'extérieur. Dormir, s'agiter, chier et se battre.

— En tant que responsable de ce fiasco, je suis repéré, dit Villani.

— Tu as suivi mon conseil, que pouvais-tu faire d'autre ?

— Tu m'as communiqué l'opinion de Hopgood, c'est tout. Tu me l'as communiquée. C'est moi qui ai décidé.

Villani ferma les yeux. Cashin remarqua son état de fatigue, les minuscules veines qui battaient sous une paupière.

— J'aurais pas dû te foutre là-dedans, dit Villani. Je suis désolé.

— N'importe quoi. Et la montre de Bourgoyne ?

— Aucune trace. Ils s'en sont probablement débarrassés quelque part. On cherche. On n'a pas encore trouvé où Pascoe habite à Sydney.

— Le flair de Sydney dans toute sa splendeur, dit Cashin.

— C'est pas moi qui vais les montrer du doigt.

Silence. Villani se dirigea vers la fenêtre, força

pour l'ouvrir, jeta son mégot aux pigeons et la referma bruyamment.

— J'ai un petit rendez-vous avec la presse, dit-il. De quoi j'ai l'air ?

— Ravissant, dit Cashin. Beau costume, pareil pour la chemise et la cravate.

— Conseillés par des experts.

Arrivé à la porte, Villani ajouta :

— Si j'étais toi, j'en dirais le moins possible. Les paroles innocentes reviennent toujours te hanter. Et cet enculé de Hopgood, Joe, n'essaie surtout pas de le couvrir, il te vendrait sans sourciller.

C'était le milieu d'après-midi quand vint le tour de Cashin.

Le fonctionnement des appareils audio et vidéo avait surchauffé la salle d'interrogatoires. Cashin s'assit sur un siège glissant en skaï, face à deux agents fédéraux, un gros sergent supérieur de la commission d'éthique, Pitt, flanqué de son bras droit, Miller, qui semblait constamment perplexe, et un représentant du bureau du médiateur.

À la première occasion, Cashin souligna qu'il avait dû convaincre Villani d'approuver l'opération.

— Cet aspect ne nous intéresse pas pour le moment, dit Pitt, ce sera pour une autre fois.

Les agents fédéraux, un homme et une femme, tous deux élancés comme des coureurs de marathon, firent répéter deux fois la déposition de Cashin. Puis il eut droit à un éreintement en règle.

— J'imagine qu'avec le recul, dit l'homme, votre erreur de jugement vous est clairement apparue.

— Avec le recul, répondit-il, ma vie m'apparaît comme une longue erreur de jugement.

— Pourriez-vous faire preuve d'un peu de sérieux, inspecteur ? demanda la femme.

Cashin aurait voulu lui dire d'aller se faire foutre, mais il répondit :

— Dans des circonstances similaires, je prendrais une décision similaire.

— Elle s'est soldée par la mort de deux jeunes, dit-elle.

— Deux hommes sont morts, et le tribunal devra décider qui est responsable.

Silence. Les agents fédéraux échangèrent des regards.

— Quelle était votre opinion initiale sur le bien-fondé de cette opération sous une pluie aussi forte ? demanda la femme.

— On ne peut pas choisir le temps. On fait avec ce qu'on a.

— Mais était-ce bien raisonnable ? Qu'en pensiez-vous ?

— Je n'ai pas eu d'opinion assez tranchée avant qu'il ne soit trop tard.

Il avait été trop tard. Il avait attendu trop longtemps.

— Avez-vous demandé à Dove de contacter Hopgood et d'ordonner l'annulation de l'opération ?

— Oui.

— Vous pensiez avoir qualité pour annuler l'opération ? demanda le type du bureau du médiateur.

— Oui.

— Vous le pensez toujours ?

— Je croyais être responsable des opérations, oui.

— Vous le croyiez ? La personne responsable n'avait-elle pas été clairement désignée ?

— Je suis chargé de l'affaire Bourgoyne, et cette opération en découlait.

Ils se regardèrent à nouveau.

— Poursuivons, dit la femme. Vous dites avoir lancé trois appels exigeant l'annulation de l'opération.

— C'est exact.

— Et ils n'ont pas été pris en compte.

— C'est cela.

— Dove a-t-il demandé confirmation de ces appels ?

Cashin détourna les yeux. Il avait mal et ne pensait qu'à rentrer chez lui, aux whiskys, à son lit.

— Oui, à plusieurs reprises. Après le premier message, Hopgood lui a demandé de répéter. Il a dit qu'il ne pouvait pas nous entendre.

— Cela vous a-t-il surpris ?

— Il arrive que les appareils fonctionnent mal.

— Pour en revenir au moment où vous vous êtes approché du véhicule, enchaîna le type de la police fédérale, vous dites avoir entendu des coups de feu.

— C'est exact.

— Et avoir vu l'éclat près du pick-up.

— Oui.

— Vous avez entendu un ou des coups de feu, puis vous avez vu l'éclat ?

Ce qu'il veut savoir, se dit Cashin, c'est si Luke Ericsen a reçu un coup de feu d'abord, puis riposté.

— Tout s'est déroulé en un instant, sous une violente averse, leur rappela Cashin. J'ai entendu des coups de feu, j'ai vu un éclat près du pick-up. Mais quant à l'ordre précis…

— Est-il possible que le flash soit provenu d'Ericsen après les autres coups de feu ? demanda Pitt.

— Je ne peux pas l'affirmer.

— Mais est-ce possible ?

— C'est possible. Possible aussi que le fusil ait tiré le premier coup.

— Excusez-moi, êtes-vous en train de changer votre déposition ?

La femme.

— Non, je la clarifie.

— Venant d'une personne aussi expérimentée que vous, dit l'agent fédéral, nous nous attendions à plus de précision.

— Nous ? demanda Cashin qui le regarda droit dans les yeux. Est-ce que *nous* veut dire *vous* en particulier ? Mais nom de Dieu, qu'est-ce que vous y connaissez, vous, de toute façon ?

Cette remarque n'arrangea pas ses affaires. Il dut rester encore une heure avant de pouvoir rentrer chez lui. Fatigué, il conduisit avec prudence, les nerfs à vif. Au carrefour de Kenmare, il se souvint qu'il lui fallait du lait, du pain et de la nourriture pour les chiens, la saucisse du boucher était presque finie. Il s'arrêta dans la boutique du garage de Callahan.

La boutique n'était pas chauffée. Elle puait le lait caillé et le pain rassis. Il n'y avait personne derrière le comptoir. Il prit la dernière brique de lait et une boîte pour chiens dans les étagères contre le mur. Il n'en restait qu'une petite boîte.

— Tiens, te revoilà !

Derry Callahan, du cambouis plein le visage, se tenait derrière lui, tout près. La fermeture éclair de son gilet en nylon soulageait un peu le poids de son ventre.

— Ça fait plaisir de voir que vous avez mérité votre salaire, pour une fois, dit-il.

Cashin se retourna, sentit l'haleine avinée et empoisonnée, vit les yeux rougis de Callahan, ses mèches de cheveux gras rabattues sur son crâne pâle et boutonneux.

— Comment ça ? demanda-t-il.

— Eh ben, d'avoir descendu ces deux sales Abos du Daunt. Dommage qu'y en ait pas eu un car entier, tiens !

Le réflexe l'emporta sur la pensée. Cashin tenait la boîte de Frisky Dog à la main droite. Il pivota et, le bras près du corps, frappa Derry en plein visage, un geste bref, car ils étaient tout proches. La douleur lui fit croire qu'il s'était cassé les doigts.

Callahan recula de deux petits pas, s'effondra lentement à genoux, comme pour prier, les mains devant le visage ; il avait la figure en sang, un sang rouge foncé, presque noir, à cause des néons fluorescents.

Cashin eut encore envie de le frapper, mais il lui lança la brique de lait dessus. Elle lui rebondit sur la tête. Il s'approcha pour lui donner un coup de pied, mais quelque chose le retint.

En arrivant à sa voiture, Cashin s'aperçut qu'il tenait toujours la boîte de nourriture pour chien. Il ouvrit la main : la boîte était cabossée. Il la jeta à l'arrière.

Rebb l'entendit arriver, un faisceau de lumière. Les chiens s'élancèrent à sa rencontre en agitant leurs grandes oreilles. Il les caressa de sa main douloureuse. Les bêtes lui passaient entre les jambes et exigeaient de nouvelles caresses.

— J'ai cru que tu t'étais barré, dit Rebb. Que tu m'avais abandonné avec tes tarés de chiens et toutes tes dettes.

Les chiens réveillèrent Cashin bien avant le lever du jour ; il alla leur ouvrir à l'aveuglette, les laissa entrer dans la salle froide et sombre et retourna au lit. Ils reniflèrent la cuisine, à l'affût de bouts de nourriture, abandonnèrent et sautèrent sur le lit. Pourris-gâtés.

Cashin s'en fichait. Ils le coinçaient en sandwich, se poussaient contre lui, posaient leurs fines têtes sur ses jambes. Il se rendormit jusqu'à ce qu'un bruit dans sa mémoire, grincement de métal contre métal, le réveille en sursaut. Il leva la tête, tendit le cou et écouta.

Rien de plus qu'un bruit dans un rêve. Les chiens auraient entendu toute agitation suspecte avant lui. Mais il ne se rendormirait pas. Il s'allongea sur le dos et sentit la douleur dans les doigts de sa main droite, à l'écoute des gémissements cafardeux du vent qui annoncent l'aurore.

Les gamins dans le pick-up.

Dans des circonstances similaires, je prendrais une décision similaire.

Elle s'est soldée par la mort de deux jeunes.

Jusqu'à cette question dans la pièce à l'air vicié, il n'avait pas complètement fait le rapport entre les jeunes mourants, couverts de sang, et sa conversation téléphonique avec Villani.

Je pense que tu dramatises un peu. C'est jamais que trois gamins dans un pick-up. C'est pas la mer à boire.

Les choses se seraient-elles déroulées différemment si Hopgood avait parlé à Villani ? Villani aurait-il rejeté ses conseils s'ils étaient venus directement de Hopgood ?

Même si l'arrestation des gamins chez eux avait été un échec, elle ne se serait pas soldée par deux morts.

Il essaya de penser à autre chose.

À la reconstruction de la maison dynamitée de Tommy Cashin, en ruine depuis la fin de la Première Guerre mondiale. Quelle idée absurde. Il n'y parviendrait jamais, il allait perdre son temps et abandonner quand il en aurait assez. Il n'avait jamais rien fait de ses deux mains, jamais rien bâti. D'où lui était venue l'idée ?

Elle avait germé au cours d'une promenade avec ses chiens, qui l'avaient entraîné dans la maison envahie par la végétation. Puis un matin en allant au boulot, il avait croisé son cousin Bern et le vieux Collo. Ils transportaient un chargement de vieilles briques rouges sales à l'arrière de la Dodge. Qu'il pleuve ou qu'il vente, Collo passait son temps assis dehors, à nettoyer des briques. Il sifflotait entre ses dents, sous une fine couche grise de poussière de ciment, entièrement concentré à enlever le mortier.

Ils s'étaient arrêtés sur le bas-côté. Bern avait traversé la route, clope au bec.

— T'es bien matinal, lui avait dit Cashin. Tu démolis les maisons dans le noir, maintenant ?

— Je préfère que les enculés de votre espèce ne me parlent pas de travail, avait répondu Bern. Vous avez tous le cul plus plat les uns que les autres.

— T'es expert en culs, toi ? avait demandé Cashin avant de poser la question fatale : T'en as combien là-dedans ?

— Autour de trois mille.

— Et tu les vends combien ?

— Ça te regarde ?

— Combien ?

— Pour un bon client, quarante la centaine, nettoyées.

— Disons vingt-cinq.

— Je te vendrais ces briques pour vingt-cinq alors que je peux en tirer quarante ? Tu sais pas que les vieilles briques sont devenues très rares ? C'est des antiquités, mon pote, avait-il observé en lançant un crachat serré. Mais qu'est-ce que tu peux en savoir ? Tu connais rien à rien.

— Disons trente.

— Qu'est-ce tu veux foutre de briques ?

— Je répare la maison de Tommy Cashin.

Qu'est-ce qui avait bien pu le pousser à dire ça ?

Bern hocha la tête.

— Et un maboul de plus chez les Cashin, un ! N'importe quoi ! D'accord pour trente. Plus les frais de livraison.

Les briques étaient maintenant empilées à côté de la ruine.

Cashin se leva, enfila quelques vêtements et fit du thé. L'aurore allait poindre quand il prit la direction de la plage avec les chiens. Un quart d'heure de voiture, les dernières minutes sur un chemin de terre. Sous les stries d'un ciel marbré, il marcha sous un vent glacial, pieds nus sur le sable dur.

Son père avait toujours soutenu qu'on devait marcher pieds nus sur la plage, quoi qu'on y fasse. Ni tongs ni rien. Si le sable était chaud, ma foi, tu avais le choix entre la fermer ou rentrer à la maison. Cashin songea aux étés où il avait la plante des pieds brûlée, tailladée par les bouts de verre ou les rochers tranchants. Il devait avoir sept ou huit ans quand il avait marché sur un hameçon. Il avait sautillé sur place avant de tomber lourdement sur les fesses, pleurant des larmes de douleur.

Son père l'avait rejoint et avait soulevé son pied. L'hameçon s'était niché dans la chair tendre, juste en dessous de son gros orteil. « Impossible de les retirer, ces putains d'hameçons », avait annoncé Mick Cashin en l'enfonçant plus profondément.

Cashin revit le barbillon lui sortir de la peau. Il lui avait semblé gigantesque : son père l'avait saisi entre le pouce et l'index et avait tiré. Avant de se transpercer, la peau avait enflé. Il pouvait encore sentir le fil de pêche lui traversant la chair.

Les chiens aimaient la plage ; ils n'appréciaient guère la mer. Ils couraient après les mouettes, se poursuivaient l'un l'autre, mordillaient les petites vagues, s'enfuyaient à leur approche et escaladaient les dunes pour chasser les lapins dans les oyats et les broussailles. Cashin marchait. Le regard tourné vers la mer, il se protégeait le visage du sable qui s'envolait des dunes.

Un fort courant longeait la plage, juste derrière la ligne des déferlantes. Cashin alla jusqu'à l'embouchure de Stone Creek. La marée basse avait divisé le cours d'eau en cinq ou six bras peu profonds, séparés par des barres de sable, comme des biscuits à la cuiller d'épaisseurs différentes. D'après Cecily Addison, c'était l'emplacement où Adrian Fyfe prévoyait de construire son complexe.

Hôtel, terrain de golf, maisons et Dieu sait quoi d'autre encore. Bordel, casino, et tutti quanti.

En cette journée polaire et sauvage, l'idée semblait plus que saugrenue.

Les chiens atteignirent le premier ruisselet, se mouillèrent les pattes et envisagèrent de le traverser jusqu'au premier biscuit. Cashin siffla ; ils se tournèrent vers lui et se dirigèrent vers la maison, prêts à déjeuner.

Après les avoir nourris, il prit une douche, enfila une chemise propre et alla débarrasser son bureau au commissariat de Port Monro. Impossible de deviner combien de temps il allait être suspendu de ses fonctions. Pour toujours, songea-t-il.

Une femme attendait devant le poste, dans un vieux break Volvo, avec deux enfants à l'arrière. Il se gara derrière le bâtiment et à peine eut-il le temps de déverrouiller la serrure qu'elle sonnait déjà à la porte.

Il jeta un regard à travers le store avant d'ouvrir : la trentaine, plusieurs couches de vêtements, cheveux sales et sans vie aux reflets rouges et verts, un bouton de fièvre à la commissure des lèvres.

Cashin lui ouvrit.

— Ben, nom de Dieu, vous foutez rien, ici ! On est chez les flics, oui ou non ?

— On n'ouvre que dans une demi-heure. C'est marqué, d'ailleurs.

— C'est comme chez ces putains de docteurs, les gens n'ont le droit de tomber malades qu'aux heures de bureau, entre neuf et dix-sept heures.

— On a raté une urgence ? demanda-t-il en passant derrière le bureau d'accueil.

— J'en ai vraiment plein le cul de cette ville, dit-elle. Hier, je vais au supermarché et ils racontent qu'ils m'ont vue sortir des surgelés de mon survêt en arrivant à la bagnole. Comme si j'allais me balader avec des putains de petits pois surgelés dans le froc, hein ? Hein ?

— Qui vous a accusée ?

— La Colley, cette grognasse ! Je vais lui régler son compte à cette chienne.

— Mais qu'est-ce qu'elle a fait ?

— Elle m'a vue entrer : « vous êtes interdite ici », qu'elle m'a sorti. Y avait la moitié de cette ville de merde qui écoutait.

— De quel supermarché parlez-vous ?

— Supa Valu, çui du coin.

— Bon, dit Cashin, reste toujours le Maxwell.

Elle lança un coup de menton.

— C'est tout ce que vous trouvez à me dire ?! Alors je suis coupable sans être jugée ? Leur parole vous suffit ?

Cashin sentit un léger picotement s'enflammer derrière ses yeux.

— Et qu'est-ce que vous voudriez que je fasse, madame… ?

— Reed, Jadeen Reed. Ben, d'abord dire à cette pétasse de Colley qu'elle a pas le droit de m'interdire l'entrée. Lui dire de me lâcher la grappe.

— Le magasin a le droit de refuser l'entrée à qui

il veut. Ils peuvent refuser que le Premier ministre fasse ses courses chez eux, si ça leur chante.

Jadeen écarquilla les yeux.

— Sans blague ? dit-elle avec un sourire sardonique. Vous vous foutez de ma gueule, ou quoi ? Vous voulez dire que si je garais ma Mercedes devant ce supermarché de merde, cette grognasse me ferait le même cinéma ? N'importe quoi ! Faudrait retomber sur terre, mon petit monsieur.

Chaleur de plus en plus soutenue derrière les yeux.

— J'enregistre votre plainte, madame Reed. Je vous conseille aussi de vous adresser au service de défense des consommateurs. Leur numéro est dans l'annuaire.

— C'est tout ?

— C'est tout.

Elle fit demi-tour, alla jusqu'à la porte et se retourna.

— Bande de branleurs ! Vous protégez les intérêts des riches, c'est ça votre boulot, non ?

— Vous avez un casier, Jadeen ? demanda Cashin. Des antécédents ? Vous avez déjà eu des petits soucis avec la police ? Asseyez-vous, je vous en prie, je vais effectuer une recherche

— Sale con ! lança-t-elle. Vous êtes vraiment un sale con !

Elle partit et voulut claquer la porte, mais ce n'était pas le genre de porte qui claquait.

Cashin revint à son bureau et consulta son courrier pour repérer le plus important. Les chiens arpentaient l'enclos comme des prisonniers en promenade dans une cour : marcher était moins ennuyeux que toute autre possibilité.

Je suis pas fait pour ce boulot, songea Cashin. Et si je suis pas foutu de m'occuper de ce poste, je ne suis à la hauteur d'aucun travail de police. Rai Sarris m'a déglingué à plus d'un titre, ça ne se cantonne pas à des dégâts physiques. J'avais de la patience dans le temps, je ne sentais pas cette chaleur derrière les yeux, je ne balançais pas de coups de poing, je réfléchissais avant d'agir.

> L'agent Cashin a un excellent contact humain, surtout dans les situations d'agressivité.

Voilà ce qu'avait noté le sergent Willis sur le premier rapport de Cashin ; il le lui avait montré avant de l'envoyer et l'avait prévenu : « T'avise pas de prendre la grosse tête, mon gars, c'est ce que j'écris pour toutes les filles. » Il avait ajouté avant de rejoindre son bureau : « Bien sûr, de mon temps, avec un rapport comme ça, ils auraient décidé que la mauviette ferait la circulation. »

Kendall entra. Elle prépara un thé en lui tournant le dos et demanda :

— Et cette affaire, à Cromarty ?

— Oui. Un fiasco monumental. Je suis en congé, c'est toi qui me remplaces. Le petit stagiaire va rester.

— Pour combien de temps ?

— Qui sait ? Jusqu'à ce que la commission d'éthique détermine qui est responsable. Ça pourrait être définitif.

— C'était les gars de l'affaire Bourgoyne ?

— Vraisemblablement. Eux ou des proches.

— Dans ce cas, bon débarras, dit-elle.

Cashin regarda le ciel par la fenêtre. Pendant quelques instants, il haït Kendall et son réflexe stupide. Il vit défiler les étincelles, le pick-up écrabouillé, la pluie, le sang dans les flaques. Les garçons brisés, la vie qui s'échappait d'eux. Il songea à son fils. Il avait un garçon.

— C'est juste l'impression que ça donne, Ken, dit-il. Personne ne devrait mourir parce qu'on le soupçonne d'avoir fait quelque chose d'illégal. Nous n'avons pas ce pouvoir.

Quel putain d'hypocrite je fais ! pensa-t-il.

Kendall rejoignit son bureau.

Il termina, prit ses dossiers et ses observations et les déposa dans sa corbeille.

— Ça doit être à peu près à jour.

Elle ne le regarda pas.

— Excuse-moi d'avoir dit ça, Joe. C'est juste, ah merde, c'est juste sorti comme ça, je voulais dire…

— Je sais. Par solidarité. C'est un bon instinct. Appelle-moi si t'as besoin de quoi que ce soit.

Il était à la porte de derrière quand elle lui dit :

— Joe, si t'as envie d'un peu de compagnie. N'importe quand, tu fais signe.

— Je risque de te prendre au mot, dit-il en sortant.

Il alla jusqu'au Dublin. Un 4 × 4 neuf était garé devant et Leon avait deux clients pour le petit déjeuner : un couple d'âge moyen. Des blousons en cuir souple étaient suspendus au dossier de leur chaise.

— Un café noir à emporter, commanda Cashin. Bien serré.

— Soit tu t'assois, répondit Leon, soit je te le sers dans un gobelet en polystyrène, ce qui n'a jamais amélioré le goût du café.

Cashin n'était pas intéressé.

— C'est ça, je tâcherai de m'en souvenir, dit-il.

— Ton collègue, le costaud, est venu hier, dit Leon en s'approchant de la machine. Beau mec, mais il n'aime pas payer l'addition. Il a fallu une longue pause chargée de sens avant qu'il accepte de casquer.

Cashin observait Cecily Addison qui parlait à une femme devant le magasin d'aromathérapie, sur le trottoir d'en face.

— C'est un gosse de la ville, répondit-il. Ils traitent les représentants de la loi différemment en ville, un peu comme des princes.

— Message bien reçu, cinq sur cinq. C'est vraiment ce que vous dites ? Cinq sur cinq ?

— On dit cinq sur cinq, dix sur dix, vingt sur vingt, tout dépend. C'est au cas par cas.

Leon posa le gobelet sur le bar et le recouvrit.

— Ils vous envoient des renforts pour la manif ?

— La manif ?

— Ça pourrait mal tourner. Des écolos enragés face à tout un tas de vieux réacs bourrés de fric prêts à lever le pont-levis.

— Quelque chose m'échappe…

Cashin n'avait pas la moindre idée de ce que racontait Leon.

— La manif d'opposition au complexe touristique d'Adrian Fyfe ? Tu reviens de vacances ou quoi ?

— Tout va trop vite pour moi dans cette ville. Ce rythme effréné, incessant… Puis de toute façon, je suis en congé.

— Pourquoi tu vas pas à Noosa faire la causette à

des flics des Stups à la retraite, pleins aux as ? Il fait chaud, là-bas.

— Je n'apprécie pas la *provende* de Noosa, dit Cashin.

Il pouvait visualiser le mot au moment de le prononcer.

— Je voudrais un sandwich grillé tomate-fromage, tout ce qu'il y a de plus ordinaire.

Leon leva le bras droit d'un geste théâtral et se passa les doigts sur le front comme pour essuyer de la sueur.

— Tu n'exiges pas de feta au lait de brebis avec des tomates bio séchées au soleil sur du pain artisanal au levain ?

— Non.

— Alors je crois pouvoir dénicher une tomate au dioxyde, du fromage de piège à rat et deux tranches de pain de mie au goût de Kleenex.

Cashin acheta le journal de la ville et roula jusqu'à Open Beach. Un seul surfeur osait affronter la mer houleuse.

Il lut en titre, page 3 :

COURSE-POURSUITE ET COUPS DE FEU : DEUX MORTS

La nouvelle était tombée trop tard pour passer dans l'édition de la veille. Les photos des trois jeunes dataient de leur enfance, mais la légende ne le précisait pas. Le journaliste n'avait pas cru à la version de l'interception et parlait d'une course-poursuite qui avait mal tourné. Luke Ericsen, écrivait-il, avait « apparemment succombé à une pluie de balles ». Une enquête avait été ouverte sur les agissements de sept officiers.

Un autre article titrait :

LE LEADER DE *UNITED AUSTRALIA*
ÉREINTE LA POLICE

Citation de Bobby Walshe :

> Je ressens un mélange de chagrin et de choc. Luke Ericsen est le fils de ma sœur, un garçon intelligent en qui nous avions tous placé de grandes espérances. Je ne connais pas le détail des événements, mais ça ne change rien. Deux jeunes sont morts. C'est une tragédie. Et nous avons trop de tragédies de ce genre. L'Australie souffre d'un réel problème de culture policière. Et c'est la population indigène qui trinque. À quoi servent nos tribunaux si on tolère l'arbitraire ? Et tout ça s'est passé à Cromarty, ce qui n'est pas une grande surprise. L'actuel ministre fédéral des Finances a entériné ce genre de comportement au sein des forces de police quand il en était le chef. Il avait aidé la police de Cromarty à étouffer le scandale de deux décès d'Aborigènes en détention. Je ne manquerai pas de lui rappeler cet épisode honteux de sa carrière lors de la campagne électorale. À chaque fois. Je m'y engage formellement.

Le sandwich grillé n'était pas mauvais. Plat et doré, avec du fromage qui coulait – ou un truc jaune ressemblant à du fromage.

Derry Callahan allait-il porter plainte ? Assommé à coups de boîte de nourriture pour chien. Après tout, Cashin s'en fichait. L'avoir frappé valait bien le mal qu'il s'était fait aux doigts. Il aurait dû lui donner quelques coups de pied, pendant qu'il y était, ça l'aurait soulagé.

Son portable se mit à sonner. Il eut du mal à le trouver.

— Alors, on se la coule douce ? demanda Villani. Sur la plage en caleçon thermolactyl à rayures ?

— Je lis le journal. Que des bonnes nouvelles.

— C'est moi qui vais t'annoncer les bonnes nouvelles. Le type du Cash Converters a identifié Pascoe et Donny.

Le surfeur pagaya jusqu'à un mur d'eau qui résistait, refusait de se briser, puis finit par s'enrouler : le type prit la vague, mais le remous d'une barre de sable le fit chuter. Il fut projeté en arrière, tiré par sa planche.

— Je viens de parler au chef, dit Villani. Non, en fait, c'est lui qui m'a parlé. Sans interruption. Nos experts en communication pensent qu'on joue le jeu de nos ennemis. Je crois qu'il voulait parler de Bobby Walshe et des médias. Par conséquent, seuls Lloyd et Steggie restent suspendus. Tu n'es plus en congé. Et Dove revient, il sera ton partenaire.

— Et les autres ?

— Preston est muté à Shepparton, Kelly à Bairnsdale.

— Et Hopgood ?

— Il garde son poste.

— On fait morfler les lampistes ?

— C'est la décision du chef, Joe. C'est ce qu'on lui a conseillé de faire.

— Quelle autorité ! Dis-moi, pour le Cash Converters, à Sydney, c'était juste Pascoe et Donny ?

— Ericsen les a sans doute attendus dehors.

— Et Donny, comment va-t-il ?

— Toujours à l'hosto, en observation, mais ça va, juste des contusions et quelques entailles. Il sera accusé de tentative de meurtre, l'interrogatoire est à dix heures, en présence de son avocat.

— Qu'est-ce qu'on a comme charge contre lui ? Merde alors, excuse-moi, mais ce dossier ne tient pas !

— Avec un peu de bol, il plaidera coupable, dit Villani. Sinon, on verra. On avisera.

— Alors c'est l'attitude après Singo ? On improvise ?

— On n'a pas d'autre solution, Joe, répondit Villani d'une voix blanche.

Ils patientèrent dans la salle d'interrogatoires. Cashin n'avait pas mis de costume depuis qu'il était revenu à Port Monro.

— J'ai pris cette ville en grippe en un temps record, dit Dove.

Il avait les coudes posés sur la table, manchettes apparentes, boutons en argent comme de fines barrettes. Il observait ses mains et ses longs doigts.

— Le temps laisse à désirer dit Cashin.

— C'est pas la question. Le temps qu'il fait, c'est le temps qu'il fait. Mais quelque chose cloche ici.

— Comme dans toutes les grosses villes de province.

— Non, ce n'est pas une grosse ville de province. C'est une cité rabougrie à l'atmosphère viciée, dont il ne reste plus que la lie : toute la merde sans les avantages. Depuis quand faut-il attendre un prisonnier ? !

Un flic frappa et entra. Un jeune le suivit, celui que Cashin avait vu sur le siège passager du pick-up à ce croisement fatidique, avec un second policier. Donny Coulter avait un visage aux traits fins et tristes, le nez aplati sur la lèvre supérieure. Un visage de gamin effaré. Les yeux gonflés, il se léchait nerveusement les lèvres.

— Asseyez-vous, Donny.

On frappa de nouveau à la porte derrière Cashin.

— Entrez, dit-il.

— Helen Castleman, du service d'aide juridique aborigène. Je représente Donny.

Cashin se retourna. C'était une femme assez jeune, mince, aux cheveux bruns coiffés en arrière. Ils se dévisagèrent.

— Tiens, bonjour, dit-il. Ça faisait longtemps…

Elle fronça les sourcils.

— Joe Cashin, précisa-t-il. On était au lycée ensemble.

— Mais oui, bien sûr, dit-elle sans sourire. Quelle surprise !

Ils se serrèrent maladroitement la main.

— Et voici l'inspecteur Dove, dit Cashin.

Elle le salua d'un signe de tête.

— Je ne savais pas que vous habitiez ici, lui dit Cashin.

— Depuis peu. Et vous ?

— J'habite à Port Monro.

— Bien. Qui est le responsable ici ?

— C'est moi. Est-ce que vous avez pu vous entretenir en privé avec votre client ?

— C'est fait.

— Tout le monde est prêt, alors ?

— Oui.

Cashin s'assit en face de Donny. Dove alluma le magnétophone et enregistra la date, l'heure et les personnes présentes.

— Vous êtes bien Donald Charles Coulter, résidant au 27 Fraser Street, dans le cantonnement du Daunt à Cromarty ?

— Oui.

— Donny, lui expliqua Cashin, je vais énoncer vos droits dans le cadre de cet entretien. Vous n'êtes pas obligé de dire ou faire quoi que ce soit, mais si vous choisissez de parler, vos paroles pourront être retenues contre vous. Comprenez-vous bien ?

Donny gardait les yeux braqués sur la table.

— Je vais recommencer. Vous n'avez pas à répondre à mes questions, rien ne vous oblige à me parler. Mais si vous le faites, nous pourrons répéter vos paroles au tribunal. C'est compris, Donny ?

Il gardait la tête basse, se passait la langue sur les lèvres.

— Madame Castleman, dit Cashin.

— Donny, lui demanda-t-elle, comprenez-vous ce que le policier vous a dit ? Vous souvenez-vous de ce que je vous ai expliqué ? Vous n'êtes pas obligé de parler.

Donny la regarda et acquiesça.

— Pouvez-vous dire à haute voix que vous comprenez, s'il vous plaît, Donny ? demanda Cashin.

— Compris.

Il martelait la table de ses poings.

— Je dois aussi vous énoncer les droits suivants, poursuivit Cashin. Vous pouvez contacter ou essayer de contacter un ami ou un parent pour faire savoir à cette personne où vous vous trouvez. Vous pouvez aussi contacter ou chercher à contacter un représentant légal.

— J'aimerais signaler, intervint Helen Castleman,

que mon client a effectivement exercé ses droits et qu'il ne répondra à aucune autre question lors de cet entretien.

— Entretien suspendu à neuf heures quarante-sept, dit Cashin.

Dove arrêta l'appareil.

— Conversation brève, mais fructueuse, dit Cashin. Voulez-vous sortir deux minutes avec moi, madame Castleman ?

Dans le couloir, Cashin lui dit :

— L'audience pour la remise en liberté sous caution est fixée à douze heures quinze. Si Donny veut bien nous donner sa version des faits, nous pourrons sans doute lui accorder la liberté provisoire.

Ses yeux de couleur différente – l'un gris, l'autre bleu – lui donnaient un air à la fois féroce et distant. Cashin se souvint d'avoir observé son visage sur la photo de classe de terminale, longtemps après avoir quitté l'école.

— J'attends des directives, répondit-elle.

Dove et Cashin descendirent la rue et allèrent prendre un café à emporter chez Tante Jemimah. Le genre d'endroit avec des nappes à carreaux et des images de Jeannot Lapin sur les murs.

— Vieux copains de lycée…, dit Dove. Sacré veinard !

— Elle était trop bien pour moi. Vieille famille de Cromarty avec un père médecin. Ils possédaient le journal, ainsi que la fabrique de glace. Si elle n'est pas allée en pension, c'est seulement parce qu'elle ne pouvait pas se passer de ses chevaux.

Sur le chemin du retour, Dove souleva le couvercle de sa tasse et but une gorgée.

— Bon sang, qu'est-ce que c'est que ce truc ?

— Ça fait partie de la merde sans les avantages.

Devant le poste, Helen Castleman parlait dans son portable. Elle les regarda venir ; un regard soutenu. Ils arrivaient à l'escalier quand elle dit :

— Inspecteur Cashin.

— Madame Castleman.

— La mère de Donny affirme qu'il était à la maison le soir où Bourgoyne a été agressé. Rendez-vous au tribunal.

— J'aimerais déjà y être.

Cashin entra et téléphona au procureur :

— Je m'oppose formellement à la remise en liberté sous caution, dit-il à la substitut. L'enquête est incomplète. Nous avons un risque réel que l'accusé consulte des témoins ou prenne la fuite.

À onze heures quinze, Dove et Cashin se dirigeaient vers la sortie. Le flic à l'accueil les appela :

— Téléphone pour vous, c'est l'inspecteur Villani.

— Ton portable est en panne ? demanda Villani.

— Désolé, je l'avais éteint.

— Écoute, il faut accorder la liberté conditionnelle au gamin.

— Pourquoi ?

— Parce que le ministre a demandé au chef de la police de le faire, qui l'a dit au chef de la Crim, qui vient de m'en informer. C'est politique. Ils ne veulent pas courir le risque qu'il arrive le moindre bobo à Donny en détention.

— Comme ces messieurs le souhaitent.

— On ne doit pas s'opposer à la remise en liberté conditionnelle, dit Cashin à Dove.

— Nul. C'est de la capitulation. Nul à chier.

Le flic de l'accueil pointa le doigt vers la sortie.

— Vous avez un comité d'accueil : une équipe télé.

Cashin se figea. Bizarrement, il n'avait pas pensé aux médias.

— Parle-leur, dit-il à Dove. T'es de la ville, toi.

Dove hocha la tête.

— Il t'a pas fallu longtemps pour enfiler les galoches, dis donc.

Ils sortirent au milieu des flashes, des petits yeux noirs des caméras de télévision et des micros velus qu'on leur brandissait sous le nez. Une bonne dizaine de personnes jouaient des coudes pour s'approcher d'eux.

— De quoi est inculpé Donny Coulter ? demanda une femme en noir, sa coiffure blonde figée par la laque.

— Aucun commentaire, dit Dove. Vous aurez des détails en temps voulu.

Ils parvinrent à descendre l'escalier, les équipes télé se ruèrent devant eux et les filmèrent en train de marcher dans la rue hivernale sous un ciel gris et menaçant. Dès qu'ils tournèrent à l'angle, ils aperçurent la foule rassemblée devant le tribunal.

— Mme Castleman a donné le mot, observa Dove.

La foule s'écarta sur leur passage. Ils marchèrent côte à côte jusqu'en haut des escaliers, entre une haie de visages hostiles et silencieux.

« Bande d'assassins ! leur lança un homme cagoulé. Vous êtes bons qu'à tuer des gamins, espèces de connards ! » « Salopards ! cria une femme. Bâtards ! »

Il y avait foule dans l'entrée, et la petite salle d'audience était pleine à craquer. Ils se frayèrent un chemin jusqu'à la substitut du procureur.

— On a changé d'avis, dit Cashin. On ne s'oppose plus à la remise en liberté de Coulter.

— On m'a prévenue, dit-elle en hochant la tête.

Ils s'assirent sur les sièges réservés au ministère public. Dove parcourut la salle du regard.

— Il n'y a que nous deux pour représenter les forces de l'ordre. Où est donc Hopgood, le visage sympathique de la police de proximité ?

— Sans doute au stand de tir en train d'entraîner les nouvelles recrues qui remplacent KD et Preston.

Dove se tourna vers Cashin. Un éclat traversa ses lunettes rondes.

Helen Castleman arriva, accompagnée d'une femme âgée. Cashin lui trouva une certaine ressemblance avec Donny.

À douze heures quinze précises, Donny fut amené de sa cellule au tribunal, où il fut accueilli en héros. Il garda les yeux fixés sur la vieille dame. Elle lui fit un clin d'œil et sourit pour se donner du courage.

L'assistance fut priée de se taire, puis de se lever. Le juge entra et s'assit. Avec son visage rose et joufflu et ses mèches grises sur son crâne chauve, il ressemblait à un poupon souffrant de vieillissement prématuré.

La substitut identifia Donny et annonça qu'il était inculpé de tentative d'assassinat. Il fallut à nouveau calmer l'assistance.

— C'est manifestement au plaignant de justifier sa requête, Votre Honneur, mais nous n'avons pas d'objection de principe à la remise en liberté conditionnelle.

Le juge se tourna vers Helen Castleman et hocha la tête.

— Helen Castleman, Votre Honneur, dit-elle en se

levant. Je représente M. Coulter et je demande sa remise en liberté conditionnelle. Mon client a un casier vierge, Votre Honneur. Il a été inculpé dans des circonstances on ne peut plus tragiques. Il a récemment vu son cousin et un ami proche mourir dans un accident impliquant la police…

Applaudissements de l'audience, quelques cris. Nouvelle intervention du greffier pour rétablir le calme.

— Madame Castleman, lui dit le magistrat, de sa voix rauque qui tranchait avec son air poupin, je vous déconseille vivement d'utiliser cette audience comme une tribune.

L'avocate baissa la tête.

— Je n'en avais aucunement l'intention, Votre Honneur. Mon client n'est qu'un garçon innocent, victime des circonstances. Il a été traumatisé par les événements et il a grand besoin de se retrouver en famille, parmi les siens. Il s'engage à respecter toutes les conditions que le tribunal jugera bon d'imposer. Merci, Votre Honneur.

Le juge fronça les sourcils.

— Liberté provisoire accordée, dit-il. L'accusé n'est pas autorisé à quitter son lieu de résidence entre vingt et une heures et six heures du matin et il doit se présenter au poste de police une fois par jour.

Nouveaux applaudissements, nouveaux cris, nouvel appel au calme.

Cashin observa Helen Castleman. Elle inclina la tête, lui adressa l'ébauche d'un sourire, les lèvres entrouvertes. Cashin se sentit replonger en adolescence, plein de désir et d'émerveillement : un jour, cette gamine riche, intelligente et belle l'avait embrassé.

Ils passèrent devant Helen Castleman, interviewée sur les marches du tribunal ; les équipes de télé ne les rattrapèrent que quand ils arrivèrent au poste. Dove refusa de répondre à leurs questions.

— On vous a aménagé un bureau, patron, annonça le flic de l'accueil à Cashin. À l'étage, vous tournez à gauche, dernière porte sur votre droite.

Ils entrèrent, Dove parcourut la pièce des yeux et hocha la tête :

— Aménagé un bureau ? Ils ont ouvert un putain de débarras et c'est ce qu'ils appellent *aménager* un bureau ?

Des tables poussées les unes contre les autres, deux ordinateurs, quatre chaises déglinguées, des piles de vieux journaux, du papier de brouillon, des amoncellements de cartons de pizza, d'emballages de hamburgers, de gobelets en polystyrène, de cuillers en plastique, de stylos bille sans leurs capuchons et de canettes écrabouillées.

— On dirait le salon pourri d'une résidence d'étudiants, commenta Dove. Dégueulasse !

Il s'approcha de la fenêtre à guillotine, la déverrouilla, tenta de soulever la partie inférieure, échoua, frappa l'encadrement des deux poings et essaya à nouveau. Des veines de la taille d'une corde saillaient le long de son cou. La fenêtre ne bougea pas.

— Merde, dit-il. On étouffe ici !

— T'as besoin de Ventoline ?

Cashin voulait le provoquer et y réussit.

— Je ne suis pas asthmatique, nom de Dieu ! J'ai seulement du mal à respirer l'air qui a déjà été rejeté dix mille fois par des gens constipés, aux dents cariées et aux amygdales pourries.

— Je ne voulais pas te vexer. Ça arrive, d'avoir de l'asthme.

Cashin s'assit. Il allait devoir s'accommoder de Dove.

Ce dernier tira une chaise, s'assit à son tour et posa ses souliers noirs bien cirés sur le bureau. Les semelles étaient à peine usées, la cambrure d'un jaune brillant et sans la moindre éraflure.

— Ouais, ben… moi, je ne suis pas asthmatique, merci.

— Et tu m'en vois ravi. Je présume que la défense va essayer d'attribuer l'agression de Bourgoyne à Luke Ericsen. Il est mort, ça ne devrait pas trop le déranger.

— Si Donny était avec lui, il devra partager les torts.

— Le plus dur, ce sera de prouver que Donny était avec lui. Et si on y parvient, ils raconteront que son cousin avait une mauvaise influence sur lui, qu'il n'a touché à rien.

Un fracas lui fit bondir le cœur. Le châssis supérieur de la fenêtre, déverrouillé par Dove, venait de s'effondrer. Les grandes vitres vibraient et faisaient vaciller le monde extérieur.

Un air froid s'engouffra dans la pièce. L'air marin – un air salé, sexuel.

— Ça va mieux, dit Dove. Beaucoup mieux. Action à retardement. Une clope ?

— Non merci, je préfère lutter contre l'envie de fumer.

Dove alluma sa cigarette et se balança sur sa chaise.

— Je manque peut-être d'expérience en la matière, mais si l'on n'arrive pas à prouver que Donny était dans la villa, tout ce qu'il nous reste, c'est qu'il est allé à Sydney avec Luke pour essayer de vendre la montre de Bourgoyne. Un alibi plus ou moins solide pour ce soir-là, bien au chaud dans son lit, et c'est un homme libre.

— Et pourquoi pas ? C'est comme ça que fonctionne le système.

Dove lui lança un regard furtif, les yeux plissés.

— Les petits malins s'en tirent toujours à bon compte. Y a qu'à les voir regarder leurs copains avec un sourire railleur. Et dehors, c'est le V de la Victoire. Wouah, t'as vu comme c'est facile ? Quelle bande de nuls, ces connards de flics, allez, on recommence.

Pause.

— Et Villani, qu'est-ce qu'il en pense ? Ton pote Villani.

Cashin fut horriblement tenté de frapper Dove. Il attendit.

— L'inspecteur Villani n'en pense rien, dit-il. L'avocate dit que la mère de Donny lui a fourni un alibi. D'autres viendront peut-être le confirmer.

Dove avait la tête renversée en arrière.

— Certaines femmes n'en finissent jamais de m'étonner. Elles passent leur vie à couvrir les conneries des hommes – leur père, leur mari, leur fils… Comme si c'était le devoir sacro-saint de la femme. Peu importe ce que ces salopards ont fait. Même si papa tabasse maman, même si mon petit mari se tape la baby-sitter, même si mon fils a violé une nana avec ses copains, c'est toujours mon…

— Rien ne nous prouve que Donny était chez Bourgoyne ce soir-là, intervint Cashin.

— De toute façon, ça n'a plus d'importance. Hopgood avait raison. Bobby Walshe a réussi son coup : ils se sont tous dégonflés. D'abord la remise en liberté conditionnelle, puis ils abandonneront l'accusation.

— C'est à Hopgood que tu devrais dire ça. Il sera prêt à t'embaucher dans l'équipe de Cromarty. Tu pourrais être son porte-parole.

Dove fuma en silence, les yeux toujours fixés au plafond. Puis il dit :

— Comme je suis noir, je suis censé compatir avec les types du Daunt. C'est ce que tu cherches à dire ?

Cashin regarda une mouette sur le rebord de la fenêtre – la dureté de son regard et son crâne déplumé lui rappelèrent quelqu'un.

— Je crois que l'idée est de garder l'esprit ouvert jusqu'à ce que des preuves réussissent à nous convaincre.

— Oui, patron. Je vais garder l'esprit ouvert. En attendant, je vais aller vivre au Motel des Cachalots.

— L'Auberge des Baleiniers.

— C'est fort possible.

Cigarette au bec, Dove fixa Cashin.

— Dis-moi ce qu'il en est. Je peux regarder la vérité en face. Je peux lire un livre jusqu'à ce qu'on me renvoie chez moi.

— Notre boulot consiste à monter un dossier contre Donny et Luke, répondit Cashin. Je n'ai aucune autre directive.

— Je ne parle pas de directive.

La chaise déformée accentuait les douleurs et la mauvaise humeur de Cashin. Il se leva, quitta son manteau, déplia un vieux journal par terre, s'allongea et posa les pieds sur la chaise pour essayer de se mettre dans une position en forme de Z.

— Qu'est-ce que tu fabriques ? demanda Dove, inquiet. Pourquoi tu fais ça ?

Cashin ne le voyait pas de là où il était.

— Je communie avec le sol. On va voir jusqu'où on peut aller avec la mère de Donny.

Dove apparut au-dessus de lui.

— Quel intérêt ?

— Si elle ment pour couvrir les gamins, elle sera inquiète. Ils ignorent ce que nous savons. Si on parvient à ce que Donny plaide coupable, ça sera pas si mal.

Cashin entendit la porte s'ouvrir.

— Y a que toi, mon biquet ? dit Hopgood. Où est Cashin ?

Dove baissa les yeux. Hopgood fit le tour de la table et étudia Cashin comme il l'aurait fait avec une bête écrasée sur la route.

— Qu'est-ce que c'est que ce bordel ? demanda-t-il.

— Vous nous avez manqué, au tribunal, dit Cashin.

Hopgood releva le menton. Cashin pouvait lui voir les poils des narines.

— C'est pas mes affaires, nom de Dieu.

— On doit parler à la mère de Donny.

— Ah, vous voulez aller faire un tour au Daunt ?

L'idée n'enchantait pas Cashin.

— Si c'est indispensable. Je la vois mal venir se présenter ici.

— Ouais, ben, c'est votre affaire, dit Hopgood. Évitez de nous appeler.

— Je veux parler au représentant de la communauté aborigène.

— Demandez à l'accueil où il est actuellement occupé à ne rien foutre.

Un téléphone sonna. Dove souleva un combiné, pas le bon, puis un autre.

— Dove, répondit-il. Bien, patron, oui. Ça s'est bien passé, oui. Je vous le passe.

Il tendit l'appareil à Cashin en lui disant d'un ton impassible :

— Inspecteur Villani.

— Commandant en chef, répondit Cashin.

— Joe, on est en train de négocier une trêve, dit Villani.

— Ce qui veut dire ?

— On attend que la tension retombe. J'ai vu la foule au tribunal aujourd'hui. Nos amis de la télé nous ont montré les images qu'ils vont diffuser au journal du soir. On nous demande d'éviter de nouvelles turbulences de ce genre.

— Qui est ce *on* ?

— Je peux t'assurer qu'il ne s'agit pas du garagiste du coin.

— Nous n'avons presque rien contre le gamin. Et maintenant tu voudrais qu'on ne recherche aucune preuve tangible et qu'on n'essaie pas de le faire parler ?

— Nous devons éviter de mettre le feu aux poudres.

— C'est un ordre politique, non ?

Villani soupira en sifflant.

— Joe, tu ne veux pas faire preuve d'un peu de bon sens ?

Cashin sentit le regard de Dove et de Hopgood : un homme allongé par terre, au téléphone, les pieds sur une chaise.

— J'aimerais tout de même dire, patron, que nous disposons de peu de temps pour recueillir plus d'informations. Si on laisse passer l'occasion, il nous faudra des marteaux-piqueurs.

Silence.

Cashin se concentra sur le plafond, qui était jaune, fissuré et tacheté comme une vieille main.

— Voilà ce que mon bon sens me dit de faire, ajouta-t-il. Pour ce que ça vaut…

Silence.

— Pour ce que ça vaut, Joe, dit Villani, ton bon sens t'avait aussi dicté de laisser Shane Diab t'accompagner et se garer devant chez Rai Sarris.

Cashin sentit une lame froide le transpercer et remuer dans la plaie.

— Enchaînons, dit-il. Ça dure combien de temps, une trêve ? Juste pour savoir.

— J'en sais rien, Joe. Une semaine, une dizaine de jours, peut-être plus.

Villani poursuivit lentement, comme s'il s'adressait à un enfant obtus :

— Ce sera à nous de juger.

— Bien, certains d'entre nous jugeront, dit Cashin, qui regardait Dove. En attendant, que doit faire Paul Dove ?

— J'ai besoin de lui ici quelque temps. Et je voudrais que tu prennes des congés, tu crois que tu peux faire ça ?

— Je suis à nouveau suspendu, patron ?

— Arrête de jouer au con, Joe. Je te rappellerai plus tard. Passe-moi Dove.

Cashin lui tendit le combiné.

— Qu'est-ce qu'il a dit ? demanda Hopgood.

— Qu'il y a une trêve en ce qui concerne Donny.

— Ah bon ? dit Hopgood avec une certaine raillerie dans la voix. Dans ce cas, vous n'aurez plus besoin du confort de ce bureau.

Dove et Cashin marchèrent jusqu'au Regent sous une pluie fine. Ils prirent des bières au bar et s'installèrent dans la partie du restau mal éclairée et parfumée au graillon. Ils étaient les seuls clients.

Dove lut le menu plastifié et en suivit du doigt la liste des plats.

— Douze plats principaux différents, dit-il. Il faut trois personnes en cuisine pour assurer ça.

— En ville, il faut trois tire-au-flanc en cuisine. Ici, une stagiaire suffit.

— Un steak-sandwich, dit Dove. C'est inratable ! Qu'est-ce qui peut merder ? Rien.

— Ils relèvent tous les défis.

Une femme fourbue en salopette verte sortit de la porte du fond et se dressa devant eux, son bloc-notes à la main. Elle aspira entre ses dents et fit un bruit d'eau de vaisselle gargouillant dans un évier bouché.

— Deux steaks-sandwichs, s'il vous plaît, commanda Cashin.

— On les sert qu'au bar, dit-elle en fixant le mur des yeux. Pas de sandwichs ici, seulement le menu.

— On est flics, dit Cashin. On a besoin d'un endroit privé.

Elle baissa les yeux, son sourire dévoila des dents de travers.

— Ah bon ? Dans ce cas, ça va. Je les connais tous, les flics. Vous devez être ici pour l'affaire Bourgoyne ?

— On ne peut pas en parler.

— Sales Noirs, dit-elle. Ça en fait deux de moins, vous devriez tous les coincer, ils se valent tous. Faudrait les bombarder, tiens, comme à Bagdad.

— Vous pourriez m'enlever le gras ? demanda Dove. J'apprécierais.

— Vous aimez pas le gras ? Pas de problème.

— Et ajouter un peu de tomate ?

— Dans un steak-sandwich ?

— C'est une recette *boong*.

Avant d'entrer en cuisine elle se retourna pour lancer un regard à Dove. Cashin perçut l'incertitude dans ses yeux, qui transcendait l'obscurité de la pièce.

— Charmante femme, dit Dove. D'ailleurs, c'est plein de gens charmants par ici, probablement une composante du patrimoine génétique blanc.

Il promena son regard dans la salle avant de poursuivre :

— Ce qui s'est passé l'autre soir te ronge ? Ça te poursuit encore ? Si ça t'a jamais dérangé…

— Mais qu'est-ce que tu crois ?

— T'es pas très facile à cerner, si tu vois ce que je veux dire. À part quand tu t'allonges par terre. Là, j'ai vraiment l'impression que tu ouvres ton âme.

Cashin envisagea de lui parler de ses rêves.

— Oui, ça me ronge.

— Et les balles tirées sur le gamin ?

— Qu'est-ce que tu fais, toi, si on te tire dessus ?

— Ce que je voudrais savoir, poursuivit Dove, c'est si le gamin a tiré en premier. C'est ce que tu leur as dit ?

Cashin n'avait pas envie de répondre, il n'avait aucune envie de se pencher sur la question.

— Tu sauras ce que j'ai dit pendant l'enquête du coroner.

— Et s'ils nous avaient piégés ? Ça ne t'a pas traversé l'esprit ? Hopgood nous a foutus ensemble dans une voiture pourrie et il a raconté qu'il pouvait pas recevoir nos messages radio.

— Pourquoi il ferait ça ?

— Parce que ça lui donne, à lui et ses cow-boys, une petite marge de manœuvre au cas où quelque chose déconnerait.

— Tu surestimes peut-être un peu la capacité intellectuelle de Hopgood. La police fédérale te manque ?

Dove hocha la tête d'un air compatissant. Ils ne parlèrent plus, les sandwichs arrivèrent et la femme traita Cashin avec beaucoup d'égards.

— Ça serait pas du steak de baleine, par hasard ? demanda Dove après une longue mastication. J'imagine qu'on s'emmerde pas à respecter les conventions internationales interdisant la chasse à la baleine dans ces contrées.

En sortant dans la pluie fine et dans le vent, Dove lança :

— Trêve, mon cul ! Cette affaire a été mise au placard et elle y restera. Enfin, ça a l'avantage de m'éviter cette putain de Taverne des Cachalots.

— L'Auberge des Baleiniers.

— Ça aussi.

Sur les marches du poste, Dove lui tendit la main.

— J'ai le sentiment que je ne reviendrai pas. Cette ville va cruellement me manquer.

— Tout était si bon, le steak de baleine, le café de Miss Piggy.

— Tu veux dire Tante Jemimah ?

— Ah vous, les gars de la police fédérale, vous avez vraiment le don de l'observation, dit Cashin. À bientôt.

Debbie Doogue était assise à la table de la cuisine : manuels scolaires éparpillés, tasse de thé au lait, biscuits et dessins animés à la télé. Il faisait bon dans la pièce, un poêle à bois rougeoyait dans un coin.

— On est bien ici, dis donc, lui dit Cashin.

— Tu veux un thé ? demanda-t-elle.

Elle avait les cheveux d'un roux pâle, des taches de son, les cheveux tirés en arrière. Elle faisait plus que ses quatorze ans.

— Non merci. J'ai déjà fait le plein de thé. Ça va, à l'école ?

Posée à une adolescente, cette question ne rimait à rien.

— Oui, ça va. C'est bien, mais on a trop de devoirs.

Elle se tortilla sur sa chaise.

— Papa est dans le hangar.

Cashin s'approcha de l'évier et essuya la buée sur la vitre. Il vit les gouttes de pluie moucheter les flaques d'eau dans les trous boueux entre la maison et le hangar. Bern chargeait quelque chose dans son camion en le poussant des deux mains, une cigarette à la bouche.

— Il se fait du souci à cause des trucs que ta mère a trouvés, dit Cashin, qui se retourna et s'appuya contre l'évier.

La tête basse, Debbie faisait semblant de lire.

— Évidemment, il a pas pu s'empêcher de moucharder…, dit-elle.

— Moucharder quoi ? Je croyais que c'était pas à toi ?

Elle leva la tête et fixa ses yeux bleus de Doogue sur lui.

— Je savais même pas ce que c'était. Elle m'a donné une boîte et m'a demandé de lui garder. C'est tout.

— Et qu'est-ce que tu croyais que c'était ?

— J'en sais rien, je me suis même pas posé la question.

— Allons, Debbie, je suis pas si vieux que ça.

— Je me drogue pas, dit-elle en haussant les épaules, je veux pas en entendre parler.

— Mais tes amis en prennent ? C'est ça ?

— Et tu voudrais que je moucharde mes amis ? Pas question !

Cashin traversa la pièce, tira une chaise et s'assit à la table.

— Debbie, j'en ai franchement rien à secouer si tes amis se droguent. Je me fatiguerais pas à traverser la route pour les choper. Mais je n'ai aucune envie de te voir, toi, finir morte dans une ruelle de la ville.

Ses joues rosirent légèrement et elle baissa les yeux sur son cahier.

— Ouais, ben, en tout cas, je…

— Debbie, est-ce que je peux te confier un secret ?

Mal à l'aise, elle hocha légèrement la tête de droite à gauche.

— Je ne t'en parlerais pas si t'étais pas de la famille.

— Bon, ben, OK, vas-y.

— Tu le répètes à personne ?

— Mais non.

— Promis ?

— Mais oui.

La porte s'ouvrit violemment et deux petits garçons s'engouffrèrent côte à côte en se disputant la première place. Debbie se tourna vers eux :

— Dehors, espèces de vermines !

Leurs yeux étaient écarquillés dans leur visage tout rond et leur bouche béante dévoilait des dents de lait.

— On a faim, dit celui de gauche.

— Dehors, allez ouste ! Filez !

Les garçons reculèrent comme s'ils étaient tirés par une corde et se fermèrent la porte au nez.

— C'est promis, dit Debbie.

Cashin se pencha vers elle et dit à voix basse :

— Certains de ceux qui dealent à tes amis sont de la police.

— Ah bon ?

— Tu comprends ce que ça veut dire ?

— Comme des agents secrets.

— Voilà. Et à la brigade des stups, ils ont tous les noms. Si ton copain a acheté ce truc, à tous les coups il est fiché.

— C'est pas mon copain, c'est son copain, je le connais même pas, moi.

— Parfait, crois-moi, vaut mieux ne pas le connaître.

— Qu'est-ce qu'ils en font de tous ces noms ?

— Ils peuvent en parler à l'école, ou aux parents. Ils peuvent faire des descentes, fouiller les maisons. Si jamais t'es sur la liste, tu peux te préparer à les entendre frapper à ta porte un jour ou l'autre. Enfin, bon, il faut que j'y aille, dit Cashin en se levant. Je voulais t'en parler parce que t'es de la famille et je voudrais pas qu'il t'arrive ces ennuis. Ni à ta mère ou ton père.

Il entendit la chaise grincer quand il arriva à la porte :

— Joe !

Il se retourna.

Elle était debout, les bras autour du corps ; elle paraissait avoir maintenant six ans de plus.

— J'ai peur, Joe.

— Pourquoi ?

— C'est moi qui ai acheté la came. Pour mon ami.

— Une amie ?

— Non, un garçon.

— Tu l'as achetée à un fils Piggot ?

— Ouais.

— Lequel ?

— Je suis obligée de te le dire ?

— Je lui ferai rien, c'est pas mon domaine.

— Billy.

— Tu prends des cachetons ?

— Non. Enfin, j'ai essayé une fois, mais j'ai pas aimé.

Il baissa les yeux, chercha les siens et attendit.

— Tu fumes ?

— Non. J'aime pas non plus.

Une tronçonneuse se mit en marche dehors, d'abord un grondement, puis elle percuta quelque chose de dur et émit un grincement aigu, terrible.

— Ils vont pas faire ça, si ? demanda-t-elle. Ils vont pas me dénoncer ? Venir ici ?

— C'est pas de mon ressort, dit Cashin. Mais je peux sans doute essayer de leur en toucher un mot. Qu'est-ce que je pourrais leur dire ?

Elle lui donna quelques indications de ce qu'il pouvait leur dire.

Cashin se dirigea vers le hangar, la boue collait de plus en plus à ses semelles. Au fond, dans la pénombre, Bern était accroupi et décapait un vieux vaisselier au chalumeau. Des couches de peinture faisaient des cloques noires sous la flamme bleue. L'odeur était un mélange de bois carbonisé et de métal.

— Ça sent le plomb, dit Cashin. T'es en train de cramer de la peinture au plomb.

Bern éteignit la flamme et se leva. Des écailles de peinture étaient collées à sa barbe naissante.

— Et alors ? demanda-t-il.

— C'est toxique. Ça peut te tuer.

Il posa le chalumeau sur le vaisselier.

— Ouais, ouais, tout peut tuer. Vous avez bien tué ces gamins, vous, espèces de couillons. Comment vous avez fait votre compte ?

— Un accident. C'était totalement involontaire.

— Ce Corey Pascoe. Il était dans la même classe que Sam. Voué aux conneries depuis la petite enfance.

— Un peu comme Sam, alors.

— Sam n'est pas mauvais. Il se laisse entraîner. T'as parlé à Debbie ?

— Je lui ai fait comprendre un ou deux trucs, ouais.

— Qu'est-ce qu'elle t'a dit ?

— Je crois qu'elle a pigé.

Bern acquiesça.

— Espérons, on peut pas faire grand-chose d'autre. Je t'aurais bien remercié, mais comme je t'ai déjà donné le bois… Je l'ai livré aujourd'hui. Y avait un type qui m'a donné un coup de main.

— Dave Rebb. Il va m'aider pour la maison.

— Ah ouais ? Où tu l'as déniché ?

— Dans un hangar de Beckett. Chez Mme Haig. C'est un vagabond.

Bern hocha la tête, se frotta les poils du menton, y trouva les écailles de peinture et les regarda.

— Le problème avec les vagabonds, c'est qu'ils aiment pas trop le boulot.

— On verra. Il donne un coup de main à Den Millane qui n'a pas eu à s'en plaindre.

— Sa gueule me dit quelque chose, je crois que je l'ai déjà vu, mais y a longtemps.

Ils marchèrent jusqu'à la voiture. Cashin monta et baissa la fenêtre. Bern posa ses mains crasseuses sur la portière et lui lança un drôle de regard.

— On raconte que quelqu'un a tabassé ce gros con de Derry Callahan, dit-il. Et qu'il lui a volé une boîte de bouffe pour chien Vous enquêtez ?

Cashin fronça les sourcils.

— Sans blague ? Je crois pas qu'il ait porté plainte. Mais si c'est le cas, on va déployer la grosse cavalerie. Porte-à-porte. Chasse à l'homme.

— Fais voir ta main !

— Non mais, fais voir ta queue !

— Allez ! T'as quelque chose à cacher ?

— Va te faire foutre.

Bern éclata de rire, ravi, et donna un coup de poing dans le bras de Cashin.

— Espèce d'enculé de sale teigne !

Cashin rentra chez lui environné d'une lumière à la couleur de crème citronnée et songea qu'avec les mensonges qu'il avait racontés à Debbie, elle allait se tenir tranquille pendant six mois, grand maximum.

Enfin, six mois, c'était mieux que rien. Ses propres mensonges étaient souvent découverts bien avant.

Pour des raisons qui échappèrent à Cashin, Kendall Rogers insista pour qu'il l'aide à assurer la sécurité de la manifestation.

— Je suis en congé, dit-il.

— Ça prendra qu'une heure ou deux.

— Mais il ne va rien se passer. On est à Port Monro, ici.

Ce n'était pas ce qu'elle voulait entendre.

— J'apprécierais ton aide, c'est tout, dit-elle en évitant de le regarder dans les yeux. Je te demande ça comme une faveur.

— Une faveur ? Ah, mais fallait le dire tout de suite. Je suis la banque des faveurs.

Les manifestants s'étaient rassemblés devant la poste, dans la rue principale. Kendall prit le même coin de rue que Cashin, Moorhouse Street. Carl Wexler faisait la circulation au croisement de Wallace Street. Rien de trop éprouvant à Port Monro, à onze heures du matin en hiver. Mais il trouvait le moyen d'en rajouter avec une chorégraphie cérémonieuse, comme une hôtesse de l'air qui désigne les issues de secours. Cashin songea que les nouveaux venus étaient faciles à repérer : ils avaient acheté de l'immobilier au prix fort et voulaient maintenant lever le pont-levis. Les cheveux bien coupés, ils portaient de coûteux vêtements de plein air et des chaussures en cuir.

À l'heure où la manifestation devait commencer, le gros photographe de l'*Herald* de Cromarty promenait un regard dépité sur la foule, une trentaine de personnes, dont plus de la moitié étaient des femmes. L'école primaire apparut au coin de la rue. Tout le monde était en imperméable et formait un crocodile multicolore mené par le directeur, un homme mince et presque chauve qui tenait un garçon et une fillette par la main. Les enfants arboraient des pancartes, rédigées sur du carton blanc fixé à des baguettes en bois : une matinée entière de travaux manuels :

NE BOUCHEZ PAS NOTRE EMBOUCHURE !
HALTE À LA DESTRUCTION DES PLAGES
LA NATURE APPARTIENT À TOUT LE MONDE
ET PAS QU'AUX RICHES

Trois conseillers municipaux que Cashin connaissait se joignirent à eux. Le journaliste du *Herald* sortit de voiture et fit signe au photographe, qui se mit au boulot sans grand enthousiasme. Puis deux minibus surgirent près de Carl, qui les dirigea avec panache. Une ou deux minutes plus tard, les passagers arrivèrent en groupe – ils étaient une trentaine de tous les âges et les plus jeunes étaient adolescents.

Un peu à l'écart, Helen Castleman téléphonait sur

son portable. Elle le rangea, passa devant Cashin et lui fit un petit signe de tête.

— Bonjour, inspecteur Cashin.

— Bonjour, madame Castleman.

Cashin la vit parler avec l'organisatrice, Sue Kinnock, l'épouse du médecin qui était venue au poste lui montrer le permis de manifester délivré par la municipalité. « Le rassemblement se fera devant la poste, nous descendrons Moorhouse Street, traverserons Wallace Street, tournerons à droite dans Enright Street et à gauche pour entrer dans le parc », avait-elle expliqué.

Le soleil faisait ressortir le duvet jaune pâle qui lui couvrait les joues. Elle avait de grandes dents et une élocution saccadée. Cashin l'avait classée dans la catégorie des infirmières anglaises qui décrochent le docteur australien, sous les regards envieux de leurs collègues plus mignonnes.

Elle s'approcha de lui, avec Helen Castleman.

— D'après ce que j'ai compris, vous vous connaissez déjà, inspecteur. Helen est la présidente de Wildcoast, la ligue de défense du littoral australien, à Cromarty.

— Vous avez de multiples facettes, madame Castleman, dit Cashin.

— Vous aussi, inspecteur. Un jour à la brigade criminelle, le lendemain au contrôle des foules.

— On vit à l'époque de la polyvalence. On touche un peu à tout. Comment va Donny ?

— Pas très bien. Sa mère est inquiète. Où en est l'enquête ?

— Elle progresse. Comme devrait le faire ce défilé.

— L'hélicoptère de la Chaîne 9 n'est plus très

loin. Ils ont accepté de transporter Bobby Walshe. Nous préférons attendre qu'ils arrivent, si vous n'y voyez pas d'inconvénient.

— Si l'attente est raisonnable, pourquoi pas, dit Cashin. Qu'est-ce qui vous semble raisonnable ?

— Un quart d'heure ? Ils doivent se poser dans le terrain du petit parc.

— C'est faisable.

Helen Castleman alla aider un jeune homme, vêtu du sweater vert de son association, à organiser les manifestants : les enfants devant, le reste en rangs de cinq personnes. Elle recula pour jeter un coup d'œil et s'approcha du directeur. Ils discutèrent. Il n'avait pas l'air ravi, mais finit par céder. Helen choisit six gamins et huit personnes âgées qu'elle disposa en deux rangées de quatre adultes et trois enfants chacune, main dans la main. Elle plaça ensuite le crocodile de l'école, puis les autres participants.

Quand ce fut fini, Helen alla vers Sue Kinnock, qui cria dans son porte-voix :

— Nous démarrerons dans quelques minutes. Soyez patients, s'il vous plaît.

Un hélicoptère vrombit au-dessus de leur tête et disparut derrière les pins. Ses passagers apparurent peu après dans l'un des minibus. Carl les autorisa à circuler et ils se garèrent devant la bibliothèque. La porte glissa et Bobby Walshe sortit, suivi d'un jeune homme en costume sombre. Cashin vit une femme assise à l'avant. Elle déplaçait le rétro pour rafraîchir son rouge à lèvres.

Bobby Walshe portait une tenue décontractée : une chemise bleu clair, au col déboutonné, sous une veste bleu foncé. Il embrassa Helen Castleman. Visiblement, il la connaissait : on le voyait à leur manière de rire ensemble et à la main qu'il garda posée sur son bras. Cashin réprima un élan de jalousie.

— Écoutez-moi, maintenant, dit la voix amplifiée de Sue Kinnock. Excusez-nous du retard. Levez vos banderoles… Tout le monde est prêt, allons-y !

De l'autre côté de la rue, Cashin vit Cecily Addison faire la morale à Leon, la main en l'air. Leon croisa son regard et lui adressa un hochement de tête entendu. Le couple acariâtre de la maison de la presse était sur le pas de porte, la bouche orientée plein sud. Bruce, du vidéoclub, qui en était à son troisième pontage, se tenait à côté du marchand de graisses saturées, Meryl, le propriétaire du *fish-and-chips*. Sur le trottoir, près du parking à vélos, les trois jeunes serveuses hivernales de Sandra's Café, en T-shirt jaune, grelottaient et se disputaient. Celle qui avait les cheveux hérissés et une boucle de nez avait pris les autres à partie.

Sept ou huit personnes en anorak et survêtement étaient plantées devant le supermarché Supa Valu. Il y avait aussi un vieux en pardessus, le bonnet enfoncé sur les oreilles.

Cashin emprunta le trottoir.

— Je savais pas qu'on avait tant de flics, ici, dit Darren du magasin de sport. Ils sont sortis en force.

Il se mit à bruiner dès que les voix frêles et discordantes des manifestants entonnèrent : *Qu'est-ce qui pourrait sauver la côte ? Qu'est-ce qui pourrait sauver la côte ?*

Les enfants étaient déjà passés quand deux hommes sortirent du bar de l'Orion : Ronnie Barrett et son pote, un crâne rasé un peu plus malingre, en survêtement à rayures jaunes et marron, avec des petites touffes de poils au menton.

Au bord du trottoir, Barrett se mit les mains en porte-voix et hurla :

— Allez vous faire foutre, tas de branleurs ! Et la création d'emplois, qu'est-ce que vous en faites, hein ?

L'autre homme se joignit à lui et hurla :

— Cassez-vous de Port Monro, bande de sales friqués !

Il fit un pas en arrière, un autre, perdit l'équilibre et faillit tomber.

Cashin vit Barrett, gonflé d'arrogance avinée, descendre du trottoir et faire un geste à quelqu'un dans la foule. Son compagnon le suivit.

Un homme coiffé d'un béret noir incliné sur l'arrière de la tête sortit des rangs et lui répondit quelque chose.

Cashin pressa le pas. Carl Wexler trottait dans la rue, suivi d'une caméra de télévision. Ils étaient trop loin pour intervenir quand Barrett épingla le manifestant de la main gauche : il voulait l'immobiliser et lui flanqua un coup de poing.

Tout en souplesse, le manifestant avança d'un pas et laissa Barrett le toucher. Quand ce dernier lui lança son droit, l'homme, déjà proche, bloqua tranquillement le coup de son avant-bras gauche, puis marcha sur le pied gauche de Barrett et lui décocha un crochet sous le menton avec la paume de sa main droite.

Le coup n'était pas violent. Il était plein de mépris, mais Barrett eut la tête renvoyée en arrière, tandis que le manifestant lui martelait les côtes de rapides coups de poing, très professionnels.

— Arrêtez ! cria Carl.

Barrett était à terre et faisait de drôles de bruits tandis que son ami s'éloignait à reculons. Il avait soudain perdu toute envie de se battre.

Le manifestant tourna la tête, regarda Cashin, rejoignit les rangs et, sans la moindre expression, redressa son béret. Un vieil homme à ses côtés lui tapota le bras.

La procession s'était arrêtée. Cashin tourna le dos à la caméra. Il n'avait pas l'intention de passer à la télé.

— Avancez, dit-il d'une voix forte. C'est parti, circulez, s'il vous plaît.

Le crocodile démarra.

— On l'arrête, patron ? demanda Carl.

— Qui ?

— L'écolo.

Cashin s'adressa à Barrett, qui était à ses pieds.

— Lève-toi et casse-toi. On te verra dans la journée, mon pote. Tu viendras dormir en cabane.

Puis il dit à Carl :

— C'est fini, reprends ton poste.

Dans le kiosque à musique du parc, Sue Kinnock fit un bref discours sur les beautés de la nature et sur la nécessité de se battre pour éviter que Port Monro devienne un nouveau Surfers Paradise[1]. Cashin examina les nuages orageux bouillonnant au sud et vit la bruine glaciale tomber sur les parapluies et sur les dizaines de petites capuches d'imperméables. Un nouveau Surfers Paradise ? S'il vous plaît, mon

1. Station balnéaire de la Gold Coast au Queensland, où la plage est bordée de gratte-ciel et où il fait « toujours beau ».

Dieu, faites que l'on bénéficie au moins de son climat !

Sue Kinnock présenta Helen Castleman.

— Vous n'êtes pas sans savoir, commença cette dernière, que l'objectif de Wildcoast est de préserver les parties encore intactes du littoral australien et d'en garantir l'accès à tous. Nous sommes venus ici aujourd'hui pour vous dire que si vous voulez empêcher les promoteurs de détruire tout ce qui rend cet endroit unique, eh bien, nous serons à vos côtés. Nous combattrons ce projet. Et nous gagnerons !

Applaudissements enthousiastes. Helen hocha la tête et attendit que le silence revienne.

— Et maintenant, j'aimerais donner la parole à quelqu'un qui est associé à notre cause et qui a dû faire un énorme effort pour se joindre à nous. Je vous demande d'accueillir le leader du nouveau parti politique australien, un enfant du pays : Bobby Walshe de United Australia.

Walshe s'avança. La foule était heureuse de le voir. Sue Kinnock tenta de dresser un énorme parapluie de golf au-dessus de sa tête. Il lui fit signe de s'éloigner, remercia la foule et marqua une pause.

— L'estuaire Silverwater. Eau argentée… quel beau nom. Il évoque la rencontre d'une rivière cristalline et de la mer.

Walshe sourit.

— En réalité, oui, mais l'estuaire Silverwater est destiné à détruire un paysage et un écosystème au profit de l'argent.

Il brandit un journal.

— Un projet qui excite fortement le *Herald* de Cromarty. Deux cent cinquante créations d'emplois.

Comment peut-on s'y opposer ? Eh bien, laissez-moi vous dire que c'est la stratégie habituelle de ces promoteurs : leurrer le journal régional en faisant miroiter de nouveaux emplois. Création d'emplois... C'est la phrase magique, n'est-ce pas ? Qui justifie tout. Mais partout en Australie, nous avons l'exemple de superbes endroits saccagés. Devenus hideux. Défigurés par des projets comme celui de l'estuaire Silverwater.

Bobby Walshe marqua une pause.

— Et pourtant, les promoteurs et les journaux régionaux ont poussé chacun de ces projets avec la promesse de nouvelles embauches.

Il passa les doigts dans ses cheveux humides et brillants.

— Vous voulez savoir quels emplois ont été créés ? Je vais vous le dire : des emplois précaires, pour faire le ménage, la plonge, etc. Les boulots les moins bien rémunérés, tributaires des saisons, des grèves des compagnies aériennes et des événements qui se produisent à des milliers de kilomètres d'ici.

Applaudissements.

— Et pendant que j'y suis, parlons donc de ces soi-disant journaux régionaux. Régionaux ? Bien sûr qu'ils ne le sont pas. Prenez celui-ci.

Il brandit à nouveau le *Herald* de Cromarty.

— Ce journal régional appartient à Australian Media, dont le bureau est à Brisbane. C'est ça qu'on appelle régional ? Le rédacteur de cette feuille de chou locale est arrivé ici il y a trois mois. Il est venu de Nouvelle-Galles du Sud, où il travaillait pour une autre feuille de chou locale. Et avant cela, il était au Queensland, où il faisait exactement ce qu'on lui demande de faire aujourd'hui à Cromarty. Et de quoi s'agit-il ?

Bobby attendit.

— D'augmenter les revenus publicitaires. De faire plus d'argent. Parce que, tout comme pour les promoteurs de Silverwater, il n'y a que les chiffres qui comptent. Et ce projet, dangereux pour l'environnement, représente de grosses recettes publicitaires pour le journal. Quant à l'entreprise derrière tout cela, ce n'est qu'une bande de beaux parleurs. Elle sera vendue à d'autres dès qu'ils auront obtenu le permis de construire.

Walshe était maintenant trempé. La pluie lui dégoulinait sur le visage, sa chemise avait foncé.

— Le gouvernement de notre État peut refuser ce projet en une minute. Mais il n'a aucune intention de le faire. Il dit que l'estuaire n'est pas classé parmi nos réserves côtières. Les promoteurs véreux auraient-ils carte blanche dans les espaces situés hors des réserves côtières ? Je suis ici aujourd'hui pour vous dire que nous n'accepterons pas ces inepties bureaucratiques. United Australia soutient votre combat, comme nous soutenons tous les combats similaires dans notre pays. Dans les villes comme à la campagne.

Bobby se passa la main dans ses cheveux mouillés et leva les bras au ciel.

— Une dernière chose. Savez-vous ce que le projet de Silverwater représente ? Eh bien je vais vous le dire, moi : une insulte à notre avenir.

Applaudissements. Bobby Walshe hocha la tête et projeta une pluie de gouttelettes.

Cashin songea qu'il était tout à fait conscient de

l'effet de son geste : un homme politique, beau gars, prêt à sacrifier son petit confort personnel pour la cause.

Après de longs applaudissements, Bobby Walshe descendit du kiosque. Vint ensuite le discours nul d'un homme avec une coupe de cheveux nulle et une barbe nulle : le conseiller municipal Barry Doull. Quand la pluie tomba vraiment à flots, Sue l'interrompit, le remercia et orienta la foule vers le stand des dons pour le Comité de sauvegarde de l'estuaire.

La foule se dispersa. Les gens voulaient serrer la main de Bobby Walshe et il ne s'en priva pas. Il se pencha pour parler à une vieille dame qui l'embrassa juste devant les caméras. Le crocodile de l'école se reforma, s'ébranla et prit le raccourci pour retourner à l'école.

Cashin rentra à pied avec Kendall.

— Ce qu'il est mignon, dit-elle. Je vais voter pour lui. Je savais pas qu'il était du coin.

— J'espère que c'est bien pour ses idées que tu vas voter.

Dans la rue principale, Bobby Walshe répondit à quelques questions de la journaliste de l'équipe télé avec qui il était venu. Cashin reconnut la femme qui avait voulu leur parler quand ils avaient quitté le poste de Cromarty avec Dove.

Bobby discutait avec Helen Castleman. Un échange animé. Il regarda derrière elle, croisa le regard de Cashin et dit quelque chose à Helen. Ils s'approchèrent.

— Mais je te connais, dit Walshe. T'es Joe Cashin, le cousin de Bern Doogue. Ça remonte à l'école primaire, dis donc.

— C'est exact.

Walshe lui tendit une main que Cashin serra.

— Comment va Bern ?

— Bien, ça va.

— Qu'est-ce qu'il est devenu ?

— Tu sais, touche-à-tout.

— Je serais jamais sorti vivant de l'école primaire sans Bern, dit Walshe. Y avait pas mieux pour se battre à nos côtés.

— Il a de bonnes aptitudes dans ce domaine, oui.

Walshe rit.

— Tu le vois ?

— Toutes les semaines, sans exception.

— Luke et Corey, dit Walshe. Tu y étais ?

— Malheureusement.

— Triste affaire.

— Quand les gamins se trimbalent avec des fusils, ça risque toujours de mal tourner.

Walshe haussa les épaules.

— L'enquête déterminera si l'arme lui appartenait et qui a tiré en premier. Donne le bonjour à Bern. Dis-lui que je n'ai rien oublié.

— Je n'y manquerai pas.

Ils se serrèrent encore une fois la main.

— N'oublie pas de voter pour United Australia, lui dit Walshe.

— Tiens, on peut voter pour une équipe de foot maintenant, répondit Cashin.

Walshe éclata de rire. Helen lui lança un sourire un peu triste. Ils repartirent vers leur véhicule et la journaliste télé reparla à Walshe.

— Tu m'avais pas dit que tu le connaissais, lui reprocha Kendall en revenant au poste.

— C'est lui qui me connaît. Dis donc, qu'est-ce que tu peux me dire sur Billy Piggot ?

— Billy, ça me dit rien, mais je connais un Ray Piggot et c'est un sacré numéro.

— Qu'est-ce qu'il a fait ?

— Il a arnaqué un commercial descendu au motel. Près de cinq cents dollars. Le type est venu porter plainte le lendemain, mais c'est Cromarty qui s'est chargé de l'affaire.

— Comment l'a-t-il arnaqué ?

— Le commercial a raconté sa petite histoire, mais il s'agissait probablement…

Elle conclut par un geste obscène.

— De véritables citoyens exemplaires, ces Piggot, dit Cashin. Bon, faut que j'y aille, il me reste deux semaines avant la perpétuité et elles commencent dans cinq minutes.

— Et nous avons le personnel adéquat. Si on peut parler de personnel avec un musclé des plages et un gamin stagiaire.

— Ils progresseront sous ta direction, dit Cashin. Sois juste, mais ferme. Brune, mais tendre.

Elle lui lança un petit coup de coude dans le dos. Quel manque de respect ! Dans la hiérarchie de la police, c'était même carrément un signe d'insubordination.

En fin de journée, Mick, un septuagénaire, vint défricher autour de chez Tommy Cashin. Sa débroussailleuse cassa des bouteilles, s'entrava dans du métal et buta sur des obstacles dissimulés dans l'herbe.

— Je devrais te faire payer une prime de risque, dit-il après avoir chargé l'engin dans son camion. Mais c'est impossible ! Puisque je fais ça à l'œil et que tu vas me donner soixante dollars à reverser à l'association caritative de mon choix.

— Je suis flic, dit Cashin. J'ai fait serment de respecter les lois fiscales de notre nation.

— Disons cinquante, alors.

Cashin lui donna un billet que Mick plia et glissa dans le cuir intérieur de son chapeau. Les habitants du coin étaient allergiques à l'idée de collecter pour le gouvernement l'impôt sur les biens et les services.

Tandis que les chiens exploraient l'espace défriché et s'intéressaient aux nouvelles odeurs qui s'en dégageaient, Dave Rebb et Cashin firent le tour des ruines pour les mesurer. Cashin tenait le ruban du mètre. Rebb notait les distances et dessinait sur du papier millimétré. Ils finirent par s'asseoir sur les restes d'un mur et Rebb lui montra ce qu'il avait écrit.

— C'était grand, observa Cashin. J'aurais jamais cru.

— Il était plein aux as, non ?

— Il avait fait toute sa fortune dans l'or et l'a claquée dans sa maison. Et sur des chevaux de course aussi, je crois.

Le vent s'était levé, aplatissant l'herbe. On pouvait sentir l'odeur de terre et le froid de l'océan.

— Il a dû devenir cinglé assez tôt, dit Rebb. Sinon, il aurait fait construire dans un endroit plus chaud.

— Il voulait frimer. Il fallait que ce soit ici. Les Cashin n'avaient que dalle jusqu'alors. Que dalle après aussi, ceci dit.

Rebb se roula une cigarette, l'alluma et recracha quelques brins de tabac collés sur sa lèvre inférieure.

— Alors, c'est ce que tu veux faire ? Te remettre à frimer ?

— Exactement. Et maintenant ?

— C'est à moi que tu le demandes ? Qu'est-ce que tu veux que j'en sache ?

Ils restèrent un moment assis, puis se levèrent, le vent avait forci et les poussait. Ils regardèrent les chiens. Sentant qu'on avait les yeux sur eux, les animaux se tournèrent, s'approchèrent en courant et après une brève visite, reprirent leur travail. Cashin songea à l'absurdité du projet. Il n'y aurait aucune honte à tout abandonner. Il était encore temps.

— Et la photo ? demanda Rebb. Il nous en manque une grosse partie, celle qui a explosé en mille morceaux. On aura aussi besoin d'un abri, pour garder le matériel au sec.

Ils rentrèrent tandis que l'obscurité inondait la vallée. La nuit tombait rapidement : en vingt minutes, on passait du plein jour à la nuit d'encre. À force de se baisser, Cashin avait mal dans tout le corps.

— L'ancien m'a donné un lapin. Je l'ai mis dans le frigo. Tu l'as pas vu ? lui demanda Rebb, près du hangar.

— Non.

— Deux jours qu'il y est. Faudrait le manger ce soir.

Cashin ne répondit rien. Il n'avait pas envie de cuisiner.

— Je peux le préparer, dit Rebb. En civet.

Moment d'hésitation. Un flic rencontre un vagabond, qui s'installe chez lui et lui prépare ses repas. Les gens du coin ne manqueraient pas de s'y intéresser. Des pédés, mon pote. Inspecteur Pédoque et son phoque vagabond.

Cashin s'en foutait.

— Bonne idée, dit-il. Fonce !

Il nourrit les chiens, fit un feu, sortit des bières, s'assit et laissa la douleur lui donner un peu de répit. Rebb avait l'air de savoir ce qu'il faisait. Il découpa le lapin, trancha les légumes flétris et fit roussir la viande.

— Et ce vin ? demanda Rebb en désignant une bouteille sur l'étagère. Tu le gardes pour une occasion spéciale ?

— Tu trouveras un tire-bouchon pendu là-bas.

Rebb déboucha la bouteille, en versa un peu dans la casserole et ajouta de l'eau.

— C'est fait, dit-il. Je reviens.

Il sortit par la porte latérale. Les chiens se levèrent et le suivirent. Cashin lut le journal et somnola. Quand Rebb revint, les chiens se précipitèrent pour fêter leur maître comme s'ils revenaient du pôle Nord sans avoir cessé une seule seconde de penser à lui, à l'aller comme au retour.

Le civet, servi avec du riz, fut tout à fait au goût de Cashin. Il mangea devant le feu et la télévision. Dave dîna à table en lisant le journal. Puis ce fut l'heure des informations. La manifestation de Port Monro était le sixième sujet :

> « Le leader de *United Australia*, Bobby Walshe, était aujourd'hui dans la ville balnéaire de Port Monro pour prendre la parole lors d'un rassemblement opposé à un projet de complexe hôtelier. »

La manifestation comportait tous les ingrédients télégéniques : des enfants tenant des papis et des mamies par la main, des chants, une brève bagarre.

— Ce type a du bol de s'en tirer sans être accusé de voie de fait, dit Cashin sans regarder Rebb.

— Autodéfense, dit Rebb. Il ne lui a pas fait beaucoup de mal.

— Vous, les vagabonds, vous savez vous tenir.

— Le mec était bourré, dit Rebb. Rien de bien menaçant.

Ils regardèrent les extraits du discours de Bobby Walshe. Il était beau, trempé. Le gros plan sur son visage ruisselant de gouttes était particulièrement réussi. On vit la vieille dame l'embrasser, le sourire bienveillant du leader, la main posée sur son coude.

Walshe était brièvement interviewé. Puis la caméra le suivit quand il rejoignit Cashin, Kendall et Wexler avec Helen Castleman. La caméra fit un zoom avant.

Cashin frissonna. Il n'avait pas remarqué l'objectif, sinon il se serait tourné. La femme à la coiffure laquée annonça :

> « Bobby Walshe saisit également l'occasion de parler à l'inspecteur Joe Cashin. Cashin était l'un des policiers présents jeudi, lors du décès du neveu de Walshe, Luke Ericsen, et d'un autre jeune Aborigène, Corey Pascoe, tous deux issus du Daunt, un cantonnement proche de Cromarty. »

Retour sur Bobby Walshe, qui se passait la main dans ses cheveux mouillés.

> « Juste un salut rapide au policier. Nous étions en primaire ensemble. Mon espoir est de savoir exactement ce qui s'est passé ce soir-là et de rendre justice à ces jeunes. Je dis bien que c'est mon espoir. Le peuple aborigène vit dans un espoir de justice depuis plus de deux cents ans. »

Rebb se leva. Il lava son assiette, son couteau et sa fourchette dans l'évier.

— C'est toi qui as tiré sur le gamin ? demanda-t-il d'une voix neutre.

Cashin le regarda.

— Non. Mais je l'aurais fait s'il m'avait menacé de son flingue.

— Bon, ben, je vais y aller.

— T'es doué avec les lapins morts, dit Cashin. Tu peux recommencer quand tu veux.

À la porte, alors que les chiens tentaient de sortir avec lui, Rebb demanda :

— On l'aura quand, la tronçonneuse ?

— Demain. Bern a dit qu'il l'apporterait avec la citerne, au petit jour. Ça pourrait être dès l'aube, ou alors à minuit.

— On a aussi besoin d'autres trucs : du ciment, du sable, du bois, tout ça. J'ai fait une liste. Je l'ai laissée à côté de l'évier.

— Combien de ciment il nous faut ?

Cashin crut voir un éclat de pitié traverser les yeux de Rebb.

— Disons six sacs.

— On a besoin d'une bétonnière ?

Rebb fit non de la tête.

— À moins que t'aies l'intention d'employer d'autres pauvres innocents trouvés sur la route.

— C'est une quête perpétuelle, chez moi.

Il appela Bern, puis, fatigué, souffrant et attristé, il se coucha tôt. Le sommeil vint, mais un cauchemar l'interrompit, un nouveau type de cauchemar. Nuit noire et pluvieuse, lumières aveuglantes et cris stridents, des gens partout, paniqués. Il était piégé, retenu par une espèce de pieuvre, il essayait de s'en défaire : elle l'écrasait, l'espace se rétrécissait, il manquait d'air, suffoquait et mourait, terrifié.

Éveillé dans la grande chambre, baigné de la fine lumière verte du radio-réveil, il sentit son cœur battre dans sa poitrine et entendit le vent siffler sur la tôle ondulée.

Il se leva. Les chiens l'entendirent et aboyèrent ; il les laissa entrer. Ils se précipitèrent sur le lit, se bousculèrent pour grimper et s'y mettre à l'aise. Cashin alluma le lampadaire, jeta du bois dans le poêle, s'enveloppa dans une couverture et s'assit, *Nostromo* entre les mains.

> « L'aumônier de l'armée, un homme, sale, pas rasé, une épée à la ceinture et une minuscule croix brodée de coton blanc sur le côté gauche d'un uniforme de lieutenant, suivait toujours, une cigarette au coin des lèvres, un tabouret de bois à la main, pour entendre leur confession et leur donner l'absolution ; car le Citoyen Sauveur de la patrie (c'est ainsi que Guzman Bento se faisait appeler officiellement dans les pétitions) n'était pas opposé à l'exercice d'une clémence rationnelle. On entendait le tir irrégulier de la fusillade, parfois suivi d'un coup de grâce unique ; un petit nuage de fumée bleue montait au-dessus des verts buissons[1]... »

Il s'endormit dans son grand fauteuil élimé et se réveilla à la lueur du petit matin, les deux chiens le poussaient, leurs queues croisées comme des métronomes velus. Le téléphone du bar sonna tandis qu'il remplissait la bouilloire.

— Agent Martin de Cromarty à l'appareil, patron. J'ai reçu l'ordre de vous dire que la mère de Donny Coulter a appelé il y a quelques minutes pour signaler la disparition de son fils. Elle ne sait pas depuis quand, mais elle l'a vu dans son lit à onze heures hier soir.

Cashin masqua le combiné d'une main pour s'éclaircir la voix.

— Nous n'avons rien à lui reprocher avant l'heure

1. Joseph Conrad, éd. Autrement, 1999, trad. Odette Lamolle.

où il doit se présenter au poste. Dites à sa maman de se renseigner auprès de ses copains, pour voir s'il est parti seul ou avec d'autres personnes. Vous pourrez me joindre sur mon portable.

Il alla pisser dehors, face à la colline. Les érables écarlates jouaient à cache-cache à travers la brume comme des flambées d'incendie à travers la fumée. Il fit rouler ses épaules pour s'assouplir les articulations.

Donny ne se présenterait pas au poste à dix heures comme le stipulaient les conditions de sa liberté provisoire. Il en était sûr.

— Donny ne s'est pas présenté, annonça Hopgood au téléphone. D'après sa mère, le petit merdeux était tout tristounet.

Sous une pluie fine, Cashin et Rebb commençaient juste à défricher le sentier qui menait à l'ancienne porte d'entrée ; ils découvraient au passage des carreaux de brique rouge cuite au feu, à la couleur encore vive.

— Elle l'a cherché ? demanda Cashin.

— Faut croire.

— Et ses copains ?

— Apparemment, ils sont tous là. Ils dorment à poings fermés comme les autres enculés de leur race.

— Il a emporté des affaires ? Un sac, des vêtements ?

— Je l'aurais dit si c'était le cas.

Cashin regarda Rebb creuser la couche profonde de chiendent, de mauvaises herbes et de terre. Avec sa pelle à long manche, il donnait des coups sans se fatiguer et grattait pour découvrir les carreaux. Cashin s'en sentit affaibli. Ses excavations semblaient bien maigres en comparaison.

— Vous avez beau être en congé, vous êtes toujours responsable, lui dit Hopgood. On attend vos ordres.

— Violation des conditions de remise en liberté, dit Cashin. C'est une affaire pour les flics en tenue. L'officier de liaison aborigène peut parler à la mère de Donny, sinon, demandez aux agents d'effectuer des recherches dans le Daunt et de fouiller tous les garages, les hangars et les chiottes.

— C'est les agents qui vont retrouver Donny ? Vous avez oublié de prendre vos cachetons, ce matin, ou quoi ?

Cashin leva les yeux au ciel.

— Tenez-moi au courant, dit-il.

Reprenant les travaux de son côté du sentier, il se sentit l'estomac creux, comme s'il n'avait pas mangé depuis longtemps. Il avait progressé de quatre ou cinq mètres et Rebb en avait fait le double quand Bern arriva. Il remorquait une citerne d'eau cabossée, avec sa camionnette tout aussi bosselée et déglinguée. Bern descendit, mal rasé, salopette pleine de cambouis, cigarette au bec. Il examina les travaux, loin d'être impressionné.

— Merde alors, t'es complètement givré, dit-il. Paiement cash à la livraison.

— Onze heures et demie, renvoya Cashin, c'est ce que t'appelles au petit jour ?

— Ben y fait jour, mon petit. Bon, parlons peu mais parlons bien : cent vingt dollars pour la tronçonneuse, avec tous les accessoires – elle appartenait à une petite vieille qui s'en servait que pour tailler ses rosiers ; vingt pour la tôle ondulée, vingt par semaine pour la citerne, quatre semaines de location minimum, dix pour la livraison. Je te fais l'eau gratis pour la première fois, c'est généreux. Dix pour refaire le plein. Arrondissons à deux cents, et je t'offre le prochain plein. Prix d'amis, vu que t'es de la famille et un couillon fini.

Cashin fit le tour de la citerne. Elle avait été grossièrement peinte en noir à la bombe aérosol. Mais avant cela, la rouille s'était installée là où les marques avaient été effacées, sans doute à l'aide d'une meuleuse munie d'une brosse en acier. La rouille gonflait déjà la nouvelle couche de peinture.

— Où tu l'as trouvée ?

Bern jeta son mégot.

— Écoute. Quand tu vas au drive-in chez McDonald, est-ce que tu demandes au gamin où il a trouvé la viande hachée ?

Cashin fit un autre tour de citerne.

— L'armée de réserve avait porté plainte. Ils faisaient des manœuvres dans les gorges après Livermore. Ils déconnaient, jouaient à cache-cache sous les tentes, puis ils étaient allés boire un coup en ville. Le lendemain, il leur manquait deux citernes d'eau, une grande tente, des bâches et des bouteilles de gaz. Le tout porté disparu au combat.

— Chez les réservistes, faut être trois pour se torcher le cul. C'est un type qui a déposé ça chez moi. Il m'a dit qu'il reviendrait discuter du prix. Je l'avais jamais vu avant, je l'ai jamais revu après. Qu'est-ce que je peux te dire d'autre ? demanda Bern en crachant.

— Ne dis rien qui puisse t'incriminer devant un tribunal, répondit Cashin.

Il sortit son portefeuille et lui offrit quatre billets de cinquante.

— Quoi, tu marchandes pas ?

— Non.

Bern prit trois billets.

— Putain, tu fais ressortir le chrétien en moi.

— C'est un tout petit chrétien, alors. Genre chrétien nain de jardin. On a besoin d'équipement de construction. Des truelles, des niveaux, tu vois ce que je veux dire.

Bern jeta un œil à Rebb, soutenu par sa pelle, le regard ailleurs.

— Hé, Dave, lui cria-t-il. Tu t'y connais un peu mieux que lui, en construction ?

— Je sais pas ce qu'il sait, répondit Rebb avec un haussement d'épaules.

— Ouais, ben, dans ce cas, je propose que vous veniez faire un tour chez moi, dit Bern. J'ai quelques outils de maçonnerie. Mais je vous préviens, c'est pas donné. Dur à trouver. Dans la construction, les mecs emportent leur matos dans la tombe.

— Ce qui me fait penser qu'il y a eu un cambriolage au collège technique de Cromarty, dit Cashin. Ils sont entrés dans le dépôt de l'atelier de maçonnerie.

— Tu parles d'un putain de cake à molette. Figure-toi que j'en ai jamais entendu parler non plus. Je parie que tu les inventes toutes, tes histoires ?

— Je préfère n'acheter aucun des trucs qui figurent sur la liste des objets volés, dit Cashin.

— Mais d'où tu sors tes idées foireuses ? Je suis blanc comme neige. Tes potes sont venus me faire chier. Cet assommé de Hopgood, avec une véritable équipe de foot de connards assortis. Ils ont passé une heure à tout gratter, tout foutu en l'air chez moi et ils sont repartis bredouilles, sans prendre la peine de s'excuser, les sales cons.

Bern cracha et poursuivit :

— Allez, donne-moi un coup de main pour décharger la tôle. T'en aurais pas une bonne à nous raconter sur la tôle ondulée par hasard ?

Ils déchargèrent et Bern remonta dans son camion.

— Dis donc, Dave. Je voulais te demander, on s'est pas déjà vus quelque part ?

Rebb examinait la tronçonneuse.

— Je te reconnais pas, répondit Dave. Mais je sais reconnaître une tronçonneuse pourrie quand j'en vois une.

Ils reprirent le travail. Quand Rebb atteignit la maison, il passa du côté de Cashin et creusa pour aller dans sa direction.

Portable de Cashin.

— Sachez qu'on n'a toujours pas trouvé Donny, lui dit Hopgood. Ils ont absolument tout ratissé, chaque centimètre carré.

Cashin étudiait les ampoules sur sa paume gauche, une bosse pâle et bien pleine sur chaque doigt.

— Étape suivante, dit-il. On aurait sans doute dû commencer par là.

— Vous parlez de vous ou de nous ?

— Je parle, c'est tout.

— On a lancé l'alerte avant neuf heures. On n'a pas attendu vos instructions. Ils vous ont dit que Bourgoyne était sur la fin ?

— Non.

— Peut-être que vous êtes plus du tout dans le coup.

Ils se rapprochaient l'un de l'autre et lançaient les dernières pelletées de terre dans la verdure, quand Rebb lui demanda :

— Ce Bern, c'est ton cousin ?

— Exact.

— Du côté de ton vieux ?

— De ma mère. Son père est le frère de ma mère.

Rebb dévisagea longuement Cashin, puis reprit le boulot. Il lui demanda un peu plus tard :

— Ce jardin, c'était pas rien. T'as des photos, aussi ?

— Faut que j'aille à Cromarty. Je regarderai, dit Cashin.

Il n'avait pas la tête aux jardins. Il pensait à Donny, aux jeunes tués et à Hopgood.

Helen Castleman était au tribunal, lui dit-on à son cabinet. Cashin fit le tour du pâté de maisons et venait de prendre place dans la salle d'audience lorsqu'elle se leva, toute de noir vêtue, chevelure soyeuse.

— Votre Honneur n'est pas sans savoir que la loi de 1977 sur les remises en liberté provisoire ne nous donne aucune définition des circonstances exceptionnelles…

Le magistrat leva le doigt pour l'interrompre.

— Madame Castleman, évitez de me dire ce que je sais déjà.

— Merci de vos conseils, Votre Honneur. L'accusé n'a jamais été mêlé à des histoires de drogue. Il a été reconnu coupable de délits mineurs pour du recel d'objets d'occasion. Il a quatre enfants de moins de douze ans. Les finances de la famille dépendent entièrement de son entreprise de récupération de métaux. Mme O'Halloran ne peut pas à la fois s'occuper des enfants et gérer l'entreprise sans son mari.

Le magistrat porta son regard vers la fenêtre.

— Votre Honneur, reprit Helen Castleman, l'audience de mon client n'est pas prévue avant trois mois. J'aimerais respectueusement suggérer que ces facteurs ajoutés constituent les circonstances exceptionnelles qui font défaut à la loi et je demande que vous lui accordiez sa remise en liberté provisoire.

— Dans notre communauté, répondit le juge, la possession d'héroïne est considérée comme un délit extrêmement grave.

— Tentative de possession, sauf votre respect, Votre Honneur.

Cashin remarqua la tension dans la mâchoire du magistrat.

— La possession d'héroïne est considérée comme un délit extrêmement grave dans notre communauté, madame Castleman, contrairement à ce qui se passe à Sydney, peut-être.

Émettant une espèce de coassement, le juge chercha l'approbation de ses confrères et montra des crocs jaunes et canins. La procureur sourit, les yeux morts. Quand le magistrat revint à Helen, il montrait toujours les dents.

— J'aimerais simplement souligner, poursuivit Helen, que mon client, même s'il est reconnu coupable, ne sera passible que d'une peine mineure, et qu'étant donné sa situation, il est fortement improbable qu'il ne respecte pas les conditions de sa liberté provisoire.

Le juge la fixa.

— Si Votre Honneur le souhaite, poursuivit Helen, je peux m'étendre sur la question et en particulier citer le récent jugement rendu en appel par le juge Musgrove de la Cour suprême contre la décision d'un magistrat de refuser la remise en liberté provisoire.

Il sortit un Kleenex et se moucha.

— Je me passerai des conseils puisés au plus profond de votre inexpérience, madame Castleman. Voici les conditions…

Le magistrat énuméra les modalités de remise en liberté.

— Votre Honneur, dit Helen. Sauf votre respect, j'aimerais souligner que vingt mille dollars est une somme qui dépasse tant les moyens de l'accusé qu'elle invalide la possibilité de remise en liberté.

— Vraiment ?

— Puis-je rappeler les précédents devant ce tribunal ?

Il l'écouta sans l'interrompre. Puis, dans des éclats de postillons argentés, il réduisit la caution à cinq mille dollars.

En sortant, Cashin tomba sur une connaissance : Greg Law, de la brigade criminelle. Appuyé contre la balustrade, il tenait une cigarette entre des doigts de la même couleur que les dents du magistrat.

— Putain, cette nana est d'une impertinence ! lui lança Law. Elle est censée lui lécher le cul, pas le menacer de lui foutre un appel bien profond.

— Savoir quand lécher et quand botter le cul, répondit Cashin. La vie des tribunaux criminels tourne autour de cette question.

Le regard de Law restait rivé sur la rue. Cashin le suivit jusqu'à une Datsun orange et rouillée avec une portière bleue. La conductrice était affalée comme un de ces gros mannequins utilisés dans les crashs tests, son bras grassouillet pendait par la vitre, une cigarette entre ses doigts boudinés. Elle la porta à sa bouche. Cashin distingua trois bagues tellement grosses qu'on aurait dit un poing américain.

— Gabby Trevena, expliqua Law. Dieu sait qu'elle devrait être derrière les verrous depuis longtemps. Elle a fracassé la mâchoire d'une femme enceinte jusqu'aux yeux devant le Gecko Lounge. La femme s'est effondrée et vlan, Gabby en a profité pour lui shooter un grand coup de pantoufle : quatre côtes en moins. Une putain de furie !

Un homme d'âge moyen accompagné d'un jeune descendit la rue. Ils gravirent les marches sans quitter Greg Law des yeux. L'homme avait un visage émacié, des cheveux poil de carotte sans éclat, un costume moisi qui avait été à sa taille le jour de son mariage, mais qui lui flottait sur le corps aujourd'hui. Le jeune ressemblait à son père, ses poils de carotte plus longs et plus brillants, et une boucle dorée dans une oreille.

— Entrez, je vous rejoins dans une minute, leur dit Law avec un signe de la main. La femme aurait piqué des plantes que Gabby faisait pousser sur son toit. Au moment de la récolte.

— Un jardin aménagé sur le toit, dit Cashin. Sur le plafond du préfa, quelques chaises longues, des plantes en pot, Gabby en train de bronzer. Je vois ça d'ici.

— Cette grosse vache s'en tire à bon compte aujourd'hui. La plaignante est introuvable. Faudra peut-être une pelleteuse pour la retrouver.

Law se redressa en prenant appui contre la balustrade.

— À propos de lécher et de botter le cul, il paraît que Hopgood et toi, vous êtes super-copains.

— Ah bon ?

Law lança son mégot dans la rue.

— Gabby Trevena n'est pas la personne la plus à craindre dans cette ville. Presque, mais pas tout à fait.

— Ce qui veut dire ?

— Qu'est-ce que tu crois que ça veut dire ? Bon, faut que j'y aille.

Helen Castleman descendait l'escalier. Cashin s'approcha d'elle.

— Salut, je peux vous toucher un mot ?

— Si vous voulez me parler, accompagnez-moi. Je suis en retard.

Ils finirent de descendre les marches et tournèrent à gauche.

— Vous avez reçu ma plainte contre le harcèlement de Donny ?

— Non, je suis en congé. Comment a-t-il été harcelé ?

— Je me suis plainte auprès de votre bon M. Hopgood. Pourquoi des voitures de patrouille sont-elles passées devant la maison avec des projecteurs ? Qu'est-ce que c'est que ce bordel ? Et vous vous étonnez qu'il se soit barré ? C'était bien le but de la manœuvre, non ?

— Je ne suis pas au courant de tout ça.

— Vous n'avez aucune preuve contre lui, c'est ça votre problème.

— On a des preuves, dit Cashin.

C'était un mensonge.

Deux gars en skateboard arrivaient en face, l'un derrière l'autre, celui de devant était trop vieux pour y prendre du plaisir. Cashin s'écarta sur la gauche, ils passèrent entre eux.

— Allez le dire aux deux gamins qui sont morts, lança Helen.

— Aucun flic sain d'esprit n'a envie de tirer sur des gamins, ni sur qui que ce soit d'autre. Mais normalement, les gamins ne sortent pas d'un accident un fusil à la main.

— Oui, ça, c'est votre histoire, ce n'est pas un fait. Qu'est-ce que vous me voulez ?

Cashin n'avait pas envie qu'elle le prenne en grippe.

— Ça nous aiderait de savoir s'il s'est barré.

Helen hocha la tête d'un air songeur.

— Et vous pensez que je vous le dirais si je le savais ?

— Ça changerait quoi ?

— Si je le savais, ce serait parce que je le représente. Comment est-ce que je pourrais vous le dire ? C'est ici que je traverse.

À l'intersection, ils attendirent que le feu change sans se regarder. Puis Cashin eut envie de la regarder, et le fit. Elle le regardait elle aussi.

— Je ne vous voyais pas aussi grand et mince, dit-elle.

— Poussée de croissance tardive. À moins que vous me confondiez avec quelqu'un d'autre.

Feu vert. Ils traversèrent.

— Non, répondit-elle. Je me souviens bien de vous.

Cashin se sentit rougir.

— Pour revenir au présent. Vous êtes employée par le tribunal, il n'y a pas de problème déontologique.

Pas de réponse. Ils marchèrent en silence, s'arrêtèrent à son bureau, un immeuble en pierre bleue.

— On m'a dit que vous étiez aux homicides, en ville.

— J'y étais, ouais.

Il remarqua son mouvement de tête, se prépara.

— Et dans votre expérience, les avocats vous donnent des informations sur leurs clients ?

— Je n'ai pas l'habitude de parler aux avocats de leurs clients. Mais le vôtre s'est rendu coupable de violation de liberté conditionnelle. Tout ce que je veux savoir, c'est s'il est ou non parti d'ici. Ça nous éviterait de perdre du temps à le rechercher. Ce n'est pas grand-chose.

— Tout ce que je peux vous dire, c'est que je n'en sais pas plus que vous.

— Merci, madame Castleman.

— De rien, inspecteur Cashin. N'hésitez pas à reprendre contact. Au fait, je me suis aperçue hier que nous allions être voisins.

— Comment ça ?

— J'ai acheté la propriété à côté de chez vous. Avec la vieille maison. Chez Mme Corrigan.

— Bienvenue dans le coin, dit Cashin.

On ferait mieux de clôturer pour délimiter la propriété dès aujourd'hui, pensa-t-il.

Il repartit au poste. Hopgood n'y était pas. Il était sorti enquêter sur un corps retrouvé dans les cendres d'une maison à l'ouest de Cromarty.

Cashin lui laissa un bref message et s'en alla chercher la photo à la bibliothèque. Fermée, c'était le jour de repos du bibliothécaire. Il rentra chez lui et pensa à cette soirée, à la fin de sa dernière année de lycée. Tony Cressy était venu le chercher en Mercedes, une voiture des Locations automobiles Cressy, situées sur la route principale. Tony était un arrière de l'équipe du lycée. Il était lent, arrivait à peine à se bouger, mais il était costaud et intimidait les adversaires.

Ils allaient au Chaudron, aux marches de Dangar, quatre dans la voiture, eux deux et deux filles : Helen Castleman et Susan Walls. Il avait rarement adressé la parole à l'une et à l'autre avant ce soir-là.

Les marches étaient condamnées depuis longtemps, mais les barbelés et les pancartes ne faisaient qu'encourager les gens. Il avait aidé Helen à escalader la clôture en lui faisant la courte échelle. Elle n'avait pas eu de problème avec ce type d'étrier car elle faisait du cheval. On racontait qu'elle aurait pu se qualifier pour le saut aux Jeux olympiques. Ils avaient traversé le rocher, emprunté le sentier bien dégagé, sur les traces de Percy Hamilton Dangar le Fou. Celui-ci avait consacré douze années de sa vie à sculpter les étroites marches qui descendaient à pic jusqu'au niveau de l'eau à marée haute. Tout le monde connaissait l'histoire. Il restait une centaine de marches, dangereuses en s'approchant du fond, rongées par l'océan, les embruns et le vent.

Cette nuit-là, ils n'étaient pas descendus bien loin. Ils s'étaient assis, adossés à la falaise. Les garçons fumaient, et ils se passaient une bouteille de Jim Beam, prenant des petites goulées brûlantes. Aucun d'eux ne buvait vraiment d'alcool. Il s'agissait plutôt de frimer. Passage obligé. Cashin et Helen s'étaient installés sur les marches au-dessous de Tony Cressy et Susan. Tony les faisait rire, c'était un vrai clown. Il déridait les profs les plus sévères.

Cashin retrouva la sensation du sein de Helen contre son bras nu quand les frissons de son rire la poussaient vers lui.

Elle ne portait pas de soutien-gorge.

Les énormes vagues déferlaient contre l'entrée dans un grondement de tonnerre et faisaient voler la poudre blanche. Pendant quelques secondes terrifiantes, l'eau explosait dans le Chaudron en contrebas, puis remontait en trombe le long des parois calcaires. On ne pouvait jamais être sûr qu'elle s'arrête à temps : elle montait encore et encore et on pensait toujours que cette fois-ci, elle allait vous déloger, vous jeter dans le trou, vous précipiter dans le Chaudron bouillonnant.

Mais ça n'arrivait jamais.

L'eau montait à cinq ou six mètres et retombait en léchant les grottes de pierre. Le Chaudron refluait et écumait, puis la cuvette se vidait et le calme revenait.

Il se souvint des blagues, sur le thème de « la prochaine fois on n'en réchappera pas, les amis ».

Ils avaient déposé Susan en premier, puis s'étaient garés près de la maison de Helen, que Joe avait accompagnée jusqu'au portail. Elle l'avait embrassé rapidement, à sa grande surprise, puis l'avait regardé et à nouveau embrassé, plus longuement, en promenant ses mains dans ses cheveux.

— T'es sympa, avait-elle dit avant de rentrer chez elle.

Il était revenu à la voiture. Son cœur battait la chamade.

— Ça alors, avait dit Tony Cressy. Ça, c'est la grande classe. T'es un sacré veinard.

Il faisait presque nuit et le vent s'était levé quand ils finirent d'extraire le dernier pieu pourri. Cashin avait mal partout : il souffrait de se tenir debout.

— On devrait finir demain soir, dit Rebb, si on a le matos.

— Bern apportera tout demain matin, dit Cashin. Je crois que maintenant, il comprend mieux ce que « petit matin » veut dire.

Les outils sur l'épaule, ils escaladèrent la colline pour rejoindre la maison. Cashin siffla et les têtes noires se dressèrent en chœur dans le ruisseau.

Le toit était visible quand son portable se mit à sonner, un bruit faiblard dans le murmure du vent. Il s'arrêta, posa la pelle, et trouva le téléphone. Rebb poursuivit son chemin.

— Cashin.

Des parasites. Pas de réponse. Il coupa la communication.

Cashin eut des difficultés à suivre Rebb dans la montée, chaque pas lui coûtait. Arrivé sur le plat, le téléphone se remit à sonner.

— Cashin.

— Joe ?

Sa mère.

— Oui, Syb.

— Je t'entends mal, tu m'entends, toi ?

— Je t'entends.

— Joe, Michael a fait une tentative de suicide, ils ne savent pas…

— Où ?

Impression de froid, de nausée.

— À Melbourne, dans son appartement. Quelqu'un lui a téléphoné et c'est comme ça qu'ils ont…

— Quel hôpital ?

— L'Alfred.

— J'y vais. Tu veux venir ?

— J'ai peur, Joe. Tu l'avais appelé ? Je t'avais demandé de l'appeler.

— Syb, j'y vais maintenant. Tu veux venir ?

— J'ai trop peur, Joe. Je peux pas faire face à…

— Bon, ça fait rien. Je t'appellerai quand je l'aurai vu.

— Joe.

— Oui.

— Tu aurais dû lui parler. Je te l'avais dit, je te l'ai demandé deux fois, Joe. Deux fois.

Cashin regardait Rebb et les chiens. Ils étaient presque à la maison, les bêtes arpentaient le terrain devant la porte, truffe au sol. On aurait dit des militaires en reconnaissance, prêts à se lancer dans une mission dangereuse. Arrivés au portail, ils se retournèrent et levèrent la patte, signal pour ceux qui regardaient qu'il n'y avait aucun danger.

— Je te téléphonerai, Syb, dit-il. Appelle-moi si tu as du nouveau.

Il faisait nuit noire quand il arriva au croisement de Branxholme et prit la direction de la ville. Ses phares balayèrent une maison délabrée. Il aperçut une voiture sur ses essieux et l'éclat vert diabolique d'yeux de chien, à côté d'un réservoir d'eau rouillé qui fuyait.

Cashin faillit paniquer quand le médecin le précéda dans le long couloir, entre les rangées de boxes séparés par des rideaux. Il connaissait cette odeur de désinfectant et de détergent, la blancheur clinique des lieux et l'incessant bourdonnement électronique. Il aurait sans doute la même sensation dans un sous-marin nucléaire, étouffé au fond de l'océan arctique, manœuvré par un système électronique.

Alors qu'il passait devant les boxes, Cashin aperçut des corps reliés à des tubes et des fils. Des voyants minuscules étaient allumés, certains clignotaient.

— Par ici, dit le médecin.

Michael avait les yeux fermés. Son visage, ou ce qu'on parvenait à en voir autour du masque à oxygène, était livide. Des mèches de cheveux, noires comme des brins de réglisse, reposaient sur l'oreiller. Dans son souvenir, Cashin le voyait avec les cheveux courts, une coupe bien propre de commercial.

— Il va s'en sortir, dit le médecin. Le type qui l'a trouvé a appelé les urgences. Une chance ! En plus, l'ambulance était déjà dans le coin, à cause d'une fausse alerte. Il a été soigné dans les plus brefs délais.

Il était jeune, avec le type asiatique, une peau de bébé, un accent d'école privée.

— Qu'est-ce qu'il a pris ? demanda Cashin.

Il n'avait qu'une envie, sortir, aller à l'extérieur respirer les grosses bouffées purificatrices des gaz d'échappement.

— Un mélange de pilules pour dormir – benzodiazépine – et d'alcool. Les deux en grosse quantité, en quantité mortelle.

Le docteur passa sa petite main sur son menton. Il était très fatigué.

— Il vient juste de sortir de dialyse. Le réveil sera très dur.

— Et c'est pour quand ?

— Demain.

Il consulta sa montre.

— Mais on est déjà demain. Venez vers midi, il devrait pouvoir parler.

Cashin quitta l'hôpital et passa un bref coup de téléphone à sa mère. Puis il se rendit chez Villani, à Brunswick, se gara dans la rue et entra. Il l'avait joint en chemin. « Je laisserai la chambre de Tony ouverte, à côté du garage, lui avait dit Villani. Je crois qu'elle a été désinfectee. »

La pièce était tapissée de posters de joueurs de foot, de kickboxers et de grosses cylindrées ; dans un coin, des partitions reposaient sur un pupitre à musique. Un étui à violoncelle était adossé au mur. Cashin observa les photos epinglées au panneau de liège au-dessus du bureau. Il se reconnut sur l'une d'entre elles, bien avant Rai Sarris, un jeune Cashin dans une piscine, regardant l'objectif, le petit Tony Villani dans les bras. Le gamin était une version ratatinée de son père ; comme si quelques retouches lui avaient supprimé les rides et garni les tempes.

Mon fils a cet âge-là, aujourd'hui, pensa Cashin en sentant la tristesse l'envahir et lui serrer la gorge. Il s'assit sur le lit, ôta ses chaussures et ses chaussettes, et s'effondra, les coudes sur les genoux, la tête dans les mains, abattu de fatigue et de douleur. Un peu plus tard, il regarda l'heure à sa montre : deux heures vingt-cinq.

Une voiture se gara dans l'allée. Quelques minutes plus tard, on frappa à la porte.

— Entre.

Villani, en costume, cravate dénouée, une bouteille dans une main, des verres à vin dans l'autre.

— Alors, les nouvelles ?

— Il s'en sortira. Ils l'ont trouvé à temps.

— Ça s'arrose.

— T'as qu'une bouteille ?

— T'es pas censé être en convalescence, toi ? Remarque, moi, j'ai toujours pensé que tu jouais la comédie, espèce de branleur.

Villani s'assit sur la chaise du bureau de son fils, tendit un verre à Cashin et le remplit de vin rouge.

— C'était sérieux, sa tentative ?

— D'après le médecin, oui.

— C'est inquiétant. Tu sais pourquoi ?

— Il a appelé ma mère plusieurs fois, il était déprimé. Elle m'a demandé de lui parler. Je l'ai pas fait.

— On dirait le résumé d'une nouvelle.

— Qu'est-ce que tu connais aux nouvelles, toi ?

Villani parcourut la chambre du regard.

— J'ai pas mal lu, ces derniers temps. Problèmes de sommeil.

Il fit tourner le vin dans sa bouche, les yeux rivés sur les posters.

— C'est pas la première piquette venue, mon vieux, poursuivit-il, même si pour certains, c'est donner de la confiture à des cochons. Tu veux une clope ?

— Je veux bien, merci.

— J'arrête demain. Puisque toi, t'as réussi à arrêter.

La nicotine eut le même effet sur Cashin que quand il fumait après avoir fait du surf – il se sentait à vif, clignait des yeux. Il but quelques gorgées de vin.

— C'est pas la bibine des cartons de cinq litres qu'on sirote à deux heures et demie du matin, observa-t-il. Même moi, je sens la différence.

— Un mec me l'a offert, je ne pouvais pas refuser.

— Va falloir que tu fasses mieux devant la commission d'éthique. Tu t'es levé tôt ou couché tard ?

— Tu te rappelles Vic Zable ?

— J'ai pas mal de problèmes, mais je ne suis pas encore amnésique.

— Ouais ben, en tout cas, Vic s'est fait descendre ce soir sur le parking du centre culturel, tu te rends compte ? Un type qui pensait que la culture était exclusivement agricole. Touché dans les côtes, à moins de lui tirer dans le cul, on pouvait difficilement faire plus courte portée. Le tueur était assis à côté de lui, dans sa Mercedes Kompressor, radio à fond en quadriphonie, radiateur allumé. Il a vidé son chargeur. Figure-toi qu'une des petites saloperies a rebondi à l'intérieur de son corps avant de ressortir dans son dos pour finir dans le plafond.

Cashin but une petite gorgée.

— Combien Vic a-t-il de copains gauchers ?

— T'es comme les flics à la télé, toi ! On en a repéré deux. L'un est à Sydney, l'autre n'est pas chez lui. J'en viens. J'ai cru qu'on allait avoir du bol, mais bon.

— Arrestation dans la guerre des gangs. Flic acclamé !

— Dans tes rêves.

— Comment va Laurie ?

— Bien. Comme d'hab. En pétard contre moi. Ou plutôt on est mutuellement en pétard.

— Qu'est-ce qui se passe ?

Villani prit une bouffée, creusa les joues, puis souffla trois ou quatre ronds de fumée parfaits dans l'air.

— On a tous les deux… des liaisons.

— Je croyais que tu regardais sans toucher ?

— Ouais, mais ça a pas toujours été drôle à la maison. Quand je suis pas crevé, c'est Laurie. Elle bosse pour tout un tas de soirées, restauration aux courses hippiques, pour des comités d'entreprises… il arrive qu'on ne se voie pas pendant plusieurs jours. On se parle presque plus. Depuis des années, on se limite aux trucs pratiques, aux factures et aux gamins. Et puis, j'ai rencontré une femme et figure-toi que le lendemain, j'avais envie de la revoir.

— Et Laurie ?

— J'ai découvert sa petite liaison. Faut jamais laisser traîner ses factures de portable.

— Ça devrait s'annuler dans ce cas, non ? Une petite liaison de chaque côté ?

— Reste la question de qui a commencé, relation de cause à effet. C'est apparemment de ma faute si elle s'est envoyé ce couillon de cameraman. Elle est avec lui en ce moment, à Cairns : restauration pour le tournage d'une connerie télévisée quelconque. Probablement sur la plage en train de baiser au clair de lune tropical.

— Restreins tes ardeurs poétiques, dit Cashin.

Il en avait assez entendu. Il aimait bien Laurie et avait souvent eu envie d'elle.

— C'est ce que ça fait, d'être chef ?

— Je patauge, lui répondit Villani en servant le vin. J'ai cet enculé de rosbif sur le dos, Vickers. Il a éliminé le poste de Bell, c'est donc mon supérieur direct. Je comprends rien à leurs manœuvres politiques et j'ai pas l'intention de m'y mettre. Je voudrais que Singo revienne, j'étais heureux à cette époque.

Il soupira.

— On était tous les deux heureux à l'époque, dit Cashin. Plus heureux en tout cas. Je passerai le voir demain matin.

— Putain, moi aussi, faut que j'aille le voir. Les jours sont trop courts, j'ai jamais une minute à moi. Vous en êtes où, avec Donny ?

— D'après son avocate, il a été victime de harcèlement. Des patrouilles empêchaient toute la famille de dormir. Pourquoi tu m'avais pas prévenu, pour Hopgood ?

— Je croyais que tu connaissais l'histoire de Cromarty. Puis Donny finira peut-être par réapparaître.

— C'est pas dit. De toute façon, on a rien de tangible contre lui. Rien du tout.

— Oui, ben, on verra..., dit Villani en haussant les épaules. En attendant, qu'est-ce que tu vas faire pour ton frère ?

Cashin n'avait cessé d'y penser.

— Tentative de suicide, je sais que dalle sur le sujet.

— Wayne est vivant… Tentative ratée. Peut mieux faire. Bruce est mort. Bien joué, Bruce. Ton frère est la réussite de la famille, non ?

— Non. Il est intelligent, cultivé… et friqué.

Villani remplit les verres.

— Et du bonheur à revendre. Il est marié ?

— Non.

— Quelqu'un dans sa vie ?

— Aucune idée. La dernière fois que je l'ai vu, c'est moi qui étais à l'hosto. Il a même pas pris le temps de s'asseoir et il a eu plusieurs conversations sur son portable. Je lui en veux pas, on se connaît mal. Il faisait son devoir, voilà tout.

— C'est comme Laurie envers moi et la famille, elle fait son devoir. S'il veut un psy, Bertrand a vu un type quand il a été déprimé après s'être fait poignarder par cet enculé de Croate. C'est pas un psy de flic.

— C'était le Croate qui avait besoin d'un psy. Bertrand avait plutôt besoin de s'occuper de son corps.

Ils avaient partagé leur vie. Ils continuèrent de parler et de fumer. Villani sortit dans le noir et revint avec une autre bouteille ouverte qu'il versa.

— Tu penses au boulot, maintenant que tu en as le loisir ? T'as le temps d'y réfléchir.

— À quoi d'autre suis-je bon ?

Cashin commençait à sentir les effets du long voyage, de l'hôpital et de l'alcool.

— Tout ce que tu veux. T'es intelligent.

— Je n'en suis pas si sûr. Puis tu sais, je n'ai jamais vraiment réfléchi, je ne savais pas ce que je voulais faire. Je glandais puis je suis entré dans la police. C'était truffé de connards, et pourtant… je sais pas. Je n'ai jamais eu l'impression que c'était un boulot.

Cashin but une gorgée et termina.

— Ça doit être l'heure de l'introspection…

Villani se gratta la tête.

— Je me suis jamais senti utile avant d'entrer à la Crim. Les voleurs, bon, y a des sensations fortes, je dis pas : les bons contre les méchants, comme un jeu pour grands gamins. Mais la Crim, c'est autre chose. C'est Singo qui me l'a fait ressentir. La justice des morts. Il t'en avait parlé ?

Cashin acquiesça.

— Singo savait composer une bonne équipe. Il savait que Birkerts était nul en tout, mais il l'a choisi et il en a fait une star. Et moi, je choisis des gens comme Dove. Diplômé, toujours prêt à prouver qu'il a rien à prouver. Il veut pas être noir et il veut pas être blanc.

— T'en fais pas pour lui, dit Cashin. C'est un malin.

— Et maintenant, je suis censé rendre justice à des ordures qui se sont fait descendre sans avoir le temps de buter d'autres salopards. Et par-dessus le marché, j'ai droit à des leçons de politique, des conseils sur ma manière de m'habiller, nom de Dieu, et sur l'angle que je dois utiliser. Je commence à comprendre pourquoi Singo a pété un plomb.

Ils avaient presque fini la bouteille quand Villani dit :

— T'es plus crevé que moi. Tu peux mettre le

réveil si tu veux. Mais si j'étais toi, je me priverais pas de roupiller.

Avant de se coucher, Cashin entrouvrit la fenêtre, puis se glissa sous la couette du lit étroit. L'odeur de cigarette flottait dans l'air. Il se revit à dix-sept ans, dans la chambre qu'il partageait avec son cousin Bern. Ils étaient allongés dans le noir et se passaient une cigarette d'un lit à l'autre avant de s'endormir.

Il se réveilla à huit heures dix-sept. Il se leva et la tête lui tourna. Il avait dormi comme s'il avait reçu un coup de massue et l'effet perdurait.

On avait glissé une enveloppe sous la porte.

> Joe : Clé de la porte de derrière. Œufs et bacon dans le frigo

Cashin déjeuna dans un petit restau de Sydney Road. C'était turc ou grec. L'homme carré qui lui servit les œufs avait les yeux de la couleur d'une bière crémeuse.

— Je vous connais, lui dit-il. C'est vous qui êtes venu quand ils ont abattu Alex Katsourides, à côté. Vous et un petit.

— Ça date pas d'hier, dit Cashin.

— Vous n'avez jamais attrapé les assassins.

— Non. On les retrouvera peut-être un jour.

— Un jour, dit-il en reniflant. Vous ne les attraperez jamais. C'est la pègre. Le type à la radio, il a dit que la police était nulle.

Cashin sentit le sang lui monter au visage et la chaleur lui percer les yeux.

— J'essaie de manger, dit-il. Si vous voulez parler à un flic, allez au poste. Où est le poivre ?

Michael était sorti du service des soins intensifs et se trouvait à l'étage supérieur, dans une chambre individuelle.

Cashin s'approcha du lit et toucha maladroitement l'épaule de son frère.

— Tu nous as foutu une sacrée trouille, mon pote.

— Désolé.

Voix rauque, à bout de souffle.

— Comment tu te sens ?

Michael évita de le regarder droit dans les yeux.

— Atroce. Comme le dernier des salauds. Je leur fais perdre leur temps. C'est plein de malades, ici.

Cashin ne sut pas comment réagir.

— C'est une décision grave que t'avais prise, dit-il.

— On ne peut pas vraiment parler d'une décision. C'est arrivé, voilà tout. J'étais complètement bourré.

— Tu n'y avais pas pensé avant ?

— J'y avais pensé, si. J'avais le moral plutôt bas, dit-il, les yeux clos.

Le temps s'écoula. Cashin crut que Michael s'était endormi et en profita pour étudier son visage, une chose qu'il n'avait jamais faite. On regarde rarement les gens de près. On se contente de les regarder dans les yeux. Les animaux ne s'observent pas le nez ou le menton, le front ou la raie des cheveux. Ils regardent ce qui émet des signaux, comme les yeux ou la bouche.

Il le regardait donc quand Michael lui dit, les yeux toujours clos :

— J'ai perdu mon boulot, il y a trois semaines. J'orchestrais une offre d'achat importante. Quelqu'un a divulgué des informations et tout est parti en eau de boudin. Ils m'ont tenu pour responsable.

— Pourquoi ?

Yeux clos.

— Ils avaient des photos de moi avec quelqu'un de la concurrence. De l'autre compagnie.

— Quel genre de photos ?

— Oh, rien de sordide. Un simple baiser devant chez moi.

— Et alors ?

Michael ouvrit ses yeux noirs, battit plusieurs fois ses longs cils et tourna suffisamment la tête pour regarder Cashin.

— C'était un homme.

Cashin eut une envie pressante de fumer une cigarette, surgie d'on ne sait où. Il ne lui était jamais venu à l'esprit que Michael soit gay. Il avait été fiancé à une femme médecin dans le temps. Syb lui avait montré la photo prise aux fiançailles, c'était une blonde toute mince avec le nez en trompette. Elle tenait une flûte de champagne à la main. Elle avait les ongles coupés court.

— Un baiser ? demanda Cashin.

— La réunion s'était prolongée jusqu'à onze heures. On s'était revus dans le parking, puis il est venu chez moi boire un verre.

— Sexe ?

— Oui.

— Tu lui as donné des informations sur la boîte ?

— Non.

— Bon, ben, on a vu pire.

Son frère avait à nouveau fermé les yeux, des rides profondes se creusaient entre ses sourcils.

— Il s'est suicidé, dit-il. Le jour après que sa femme l'a quitté avec les trois gamins. Son beau-père est juge. Il a étudié le droit avec le directeur de mon cabinet juridique.

Cashin ferma les yeux, lui aussi, renversa la tête en arrière et écouta les bruits de fond – le bourdonnement électronique, le grincement de scie de la circulation dans la rue et dans le lointain, les coups de fouet d'un hélicoptère. Il resta un long moment ainsi. Quand il rouvrit les yeux, Michael le regardait.

— Ça va ?

— Oui, dit Cashin. C'est dur, ton affaire.

— Oui. Ils m'ont dit que tu étais passé dans la nuit. Merci, Joe.

— Pas de quoi.

— Je n'ai pas été un frère digne de ce nom.

— Moi non plus, remarque. Tu veux parler à quelqu'un ? Un psy ?

— Non. J'ai déjà donné. J'ai enrichi trop de psys. Je les ai aidés à payer leurs baraques à Byron Bay, ils ne peuvent rien pour moi. Je suis dépressif, tout simplement. C'est en moi, un désordre cérébral, probablement génétique.

Cashin se sentit mal à l'aise.

— Et les médocs ? Y a sûrement des médocs pour ça.

— Et le monde ressemble à du porridge. Sous antidépresseurs, tu es incapable de faire des journées de seize heures, de te taper des montagnes de dossiers, de repérer les lacunes et de proposer des solutions. Avec mon type de dépression, ce n'est pas comme si le monde s'effondrait. Elle m'accompagne partout. Je peux fonctionner quand je bosse, je la tiens à distance. Il faut éviter les moments d'inaction. Mais je ne ressens aucune joie. C'est comme, je ne sais pas, moi, comme faire la vaisselle.

Michael pleurait en silence. Les larmes coulaient sur ses joues, un torrent cristallin de chaque côté.

Cashin posa la main sur l'avant-bras de son frère, sans serrer. Il ne savait pas quoi faire, il ne connaissait aucun langage pour réconforter un homme.

— Ils m'ont parlé des photos et annoncé la mort de Kim en même temps. Je suis sorti, j'ai pris l'avion, bu, dormi et bu encore, puis ça a empiré et j'ai pris des cachets.

Il essaya de sourire.

— Je crois que je t'en ai dit davantage aujourd'hui qu'à n'importe quel autre moment de notre vie.

Une infirmière entra.

— Pensez à boire, dit-elle d'un ton sérieux. C'est important de vous hydrater, vous savez.

— Je bois. C'est trop tôt pour un gin tonic ? demanda Michael en déglutissant.

Elle répondit à sa désinvolture par un petit hochement de tête. Cashin remarqua qu'elle n'était pas indifférente au charme de son frère. Elle disparut.

— Qui a pris les photos ?

Haussement d'épaules.

— Je ne sais pas. Il y avait une séquence entière, cinq ou six clichés. Je pense qu'ils ont été pris du trottoir d'en face.

— Quelqu'un qui t'observait ou qui l'observait, lui. De qui pourrait-il s'agir ?

Un autre haussement d'épaules.

— Quand les informations ont-elles été divulguées, avant ou après ?

Michael se passa la main dans les cheveux.

— J'avais oublié que t'étais flic. Après. Le lendemain ou surlendemain. Ils étaient au courant lors d'une réunion de notre équipe le lendemain. De toute façon, ça n'a plus d'importance maintenant. Kim est mort, ma carrière est foutue et tout s'est effondré. Vingt ans de dur labeur pour rien.

— T'as choisi un métier dangereux.

Michael se souvint et sourit tristement.

— Tu ferais mieux de venir nous voir et de rester un moment avec Sybil dit Cashin. Tu pourrais aider son mari à bombarder les rosiers de napalm.

— Non, c'est bon. Je vais rester chez une amie. Elle a de la place. Je vais reprendre le traitement. Éviter de boire. Je vais faire de l'exercice aussi. Tout ira bien.

Silence.

— Je te promets, Joe, ça va aller.

— Qu'est-ce que je peux faire ?

— Rien.

Michael lui tendit la main gauche. Cashin la prit et la lui tint maladroitement.

— Ça t'arrive pas, à toi, de déprimer ? demanda Michael.

— Non.

C'était un mensonge.

— Bon, ça, c'est bien. Tu as échappé à la malédiction des Cashin.

— La quoi ?

— Papa, moi. On descend sans doute d'une longue lignée de dépressifs. Tommy Cashin à tous les coups. Tiens, maman m'a dit que tu vas reconstruire sa maison. On est tous pareils, mais c'était une version extrême, lui. Il voulait emporter sa maison avec lui.

— Et papa ?

Michael dégagea sa main.

— Maman ne t'en a pas parlé ?

— Quoi ?

— Elle m'avait dit qu'elle t'en parlerait quand t'aurais l'âge.

— Quoi ?

— Pour papa.

— Quoi ?

— Qu'il s'était suicidé.

— Oh, dit Cashin, oui, j'étais au courant, bien sûr.

— D'accord. Écoute, dis à maman que je vais bien, Joe. Dis-lui que c'était une petite erreur toute bête. Une overdose accidentelle. Tu peux faire ça ?

— Bien sûr.

— Embrasse-la de ma part. Dis-lui que je l'appellerai demain. Je ne m'en sens pas capable aujourd'hui.

Cashin dit au revoir à son frère, l'embrassa sur le front – sa peau avait un goût salé –, s'engouffra dans l'ascenseur avec une famille de quatre enfants, presque adultes, le visage sombre. Au rez-de-chaussée, il trouva des toilettes, entra dans une cabine et s'assit, effondré, les mains entre les cuisses. Il était au calme. De temps à autre, l'urinoir s'auto-nettoyait dans un bruit d'eau.

Il se vit dans la Holden, petit garçon assis à côté de sa mère, en route pour d'étranges destinations, pour une raison inconnue.

Son père. Personne ne lui avait dit. Jamais. Ils étaient tous au courant et personne ne lui en avait parlé.

La maison de retraite était un îlot en brique, jaune au milieu d'une mer de bitume et de béton. Pas le moindre brin d'herbe. Une infirmière en jupe bleu marine et chemisier blanc à pois lui indiqua où aller.

Singo était en robe de chambre à carreaux, assis dans un fauteuil roulant face à une baie vitrée qui donnait sur une cour en ciment et une haute clôture en métal couleur sang séché.

— Vous avez de la visite, Dave, dit-elle. Quelqu'un est venu vous voir.

Singo ne réagit pas.

— Je vous laisse, dit l'infirmière.

Cashin traversa la pièce, une chaise à la main, et s'assit, face au profil de Singo, avant de se rapprocher encore.

— Salut, patron, dit-il. C'est Joe.

Singo tourna la tête. Cashin le trouva vieilli depuis la dernière fois qu'il l'avait vu, le côté paralysé de son visage était resté plus jeune que l'autre.

Singo fit un bruit. Peut-être « Joe » en tout cas, un son sifflant et bref.

— T'as meilleure mine, patron. T'es en voie de guérison. Villani veut que tu reprennes le boulot. Il te le dira lui-même d'ailleurs, il va bientôt venir te voir. Mais il est débordé en ce moment. Enfin, tu sais ce que c'est.

Les lèvres de Singo bougèrent. Il émit un autre son, comme un postillon, mais Joe était convaincu qu'il s'amusait, il l'avait vu dans ses yeux. Il leva le bras gauche – celui qu'il parvenait à bouger – et étendit les doigts. On aurait dit qu'il lui tendait la main.

Pas pour la serrer. Pour la tenir.

On ne pouvait pas lui tenir la main, non, pas à Singo. Impossible de concevoir qu'il le veuille. Il n'avait pas de lésions cérébrales, rien de ce genre. Il avait perdu l'usage de certaines fonctions. Singo était dans ce corps, le dur à cuire était enfoui sous des muscles flasques et des tendons désobéissants.

Cashin ne sut que faire. Pour la deuxième fois en deux heures.

Peut-être que le dur à cuire avait disparu. Qu'il ne restait plus qu'un homme infirme et désespéré.

Cashin songea à son père, tendit la main droite et toucha Singo.

Qui le repoussa brusquement.

Il ne lui avait pas tendu la main. Cashin s'était trompé.

— Excuse-moi, patron, dit-il. De l'eau ? Tu veux de l'eau ? Quelque chose d'autre ?

L'œil gauche de Singo se mit à cligner à maintes reprises. Il essayait de se faire comprendre avec les yeux. Il émit un nouveau postillon humide et sonore.

— Tu veux regarder la télé, patron ?

Une télé était accrochée au mur, mais il ne vit pas de télécommande. C'est eux qui décidaient pour lui des programmes et des horaires.

Un hochement de tête affirmatif, c'était peut-être ça.

— Villani a du boulot par-dessus la tête, tu sais, dit Cashin.

Singo leva à nouveau la main, les doigts tendus.

Oh merde, se dit Cashin, il montre quelque chose du doigt.

Il regarda. Il y avait un bloc-notes et un gros stylo sur la table de nuit. Il alla les chercher, posa le carnet sur la tablette de Singo, tendit le stylo vers sa main gauche.

Singo s'en empara d'une main maladroite et tremblotante, le manipula entre ses gros doigts.

— Pourquoi l'infirmière ne m'a pas dit que tu pouvais écrire, patron ?

Singo essayait d'inscrire quelque chose sur le carnet. Il se concentrait, le stylo refusait de lui obéir, le bloc lui échappait, des veines apparurent sur son front.

Cashin se pencha et lui tint le carnet. Singo fit quelques griffures, un C peut-être, ou alors un R, des pattes de mouche. Puis il sembla perdre ses forces, la main s'affaissa, ses yeux se fermèrent.

Cashin attendit.

Singo s'était endormi.

Cashin se leva et regagna la porte. Il se retourna et dit d'une voix douce :

— Je reviendrai, patron. On s'occupe de toi. On va te faire sortir d'ici.

Il vit le reflet de Singo dans la baie vitrée et crut

apercevoir son regard. Il revint sur ses pas. Singo avait les yeux clos. Il dégagea le bloc des grosses mains, aux doigts très poilus, et déchira la page.

— À bientôt, patron, dit-il.

Puis il se jeta à l'eau.

— On t'aime.

Il attendit un moment dans sa voiture avant de démarrer. Il essayait de trouver un sens au gribouillage de Singo. Puis il mit de la musique, évita de penser aux prochaines heures et prit la route. Il était près de chez lui, exténué, perclus de douleurs dans les deux jambes, quand son portable sonna.

— On a trouvé quelqu'un, dit Hopgood. Ça vous dit, d'y être ?

Le vent salé et froid de l'ouest dans la figure, Cashin descendit la jetée aux dernières lueurs du jour et se plaça derrière quelques badauds. Il vit le bateau prendre de la gîte dans les eaux du môle, l'arrière coulé, dans le hurlement des bimoteurs. Un homme en jaune était à la barre, deux autres derrière lui, debout, dans des combinaisons de plongée sombres.

Hopgood, en blouson de cuir noir, tourna la tête et se fraya un chemin jusqu'à lui.

— Un type en avion a repéré un corps vers le Chaudron, dit-il. Dans les courants.

Cashin crut qu'il allait être malade et vomir sur Hopgood.

— Vous avez vraiment une sale gueule, lui dit Hopgood. Encore pire que d'habitude.

— J'ai mangé un mauvais pâté en croûte.

— Pourquoi, y en a des bons ?

Cashin avait entendu parler des corps précipités dans les grottes marines par de puissantes vagues. Il fallait parfois des jours, voire des semaines, avant qu'ils ne soient rejetés dans le Chaudron, puis dans les vagues.

Plus proche maintenant, le barreur ralentit, l'embarcation s'arrêta, se dressa, retomba dans un creux, se dirigea jusqu'au môle et fit gronder le moteur pour accoster. Deux hommes les attendaient. Ils leur jetèrent tranquillement une amarre et le bateau fut vite fixé à l'avant et à l'arrière.

Ils transportèrent le corps enveloppé dans une couverture de nylon orange, un homme à chaque bout, les deux de derrière inquiets. Ils déposèrent délicatement leur fardeau sur les planches rugueuses de la jetée, reculèrent et le découvrirent. Hopgood se pencha.

Cashin entr'aperçut un visage gonflé, un pied nu et un jean en lambeaux. Il ne voulut pas en voir davantage, il avait vu suffisamment de morts. Il traversa, s'approcha de la rampe côté terre et observa les lumières de la ville, tamisées dans l'obscurité. Des voitures circulaient aux deux ronds-points de Marine Parade ; les gens rentraient chez eux. Des gens avec des familles qui les attendaient. Des enfants.

Il regrettait de ne pas avoir de cigarette.

— Dans la poche de sa veste, dit Hopgood derrière lui.

Cashin se tourna. Hopgood lui tendit un portefeuille en nylon gris, avec une fermeture éclair.

— Une torche ! demanda-t-il.

Une lampe électrique s'alluma, traversa la jetée. Hopgood la prit et projeta le faisceau sur les mains de Cashin.

Cashin ouvrit le portefeuille, trouva une carte avec une photo dans un coin. Il dut se forcer pour la regarder, puis la remit dans le portefeuille.

Puis il sortit un livret gris, une licorne caracolant sur la couverture, à l'intérieur d'une pochette plastifiée.

Caisse d'épargne du Daunt.

Il était presque sec, l'eau n'avait taché que les bords.

Il y avait une vingtaine de transactions sur deux pages, mal imprimées par une machine, retraits et dépôts de petites sommes.

Donny Coulter s'était noyé dans le Chaudron avec 11,45 dollars sur son compte.

Cashin remit le livret dans la pochette, referma le portefeuille, le donna à Hopgood.

— C'est sans doute le point final, dit-il. Je rentre chez moi, maintenant, je suis censé être en congé.

— C'est l'heure de se faire beau, dit Hopgood, les voilà.

Une équipe de télé était sur la jetée et s'approchait d'eux, les caméras filmaient déjà.

— C'est vous qui leur avez donné le tuyau ou vous avez un lèche-cul qui s'en occupe ?

— Transparence, mon pote. C'est comme ça que ça marche maintenant.

— Foutaises ! Vous avez prévenu la mère de Donny ?

— Prévenue de quoi ? Il va falloir qu'elle reconnaisse le corps.

— Et elle pourra le faire avant de regarder ce cirque à la télé ?

— Vous êtes toujours chargé de l'enquête ? Votre pote rital m'en a pas averti.

— Ça n'a rien à voir avec l'enquête, dit Cashin. D'ailleurs il n'y a jamais eu de putain d'enquête.

Il se dirigea droit sur l'équipe de télé. La femme

à la coiffure laquée le reconnut et dit quelque chose au perchiste. Puis elle lui barra la route.

— Inspecteur Cashin, pouvez-vous nous dire deux mots, s'il vous plaît ?

Cashin ne s'arrêta pas, ne répondit pas : il la contourna et bouscula un micro poilu d'un coup d'épaule.

— Doucement, lui dit le perchiste.

— Va te faire foutre, lui répondit Cashin.

Il parcourut les derniers kilomètres avec la Callas à fond dans les haut-parleurs. Il fonçait, cahotait sur les routes noires, la beauté de la voix envahissait la voiture. Le Chaudron. Un corps flottant près du Chaudron. Dans ce courant furieux, traître et plein d'écume.

Ils y étaient allés pour la première fois quand il avait six ou sept ans. C'était une promenade obligatoire, il fallait voir le Chaudron et les marches de Dangar. Même à distance du bord effrité du trou d'eau, la scène l'avait effrayé, l'immensité de l'océan, l'eau gris-vert effilochée d'écume qui glissait et se soulevait, couverte de pics et de déferlantes, de creux et de rouleaux ; une impression de puissance inimaginable sous la surface, de forces terribles capables de vous soulever, de vous aspirer, de vous faire tournoyer et vous n'auriez plus qu'à respirer de l'eau salée et glacée, plus qu'à l'avaler, qu'à suffoquer, et sa force vous recracherait par l'interstice de la falaise puis vous claquerait contre les parois trouées du Chaudron. Elle vous claquerait encore et encore jusqu'à ce que vos habits soient en lambeaux et vous, de la viande devenue tendre.

Cette partie du littoral s'appelait la Côte Effondrée. Quand Cashin était petit, le nom lui avait semblé abstrait – la « Côté Fondrée ». On lui avait raconté un jour que les premiers marins à voir le rivage l'avaient appelée ainsi à cause des énormes blocs de falaise calcaire qui se détachaient et tombaient dans l'eau. Ils en avaient peut-être été témoins. De près, ils avaient peut-être vu le bout de la terre s'effondrer et rejoindre la mer.

Il était enfin chez lui, Dieu soit loué ; les phares balayèrent la cabane de Rebb.

Il se gara à côté du bâtiment et resta assis, perclus de douleurs. Il éteignit les phares. Aucune envie de bouger. Ce ne serait pas si dur de dormir où il se trouvait. Juste un petit somme.

Toc-toc… Il entendit frapper et se redressa, pris de panique.

Deux têtes de chien contre la fenêtre, un faisceau de lampe électrique. Il descendit la vitre.

— Ça va ? lui demanda Rebb.

— Oui, fatigué, c'est tout.

— Et ton frère ?

— Ça va.

— Tant mieux. Les chiens ont mangé. On finira la clôture demain.

Rebb s'éloigna. Cashin et les chiens rentrèrent. Il appela sa mère. Elle voulait en savoir plus qu'il ne pouvait lui en dire. Il mit un terme abrupt à la conversation, avala des cachets de codéine avec une bière et se versa un grand whisky. Il s'assit dans le fauteuil droit et sirota jusqu'à ce que la douleur s'atténue.

Il finit par y arriver. Il but un peu plus de whisky. Avant d'aller au lit, il regarda les informations régionales.

« Quant au corps retrouvé en mer, près du fameux Chaudron de Cromarty – théâtre de nombreux suicides au fil des ans –, la police refuse de confirmer s'il s'agit de Donny Coulter, le jeune homme de dix-huit ans accusé de la tentative de meurtre sur Charles Bourgoyne. L'inspecteur principal Joe Cashin a quitté la Longue Jetée sans commentaire après le retour du corps sur terre. »

Il se vit descendre la jetée – les yeux plissés, les épaules tendues, les cheveux fouettés sur un visage de marbre. Hopgood suivait, l'air empreint de piété. Il faisait penser à un prêtre, arborant une expression de tristesse et de sincérité adaptée à ce genre de circonstance.

« Repêcher un corps est toujours une mauvaise nouvelle, dit-il. Nous ne pouvons rien vous dire de plus pour le moment. »

La journaliste enchaîna :

« Ce soir, la mère de Donny Coulter, Mme Lorraine Coulter, a dénoncé la manière dont la police a traité son fils, dont elle est sans nouvelles depuis mardi. »

La mère de Donny était plantée devant une maison en brique marron avec une pelouse maigrichonne et une allée en ciment menant au garage.

« Ils l'ont traqué. Depuis le jour de sa remise en liberté conditionnelle. Ils venaient devant chez nous tous les soirs, braquaient leurs projecteurs sur la maison, sur la fenêtre de Donny, et ils restaient dans leur voiture. Il a dû aller dormir à l'arrière de la maison, il n'en pouvait plus. On devenait tous fous. Donny avait déjà assez de soucis, avec les gamins que les flics avaient tués et tout ça... »

Cashin alla se coucher sans manger, s'endormit immédiatement et ne se réveilla pas avant que les chiens ne se plaignent et que ce monde froid ne soit complètement éclairé, sans le moindre nuage dans le ciel.

Rebb avait planté les poteaux d'angle. Carrés, en eucalyptus rouge, ils étaient reliés d'entretoises fixées dans les entailles des poteaux intermédiaires, dont un était déjà debout. Des piquets métalliques longeaient la nouvelle clôture, posés par terre.

— Bern t'a donné un coup de main ? demanda Cashin.

— Pas besoin de coup de main. C'est pas une vraie clôture.

— À mes yeux, c'est une vraie clôture. Et maintenant ?

— Faut planter les piquets. Les aligner.

— Faudrait de la ficelle.

— Pas besoin de ficelle. Il suffit d'avoir le coup d'œil.

— Mon œil ?

— L'œil du premier couillon venu.

Cashin plissa les paupières sur le poteau d'angle. Il fit avancer ou reculer Rebb jusqu'à ce que chaque piquet soit aligné sur les trois poteaux intermédiaires. Pour les enfoncer, Rebb se servait d'une masse qu'il tenait d'une seule main, comme si elle ne pesait rien. Puis il mesura la hauteur d'un poteau intermédiaire, fit un repère sur un pieu et demanda à Cashin, de l'autre côté, de marquer à la craie le point le plus bas de chacun des piquets en acier. Rebb le suivait et les martelait jusqu'à ce qu'ils atteignent la marque. Ses mouvements étaient souples et gracieux. Il balançait la masse au-dessus de sa tête, sans effort particulier, et touchait la cible proprement, sans raté. Les coups produisaient un son étouffé qui parcourait la vallée avant de revenir, chargé de tristesse.

Après cela, ils tendirent les quatre câbles d'acier. Ils commencèrent par le plus bas, à partir du poteau central, en utilisant un tendeur, appareil d'apparence dangereuse. Rebb montra à Cashin le nœud qu'il utilisait pour fixer le fil tendu comme une corde d'arc autour du poteau.

— Comment ça s'appelle ?

— Quoi ?

— Le nœud, dit Cashin, le nœud de fil de fer.

— Quelle importance ?

— Eh bien, disons que sans noms, on vivrait dans un monde de grognements et de signes.

Rebb lui lança un long regard de côté.

— C'est un nœud de cabestan, t'es bien avancé avec ce nom. Au fait, t'as fait des recherches sur le mien, de nom ?

Cashin hésita. On ne parle pas de ces choses-là.

— Ton nom ? J'ai fait des recherches, ouais. C'est mon boulot.

— T'as trouvé quelque chose ?

— Pas encore. T'as dû bien brouiller les pistes.

Rebb se mit à rire. Pour la première fois.

Ils se remirent au travail. Les chiens venaient, intéressés, puis, vite lassés, repartaient ; ils avaient mieux à faire.

Ils finirent dans l'après-midi, sans avoir pris le temps de manger. Ils se postèrent au point le plus haut et regardèrent la ligne de clôture, bien alignée, les poteaux droits, le soleil bas scintillant sur le nouveau câble en acier.

— Pas mal du tout, cette clôture, dit Cashin.

Il se sentit fier, le genre de sentiment qu'il avait rarement eu l'occasion d'éprouver dans son travail. Il était fatigué et avait des douleurs au bassin et au dos, mais il éprouvait une certaine joie.

— C'est une clôture, dit Rebb, le regard dans le lointain. C'est la nouvelle voisine ?

Cashin ne reconnut pas la femme qui descendait le pré en pente. Ses cheveux n'étaient pas attachés, elle portait un jean et un blouson en cuir. Elle glissa plusieurs fois et faillit se trouver sur le derrière.

— Je vais ramener les outils, dit Rebb. C'est l'heure d'aller traire.

Helen Castleman.

Cashin partit à sa rencontre en longeant la clôture.

— Qu'est-ce que c'est que ça ? demanda-t-elle, d'une voix essoufflée.

Son allure pimpante lui fit prendre conscience qu'il était complètement en nage.

— Je réparais la clôture, dit Cashin. Je l'ai remplacée. Mais je ne vous demande pas d'en payer la moitié.

— Comme c'est généreux. Je croyais que c'était le ruisseau qui marquait la limite.

— Le ruisseau ?

— Oui.

— Pas du tout. Qui vous a dit ça ?

— L'agent.

— L'agent ? Une avocate qui se fie aux dires d'un agent immobilier ?

Les pommettes de Helen prirent un ton automnal.

— Parmi tous les gens à qui l'on peut faire confiance, dit Cashin, l'agent immobilier…

— Ça sera tout, merci. Vous en profitez, n'est-ce pas, monsieur Cashin ? Vous vous croyez malin. Vous avez déjà poussé au suicide un pauvre gamin terrorisé, ce qui vous évite de monter un dossier d'accusation, il s'en est chargé pour vous. Et tous les autres sont morts, tous les suspects. Parce que vous et vos sales potes de flics les avez tués.

Elle fit demi-tour et remonta la pente en glissant.

Toute la journée, il avait vu ce gamin sur les marches de Dangar, un môme basané dans son jean bon marché, ses baskets pourries, au bord d'une falaise instable, comme baigné dans une brume de poudre de sel, les yeux rivés sur les remous de l'eau.

— Écoutez, dit-il, lâchez-moi un peu, c'est…

Elle tourna la tête, faisant voler ses cheveux.

— Vous ne méritez pas qu'on vous lâche. D'ailleurs, je vais faire venir un géomètre, on verra bien où elle est, cette putain de limite.

Cashin l'observa remonter la pente. Elle perdit l'équilibre et glissa à plusieurs reprises. À mi-chemin, elle se retourna et le toisa.

— Qu'est-ce que vous regardez ? gueula-t-elle. Tirez-vous, nom de Dieu !

Sous la douche, il était en train de penser à ce qu'il aurait dû lui rétorquer, quand le téléphone sonna. Pas de serviette. Il alla répondre, trempé.

— On peut tirer un trait, dit Villani. Ils ont débranché Bourgoyne. On ne saura jamais exactement ce qui s'est passé cette nuit-là.

— Exactement ? dit Cashin.

Il tremblait, la maison était un frigo géant.

— Mais on n'en a jamais eu la moindre idée, bordel !

— La montre, Joe, la montre. Elle n'est pas sortie de la pêche miraculeuse à la kermesse des écoles. Quelqu'un l'a piquée au vieux bonhomme… enfin bref, au diable tout ça, de toute façon, l'affaire est close.

Cashin voulut répondre, mais il se retint à temps. Son regard s'était arrêté sur son pénis ratatiné, posé sur ses poils humides et hérissés, comme un de ces mollusques dans un bassin sur la plage.

— Pour cette histoire de harcèlement, dit-il, je crois qu'il y a quelque chose de…

— Ils auraient dû faire un grand nettoyage à Cromarty depuis longtemps. Les décès en détention leur en ont donné l'occasion rêvée, mais penses-tu ! Ils ont muté le chef et ils ont nommé un Monsieur Propre, un gars qui s'est fait un nom à la police de la route, le roi de la circulation. Et six mois plus tard, Hopgood et ses trouducs associés ont repris les rênes.

— Ça me plaît pas, dit Cashin.

— Moi non plus. Je suis chez moi, figure-toi. On me reproche de ne jamais être à la maison et c'est vrai. Donc, ce soir, je fais un effort pour venir manger avec mes gamins et je suis tout seul. Comment ça se fait ?

— Si tu veux que je te plaigne, tu peux te brosser. Va courir après la pègre. Moi, je suis toujours tout seul à la maison.

Cashin s'éveilla dans la nuit et essaya de contrôler sa respiration pour s'hypnotiser ; il répétait des paroles qui empêchent de penser. Il était sur le point de retomber dans le sommeil quand il vit le Chaudron : les nuages s'écartaient sur une pleine lune qui baignait tout d'une lueur argentée. Des vagues gigantesques entraient, leurs crêtes se déchiraient et elles explosaient dans la cuvette. Une force déchaînée, pure et meurtrière.

Cashin se leva tôt. L'inquiétude le rongeait comme un mal de ventre. Il fit un grand tour avec les chiens. Ils traversèrent le ruisseau tout en haut et suivirent le sentier le long de la nouvelle clôture qui désormais délimitait clairement la propriété de Cashin.

Quand ils eurent déjeuné, il fit monter les chiens dans la voiture et partit chez sa mère. Près de la côte, il choisit la route qui passait entre les deux monts volcaniques. Les lacs des caldeiras abritaient des centaines de cygnes, de canards, de poules sultanes et de mouettes chamailleuses à l'œil mauvais. Ces lacs ne s'asséchaient jamais. Quand il vivait chez les Doogue, ils y allaient souvent à bicyclette se baigner en groupes de cinq ou six garçons. Ils pataugeaient dans l'eau noire, la fange glaciale leur passait entre les orteils. Ils en avaient le frisson, même les jours de grande chaleur. Ils contournaient les arbres morts, évitaient les branches presque submergées qui ressemblaient à de gros serpents, vertes de mousse et de vase et striées de merdes d'oiseaux.

Au signal, ils se jetaient tous à l'eau et nageaient.

Regroupés au milieu, ils agitaient les jambes pour se maintenir à flot, aspirés par les profondeurs noires au-dessous d'eux. Leur jeu consistait à plonger et à ramener une poignée de boue grisâtre. Personne n'aimait être le premier à se lancer, mais le plus courageux finissait par plonger comme un canard. Ils attendaient qu'il remonte avant que le prochain ne descende. Un jour, après avoir plongé, Bern s'était éloigné à la nage, sous l'eau. Il était remonté, sans faire un bruit, derrière un arbre mort.

Ils avaient attendu qu'il réapparaisse. Ils s'étaient regardés, puis ils avaient paniqué. Cashin se souvint que, sans se consulter, ils avaient tous nagé jusqu'à la rive – sauve qui peut ! – et abandonné Bern.

Une fois en sécurité là où ils avaient pied, ils avaient entendu Bern hurler : « Bande de salopards et de froussards. Et si j'avais été coincé ? »

C'était l'heure des informations.

> « Hier soir, quatre personnes, dont une policière, ont été admises à l'hôpital, après ce que la police de Cromarty a qualifié d'attaque sur une de leurs voitures, dans le cantonnement du Daunt, près de la ville. D'après les forces de l'ordre, une voiture qui effectuait une patrouille de routine a été lapidée peu après vingt-deux heures. Les deux autres voitures dépêchées sur place ont trouvé la première en flammes et la rue bloquée par une foule hostile.
>
> Les officiers ont semble-t-il essayé de conduire dans la foule pour rejoindre leurs collègues, mais ils ont été forcés d'abandonner leurs véhicules et des coups de feu ont été tirés avant que l'ordre ne soit rétabli.

Aujourd'hui, le ministre de la Police, Kim Bourke, a défendu les actions de ses fonctionnaires.

"Naturellement, nous allons procéder à une enquête approfondie, mais il s'agissait sans aucun doute d'une situation extrêmement dangereuse. La vie des officiers était en jeu, ainsi que celle de leurs collègues. Ils ont pris les décisions nécessaires."

Un homme de quarante-six ans, une jeune femme et un adolescent du Daunt ont été hospitalisés à Cromarty. Ils sont dans un état stable. La policière, blessée à la tête, serait, elle aussi, hors de danger. Deux autres personnes ont été soignées pour des blessures légères. »

Une patrouille de routine ? Dans le Daunt la nuit où ils ont trouvé le corps de Donny Coulter ? Qui aurait pu donner l'ordre de les envoyer au casse-pipe ?

Vous avez déjà poussé au suicide un pauvre gamin terrorisé, ce qui vous évite de monter un dossier d'accusation, il s'en est chargé pour vous. Et tous les autres sont morts, tous les suspects. Parce que vous et vos sales potes de flics les avez tués.

Sa mère et Harry prenaient leur petit déjeuner dans la cuisine, du muesli et des fruits, qu'ils mangeaient dans des bols violets, bancals.

— Tu as déjeuné ? demanda sa mère.

— Pas encore.

— Tu n'as sans doute rien à manger dans ce taudis.

Sybil se leva et remplit un autre bol de muesli, qu'elle versa d'un bocal en verre, puis rajouta les restes d'une boîte de salade de fruits.

Cashin s'assit. Elle posa le bol devant lui, et rapprocha le pot de lait. Il se servit et goûta. Curieusement, c'était mangeable.

— Michael a téléphoné, dit-elle. Il va bien, il est tout guilleret.

— Tout guilleret, répéta Harry en hochant la tête.

Dans leur couple, c'est lui qui avait le rôle du perroquet.

— Tant mieux, dit Cashin.

— C'était un accident, dit Sybil. Son boulot est tellement stressant. Beaucoup de tension, ce n'est pas une vie !

Cashin gardait les yeux fixés sur son bol. Qu'est-ce que c'était que ces petits morceaux noirs ? Des pépins ?

— Il va bientôt venir ici se reposer un peu.

— Se reposer un peu, dit Harry.

— Ça vous donnera l'occasion de vous voir, dit sa mère. Il a dit beaucoup de bien sur toi. Il a beaucoup apprécié.

— J'adore être apprécié. C'est tellement rare.

Harry se mit à rire, mais le regard de Sybil le mit mal à l'aise et il garda les yeux rivés sur la table.

— Tu as probablement été *surapprécié*, dit Sybil. Couvert d'amour et d'attentions.

Cashin songea aux ivresses de Sybil, dans la caravane, les nuits passées à attendre qu'elle revienne. Il mangea un morceau de pêche, puis un morceau d'autre chose, rosâtre. Même goût.

— C'est honteux, ce qui s'est passé au Daunt hier, enchaîna Sybil. On se croirait en Israël, avec la police qui pousse les dépossédés à la violence. On fabrique de la déviance.

— On fabrique quoi ?

— De la déviance, dit Sybil. Et tu en fais partie. Tu produis la justification de ton existence.

— Moi ?

— Le mécanisme de contrôle. Tu en fais inconsciemment partie.

— T'as appris ça à la fac ?

— Je l'ai toujours senti. La fac me donne l'appui intellectuel dont j'avais besoin.

— Je crois que moi aussi, j'aurais bien besoin d'un peu de soutien intellectuel. Comment il s'appelle, ton cours ?

— Mange ton muesli. Je ne veux pas le gaspiller. C'est du bio, tu sais, ça coûte une fortune. Je l'ai acheté au marché fermier.

— Le marché fermier, dit Harry en souriant.

Il avait le sourire d'un enfant gâté.

Sybil l'accompagna jusqu'à la voiture. Les chiens se déchaînèrent.

— Ils ne m'aiment pas, dit-elle.

— Ils ne portent aucun jugement, ils aboient. C'est tout.

Sybil l'embrassa sur le menton.

— Reste en contact avec Michael, s'il te plaît. Tu me promets de l'appeler ?

— Pourquoi ne m'as-tu jamais dit que papa s'était suicidé ?

Elle fit un pas en arrière, se protégea le corps de ses bras.

— Ce n'est pas vrai. Il est tombé. Il a glissé et il est tombé.

— Où ?

Il remarqua qu'elle avait les yeux humides.

— À la pêche.

— Où ?

— Où ?

— Oui. Où ?

— Au Chaudron.

Cashin ne dit rien. Il monta dans sa voiture et partit, sans un signe d'adieu.

Joe avait enfin obtenu les photos de la maison de Tommy Cashin et rentrait de Cromarty juste après midi. Il se rendit compte qu'il était proche du croisement qui menait chez Bourgoyne.

Il ralentit, tourna et gravit la colline. Il n'avait rien prémédité. Il pouvait encore prendre la route de gauche au sommet, passer par Kenmare et aller dire bonjour à Bern.

Mais c'est à droite qu'il tourna, et après les virages, il franchit le portail des Heights.

Il n'avait aucune idée de ce qu'il allait y faire, sinon qu'en revenant au point de départ, il pourrait peut-être plus ou moins clore l'affaire. Il se gara et fit le tour de la maison, dans le sens des aiguilles d'une montre. En ligne, au ralenti, une bonne poignée de flics avaient dû ratisser le terrain de la façade sud, examiner le sol, soulever des brindilles et chercher sous les feuilles.

Il ne restait plus beaucoup de feuilles, à présent. Tout était bien taillé, l'ancienne gloire du foot et son fils étaient manifestement toujours employés et faisaient leur boulot : ils avaient enlevé les mauvaises herbes, tondu les pelouses et ratissé les gravillons. Il passa devant l'entrée des cuisines, sous une tonnelle sans feuillage, mais au branchage tressé si fin que la lumière n'y pénétrait pas.

À gauche, des dépendances en brique rouge donnaient sur une cour pavée d'autres briques vieux rose disposées en chevrons, dont certaines parties s'étaient affaissées et formaient des cuvettes d'eau.

Cashin passa entre les deux bâtiments, jeta un coup d'œil à l'étendage, derrière un portail en fer forgé travaillé. Sur les fils tendus entre des croix en bois, on aurait pu faire sécher la lessive de toute une armée. Il poursuivit sur une cinquantaine de mètres, là où la pelouse tondue rencontrait une palissade rustique. Derrière, un grand pré était clos par une haute barrière de pins. La route passait en contrebas.

Il revint sur ses pas et passa par l'angle sud-ouest de la maison. L'espace était dégagé, un grand rectangle vide bordé de citronniers aux feuilles jaunies, dans de gros pots en terre où ils ne se plaisaient pas.

Ils avaient eu quatre citronniers dans le jardin de sa vieille maison. Il fallait leur pisser autour du tronc. Son père l'avait souvent emmené après dîner pour s'en occuper. Ils passaient d'un arbre à l'autre, Mick Cashin réussissait toujours à les arroser tous les quatre, même si le dernier était un peu moins copieusement servi. Joe s'asséchait avant, mais il accompagnait son père et continuait à braquer son petit tuyau vide sur le sol.

« Y a des endroits où ils ont rien d'autre, lui avait dit son père, des pays secs. C'est très bon la pisse, c'est filtré par le corps. Comme l'esprit. Elle ramasse toutes les saloperies. »

De l'autre côté de la cour, il aperçut un bâtiment en brique, avec des portes et des fenêtres au rez-de-chaussée et des fenêtres à guillotine à l'étage. Cashin s'en approcha et essaya d'ouvrir la double porte du milieu. Elle débouchait sur un couloir qui courait sur toute la largeur du bâtiment.

Il trouva une porte entrouverte sur sa droite, s'avança de quelques pas.

C'était une grande salle, bien éclairée par des fenêtres de chaque côté, un atelier de poterie : deux grandes roues, une petite, des tables sur tréteaux, plusieurs chariots métalliques alignés, des sacs empilés contre le mur du fond, des étagères avec des petits sacs, des boîtes de toutes tailles et des outils variés. Mais pas la moindre trace de poterie. L'atelier était propre et bien rangé, comme une salle de classe nettoyée et balayée tous les soirs.

Cashin descendit le couloir et ouvrit la porte sur sa gauche. La pièce était plongée dans le noir. En tâtonnant, il chercha un interrupteur, en trouva plusieurs et les actionna.

Trois rangées de spots s'allumèrent au plafond. Il était dans une galerie sans fenêtre, au sol en pierre lisse gris terne et aux murs nus et pâles.

Une étroite table noire traversait la pièce sur pratiquement toute sa largeur. Cashin compta neuf vases, disposés à intervalles réguliers. Ils étaient grands, plus d'un mètre de haut, et avaient la forme d'œufs au bord coupé se terminant en fines lèvres. Cashin leur trouva une belle forme, une forme que les pots aimeraient avoir si les potiers leur donnaient le choix.

Il se rapprocha et les examina des deux côtés. Il put alors distinguer des petites nuances de galbe, de contour et de tournure. De couleurs aussi. Les vases étaient rayés, striés, marbrés et mouchetés de noirs qui semblaient absorber la lumière, de rouges qui évoquaient du sang frais coulant de minuscules fissures, de bleus doux et tristes et de bruns gris et verts de la terre vue du ciel.

Cashin en caressa un. Certaines parties étaient lisses et d'autres rêches, comme quand on passait la main sur une joue de femme puis sur une barbe hirsute. Et froides, comme si le passage par l'enfer du feu avait conféré au vase une immunité à la chaleur.

Était-ce tout ce qu'avait produit Bourgoyne comme poteries ? Ou tout ce qu'il avait voulu garder ? Il n'en avait vu aucune dans la maison. Cashin en souleva délicatement une et la tourna à l'envers : il y avait les initiales CB et une date : 11/06/88.

Il la replaça et retourna à la porte, d'où il continua de regarder les poteries. Il n'avait pas envie d'éteindre et de les laisser dans le noir, car les couleurs englouties perdraient leur sens.

Il éteignit.

Le reste du bâtiment était décevant. À l'étage, d'un côté des pièces vides et de l'autre un appartement dont les meubles confortables dataient sans doute des années 1970. Un salon, une salle de bains, une cuisine. Il ouvrit une porte : une petite chambre, un lit double défait, une table de chevet et une armoire. La fenêtre donnait sur les prés, rien à l'horizon sur plusieurs kilomètres.

Arrivé à la porte du couloir, il lança un dernier regard dans le salon et remarqua un verrou sur la porte de la chambre. Il descendit, la porte de derrière donnait sur une terrasse pavée qui jouxtait une pelouse tondue, de vieux ormes et un bosquet de chênes derrière une palissade. L'écurie et le pré où s'était posé l'hélicoptère étaient juste devant.

Cashin suivit un sentier en ciment sur la gauche de la terrasse. Il franchit une ouverture de la palissade et se retrouva dans une forêt touffue. Les chênes étaient énormes, ils avaient sans doute été plantés par un ancêtre Bourgoyne. Des arbres faits pour être escaladés, avec des branches disposées en échelle. Ils étaient encore chargés de feuilles mortes, en dépit de celles qui jonchaient le sol en un épais manteau.

Le terrain montait légèrement, le sentier serpentait entre les arbres et lui dictait sa trajectoire. Il avait parcouru une trentaine de mètres quand il se surprit à apprécier la promenade, un tour dans les bois en ce début d'hiver, et s'apprêta à faire demi-tour.

Un bruit. Il s'arrêta. Un son creux, une lamentation comme quelqu'un qui souffle dans une coquille de cauri.

Il continua. Le bruit s'amplifiait. Il était sorti des chênes à présent, il y avait un coupe-feu, puis de très hauts et très vieux eucalyptus. Ils s'éclaircissaient et laissaient place à une clairière, légèrement pentue. Le sentier passait à gauche d'une pile de bûches protégée par un toit en tôle.

Une odeur de feu de bois, éteint depuis longtemps, persistait.

Cashin s'arrêta, incertain, puis continua et contourna le tas de bois.

Dans la clairière, il trouva une structure en forme de tunnel effilé, construite en briques couleur ciment.

Sa partie la plus fine et basse était braquée sur une échappée dans les arbres, en direction de l'océan, quelques kilomètres plus loin. Une cheminée carrée se dressait à l'arrière.

Il s'approcha. La terre, à la base des murs, formait une croûte, comme sur du pain. Des ouvertures carrées aux portes métalliques flanquaient le bas des parois, où les briques voisines avaient noirci. Une plaque en acier sortait de la cheminée, une soupape de réglage, songea Cashin, que l'on pouvait tirer ou enfoncer pour régler le flux d'air chaud. On trouvait les mêmes battants en métal de l'autre côté.

L'avant était ouvert. Cashin sentit le vent d'ouest lui passer dans le cou et s'engouffrer dans l'entrée du four en émettant un bruit creux. C'était donc le four à poterie où Bourgoyne cuisait ses vases.

Des briques noircies étaient soigneusement empilées autour de l'entrée. Il se pencha pour jeter un coup d'œil : au-delà de la gueule calcinée, la cavité était partagée en trois, comme une hiérarchie d'autels. Il s'en dégageait une forte odeur de chaud, un relent vaguement chimique.

Le vent de la mer devait s'engager dans le four comme le souffle dans une trompette. L'allumait-il la nuit ? Le four devait ronfler et le feu blanchir. Il fallait toutefois l'alimenter à intervalles réguliers pour le maintenir à la même température.

Cashin eut soudain envie de quitter cette clairière, sa triste plainte et son odeur de feu mort. Il se rendit compte de la froideur du vent, de la pluie qu'il amenait. Il retraversa le bosquet jusqu'aux bâtiments et acheva son tour de la maison, attentif. Il réfléchit aux manières d'approcher cette demeure la nuit, au meilleur endroit pour s'introduire à l'intérieur.

Quelques mètres plus loin, du côté nord-ouest de la maison, il trouva une porte avec quatre vitres. Il regarda à l'intérieur : une pièce exiguë, carrelée, flanquée de deux bancs, avec des manteaux et des chapeaux accrochés.

Il se retourna. Le jardin méticuleusement entretenu s'étendait sur quelque deux cents mètres, jusqu'à la palissade, puis il y avait des prés délimités par des haies, des bosquets et des reflets d'eau.

Ils avaient peut-être agi sur un coup de tête : quelques gamins à moitié bourrés qui passaient par là, leurs phares avaient éclairé le portail imposant et sa plaque en cuivre, et l'un d'eux y aurait vu un message, comme un néon : PROPRIÉTÉ DE RICHES.

Qui passait par là ? Pour aller où ? Sur le chemin du Daunt après avoir pêché et fumé sur la plage, c'était un itinéraire possible. Moins risqué que la route principale.

Les garçons avaient-ils garé la voiture au bord de la route, puis escaladé la clôture avant de marcher jusqu'à la maison ? Un kilomètre dans le noir, à traverser des prés, à ouvrir des portails ? Non, ça ne tenait pas debout.

Ils avaient dû se garer près de la grande entrée et descendre l'allée à pied, un passage noir entre les énormes peupliers qui n'avaient pas encore perdu leurs feuilles et qui bloquaient le clair de lune. Il n'y avait aucun éclairage au sol.

Les gamins, dans le noir au bout de l'allée, auraient observé la maison. Les lumières étaient-elles allumées ? La chambre de Bourgoyne était située à l'arrière. Il n'était pas couché. Où était-il ? Dans son bureau ? Avaient-ils fait le tour de la maison, aperçu la lumière du bureau et de la chambre ? Dans ce cas, ils seraient allés le plus loin possible pour s'introduire dans la maison.

Les voleurs n'entrent pas dans les maisons habitées et éclairées. Le propriétaire risque d'être armé.

Avec quoi avaient-ils tabassé Bourgoyne ? Avaient-ils apporté l'arme puis l'avaient-ils reprise avec eux ? Ils allaient autopsier son corps, à présent. Le médecin légiste aurait son idée, mais s'il se contentait d'écarter les objets à facettes ou arrondis et plus gros qu'une crosse de golf, Cashin ne serait guère avancé.

Il entendit du bruit. La porte du solarium s'ouvrit, Erica Bourgoyne en sortit. Vêtue d'habits souples, dans des tons de gris, elle faisait plus jeune que la dernière fois. On lui aurait donné une trentaine d'années.

— De quoi s'agit-il ? demanda-t-elle.

— Je suis venu jeter un autre coup d'œil, c'est tout, dit Cashin. Mes condoléances pour votre beau-père.

— Merci, dit Erica. Que cherchez-vous, maintenant ?

— L'affaire n'est pas classée.

Un homme sortit à son tour, il avait les cheveux frisés, prématurément gris. Il était assez petit, bronzé, costume sombre, chemise pâle et cravate bleue.

— Que se passe-t-il ? demanda-t-il.

— Voici l'inspecteur Cashin, dit Erica.

Il contourna Erica et tendit la main.

— Adrian Fyfe.

Quand Cashin sentit sa solide poigne d'homme – un vrai – il lui fit le coup du poisson mort et retira sa main. Voilà donc à quoi ressemblait Adrian Fyfe, l'avocat promoteur qui voulait construire un complexe touristique à l'embouchure de Stone Creek. Cashin repensa à l'indignation de Cecily Addison dans la maison de la presse. *Ce torchon oublie de préciser qu'il est inutile d'acheter l'embouchure de Stone Mouth sans y avoir accès. Et il y en a seulement deux : par la réserve naturelle ou par le camp.*

— Donny Coulter aurait été reconnu coupable, non ? demanda Erica.

— Ce n'est pas certain.

— Et la montre ?

— Un témoin nous a dit que deux des suspects avaient essayé de la lui revendre. Mais nous ne savons pas comment ils se la sont procurée.

— Vous ne le savez pas ? demanda Adrian Fyfe. Merde alors, c'est pourtant évident, non ?

— Rien n'est évident dans ce genre d'affaire, dit Cashin.

— De toute façon, c'est terminé maintenant, dit Fyfe. Tout est fini. La justice a été rendue.

— Ça ne rime à rien, dit Erica, d'une voix blanche. Assassiner un vieil homme pour une montre et quelques dollars ou les broutilles qu'ils ont volées… Qui peut faire une chose pareille ?

Cashin n'essaya même pas de répondre.

— Nous aimerions nous rendre au bâtiment, si vous n'y voyez pas d'inconvénient.

Il y eut un moment de silence.

— Je n'y vois pas d'inconvénient, dit-elle. Je n'ai pas l'intention de revenir ici. La propriété finira par être vendue. Il y a un gros trousseau de clés dans la cuisine. Des dizaines. Rendez-les à Addison quand vous aurez terminé.

Elle le raccompagna et ils se serrèrent la main.

Le même garde du corps fumait, appuyé contre la Saab.

— Pour le coup des graviers, dit-il à Cashin, un de ces jours, je vous arracherai la tête et vous l'enfoncerai dans le cul.

— Des menaces à l'encontre d'un représentant de la loi ? Vous vous croyez au-dessus des lois ?

L'homme tourna la tête, plein de mépris, et cracha par terre. Cashin se retourna. Erica n'avait pas bougé. Il revint sur ses pas, monta quelques marches.

— Au fait, lui demanda-t-il. Qui hérite de tout ça ?

Erica le regarda, cligna deux fois des paupières et dit :

— C'est moi. Ce qui en restera après les legs.

Rebb posait des briques. Il reconstruisait la partie effondrée de la maison, l'angle nord-est. Cashin l'observa un moment fendre le mortier, l'étaler sur les briques qu'il disposait et tapoter avec le manche de la truelle avant d'enlever le surplus.

— Alors, patron, on me surveille ? demanda Rebb sans quitter son boulot des yeux.

Cashin ne parvenait pas à dire ce qu'il voulait.

— Qu'est-ce que je peux faire ? demanda-t-il.

— Gâcher le mortier. Trois volumes de ciment, neuf de sable et attention à l'eau.

Cashin fut très prudent, jusqu'à ce qu'il noie le mélange.

— Recommence mais avec des demi-pelles maintenant.

Il le rejoignit et ajouta l'eau, petit à petit, puis il prit la pelle, coupa et mélangea le mortier.

— Et voilà le pudding, dit-il.

Les chiens rentrèrent d'une mission dans la vallée. Ils saluèrent Cashin à coups de truffe et de langue, puis s'éloignèrent, un autre appel d'urgence –

appel au secours d'un lapin, peut-être, la pauvre bête piégée dans un fourré.

Cashin transporta les briques et, après avoir observé Rebb, réussit à délayer un mortier à peu près potable. L'important était de rester très vigilant. Parvenus à l'angle opposé, ils tendirent une ficelle au point de la faire vibrer comme la corde d'un instrument.

— T'as déjà posé une brique ? demanda Rebb.

— Non.

— Essaie, faut que j'aille pisser.

Il partit.

Cashin posa trois briques. Il travailla laborieusement pour un résultat lamentable. Rebb revint, les enleva et les nettoya sans rien dire.

— Regarde, dit-il.

Ce que fit Cashin. Rebb les reposa en une minute.

— Faut garder tes perpens à la même largeur, dit-il. Sinon, c'est laid.

— Tu veux casser la croûte ? demanda Cashin. Je perfectionnerai mes perpens après. Va savoir… je comprendrai peut-être même ce que c'est.

Il était plus de trois heures. Il avait acheté les pâtés en croûte dans la moins pire des boulangeries de Cromarty. Bœuf et oignons. Ils les mangèrent assis à l'abri de la pile de briques, dans la lumière affaiblie du soleil.

— Pas mauvais, dit Rebb en mâchant. Il y a même un peu de viande. Le problème va être de savoir où sont les portes et les fenêtres.

— Mais on le sait, j'ai oublié de te dire que j'avais les photos.

Pendant que Cashin allait les chercher, Rebb se roula une cigarette. Il observa les clichés.

— Nom de Dieu, il nous en manque un sacré bout. C'est une affaire sérieuse.

— Oui, dit Cashin. Et c'est pas vraiment une bonne affaire. J'aurais dû te le dire.

Il s'en était aperçu dès qu'il avait vu les vieilles photos. Sur l'une d'entre elles, Thomas Cashin et six ouvriers étaient devant la maison. Thomas ressemblait à Michael dans un costume passé de mode.

Ils gardèrent le silence. Dans la vallée, un chien lança un glapissement aigu de chasseur, puis un autre l'imita. Un ibis décolla, suivi d'un second. Ils prirent un envol de bête préhistorique. Rebb se leva et fit le tour des briques, la photo à la main. Il comparait le morceau de mur reconstruit à l'image. Il revint s'asseoir.

— Ça doit être un peu comme avoir trente kilomètres de clôture à faire. Suffit de ne pas penser plus loin que le prochain arbre.

— Non, dit Cashin. L'idée était stupide.

Il était soulagé d'avoir démasqué la folie de l'entreprise. Comme si la fièvre retombait et le laissait en nage, mais lucide.

— La maison est complètement bousillée, y a rien à y faire.

Rebb gratta la terre d'un talon de botte.

— Ouais, ben, j'en suis pas si sûr. Y a pire. Tu construis quelque chose, c'est déjà ça.

— J'ai pas besoin de le faire. C'est inutile.

— Et qu'est-ce qui est utile ?

— C'est une idée nulle. Je le reconnais, alors laisse tomber.

— Ouais mais maintenant que t'as tous ces trucs, tu vas les gaspiller si t'arrêtes.

— J'ai jugé après avoir évalué la situation.

— Ton jugement est peut-être un peu hâtif.

Cashin sentit la bouffée de chaleur.

— Je crois que dans ce genre d'exercice, j'ai un peu plus d'entraînement que le premier vagabond venu, dit-il en maudissant sa voix de policier.

— Je suis un ouvrier itinérant, répondit Rebb sans le regarder. Les gens me paient pour faire le boulot qu'ils ne veulent pas faire eux-mêmes. Tout comme le gouvernement te paie pour protéger les biens des riches. Les riches appellent et t'arrives avec la sirène. Les pauvres appellent, attendez, vous êtes sur liste d'attente, on viendra dès qu'on pourra.

— N'importe quoi ! dit Cashin. N'importe quoi. Tu sais pas de quoi tu causes, bordel…

— Ces gamins tués, dit Rebb. C'était un exemple de ton jugement après avoir évalué la situation ?

Cashin sentit la colère s'enfuir, ne lui laissant qu'un goût métallique dans la bouche.

— La différence entre nous, poursuivit Rebb, c'est que rien ne me retient au boulot, je peux partir quand je veux.

Dans le silence qui suivit, les chiens arrivèrent, les léchèrent et se frottèrent à eux, comme si dans les sous-bois de la vallée, ils avaient perçu la violence dans le ton de voix de leurs amis et étaient accourus pour les calmer.

— De toute façon, c'est pas comme si j'avais le droit d'exprimer mon opinion, dit Rebb. Puisque je suis un vagabond.

Cashin ne savait pas quoi dire. La facilité qui s'était installée dans leurs rapports au fil des jours avait disparu et ils n'avaient aucun précédent de dispute – gagnée, perdue, à égalité ou abandonnée – sur laquelle s'appuyer.

— C'est l'heure de la traite, dit Rebb.

Il se leva et partit, laissant la pelle plantée dans le tas de sable, ses outils de maçon dans le seau, les manches dépassant de l'eau argentée.

Les chiens l'accompagnèrent, descendirent la prairie desséchée qui faisait ressortir le noir de leurs poils. Ils trottaient gaiement. Puis ils s'arrêtèrent, se retournèrent et posèrent leurs yeux noirs sur Cashin, assis sur la pile de briques.

Rebb poursuivit son chemin, les mains dans les poches, la tête baissée et les épaules tassées.

Les chiens étaient écartelés.

Cashin avait envie de leur dire de suivre Rebb – espèces de créatures infidèles, je vous ai recueillies, je vous ai sauvées, vous seriez dans une cour en béton en ce moment, dans vos crottes jusqu'aux genoux, vous sauriez pas faire la différence entre un lapin et un poulet grillé aux hormones. Vous êtes seulement intéressées par votre gamelle et mon lit douillet.

Alors partez, foutez le camp. Partez !

Les chiens étaient de retour, avec cette course bondissante si belle à voir, les oreilles au vent. Ils lui sautèrent dessus, posèrent leurs pattes sur lui et lui parlèrent.

— Dave ! hurla-t-il.

Pas de réponse.

— DAVE !

Rebb tourna la tête, sans s'arrêter.

— D'ACCORD, ON VA LA RÉPARER, CETTE SALOPERIE DE MAISON !

Rebb poursuivit sa route, mais leva le bras droit et approuva en levant le pouce.

Le téléphone sonna alors que Cashin faisait griller le pain.

— Joe, faut laisser tomber, dit Villani. C'est fini.

— Comment ça, c'est fini ? Parce que Donny s'est foutu en l'air ? C'est moins une confession qu'un laïus sur l'attitude des têtes de cons qui travaillent dans le coin.

— T'as regardé Bobby Walshe hier soir ?

— Non, dit Cashin en s'asseyant à table.

— Faut rester informé, fiston. Apparemment, nous avons crucifié trois enfants noirs innocents. C'est Jésus sans les voleurs. Tous des agneaux.

— Permets-moi de te dire que…

— Y a autre chose, dit Villani. Quelqu'un a parlé à quelqu'un qui a parlé au commissaire divisionnaire qui m'en a parlé directement. C'est au sujet de ta visite chez Bourgoyne hier.

— Oui ?

— On m'a demandé pourquoi on traîne encore là-bas, aux Heights ?

— On fait notre boulot, tout simplement. C'est Erica qui s'est plainte ?

— La propriété a été passée au crible. Qu'est-ce que t'es allé y foutre ?

— Renifler un peu. Tu te souviens de l'importance de renifler ? Tu te souviens de Singo ?

— Trop tard pour renifler. Je te demande de laisser tomber.

— On n'a aucune preuve de la culpabilité des gamins, dit Cashin sans le vouloir.

Villani émit un sifflement désabusé.

— Écoute, Joe, j'ai beaucoup de pain sur la planche. De jour comme de nuit. Je te propose de reparler de tes intuitions un peu plus tard. Je te rappelle dès que j'ai un moment, d'accord ?

— D'accord.

— Joe ?

— Oui.

— T'es flic, Joe, ne l'oublie pas. Alors n'en fais pas une obsession. Fais de ton mieux puis passe à autre chose.

Cashin croyait entendre Singo.

— Personne n'a fait de son mieux dans cette histoire. Personne n'a levé le petit doigt, nom de Dieu !

— Je te souhaite une journée reposante, dit Villani. Au fait, est-ce que je t'ai dit que ton congé est prolongé ? Le commissaire divisionnaire veut que tu prennes les cinq semaines auxquelles tu as droit. Il se soucie de ta santé et de ton bien-être. Il est comme ça. Humain. Je te rappellerai.

N'en fais pas une obsession. Des paroles qui servaient de rappel, d'avertissement. Des paroles qui faisaient mal.

Cashin se sentit pris de nausée. La douleur montait des épaules dans le cou et se dirigeait vers la tête.

Au pire, ces symptômes annonçaient l'arrivée des images figées – des négatifs spectraux qui s'attardaient sur la rétine après qu'il eut détourné le regard et qui lui donnaient la claire impression de devenir fou.

Il prit trois cachets. Assis dans le grand fauteuil, la tête renversée en arrière, il se concentra sur sa respiration et attendit. La douleur n'atteignit pas l'intensité précédente, la nausée se résorba. Mais il dut laisser passer une heure avant de pouvoir se lever. Il se lava le visage et les mains, se brossa les dents, se gargarisa et regagna Port Monro en empruntant des routes désertes. Le bétail le regarda passer d'un œil indifférent.

Il se gara devant la poste. Quatre lettres dans sa boîte postale, rien de personnel. Personne ne lui écrivait. Qui pourrait bien le faire ? Personne au monde. Il marcha jusqu'au poste de police.

Kendall était à l'accueil.

— Impossible de vivre avec, impossible de vivre sans etc., patron, dit-elle.

— Alors, on fait respecter l'ordre public ?

— Oui, m'sieur. J'ai fait circuler la rumeur que si les gens ne savaient pas se tenir, t'allais revenir.

Cashin se dirigea vers son bureau, lut les comptes rendus et les communiqués officiels, puis il s'assit, le regard sur la cour arrière.

— Je peux profiter de ta présence pour aller faire quelques courses, patron ?

— Vas-y.

Elle était partie depuis une minute quand un jeune entra. Il était maigre comme un clou et regardait autour de lui comme un cambrioleur de banque amateur. Cashin s'approcha de l'accueil :

— C'est à quel sujet ?

— On m'a dit de venir vous parler.

Il tiraillait sur la visière ronde de sa casquette.

— Oui. Comment vous vous appelez ?

— Gary Witts.

— Et comment puis-je vous aider, monsieur Witts ?

— Ben, j'ai des problèmes avec ma petite copine.

Cashin fit un petit signe de tête compatissant.

— Votre petite copine ?

— Ouais. Je veux pas lui attirer d'ennuis. C'est ma copine.

— Et le problème ?

— Ben, c'est mon pick-up.

— Votre copine et votre pick-up.

— Mais je veux pas porter plainte ni rien.

— Contre votre copine ? Bien sûr que non.

— Mais ça veut pas dire que je suis pas en pétard. Je suis pas un tapis, ou une carpette ou je sais pas trop quoi. Pas moi.

— Qu'est-ce qu'elle a fait ?

— Elle est partie au Queensland avec mon pick-up. Avec une copine à elle de Cromarty. Elles sont apprenties coiffeuses. Vous connaissez OuahTif ? C'était là qu'elles bossaient.

— Elle a donc pris votre pick-up sans vous demander la permission ?

— Non, je le lui ai prêté, mais maintenant elle me dit qu'elle veut plus revenir. Elle a rencontré un mec à Surfers Paradise, un Carlo ou Mario, un nom de rital, et comme il a trois salons, il lui a offert du boulot. Et maintenant, elle me dit que le pick-up, je le lui dois.

— Et pourquoi ça ?

Gary se remit à jouer avec sa visière jusqu'à ce que Cashin ne voie plus ses yeux.

— Elle m'a prêté l'acompte.

Cashin connaissait l'histoire.

— Et c'est elle qui a effectué les remboursements ?

— C'était temporaire. Je peux lui rendre l'argent maintenant que j'ai trouvé du boulot.

— Pendant combien de temps a-t-elle versé les traites ?

— Bof, je sais pas trop. Un bon moment. Un an, peut-être un peu plus, ouais, peut-être même deux.

— Et qu'est-ce que vous voulez ?

— Ben, je me suis dit, comme ça, que vous pourriez peut-être en toucher un mot aux flics de là-haut. Ils pourraient aller lui dire de le rendre. Lui mettre un peu la pression, quoi.

Cashin posa les avant-bras sur le comptoir, entrelaça ses doigts et regarda sous la visière de Gary.

— Gary, on ne peut pas faire ce genre de trucs. Elle n'a commis aucun crime. Vous lui avez prêté le pick-up. Vous lui devez un tas de fric. Le mieux à faire, c'est d'y monter vous-même, de lui rembourser ce que vous lui devez et de redescendre avec le pick-up.

— Bordel de merde, dit Gary, je peux pas faire ça.

— Dans ce cas, vous devriez aller voir un avocat et entamer une action en justice.

— Une action en justice ?

— L'avocat vous expliquera tout ça. En gros, il va lui écrire une lettre lui demandant de rendre le pick-up sinon ça va barder.

Gary acquiesça en se grattant l'oreille.

— Ouais, mais c'est les flics qui lui foutent la frousse. Il en faudrait pas beaucoup pour qu'elle ait la trouille.

— Gary, c'est pas notre boulot d'effrayer les gens.

Gary s'approcha de la porte, il portait sa déception sur les épaules. Il hésita et revint en reniflant.

— J'voulais vous demander, aussi. Pourquoi vous faites rien contre ces gros cons de Piggot ?

— À propos de quoi ?

— Ben, ils se font du fric en dealant.

— Et quel est le rapport, Gary ?

— Ben, la copine avec qui elle s'est tirée, elle est cul et chemise avec les Piggot. À mon avis, elles ont dû faire une petite livraison en route, personne penserait à fouiller deux minettes.

— Vous êtes certain de ce que vous dites ?

Gary évita son regard.

— Je peux pas dire pour sûr.

— Comment elle s'appelle, la copine ?

— Lukie Tingle.

— Je peux avoir votre adresse et votre numéro de téléphone ?

— Non, je veux pas être impliqué là-dedans. Au revoir.

— Gary, ne faites pas l'andouille. Je peux vous retrouver en cinq minutes, me garer devant chez vous et me faire offrir le café. Vous préférez ?

— Oh merde, lâchez-moi un peu.

Il lui donna une adresse, un numéro de téléphone, s'en alla sans un mot de plus et croisa Kendall qui arrivait.

Sur le chemin du retour, Cashin écouta une voix d'homme à la radio :

« Le problème, c'est que si sa politique de maintien de l'ordre public est perçue comme laxiste à Cromarty, le gouvernement d'État risque de perdre les votes des Blancs et donc son siège aux prochaines élections. C'est un véritable dilemme. Voyez-vous, Janice, le gouvernement fédéral compte les points marqués par Bobby Walshe dans l'affaire de Cromarty et c'est un cauchemar pour eux. Mais pour United Australia, ce n'est que du bonus.

— Alors Malcolm, peut-on évaluer ces points marqués par United Australia ?

— Bobby Walshe nous a donné un spectacle époustouflant hier soir. Plein de passion et de tristesse. Il est passé sur toutes les chaînes de télé du pays, sur toutes les stations de radio. Bobby a donné une valeur symbolique aux événements de Cromarty, Janice, et c'est d'une importance capitale. Quand il parle des trois garçons noirs crucifiés, l'impact est saisissant et je peux vous dire que ça interpelle des gens très différents. C'est biblique. Vous avez entendu les appels des auditeurs, ce matin ? Les gens pleuraient, même quand ils venaient des coins les plus réacs et racistes. Les paroles de Walshe ont touché un nerf. Elles ont fait vibrer la corde sensible.

— Oui, mais peut-on imaginer des retombées nationales ?

— Nous vivons une époque intéressante, Janice. Le gouvernement n'a pas seulement peur de perdre Cromarty, après tout, il peut s'en passer. Non, ce qui l'inquiète vraiment, à présent, c'est que United Australia disperse les voix. Que le nouveau parti devienne une véritable coalition des mécontents. Et leur plus grande crainte, c'est que Bobby Walshe remporte le siège de ministre des Finances. Un siège qui était imprenable. Mais maintenant, il n'y a plus que neuf pour cent d'écart et il n'est pas dit que Bobby Walshe ne puisse pas les grignoter.

— Merci, Malcolm.

Vous venez d'entendre Malcolm Lewis, notre expert des grandes tendances actuelles de la vie politique de la nation. Et puisque nous parlons de vie, je vais vous présenter notre prochain invité qui sait de quoi il parle, puisqu'il a bien failli la perdre, sa vie… »

Cashin trouva la station de musique classique. Piano. Il commençait à vraiment apprécier le piano classique – l'agilité du doigté, les élans dramatiques, les notes finales qui flottaient comme un parfum de femme désirée. Mais plus que tout, il aimait les silences, ces intervalles entre ce qui est et ce qui sera.

Ils reprirent les travaux de construction. À l'heure de la traite, le mur de brique arrivait à hauteur de fenêtre jusqu'à l'emplacement de la première porte.

— Les rebords de fenêtre sont en pierre sur les photos, dit Rebb. Les linteaux aussi, j'imagine. Et ici, y avait une porte énorme.

— Je vais en parler à Bern, dit Cashin. Si ça se trouve, c'est lui qui me l'a volée.

Rebb partit. Cashin passa une heure à travailler dans le jardin, puis sortit les chiens pour un petit tour dans le froid crépusculaire. Ce soir, il n'avait que quelques élancements ; il sentait la fatigue, mais pas de douleur. Nourrir les bêtes, se doucher, allumer le feu, ouvrir une bière, mettre de l'eau à chauffer pour les pâtes.

Rebb frappa et entra. Les chiens se jetèrent sur lui.

— Y a des géomètres vers la clôture. Deux types. Je les ai vus quand j'allais traire.

Il avait une allure menaçante, dans la pénombre.

— Elle est furieuse, dit Cashin. Mais elle dépense du fric pour rien. L'agent immobilier est un arnaqueur, c'est à lui qu'elle devrait s'en prendre. Je fais des pâtes si ça te tente.

— J'ai mangé avec l'ancien, il se sent un peu seul. Il n'avait pas envie de me laisser partir. Non pas qu'il le reconnaîtrait, mais il serait du genre à refuser d'admettre qu'un crocodile lui pend à la jambe.

Il marqua une pause.

— Pour la maison…

— Quoi ?

— On peut continuer jusqu'à ce que tu te sentes capable de t'en tirer seul, dit Rebb.

Cashin sentit un pincement au cœur : il avait anticipé ce départ.

— Écoute, si c'est pour l'histoire du vagabond, je m'excuse. Je suis tout prêt à te présenter des excuses.

— Non, dit Rebb. Mais je suis un vagabond et les vagabonds ont besoin de bouger. On est comme les requins. Ou plutôt les thons. Oui, on est comme les thons.

— Ça va être dur pour l'ancien. Tu vas lui manquer.

Cashin était conscient qu'il parlait de lui-même.

Rebb caressait les chiens, la tête baissée.

— Ouais, enfin, c'est comme ça, tout passe. Il trouvera quelqu'un d'autre. Allez, bonne nuit.

Cashin mangea devant la télévision. Sur le canapé, les chiens se prélassaient comme des guépards, une tête de chaque côté. Il raviva le feu, se versa un grand whisky et réfléchit.

Michael pédé. Est-ce que sa mère était au courant ? Bisexuel, voilà ce qu'il était. Elle devait le savoir. Les femmes savent toujours tout. Quelle importance, ce qu'était Michael ! Vincentia Lewis, l'infirmière qui lui avait donné les CD de son père, était lesbienne. Il n'aurait pas hésité à l'épouser s'il en avait eu l'occasion, et il aurait vécu dans l'espoir. Mais quel espoir ? Que peuvent offrir les hommes ? Juste bons à mourir en appelant leur maman.

Mick Cashin était mort noyé dans le Chaudron. Il avait mis fin à ses jours. Cette expression était terrible.

Mettre fin à ses jours. L'acte ultime d'affirmation de soi – le choix du départ et du silence, le choix du sommeil sans perspective d'aurore, de chants d'oiseaux, de relents d'océan dans le vent.

C'était le choix que Mick Cashin et Michael avaient fait tous les deux.

Il devrait éviter de réfléchir à tout cela.

Son père riait tout le temps. Même après avoir parlé sérieusement, après l'avoir grondé, il finissait par une blague et riait.

Pourquoi sa mère s'entêtait-elle à parler d'accident ? Elle était censée annoncer à Joe que son père s'était suicidé, c'est ce qu'elle avait dit à Michael. Et elle n'y parvenait toujours pas, après tout ce temps. Elle avait sans doute réussi à se persuader de sa propre version des choses. Sybil avait triomphé de la réalité. Pourquoi s'encombrer des moments difficiles…

Mais pourquoi personne d'autre ne lui en avait parlé ? Il était revenu vivre dans la maison des Doogue, où tout le monde était au courant, mais personne ne lui en avait jamais soufflé mot. Personne n'avait mentionné Mick Cashin. Personne n'avait prononcé le mot *suicide*.

À l'hôpital, les premiers jours, quand il avait

perdu toute notion du temps, Vincentia était restée à son chevet. Elle lui avait tenu la main et lui avait caressé les bras jusqu'au coude. Elle avait de longs doigts aux ongles coupés court.

Le gène suicidaire des Cashin. Combien de Cashin s'étaient-ils donné la mort ? Après s'être reproduits et avoir engendré la prochaine génération de dépressifs.

Michael avait évité ça. Il était un point final.

Moi aussi, se dit Cashin, je suis une voie sans issue.

Mais ce n'était pas vrai. Le jour où il avait vu le garçon sortir de l'école, il avait su que ça ne pouvait être que le sien – son long visage, son long nez, sa chevelure noire, sa fossette au menton.

Son fils avait hérité du gène. Il devait en discuter avec Vickie. Il fallait qu'elle soit au courant.

Ah, foutaises ! Il n'était pas dépressif. Il avait des moments de cafard, voilà tout. Ça passait, tout comme la nausée passait, ou encore la douleur et ces espèces d'images figées, spectrales. Il n'avait jamais eu de problème avant Rai Sarris. Maintenant, il était en convalescence. Il devait se remettre d'un accident, d'une agression. Une attaque meurtrière menée par un putain de fou furieux.

Rai Sarris. C'est plus tard, à l'hôpital, qu'il avait compris à quel point il avait été obsédé par cet homme. Sarris n'était pas un assassin ordinaire. Il avait tué deux hommes dans une remise proche de l'aéroport. Des Croates qui transportaient de la drogue. Des mules. Il les avait torturés puis brûlés vifs. Il avait fallu cinq ans de boulot pour rassembler les preuves permettant de l'écrouer.

Puis Sarris avait disparu.

Où était-il aujourd'hui ? Que faisait-il ? Se servait-il un verre dans une propriété du Queensland traversée par un canal, le bateau devant chez lui, dans un repaire de trafiquants de drogue, de criminels de la finance, de maquereaux esclavagistes et de ripoux de l'immobilier ?

Quand il leur avait foncé droit dessus, au volant de son véhicule, Rai Sarris était-il prêt à mourir ? Il était fou. Le risque ne lui avait sans doute même pas effleuré l'esprit.

Cashin se vit de nouveau à côté de Shane Diab, assis dans la vieille Sigma rouge destinée aux opérations de surveillance. Ils guettaient un portail de deux mètres, sur un petit écran gris.

Quand les portes s'étaient écartées, il n'avait ressenti aucune inquiétude.

Il avait d'abord vu les pare-chocs, puis le capot d'un gros 4 × 4. Un vrai tank.

Il n'avait pas vu le break qui descendait la rue, avec les enfants sur le siège arrière, leurs ceintures bien attachées.

Le conducteur du tank se fichait éperdument des breaks qui transportent des enfants.

Sur l'écran, Cashin avait vu le tank débouler par le portail et tourner brusquement à droite.

Il avait su ce qui allait se passer en un instant. Quand il avait vu le visage de Rai Sarris. Il le connaissait. Ils avaient passé plusieurs heures ensemble dans un espace réduit.

Mais pour le moment, le Nissan Patrol était à plusieurs mètres.

D'après les estimations du laboratoire, le Nissan

allait à plus de soixante quand il avait percuté la petite voiture rouge. Il lui avait fait faire un tonneau, était à moitié grimpé sur elle et l'avait poussée contre un petit muret, puis dans un jardin, à travers la baie vitrée d'une maison, dans un salon avec un piano, des photos dans des cadres argentés et le tableau d'un eucalyptus accroché au mur du fond.

Les véhicules avaient aussi détruit ce mur-là et comme c'était un mur porteur, le toit leur était tombé dessus.

Lentement.

D'après le chauffeur du break, le 4 × 4 était sorti des ruines et du petit jardin de banlieue en marche arrière, puis il était parti. Il avait été retrouvé six kilomètres plus loin, sur le parking d'un centre commercial.

Shane Diab était mort écrasé dans la petite voiture. On n'avait jamais retrouvé Rai Sarris. Il avait disparu.

Cashin se leva et se versa un autre grand verre de whisky. Il sentait l'effet de l'alcool. De la musique, il lui fallait de la musique.

Il mit un CD de la Callas et s'installa dans son fauteuil. La voix de la diva s'éleva jusqu'au plafond et revint, réveillant les chiens dans leur sommeil. Ils dressèrent la tête et repiquèrent du nez. Ils connaissaient l'opéra, peut-être même l'appréciaient-ils ?

Il ferma les yeux, il était l'heure de se changer les idées.

Combien y avait-il de Dave Rebb dans ce monde, qui avaient choisi de vivre comme des fantômes ? Un jour, c'était des gens solides, avec une identité, et le lendemain, ils étaient invisibles, flottaient sur tout le pays et traversaient les États. Leurs numéros de sécu ou de mutuelle, leurs permis de conduire ou leurs comptes bancaires, ils n'en avaient plus besoin. Les travaux des fantômes étaient payés en liquide. Ils gardaient l'argent dans leur poche ou sur les comptes d'amis.

Dave avait-il eu une identité sur terre ? Il ressemblait moins à un fantôme qu'à un extraterrestre, sorti d'un vaisseau spatial qui s'était posé dans une ferme d'élevage poussiéreuse, d'où les étoiles semblaient plus proches que la ville voisine.

Un monde imparfait. Ne pas en faire une obsession. Passer à autre chose.

Conseil rationnel de Villani. Villani était le meilleur ami qu'il ait jamais eu. Il ne fallait pas l'oublier. Meilleur ami, mais il n'y avait guère de concurrence. Meilleur entre combien ? Mis à part la famille, qui ne compte pas en amitié… pas beaucoup.

Cashin n'avait jamais cherché à se faire des amis, jamais essayé d'entretenir ses relations amicales. Qu'est-ce qu'un ami ? Quelqu'un qui vous aide à déménager ? Qui vous accompagne au pub, ou au foot ? Woody avait fait tout cela. Ils avaient bu ensemble, étaient allés aux courses et aux matchs de cricket. Le soir avant Rai Sarris, ils avaient dîné dans un restaurant thaïlandais d'Elwood. La nouvelle femme convoitée par Woody, Sandra, une informaticienne aux pommettes hautes, regardait Woody et riait à ses plaisanteries tout en glissant son pied nu le long du tibia de Cashin.

Érection instantanée. C'était la dernière fois qu'il avait eu une telle sensation.

Woody lui avait quelquefois rendu visite à l'hôpital, mais Cashin ne l'avait guère vu après. Ils ne pouvaient plus faire les mêmes choses ensemble. Non, ce n'était pas la raison. Le corps de Shane Diab les séparait. Les gens l'avaient tenu pour responsable de la mort de Shane.

Ils n'avaient pas tort.

Shane était mort parce qu'il avait accompagné Cashin quand ce dernier avait eu l'intuition que Sarris allait se rendre chez son ancien acolyte. C'était Shane qui lui avait demandé de venir, mais ça n'excusait rien. Cashin était un officier chevronné. Il n'aurait jamais dû entraîner un gamin sans expérience dans sa quête obsessionnelle de Sarris.

Singo ne le lui avait jamais reproché. Il était venu le voir une fois par semaine, quand il avait été tiré d'affaire. Lors de sa première visite, il s'était approché et lui avait dit : « Écoute-moi, espèce d'abruti, t'avais vu juste. Le salopard est bel et bien revenu. »

Un autre verre. Il faut penser au présent, se dit-il. Les gens voulaient que Donny et Luke soient les assassins de Bourgoyne. Si c'était le cas, les décès de Luke et de Corey étaient justifiés. Et le suicide de Donny expliqué : un geste de culpabilité.

On avait collé à de jeunes innocents l'étiquette d'assassins d'un homme bien, droit et généreux. Deux injustices. Et le coupable était encore en fuite, comme Rai Sarris – libre, en train de rire et de le narguer. Cashin ferma les yeux et vit les gamins, des visages sans rides, l'un respirant à peine, la poitrine écrasée, l'autre haletant dans une brume ténébreuse, mourant dans cette nuit torrentielle, tandis que les feux se reflétaient dans les flaques de pluie et de sang.

Il but encore un verre, puis un autre, s'endormit dans son fauteuil et se réveilla en sursaut, glacé, le feu presque éteint. Une forte pluie martelait le toit. La pendule du micro-ondes indiquait trois heures cinquante-sept. Il avala deux cachets avec un demi-litre d'eau, éteignit les lumières et alla se coucher tout habillé.

Les chiens le rejoignirent, un de chaque côté, heureux d'avoir évité l'exil de leur niche.

La lumière revint sur un monde gelé, avec un vent d'ouest porteur de rafales et de grêlons gros comme des pépins de grenade.

Cashin se fichait du temps qu'il faisait. Il était au-delà du temps. Il se sentait terriblement mal et éprouvait le besoin d'être puni. Il amena les chiens à la mer, marcha jusqu'à l'embouchure, le visage cinglé par le vent. Le sable humide, en revanche, restait collé aux dunes et musclait la plage.

Aujourd'hui, la rivière de Stone Creek était haute. En s'élargissant, l'anse avait gommé les bancs de sable. De l'autre côté, un homme dans un vieil imper, coiffé d'une casquette de baseball, pêchait avec une canne légère. Il lançait sa ligne là où le courant d'eau douce tourbillonnait quand il rencontrait l'eau salée. À ses pieds, un petit chien marron repéra les caniches et se précipita au bord de l'eau. Il se mit à aboyer et à léviter sur ses pattes raides à chaque charge brutale du courant.

Les caniches restaient groupés, silencieux, les pattes avant dans l'eau, évaluant la furie de l'animal. Leurs queues effectuaient de lents cercles et dénotaient un intérêt scientifique.

Cashin salua d'un signe le pêcheur, qui répliqua en levant la main de sa canne. On ne voyait pas grand-chose de l'homme – un nez, un menton – mais Cashin l'avait reconnu : il était de Port Monro. C'était l'homme à tout faire des personnes âgées, des infirmes et des inaptes en tout genre. Il remplaçait les joints de robinet et les fusibles, colmatait les gouttières ou débouchait les égouts. Comment se fait-il, songea Cashin, qu'on puisse reconnaître les gens de si loin ? Sentir leur présence dans une foule, savoir qu'ils sont absents au moment d'ouvrir la porte ?

Instinctivement, il tourna à gauche, longea la rivière et se fraya un chemin à travers la végétation des dunes. Les chiens approuvèrent la décision, le frôlèrent au passage et trouvèrent un sentier foulé par les hommes depuis longtemps. Il fallait monter à présent. Le ruisseau fut bientôt à quelques mètres en contrebas et dans son eau limpide, la lumière fit scintiller des bancs de poissons minuscules. Ils marchèrent une dizaine de minutes, puis le sentier s'éloigna du rivage et entra dans une zone de dunes de la taille des rouleaux de l'océan. Du sommet de la plus haute, on découvrait l'étendue de la plaine côtière. Cashin vit la rivière disparaître sur la droite, puis un camion sur la route, au loin, et au-delà de tout ça, le ruban sombre de la voie qui gravissait la colline jusqu'aux Heights.

Plus loin, le sentier s'incurvait jusqu'à une clairière de plusieurs hectares, où le bush reprenait ses droits. Il menait à un bâtiment sans toit et à d'autres structures effondrées, dont une cheminée en forme de fuseau se dressant au milieu de ruines, comme un doigt de brique sortant d'un poing noir.

Les chiens arrivèrent sur place bien avant Cashin. Ils s'arrêtèrent et guettèrent autour d'eux, la queue baissée. Puis ils se tournèrent vers lui, et dès qu'il le leur permit, ils s'élancèrent sur une pile de briques et de gravats. Des lapins sortirent de leur torpeur, se dispersèrent, jetant la confusion chez les chiens qui ne savaient lequel poursuivre.

Cashin alla jusqu'au bout du camp, éclaboussé de pluie. Sur sa gauche, il ne restait d'un ancien terrain de sport que trois poteaux de foot qui disparaissaient dans l'herbe. Le bois blanchi ne portait plus aucune trace de peinture. Il prit conscience du bruit du vent dans les ruines – un grincement comme quand on extrait un clou de vieux bois dur, une sorte de gémissement.

Il s'approcha de la structure en bois sans toit : quatre pièces, séparées par un couloir. Il vit par une ancienne fenêtre un espace vandalisé, complètement dévasté. Des traces de feu et des excréments humains jonchaient la terre battue qui avait perdu jusqu'à son plancher. Il le traversa et rejoignit le côté de la route pour s'approcher de la cheminée, qui s'élevait une cinquantaine de mètres plus loin. Dans le temps, les briques avaient abrité deux étuves dans de vastes renfoncements, avec un four au milieu. La porte en fonte rouillée, arrachée de ses gonds, reposait sur l'âtre en brique.

Les chiens couraient dans tous les sens, rendus fous par les odeurs de lapins qui avaient filé et s'étaient réfugiés en sécurité, à l'abri des briques cassées et des plaques de métal rouillé. Derrière la cuisine, dans l'herbe, de l'autre côté d'une dalle de ciment craquelé, Cashin trouva les fondations en brique d'un long bâtiment, qui faisait deux pièces de large. Les briques supérieures étaient noircies et, à l'intérieur, il trébucha sur une solive calcinée.

C'est de l'histoire ancienne, il ne s'y est rien passé depuis l'incendie. Et les Compagnons, c'est aussi de l'histoire ancienne.

C'est ce qu'avait dit Cecily Addison.

Cashin siffla, un air joyeux dans cet endroit lugubre. Les chiens accoururent, ils tenaient le même objet à la gueule et tiraient dessus. Il leur ordonna de s'asseoir et de le relâcher.

C'était une ceinture en cuir, raide et craquelée – une ceinture de garçon, il ne fallait pas avoir la taille plus large qu'un ballon de foot pour porter ça. Cashin la ramassa. Sur la boucle rouillée, il distingua une fleur de lis et quelques bribes de mots : *Toujo êt*.

Toujours prêt. C'était une boucle de boy-scout.

Il leva le bras pour la jeter, mais finalement ne put le faire. Il traversa le terrain de jeux envahi de broussailles et enroula la petite ceinture toute raide autour d'un poteau de but, la boucla et la laissa glisser dans l'herbe.

Cashin jeta un regard derrière la plus haute dune. Le vent secouait les poteaux et dessinait des vagues dans l'herbe. Un bruit de sirène de camion monta de la route. Elle lui sembla étrangement esseulée et nocturne. Il appela les chiens et s'en alla.

Ils roulèrent sur des routes désertes, devant des maisons enfoncées dans des terrains en cuvette ; la fumée de bois vert s'échappait des cheminées. L'époque du bois sec pour une bouchée de pain, quand il provenait de millions d'arbres enserrés d'anneaux de fer, était bien révolue.

Il pensa à Bourgoyne. À moins d'un coup de chance extraordinaire, on ne saurait jamais qui l'avait tabassé et tué. Mais la culpabilité resterait toujours associée au nom des garçons, à leurs familles, au Daunt tout entier et même à des types comme Bern et leurs gamins. L'assassinat de Bourgoyne fournissait des munitions pour tous les racistes du dimanche, partout.

Avoir descendu ces deux sales Abos du Daunt. Dommage qu'y en ait pas eu un car entier, tiens !

La plupart des clients de Derry Callahan auraient applaudi des deux mains.

N'en fais pas une obsession, se rappela-t-il. Écoute Villani, laisse tomber cette histoire.

Rebb l'attendait dehors. Il avait entendu la voiture. Il se dirigea vers lui, mégot au coin de la bouche. Cashin sortit, lâcha les chiens. Rebb tenait ses mains baissées, les paumes vers le haut. Les chiens les reniflèrent sans sauter. Ils remuaient leur corps tout entier.

— T'as prévu d'aller en ville aujourd'hui ?

— Oui, dit Cashin, se décidant tout de suite. T'as mangé ?

— Non, je rentre juste de la traite.

— On ira prendre le petit déj quelque part. Donne-moi dix minutes, faut que je me douche.

Ils commandèrent des œufs au bacon dans un routier à l'entrée de Cromarty. Ils furent servis par une fille anorexique avec une moustache et un bouton tartiné de pâte rose entre les sourcils. Les œufs reposaient sur des tranches de pain épaisses comme des mouchoirs en papier, avec des jaunes, couleur nouille, tout ratatinés. On apercevait des filaments de viande rose au milieu de la graisse grise de porc.

Rebb goûta à ses œufs.

— On peut être sûr qu'ils viennent pas de poules élevées en plein air, dit-il. T'es en mesure de me verser un salaire ?

Cashin ferma les yeux. Il n'avait encore rien donné à Rebb pour son travail sur la maison ou sur la clôture. Ça ne lui avait même pas effleuré l'esprit.

— Nom de Dieu, excuse-moi, dit-il. J'avais complètement oublié.

Rebb poursuivit son repas et s'essuya la bouche avec une serviette en papier. Il fouilla dans sa poche et en sortit une feuille pliée, arrachée à un carnet.

— J'ai calculé vingt-six heures. Dix dollars de l'heure, ça te va ?

— Tu n'exiges pas le salaire minimum ?
— Pas quand je suis nourri-logé.
— Ouais, bon, disons quinze.
— Si tu veux.
— Je vais avoir besoin de ton numéro de sécu.
Rebb sourit.
— Tu me rendrais service si tu utilisais celui de Bern. Tu dois le connaître par cœur maintenant, c'est ton cousin et vous faites affaires ensemble. En déclarant le tout, évidemment.
Compromis jusqu'au bout des chaussettes, songea Cashin. Aussi coupable qu'une femme avec deux gamins, prise en train de faucher au supermarché.

Il se gara à deux rues de la banque. Il aurait pu utiliser le parking du poste de police, mais il se dit que ce n'était pas une bonne idée. Il retira de l'argent au distributeur et régla Rebb.
— J'en ai pour une demi-heure, lui dit-il, ça te suffit ?
— Amplement.
Il descendit la rue humide jusqu'au poste. Hopgood était arrivé. Il prenait des notes dans un dossier, une pile bien rangée restait à traiter, sur sa gauche.
— Le nouveau bureau sans papier, dit Cashin de la porte.
Hopgood lui lança un regard sans expression.
— Qu'est-ce que vous voulez ?
— J'aimerais savoir qui a autorisé les projecteurs sur la maison de Donny.
— Ça, c'est la version de cette salope de Coulter, et c'est que des salades, ils mentent tous. Ils sont

tous comme ça. C'était une simple patrouille de routine.

— Ah bon ? Je croyais que c'était le Far West. Qu'on allait rééditer la chute du Faucon Noir ?

Les joues de Hopgood s'enflammèrent.

— Ouais, ben, il était grand temps d'aller faire la loi dans la porcherie. Et de toute façon, ça vous regarde pas. Je suis pas sous vos ordres. Vous feriez mieux d'aller vous occuper de vos oignons.

Cashin sentit la chaleur sur son propre visage ainsi que l'envie de frapper Hopgood en pleine figure, de lui casser le nez et de lui fendre la lèvre, rien que pour retrouver l'expression qu'il avait vue dans les yeux de Derry Callahan.

— J'aimerais voir le dossier Bourgoyne.

— Pourquoi ? L'affaire est close.

— Ça m'étonnerait.

Hopgood se tapota la narine avec l'un de ses doigts. Il avait des doigts boudinés.

— Et la montre ? Qu'est-ce que vous en faites ?

— J'aimerais quand même y jeter un coup d'œil.

— Écoutez, j'ai du boulot, là. Demandez donc au chef à son retour de congé.

Ils se fixaient droit dans les yeux.

— D'accord, dit Cashin. Mais il y a quelque chose dont on n'a pas encore parlé.

— Oui ?

— La bagnole pourrie, la Falcon. Vous saviez pertinemment qu'elle ne tiendrait pas la route.

— Non, par contre, je savais pas que vous conduisiez comme un pied, mon pote. Je savais pas que vous étiez le roi des nuls et des dégonflés.

— Et les appels. Vous les avez entendus.

— Ah bon ? Pourtant y a rien d'enregistré. Mais je vois que les deux sales flics *boongs* que vous êtes ont commencé à raconter des histoires ? Tout comme la putain de mère de Donny, hein ? Vous êtes sans doute parents ? Vous êtes tous parents, nom de Dieu ! Comment ça se fait, à votre avis ? Tout le monde dans le même lit en train de baiser dans le noir quand on vous a coupé l'électricité parce que vous avez bu le fric des factures ?

Cashin voyait rouge. Il avait des envies de meurtre.

— Et je vais vous dire autre chose, espèce de petit futé de mes deux, dit Hopgood. Vous croyez que vous pouvez vous mettre en ménage avec un vagabond sans que personne soit au courant ? Que vous pouvez faire semblant de rien voir pendant que votre pédé fout des raclées à de pauvres innocents ? Ça vous donne peut-être des frissons ? Vous aimez ça, hein ? Ça vous fait bander dans votre petite culotte ?

Cashin fit demi-tour et s'en alla. Un flic en tenue était à la porte. Il s'écarta prestement.

Cashin arriva à l'esplanade et, adossé au mur, laissa le vent lui fouetter le visage. Les vagues moutonnaient dans la baie, un bateau de pêche qui rentrait au port chevauchait la houle grise et disparaissait dans les creux. Il se força à respirer profondément pour tenter de maîtriser ses nerfs et ralentir son rythme cardiaque.

Dix minutes plus tard, il retourna en ville. Seuls les gamins se déplaçaient à pied ; ils descendaient la colline en une mêlée tapageuse. Il tourna à droite à mi-chemin, comme il l'avait fait pour accompagner Helen Castleman après le tribunal, puis il monta les marches de son bureau. La réceptionniste était une ado trop maquillée, concentrée sur ses ongles.

Il demanda Helen. La fille parla au téléphone.

— Prenez le couloir, dit-elle avec un grand sourire tout en gencives. C'est au fond.

La porte était ouverte, le bureau sur la droite. Helen l'attendait et leva les yeux sur lui sans sourire. Il resta à l'entrée.

— Deux choses, dit-il, par ordre d'importance.

— Oui ?

— Donny. J'ai soulevé la question du harcèlement. Ils démentent, mais je vais insister et pousser plus loin.

— Donny est mort, répondit-elle. C'est injuste. Ce gamin n'était pas très futé et il était complètement terrorisé.

— Nous ne voulions pas ça. Nous voulions simplement qu'il soit jugé.

— Nous ? C'est qui, *nous* ? Vous et Hopgood ? Vous cherchiez des informations. Vous n'aviez rien du tout.

— Et la montre ?

— Se trouver en compagnie de quelqu'un qui essaie de vendre une montre n'est pas une preuve. Même la possession de la montre ne prouve rien.

— Bon, je vais passer à la clôture, dit Cashin.

— Vous avez volé plus d'un mètre sur mon terrain. Faites venir votre propre géomètre si vous n'acceptez pas le tracé du mien.

— Ce n'est pas ça qui vous dérange. Vous pensiez que votre terrain allait jusqu'au ruisseau.

— C'est une autre histoire, inspecteur Cashin. Ce que je vous demande de faire, c'est de démonter cette clôture aussi vite que…

— Je peux vous vendre le bout de terrain au bord du ruisseau.

Il n'avait pas prévu de dire ça.

Helen rejeta la tête en arrière.

— C'est donc de ça qu'il s'agit ? Vous êtes de mèche avec l'agent ?

Cashin sentit la bouffée de chaleur.

— Je retire mon offre, dit-il. Au revoir.

Il était dans le couloir quand il l'entendit :

— Ne pars pas, Joe, s'il te plaît.

Il se retourna, il sentait le sang dans ses joues et évita le regard de Helen.

Elle leva la main.

— Excuse-moi. Je retire ce que j'ai dit. Et je m'excuse aussi pour ma réaction de l'autre soir. Pas une conduite de juriste.

Elle commençait par le mépriser, puis elle abdiquait. Il ne savait pas comment réagir.

— Tu acceptes mes excuses ?

— D'accord. Ouais.

— Tant mieux. Assieds-toi, Joe, et reprenons au commencement. On se connaît un peu, non ?

Cashin s'assit.

— Je veux te demander quelque chose à propos de Donny.

— Oui ?

— Il y a un truc et je sais pas, ça me chiffonne.

— Oui ?

— La poursuite et l'espèce de barrage routier, c'était à cause d'une montre que quelqu'un avait essayé de vendre à Sydney. C'est bien ça ?

Cashin allait dire que oui quand Bobby Walshe lui revint à l'esprit. C'était une histoire de politique, les trois garçons noirs crucifiés. Bobby n'allait pas en rester là, il pouvait encore tirer profit de cette affaire, abondamment. Elle cherchait à l'utiliser.

— Reste encore les résultats du médecin légiste, dit-il. Comment va Bobby Walshe ?

Helen Castleman se mordilla les lèvres et détourna les yeux. Il eut donc le loisir d'admirer son profil.

— Ce n'est pas une histoire de politique, Joe. Je pense aux gamins et à leurs familles. Au Daunt tout entier. C'est une question de justice.

Il ne répondit rien, il n'était pas sûr de pouvoir se maîtriser.

— Est-ce que les flics pensent à de telles choses, Joe ? À la justice ? À la vérité ? Ou bien est-ce comme une équipe de foot : forcément irréprochable et seulement intéressée par la victoire ?

— Les flics pensent à peu près comme les avocats. La seule différence, c'est qu'ils ne s'enrichissent pas et qu'on essaie de les tuer. Qu'est-ce que t'essaies de me dire ?

— D'après la mère de Donny, la sœur de Corey Pascoe avait dit à sa mère qu'il avait une montre, une montre de luxe.

— Quand ça ?

— Il y a près d'un an.

— Qui sait ce que Corey avait avec lui ? dit Cashin en remarquant la dureté de sa voix. Des montres et quoi d'autre ?

— Tu peux faire quelque chose ?

— Ça ne dépend plus de moi.

Elle ne répondit rien, continua de le regarder droit dans les yeux. Il voulait détourner son regard, mais en était incapable.

— Alors, ça ne t'intéresse pas ?

Cashin allait se répéter, mais Hopgood lui vint à l'esprit.

— Je parlerai à la sœur, si ça peut te faire plaisir.

— Je peux lui demander de venir ici. Il y a un bureau de libre.

— Non, pas ici.

Ce n'était pas une bonne idée.

— Elle a peur des flics. On se demande pourquoi, d'ailleurs...

Il y avait eu un Pascoe dans sa classe en primaire.

— Demande-leur s'ils connaissent Bern Doogue, dit-il. Dis-leur que le flic est le cousin de Bern.

Cashin acheta le *Herald* de Cromarty à la maison de la presse. Il jeta un coup d'œil sur la une avant de traverser la route.

FEU VERT POUR LE COMPLEXE HÔTELIER DE L'EMBOUCHURE

Le conseil municipal a approuvé le projet de 350 millions de dollars

Il lut en marchant. Adrian Fyfe, bronzé, rasé de près, pourrait procéder au développement du site, si l'étude d'impact sur l'environnement l'y autorisait. L'article ne disait rien de l'accès et ne mentionnait pas l'achat du Camp des Compagnons aux héritiers de Bourgoyne.

Cashin venait de faire le tour de l'ancien dépôt de laine quand il les aperçut : deux types costauds et une femme, au bout de la jetée. Il se gara, sortit, enfonça les mains dans les poches de sa parka et marcha dans un vent qui sentait le sel, le poisson, avec des relents de diesel.

Les planches de la jetée étaient vieilles et usées, les fentes qui les séparaient assez larges pour y laisser échapper un couteau et apercevoir son éclat quand il perçait la surface de l'eau. Il n'y avait que trois autres personnes pour braver le mauvais temps : un homme et un petit garçon assis côte à côte, qui pêchaient avec une simple bobine à la main, et un vieil homme emmitouflé dans plusieurs couches de vêtements, tenant une canne contre la balustrade. Son bonnet lui descendait jusqu'aux sourcils et un nez rouge émergeait des poils gris et hirsutes de sa barbe.

Les hommes le regardèrent venir ; entre eux, la femme gardait les yeux baissés. De plus près, Cashin remarqua que c'était une fille de quinze ou seize ans, grande, au nez retroussé, avec des problèmes de peau.

— Joe Cashin, dit-il quand il les rejoignit.

Il ne leur tendit pas la main.

— Chris Pascoe, dit l'homme le plus proche et le plus baraqué des deux.

Il avait le nez cassé.

— Elle, c'est Susie. Je me souviens pas de vous, à l'école.

— Si vous vous souvenez de Bern Doogue, j'étais pas loin.

— Sacrée petite teigne, ce Bern. Comme tous les Doogue, d'ailleurs. Je le vois de temps en temps. Il a grandi depuis l'école, mais il dit pas bonjour. À mon avis, il joue au Blanc.

L'autre homme regardait dans le lointain, le menton relevé, comme une figure de proue.

Il avait des dreadlocks coiffées en arrière, une barbe bien taillée et un anneau doré à l'oreille.

— L'avocate pense qu'il y a quelque chose que je devrais savoir, dit Cashin.

— Dis-lui, Sue.

Susie cligna des yeux et continua à éviter le regard de Cashin.

— Corey avait une montre, dit-elle, avant d'aller à Sydney.

— Quel genre de montre ?

— Chère, avec un bracelet en cuir et plein de petits bidules dedans, dit-elle en dessinant des petits ronds sur son poignet.

— Il t'a dit où il l'avait eue ?

— Il savait même pas que je l'avais vue. Je cherchais mon CD, parce qu'il arrêtait pas de m'en piquer.

— Pourquoi tu ne lui en as pas parlé ?

Elle regarda Cashin, en relevant les sourcils sur de gros yeux marron.

— Pour qu'il sache que j'avais fouillé dans sa chambre ? Putain, je suis quand même pas givrée à ce point.

— Surveille ton langage, l'avertit son père.

— Si je te montrais une photo de la montre, tu saurais la reconnaître ? demanda Cashin.

Susie haussa les épaules sous son anorak, qui remua à peine.

— Pas sûre.

— Mais tu l'as bien vue, la montre ?

— Oui.

Cashin songea au bandeau pâle du poignet de Bourgoyne.

— Pourquoi t'es pas sûre de pouvoir la reconnaître ?

— J'sais pas. Peut-être.

— Et la marque ? T'as regardé la marque ?

— Ah oui.

Cashin observa les hommes, ce qui ne lui donna aucune indication. Le rasta se roulait une cigarette.

— Tu t'en souviens, alors ?

— Ouais. Bretling, ou un truc comme ça.

— Tu peux l'épeler ?

— Qu'est-ce que c'est que ces conneries d'épeler ? dit Chris Pascoe. Elle a vu la montre.

— Peux-tu l'épeler ?

Elle hésita.

— J'sais pas, moi. B-R-E-T-L-I-N-G, un truc dans ce genre.

S'ils lui avaient fait répéter sa leçon, elle aurait

épelé correctement. À moins qu'ils ne lui aient conseillé de faire une erreur.

— C'était quand, cette histoire ? demanda Cashin.

— Oh, y a longtemps. Un an, à peu près.

— Dis-moi, pourquoi tu n'en as pas parlé avant, de cette montre ?

— Je l'ai dit à ma mère le lendemain.

— Le lendemain de quoi ?

— De quand vous avez tué Corey et Luke.

Il accusa le coup.

— Et qu'est-ce qu'elle t'a dit ?

La fille tourna les yeux vers le rasta et non vers son père. Il ouvrit la bouche et le vent chassa la fumée. Cashin ne put lire dans ses yeux.

— Elle m'a dit de pas en parler.

— Pourquoi ?

— Je sais pas. C'est ce qu'elle m'a dit.

— Faut qu'on y aille, dit Chris Pascoe. Elle vous l'a dit, alors maintenant, vous pouvez pas faire semblant de pas savoir.

— C'est vrai. J'ai pas retenu le nom de votre copain.

— Stevo, répondit Pascoe. Pas vrai, Stevo ?

Stevo tira sur sa cigarette, ses joues se creusèrent. Il lança le mégot d'une pichenette et le vent le balaya sur la jetée. Une mouette fit un piqué pour s'en emparer. Le visage de Stevo s'anima soudain :

— Vous avez vu ça, une putain de mouette fumeuse.

— Merci d'être venus, dit Cashin. Vous avez un numéro où je peux vous joindre ?

Les hommes se regardèrent. Stevo haussa les épaules.

— Je vous donne mon portable, dit Pascoe.

Il le sortit de sa poche et lut le numéro inscrit sur l'étui.

Cashin le nota sur son calepin.

— On vous contactera, soit moi, soit l'avocate. Merci, Susie.

— C'était pas un mauvais gars, Corey, dit Pascoe. Il aurait pu faire du foot australien en pro. Mais il se la jouait en pensant faire une putain de carrière dans la came. Vous êtes pote avec Hopgood et son équipe ?

— Non.

— Mais vous vous soutenez tous, pas vrai ? Tous ensemble.

— Je fais mon boulot. Je soutiens personne.

Alors qu'il descendait les planches bancales et regardait les pêcheurs et la mer en mouvement, Cashin sentit le poids de leurs regards. Au dépôt de laine, il se retourna.

Les hommes n'avaient pas bougé. Ils l'observaient, adossés à la balustrade. Susie avait les yeux rivés sur les planches lessivées.

— C'est difficile, dit Dove, qui avait la voix encore plus rauque au téléphone. Je ne suis pas un agent libre, ici.

— Cette affaire m'inquiète, dit Cashin.

— Ouais, mais bon, ça peut devenir inquiétant de s'inquiéter…

— Comment ça ?

— Tu sais bien que l'enquête est suspendue. Les élections approchent. Si tu continues à t'inquiéter, tu risques de te retrouver en poste à Bringalbert Nord. Et ton pote Villani pourra rien pour toi.

— Où c'est, Bringalbert ?

— Précisément ? J'en ai pas la moindre idée, bordel.

— La différence, c'est qu'on pensait que les gamins étaient coupables et pour Donny, tu croyais que quelqu'un s'était dégonflé et qu'il allait être relâché.

— Et alors ? T'as parlé à Villani ?

— Il m'a dit de prolonger mon congé.

— Ordre d'en haut. Les politiques de la région ne veulent pas se mettre à dos le personnel blanc des hôtels de Cromarty, et le gouvernement fédéral n'a pas envie de donner une nouvelle bouffée d'oxygène à Bobby Walshe. Ils trouvent que ça commence à suffire.

La matinée touchait à sa fin, Cashin avait allumé le feu. Allongé en Z à même le sol, il essayait de se cambrer, les mollets soutenus par une chaise de cuisine branlante. La pluie tombait en silence sur le toit, les gouttes donnaient une allure fantomatique à la fenêtre. Pas de travaux sur la ruine de Tommy Cashin aujourd'hui.

— Si on laisse passer ça, reprit Cashin, ce sera enterré. L'enquête va déplorer un regrettable concours de circonstances : la faute à pas de chance, affaire classée, on n'y touche plus. Tout le monde est mort. Mais la responsabilité colle pour toujours à la réputation des gosses, des familles et du Daunt en général. Assassins de Saint Charles Bourgoyne. C'est une tache indélébile.

— Tragique, dit Dove. Les taches sont tragiques. J'aimais bien regarder ces pubs avec des taches à la télé. Joe, la télé existe là où tu habites ?

— Pour regarder quoi ?

— Bobby Walshe et les trois petits Noirs morts.

— J'habite peut-être dans le trou du cul du monde, dit Cashin, mais ça n'empêche pas mon cerveau de fonctionner. Si tu ne veux pas m'aider, il suffit de le dire.

— Quelle susceptibilité ! Qu'est-ce que je peux faire ?

— La montre de Bourgoyne. Est-ce qu'on a pris la peine de chercher où il l'avait achetée ? C'est un modèle hyper-cher et je crois qu'elles ont des numéros de série, comme les moteurs de voiture.

— Je vais regarder, je pense pas que ça me vaudra d'être muté à Bumbadgery.

— C'est plus Bringalbert Nord ?

— Ce sont les étoiles jumelles de la constellation à flic unique. Tu te couches toujours par terre ?

— Non.

— Dommage. C'est une pratique intéressante et un super sujet de conversation. Je te rappellerai.

Cashin raccrocha et regarda le plafond. Il imagina le visage sérieux de Dove, les yeux sceptiques derrière les petites lunettes rondes. Un moment plus tard, il tomba dans un demi-sommeil et entendit la pluie dévaler les gouttières et les canalisations. On aurait dit le ruisseau en crue. Il se rappela y être allé après la pluie quand il était petit, mouillé pratiquement jusqu'aux aisselles par les herbes, à l'écoute de l'eau qui déferlait vers lui. Il regardait l'eau écarter les branches les plus basses, recouvrir les îlots de mousse d'où il pêchait parfois et écumer autour des gros rochers. Il arrivait que les eaux vives forment des petites cascades. Il avait même vu un jour un énorme morceau de la rive opposée se détacher, puis s'effondrer lentement dans le ruisseau, laissant des lombrics effarés à découvert.

Et l'argent que Cecily Addison versait de la part de Bourgoyne ? Il avait toujours les livres de comptes de Cecily.

Il souleva ses jambes de la chaise, roula sur le côté droit, se leva avec difficulté et s'approcha de la table. L'épais classeur jaune était enfoui sous une pile de vieux journaux.

Il se prépara une tasse de thé qu'il posa sur la table. Les relevés démarraient en janvier 1993. Il les feuilleta. La plupart des mois tenaient sur une page, sans interligne.

Commencer au début et remonter ? Il examina la première page. Des noms – magasins, artisans, impôts locaux, électricité, eau, téléphone et assurance. D'autres ne donnaient que les dates, les numéros de chèques et les montants. Quand il avait consulté les comptes la première fois, il avait vite abandonné, puis il s'était passé toutes ces choses et il ne les avait pas repris.

Cashin lut, entoura certains chiffres, essaya de faire des recoupements. Une heure plus tard, il téléphonait. Cecily Addison n'est pas disponible, lui répondit Mme McKendrick.

C'est l'heure de la sieste, songea Cashin.

— C'est la police à l'appareil, dit-il. Nous sommes très bien élevés, mais nous serons obligés de venir réveiller Mme Addison si c'est nécessaire.

— Ne quittez pas, dit-elle. Je vais voir si elle peut vous parler.

Il dut attendre plusieurs minutes avant que Cecily Addison ne prenne la communication.

— Ouuuuuui ?

— Joe Cashin, madame Addison.

— Joe, dit-elle d'une voix groggy. Je vous ai vu à la télé, quel ours mal léché ! C'est pas comme ça que vous aurez de l'avancement, mon garçon.

— Madame Addison, les versements que vous avez effectués au nom de Bourgoyne. Certains ne mentionnent pas le bénéficiaire. On ne sait pas qui a été payé.

Cecily se racla la gorge. Cashin éloigna le combiné de son oreille. Peu après, Cecily répondit :

— Ce sont les versements réguliers, les salaires, ce genre de choses.

— Deux mille dollars sont versés tous les mois à quelqu'un depuis le début. Qui est-ce ?

— Aucune idée. Charles nous a seulement donné un numéro de compte en banque.

— J'ai besoin d'avoir le numéro de compte et le nom de la banque.

— Je crains que ce ne soit confidentiel.

Cashin soupira le plus bruyamment possible.

— Je croyais vous l'avoir déjà expliqué, madame Addison. Il s'agit d'un meurtre. Je peux demander un mandat de perquisition et venir chercher toutes vos archives.

Contre-soupir.

— Je n'ai pas l'information sous la main. Mme McKendrick vous rappellera.

— Dans les dix prochaines minutes, s'il vous plaît.

— Ah, d'accord. On est pressé, tout à coup, hein ? Il a fallu Bobby Walshe et la mort du troisième gamin.

— J'attends avec impatience le coup de fil de Mme McKendrick. Qui ne tardera pas. Au fait, y a-t-il eu un M. McKendrick ?

— Elle l'a perdu en Malaisie dans les années 1950. Mitrailleur à l'arrière d'un Lincoln.

— Un homme qui avance en regardant dans l'autre sens, dit Cashin, je connais ça.

— Dans son cas, c'est à l'avant qu'il est tombé. D'un balcon d'hôtel. Rond comme une queue de pelle, si vous me passez l'expression.

— Je suis choqué.

Moins de dix minutes plus tard, Mme McKendrick le rappela pour lui donner l'information, qu'elle lui servit comme s'il était un maître chanteur. Cashin demanda ensuite à Dove de se renseigner. Cashin rentrait du bois quand celui-ci rappela.

— J'ai dû improviser et inventer des petits mensonges pour toi, alors que je te connais à peine, mais à partir de maintenant, je préférerais que tu t'occupes de tes mensonges tout seul.

— La vérité, version light, tout le monde s'y est mis. Alors, le nom ?

Le jour tirait à sa fin, les collines s'étaient ambrées à l'ouest.

— A. Pollard. 128A Collett Street, Melbourne Nord. Tous les retraits sont effectués à partir de distributeurs automatiques proches de chez lui.

— Qui est ce A. Pollard ?

— Arthur Pollard.

Les chiens le poussaient. C'était l'heure.

— On a un homme mystère qui touche du fric depuis je ne sais combien d'années, dit-il. Ça ne mérite pas d'approfondir un peu ?

Cashin entendit un bruit, Dove tapotait sur son bureau.

— Ouais, ben, c'est pas comme si j'étais à court de boulot ici. Et ta petite enquête m'a pris des heures, putain.

— Un effort, ton pays sera fier de toi.

Trois coups secs sur le bureau.

— Je dois t'avouer quelque chose. Je ne suis pas fait pour la Crim. C'est une erreur. La mort d'un vieil enculé de riche ne m'émeut pas. Je me fous que le coupable ne soit pas pris. Et je me fous même qu'on rejette la responsabilité sur des gens peut-être innocents et maintenant morts.

Cashin caressait les chiens l'un après l'autre, grattait leur échine.

— Et la montre de Bourgoyne ? dit-il. Qu'est-ce que ça a donné ?

— Est-ce que je peux te prier poliment d'aller te faire foutre ?

Il était l'heure. Cashin enfila l'imper Drizabone de son père, version veste, froissé comme une peau d'éléphant. Un jour, près d'un an après être arrivé chez les Doogue, le père de Bern le lui avait offert pour aller chasser le furet.

— C'est celui de ton père. Je te l'ai gardé. Il est un peu grand. Mick était costaud.

Homme et chiens dans la pluie – ils descendaient la pente abritée du vent. La sécheresse était bien finie, le ruisseau gonflait. Les chiens le regardèrent, éberlués. Ils y trempèrent leurs orteils délicats.

Cashin enfonça ses mains dans les grandes poches plissées. Son père avait-il porté cet imper ce jour-là ? Était-ce la nuit ? L'avait-il quitté et posé sur une des marches de pierre avant de sauter dans le Chaudron ?

La marche où il s'était assis avec Helen ?

Il sentit le froid et siffla les chiens. Ils tournèrent la tête à l'unisson.

Cromarty était faite pour la pluie. Dans le vieux quartier, les caniveaux pavés se transformaient en torrents argentés ; briques, pierres et tuiles s'assombrissaient et les feuilles des chênes verts se revêtaient d'un lustre profond.

Garé devant la coopérative agricole, Cashin essuya la vitre pour voir la rue. Un gros homme, trempé, poussait un caddie de supermarché à quatre intersections du magasin, deux gamins en skateboard faisaient l'école buissonnière, deux femmes en vêtements de coton informes se disputaient en marchant : leurs têtes s'agitaient tant et plus. Cashin songea qu'il ne comprenait pas Cromarty. Il ne savait pas qui avait la Poigne.

C'est Singo qui lui avait parlé de la Poigne.

C'est le pouvoir de faire des dégâts, fiston. Et de se protéger contre le mal. C'est ça, la Poigne. Y a des millionnaires et des mecs avec que dalle qui ont la Poigne. Des types qui ont des diplômes à plus savoir qu'en faire et des types pas foutus de lire le menu de chez MacDo.

Les Bourgoyne devaient avoir la Poigne quand

leur usine de moteurs embauchait la moitié de la ville. Charles avait-il gardé la Poigne après la vente de l'usine ? En avait-il eu besoin ?

Cashin descendit de voiture. La pluie lui mouilla les cheveux et dégoulina sur ses sourcils. Il acheta deux sacs de croquettes pour chien, puis alla au supermarché où il remplit deux caddies. Il lui fallait acheter en gros, maintenant qu'il ne pouvait plus se permettre d'aller dans la boutique de Derry Callahan. Plus de solution de secours pour le lait, le pain ou la nourriture pour chien. Puis il acheta des filets de merlan à la poissonnerie et reprit la route de Kenmare.

La rue était vide. Profitant d'une accalmie du vent, la pluie tombait parfaitement droite. Il alla chez le boucher et fut servi par un nouvel employé, un jeune homme dodu, brun et boutonneux. Ils se saluèrent.

— Je vais commencer par deux mètres de saucisse pour chien, dit Cashin. Où est Kurt ?

— Chez le dentiste, à Cromarty.

— Vous lui donnez un coup de main ?

— Non, c'est permanent. Me reste plus trop de saucisse, mon pote.

— Mettez tout ce qui vous reste, alors.

Le jeune pesa la saucisse, l'emballa et la mit dans un sac en plastique.

— Plus trois kilos de rumsteck. Celui qu'il accroche.

Il alla chercher la viande, trancha, pesa.

— Trois kilos trois, ça vous va ?

— Pas de problème. Le hachoir est propre ?

— Oui.

— Je vais prendre trois kilos dans la tranche. Pas trop de gras, s'il vous plaît.

— Il aurait fallu m'avertir pour ça, mec. Vous pouvez repasser demain ?

— Vous avez trop de boulot ?

— Tout de suite, oui.

— Alors dites à Kurt que Joe Cashin cherche un nouveau boucher, d'accord ?

Le jeune réfléchit un moment.

— D'accord, j'dois pouvoir m'en occuper maintenant.

Cashin sortit, s'assit dans le véhicule et regarda la pluie tomber. Il sut soudain qui le jeune était. Ce dernier emballait la viande quand Cashin revint dans la boutique.

— Vous êtes du coin, non ? dit Cashin. Comment vous vous appelez ?

— Lee Piggot.

Lee n'était pas doué pour l'emballage, ses doigts étaient trop gros.

— Et vous, vous êtes le cousin des Doogue ?

— C'est ça. Vous connaissez les Doogue ?

— J'en ai rencontré quelques-uns à l'école.

— Lee Piggot. J'aurais pas entendu les Stups de Cromarty parler de vous ?

Il rosit avant de rougir.

— Non.

— Alors c'est un nom qui ressemble au vôtre que j'ai entendu. C'est un bon boulot, boucher. Une carrière, même. Un travail honnête. Les gens aiment leur boucher. Ils lui font confiance, même.

Et vive la police, songea Cashin. Qui œuvre avec la communauté pour créer une société meilleure. Et utilise pour ce faire des méthodes de crainte et d'intimidation.

Dernier arrêt : Port Monro. Le poste était vide. Il ouvrit et trouva une enveloppe de fax envoyés par Dove sur son bureau.

Il reprit le chemin de la maison : il avait cinq semaines de vacances devant lui. La pluie avait cessé et les nuages s'étaient dispersés sur un monde propre et lumineux. Quels travaux de démolition et de construction pouvait-il effectuer en cinq semaines ?

Rebb travaillait dans le jardin. Il avait déniché un mur très bas, en pierres sèches.

— Nom de Dieu, dit Cashin. Les lutins sont venus te donner un coup de main ? Sous la pluie ?

— Le travail, c'est le travail. On peut pas s'arrêter pour quelques gouttes.

— Moi, je peux.

— Oui, mais t'es flic. Tu connais rien au travail. Défaire une fermeture éclair, c'est du boulot aux yeux des flics.

— Tu t'entendrais à merveille avec Bern. De vraies âmes sœurs.

Ils trimèrent pendant deux heures et découvrirent vingt mètres de pierres entassées et un restant de portail en fer forgé.

— J'ai fait à manger, dit Rebb.

Ils revinrent à la maison où il sortit quatre sandwichs soigneusement ficelés qu'il plaça sur le gril.

— Pas mal, dit Cashin. Vieille recette du bush ?

— On peut pas parler de recette pour un sandwich aux tomates et aux oignons.

Ils reprirent le travail et après une heure, Rebb alla traire.

— L'ancien m'a invité à aller manger, dit-il. Au pub de Kenmare.

Cashin continua le chantier une demi-heure de plus, puis il se promena et contempla le boulot qu'ils avaient fait dans le jardin et la maison. Il se rendit compte qu'il était heureux de voir les progrès, et fier de sa contribution. Il s'aperçut aussi qu'il avait travaillé dur pendant quatre heures sans ressentir trop de douleurs.

À l'intérieur, quand il se redressa après avoir nourri les chiens, un courant le traversa. Il alla lentement s'asseoir dans la cuisine, droit comme un piquet, les yeux clos. Il lui fallut longtemps avant de se sentir capable de se lever. Puis, avec des gestes mesurés, il alluma le feu, s'ouvrit une bière et s'assit à table avec les fax de Dove.

Il y trouva trois comptes rendus médicaux sur Bourgoyne. Un sur son état en arrivant à l'hôpital. Le deuxième d'un médecin légiste dépêché le lendemain par la police pour examiner le patient du mieux qu'il pouvait dans le service des soins intensifs. Le troisième était le rapport d'autopsie après sa mort. Bourgoyne était décédé en se cognant la tête contre l'âtre en pierre.

D'après les experts, les marques qu'il avait aux genoux, aux paumes et aux pieds étaient sans doute le résultat d'une marche à quatre pattes sur une moquette rêche. Les contusions au visage indiquaient qu'il avait été giflé par une personne placée au-dessus de lui, du plat et du revers d'une main d'environ neuf centimètres de large. Et il devait sans doute les traces qu'il portait sur le dos à un tuteur en bambou, comme ceux qu'on trouve dans les pépinières.

Cashin ouvrit une autre bière. Il s'était accoudé au bar, la bouteille à la main ; des images défilaient dans son esprit.

Un vieil homme tiré du lit, forcé à ramper dans un corridor, sur une moquette râpeuse.

Un vieil homme à genoux, à moitié nu. On l'a giflé, sa tête s'est balancée d'un côté, de l'autre. On l'a frappé du plat de la main, puis du revers avec les jointures.

Puis on l'a fouetté. Dix coups dans le dos.

Et enfin, il a chuté en avant et sa tête a percuté la pierre de l'âtre.

Cashin ouvrit une boîte de soupe à la tomate, vida le contenu dans une casserole et ajouta du lait. De la soupe avec des tartines de pain beurré. C'était un repas souvent servi chez les Doogue les soirs d'hiver, mais de la soupe maison, avec plein de morceaux de viande et de légumes. Il n'en restait jamais dans l'assiette.

Il devrait essayer de faire sa soupe lui-même. Ce n'était sans doute pas bien sorcier.

Il se revit dans le car de ramassage qui les amenait à l'école de Cromarty avec Bern, Joannie, Craig et Frank. Ils étaient six en tout sur la banquette du fond : leur banquette. À l'aller, Bern, Barry et Pat faisaient les cons, Cashin finissait ses devoirs tandis que les jumeaux, Joannie et Craig, chuchotaient et se chamaillaient. Au retour, c'était la bonne humeur générale. Puis, un par un, Barry, Pat et Bern avaient abandonné l'école et ils ne furent plus que quatre.

Cashin repartit s'asseoir, la bière à la main, et regretta de ne pas avoir de cigarettes. Combien de temps continuerait-il à en avoir envie ? Toujours, s'il continuait à en griller une à la première occasion.

Il repensa à sa première matinée aux Heights – le vieil homme à terre, le sang, les relents aigres. Quelle était cette odeur ? Ce n'était pas une odeur habituelle d'homicide. Le sang, la pisse, la merde, l'alcool et le vomi : ça, c'étaient les odeurs d'homicide.

Pourquoi le tableau avait-il été lacéré ? Qu'est-ce que ça voulait dire ? Pourquoi faire un truc pareil ?

Il se leva et trouva dans son calepin le numéro de Carol Gehrig. Le téléphone ne sonna pas plus de trois secondes.

— Bonjour, c'est Alice.

Une fille, une ado à la voix enthousiaste. Elle attendait un appel, avec impatience.

— Est-ce que je peux parler à Carol ?

Silence déçu.

— Oui. Maman ! Téléphone.

Quelques bruits précédèrent Carol.

— Joe Cashin à l'appareil. Navré de vous importuner encore.

— Y a pas de mal.

— Carol, le tableau de chez Bourgoyne, le tableau lacéré.

— Oui ?

Encore une personne déçue.

— Il est toujours au mur ?

— Non. J'ai demandé à Starkey de le descendre.

— Où est-il, maintenant ?

— Je lui ai dit de le mettre dans le débarras.

— Et c'est où ?

— À côté des vieilles écuries. Il faut traverser l'atelier.

— On vous a posé des questions sur ce tableau ?

— Qui ? Les flics ? Non. Je ne crois pas.

— Pourquoi l'avoir lacéré ?

— Aucune idée. Remarquez, il était moche. Et triste, dans un sens.

Mme McKendrick était une septuagénaire décharnée, avec un long nez et des cheveux gris tirés en arrière. En plus d'un ordinateur, elle avait sur son bureau un bloc de sténo sur un porte-documents, placé à sa gauche et au niveau des yeux. À sa droite, disposées en deux rangées, des boîtes de trombones, d'attaches, de crayons, une agrafeuse, un perforateur et de la cire à cacheter.

— S'il n'y a personne dans son bureau, dit Cashin, je n'en ai que pour un instant.

— Notre cabinet reçoit exclusivement sur rendez-vous, dit-elle en caressant son clavier.

Cashin parcourut la sombre salle du regard et, parmi les reproductions de cerfs aux abois, de cascades isolées et de bétail à poil long des hauts plateaux broutant dans les vallées, il ne trouva rien qui lui inspire de la patience.

— Je ne veux pas de rendez-vous, dit-il. Je suis policier. Pourriez-vous laisser le choix de sa décision à Mme Addison ?

Elle cessa de pianoter sur son clavier. Tourna ses yeux gris sur Cashin.

— Je vous demande pardon ?

Cecily Addison apparut derrière Mme McKendrick.

— Qu'est-ce qui se passe ? dit-elle. Entrez donc, Joe.

Cashin suivit Cecily dans son bureau. Elle traversa la pièce, s'adossa contre la petite étagère proche de la cheminée, puis elle changea de place. Elle n'avait guère de chair pour amortir son poids, mais il n'y avait guère de poids à amortir.

— Asseyez-vous, dit-elle. Que se passe-t-il ?

Il lui tendit les relevés de comptes.

— Ceux que j'ai entourés.

Le regard de Cecily parcourut la liste. Elle fronça les sourcils.

— La plupart sont des salaires. Celui-là, c'est la cotisation du club de turf. Celui de Melbourne, il augmente tous les ans. Factures de cartes de crédit. Elles ont bien diminué au fil des ans, elles étaient énormes dans le temps. Et ça… voyons, ah oui, les impôts locaux sur la propriété de Wood Street à North Melbourne. Là aussi, ça augmente tous les ans, je sais pas pourquoi il tenait tant à la garder. C'était aux Compagnons, avant. Je m'étais occupée de la transaction notariale.

— C'est quel genre de propriété ?

— Une grande salle. Apparemment, ils s'en servaient comme salle de concert à l'origine. Musique, théâtre. C'était le QG des Compagnons.

Cecily partit à la recherche de ses cigarettes, ce qui, cette fois, ne prit pas longtemps car elles étaient dans son sac. Elle en cueillit une et alluma le briquet Ronson du premier coup. Elle inspira profondément, expira du gris, fut prise d'une quinte de toux.

— Parlez-moi un peu des Compagnons, demanda Cashin.

— Ils étaient financés par Andrew Beecham. Ça vous dit quelque chose ?

— Non.

— Le grand-père d'Andrew possédait la moitié de Saint Kilda à un moment. De vrais seigneurs de la ville, ces Beecham. Et de la campagne aussi d'ailleurs : ils avaient une propriété immense, au-delà de Hamilton. Morcelée, maintenant, en quatre ou cinq terrains. Ils accueillaient les hauts dignitaires. L'aristocratie anglaise. Que des *Sirs* et des *Honourable*. On y jouait au polo.

Cecily regarda sa cigarette, tourna la paume vers le haut et la renversa.

— Éduqués en Angleterre, les Beecham, poursuivit-elle. Rien ici d'assez bon pour eux. Ni le lycée privé de Melbourne, ni l'université de Melbourne. Andrew n'a jamais travaillé de sa vie. Pas un seul jour. Ceci dit, il a tout de même été décoré pendant la guerre. Puis il a épousé une fille McCutcheon, presque aussi riche que lui et deux fois plus jeune. Elle s'est pendue dans leur villa de Hawthorne. Beecham a eu une attaque le même jour. Paralysé d'un côté, estropié d'une patte et d'un bras. Il a fini par se remarier avec une infirmière de l'hôpital. Après un intervalle décent, naturellement.

Cashin comprenait très bien qu'on puisse épouser une infirmière de l'hôpital.

Cecily regardait par la fenêtre.

— Elles se posent sur vous comme des anges, ces

infirmières, dit-elle. Je me souviens de mon opération ; quand je me suis réveillée, j'aurais pu être sur Mars et la première chose que j'ai vue, c'est cette apparition en blanc…

Silence.

— Les Compagnons, madame Addison.

— Oui. Raphael Morrison. Vous en avez entendu parler ?

— Non.

— Pilote de bombardier. Il a bombardé l'Allemagne, Dresde, Hambourg… Vous savez, ils ont fait griller tout le monde, comme des fourmis : femmes, vieux, enfants, très peu de soldats là-bas. Bref, il est rentré chez lui et il a eu une vision. Il a voulu apprendre aux jeunes à ne pas commettre les mêmes erreurs, un monde nouveau, ce genre de choses. De meilleures valeurs morales. Il a donc créé les Compagnons.

Cecily dissimula un bâillement du bout des doigts.

— Bref, Andrew Beecham entend parler des Compagnons par Jock Cameron, avec qui il avait fait la guerre. Jock a présenté Andrew et Morrison au vieux Bourgoyne qui s'est tout de suite senti concerné, à cause de ses deux chers frères morts au combat. C'est pour ça que le camp est situé là où il est. Sur une propriété appartenant aux Bourgoyne. C'était à la fin des années 1950, je faisais déjà partie du cabinet à cette époque.

— Je suis un peu perdu, là. C'est qui, ce Jock Cameron ?

— Un pilier de ce cabinet depuis quarante ans. Jock a été blessé quand il a traversé le Rhin. Il est venu ici pour raisons de santé.

Cecily dévisagea Cashin.

— Vous ressemblez un peu à Charles Bourgoyne, dit-elle.

— Et donc, les Compagnons…

— Jock est issu d'une famille charmante, dit-elle. Nous nous sommes rencontrés en 67, nous naviguions ensemble vers l'Angleterre sur le *Dunedin Star*. Je n'oublierai jamais ces stewards, toujours prêts à mordre l'oreiller. Ils se plantaient dans les étroits couloirs et se frottaient à mon pauvre Harry. Il n'appréciait pas, je peux vous le dire.

Embarrassé, Cashin détourna le regard.

— Je voulais vous demander autre chose. Apparemment, Jamie Bourgoyne s'est noyé en Tasmanie.

— Une autre tragédie familiale, dit-elle, à bout de souffle. Après le décès de sa mère, si jeune.

— Qu'est-ce qui lui est arrivé, à elle ?

— Une chute dans les escaliers. D'après le docteur, elle avait pris des somnifères. Ou des calmants, c'était peut-être des calmants, je ne m'en souviens plus. La même nuit que l'incendie chez les Compagnons. Double tragédie.

— Alors c'est Bourgoyne qui a élevé les enfants de sa femme ?

— Élevé, c'est un bien grand mot. Erica était en pension à Melbourne à l'époque. Jamie a eu un précepteur jusqu'à l'âge de douze ans, je crois.

— Et ensuite ?

— En pension à Melbourne. J'imagine qu'ils rentraient pendant les vacances, mais après tout, je n'en sais rien.

Cashin la remercia et sortit. Une pluie glaciale frappait de biais sous les profonds auvents ; elle arrivait presque jusqu'aux vitrines et inondait les chaussures des quelques piétons qui rasaient les murs. Il roula jusqu'au poste. Les fax de Dove étaient sur son bureau, il se mit à les lire.

Le téléphone sonna. Il entendit Wexler répondre poliment.

— Vous pouvez garder la boîte une dizaine de minutes, patron ? demanda-t-il dans son dos. Vol à l'étalage au supermarché.

— Je vais faire appel au syndicat, dit Cashin. Je ne peux pas venir bosser quand je suis en congé sans me faire exploiter.

Il en était à la sixième page quand Wexler revint, l'air content de lui.

— J'en ai eu pour un petit moment, patron. Cette femme avait deux gamins en bas âge dans un caddie et elle se doutait pas du tout qu'ils avaient des trucs plein leurs anoraks, des chocolats et tout. Et les proprios lui ont sauté dessus comme si elle était une espèce de…

— Boutons de fièvre ? demanda Cashin, qui n'arrivait plus à se souvenir de son nom.

Wexler cligna des yeux.

— Mais oui. Comme des petites cloques autour de la bouche.

Le prénom revint.

— Jadeen quelque chose ?

Yeux écarquillés.

— Jadeen Reed.

— Cette pauvre Jadeen a épuisé tous les supermarchés de la ville. Elle va devoir aller faire ses courses à Cromarty, maintenant.

Wexler continuait à cligner des yeux.

— Je me suis fait avoir, hein, patron ?

— Bof, Jadeen a sans doute déjà assez de soucis sans avoir à être accusée de vol en plus.

Il quitta le poste, acheta les journaux à la maison de la presse, descendit jusqu'au Dublin en évitant toute conversation. Deux dames d'un certain âge, aux cheveux courts, réglaient l'addition au comptoir. Elles le saluèrent d'un signe de tête et d'un sourire. Soit elles étaient à la manifestation, soit elles l'avaient vu à la télé, soit les deux.

Leon les remercia et dit à Cashin dès que la porte fut fermée :

— Alors, en retraite anticipée due au stress post-traumatique causé par la manifestation de scolaires et du troisième âge ? De belles perspectives de pension d'invalidité à vie ?

— Un grand noir, s'il te plaît. Grand et fort.

Leon activa la machine et lui dit :

— À propos, j'ai vu que t'étais un vieux camarade d'école de Bobby Walshe.

— École primaire de Kenmare. On fait partie des survivants.

— Orientés tous les deux sur le lycée de Cromarty.

— Bobby est parti à Sydney.

— Alors tu voteras pour ton autre camarade d'école, celle qui est canon. Helen de *Troilisme*.

— Helen de quoi ?

— *Troilisme* ou triolisme. L'amour à trois.

Leon admirait la mousse crémeuse de sa création.

— Regarde à la lettre T de ton manuel de flic. C'est sans doute encore un crime au Queensland.

Elle se présente à Cromarty avec le parti à tout faire de Bobby.

— T'as vu ça où ?

— Dans la feuille de chou locale. Tiens, je dois l'avoir.

Leon dénicha un exemplaire du journal et l'ouvrit à la bonne page. Il y avait une petite photo de Helen Castleman. Pas très flatteuse. Le titre annonçait :

JURISTE SUR LA LISTE
DU NOUVEAU PARTI.

— Est-ce que tu t'es déjà dit, demanda Leon, penché sur le comptoir, que nos vies sont comme ces histoires que les mômes racontent ? Pleines de « et puis après, et puis après, et puis après », puis elles s'essoufflent et se terminent.

— T'as des gamins ?

Cashin ne l'avait jamais imaginé avec des enfants.

— Deux.

Cashin eut un sentiment d'injustice.

— Peut-être que tu ne devrais pas penser à ta vie de cette façon. Peut-être que tu ne devrais pas penser à ta vie du tout. Te contenter de faire des cafés.

— Je ne peux pas m'en empêcher. Quand j'étais petit, je voulais être docteur, faire le bien, sauver des vies. Je voulais que ma vie ait un sens. Je ne voulais pas ressembler à mon père.

— Pourquoi donc ?

— Il était comptable. Il arnaquait ses clients, les petites vieilles, les retraités. Un jour, quand j'avais neuf ans, il n'est pas rentré à la maison. J'en avais quatorze quand il est revenu. Pas un mot entre-temps. J'espérais toujours qu'il viendrait pour mon anniversaire. Puis il est revenu… oh, laisse tomber, l'hiver me rend pleurnichard. Carence en vitamine D, trop d'alcool.

— Et les dentistes, ils donnent pas un sens à la vie ?

Leon fit non de la tête.

— T'as déjà entendu quelqu'un demander s'il y a un dentiste dans la salle ?

— Tu sais ce que je pense ? dit Cashin. Je pense que tu te juges bien trop sévèrement.

La tête dans le frigo, Cashin réfléchissait à ce qu'il allait préparer pour dîner, quand le téléphone fixe sonna.

— T'as du nouveau à propos de notre affaire ? demanda Helen Castleman.

— Je les ai vus, ouais.

— Alors ?

— Ça vaut le coup d'y penser.

— Juste d'y penser ?

— C'est une manière de parler.

Silence.

— Je ne sais pas comment te situer, inspecteur.

— Pourquoi ?

— Je ne suis pas sûre que tu souhaites une bonne conclusion.

— Et c'est quoi, la bonne conclusion ?

— La vérité.

Cashin observa les chiens, splendides devant le feu. Ils sentirent son regard et levèrent la tête, le fixèrent, soupirèrent et s'affalèrent à nouveau.

— Tu ferais du bon boulot au Parlement, dit

Cashin. Tu relèverais la moyenne, à tous les niveaux : look, QI…

— Un chien d'aveugle sera élu au Parlement avant moi, dit-elle. Je me présente pour offrir une alternative dans cette ville de réacs et de racistes. Mais passons, t'en es où, alors ?

— Je suis dessus.

— Tout seul ou avec la Crim ?

— Je peux pas parler au nom de la Crim. Il n'y a pas de grand…

— Grand quoi ?

— J'ai oublié. Ça m'arrive quand on n'arrête pas de m'interrompre. Je suis en congé. Sur la touche.

— Et je suis sûre que tu as creusé un sentier entre ta villa et ta clôture illégale sur ma propriété.

— Il y a déjà un sentier. Un sentier historique qui mène à une limite historique.

— Justement, je suis dessus, figure-toi. Je veux pouvoir te regarder dans les yeux quand tu me racontes des conneries.

— C'est encore une manière de parler ? demanda Cashin.

— Pas du tout. Je serai chez toi dans… le temps que ça prend pour y arriver. J'inspecterai les limites de ma propriété au passage.

— Quoi, tout de suite, là ?

— Dans la minute qui vient.

— Il va bientôt faire noir.

— Pas encore. J'ai une lampe électrique.

— T'as pensé aux serpents ?

— Les serpents ne me font pas peur, mon pote.

— Et les rats ? Des gros rats d'eau. Et des rats des champs.

— Au secours, quelle horreur ! ! ! Les rats ne me font pas peur – pas ceux qui ont quatre pattes, en tout cas. J'arrive.

En cette fin d'après-midi, il repéra de loin sa veste rouge, telle une flamme d'allumette dans l'obscurité naissante. Puis les chiens la reniflèrent et détalèrent, droit sur elle. C'étaient de véritables monstres, mais elle garda les mains dans les poches ; les chiens ne lui faisaient pas plus peur que les serpents ou les rats.

Helen lui serra la main. Les pommettes colorées, elle semblait sortie de la douche.

— Tu pourrais m'arrêter pour violation de propriété privée, dit-elle.

— Je me réserve cette possibilité. Laisse-moi te précéder, y a plein de trous. Je veux pas me retrouver avec un procès sur le dos.

Il fit demi-tour et avança.

— Quel formalisme pour cette réunion.

— Quelle réunion ? C'est plutôt un entretien, non ?

Ils gravirent la côte en silence. Au portail, Cashin siffla les chiens qui déboulèrent d'endroits différents.

— Voilà des animaux bien dressés, dit-elle.

— Voilà des animaux bien affamés. C'est l'heure de dîner, pour eux.

— Je ne vais pas m'excuser pour le désordre, la prévint-il quand ils furent à la porte de derrière. C'est une ruine, ici. J'habite dans une ruine.

Ils entrèrent, empruntèrent le couloir qui débouchait dans la grande salle.

— Putain ! dit-elle. Qu'est-ce que c'est que cette pièce ?

— La salle de bal. C'est ici que je fais la fête.

Cashin parqua les chiens dans la cuisine et emmena Helen dans les lieux qu'il occupait. Il grinça des dents quand il remarqua les bouts de papier peint décollés, le plâtre craquelé et les piles de journaux.

— Et tu viens ici après le bal, dit Helen. Un endroit plus décontracté, où il fait bon.

— Oui, nous nous retirons ici, dit-il. C'est le vivoir.

Il se rappelait avoir lu ce mot dans un livre, mais ce n'était pas avant Rai Sarris. C'était certain.

Helen le dévisageait et le jaugeait. Elle hochait la tête et se mordillait la lèvre inférieure.

— Je suis de plus en plus gênée de ma visite, dit-elle. Je pique des colères monstres.

Cashin enleva les journaux qui encombraient une chaise et les jeta par terre.

— Maintenant que t'es ici, assieds-toi quand même.

Elle s'assit.

Il ne savait pas quoi faire, à présent.

— C'est l'heure de nourrir les chiens, dit-il, mal à l'aise. Thé ? Café ? Un verre de quelque chose ?

— C'est le menu des chiens ? C'est moi qui choisis ? Donne-leur du thé. Avec un petit biscuit.

— D'accord. Et pour toi ?

— C'est quoi le quelque chose dans un verre ?

Elle enleva son manteau en parcourant l'espace

du regard, la chaîne stéréo, les étagères de CD, la bibliothèque.

— Eh bien, de la bière, du rouge. Ou alors du rhum, du Bundy. Un café avec un peu de rhum convient bien aux jours de froid et les jours sont presque tous froids. Un peu de rhum. Ou beaucoup de rhum, c'est pas mal non plus.

— Et moyennement de rhum, c'est faisable ?

— On peut essayer. On a plutôt tendance à favoriser les extrêmes ici. Le café, réchauffé, vient d'une cafetière à piston.

Un éclat de lumière se refléta sur ses cheveux. Soyeux.

— Très bien. C'est beaucoup mieux que ce que je bois d'habitude.

Le temps qu'il nourrisse les chiens, le café était déjà chaud. Il versa une quantité généreuse de rhum dans les tasses, les prit dans une main, le sucre dans l'autre, et revint dans la pièce.

Helen regardait les CD.

— C'est pas de la musique facile, dit-elle.

— Pour un flic, tu veux dire ?

— Je pensais à voix haute. Mon père mettait toujours des disques d'opéra. J'avais horreur de ça. J'imagine que je n'ai jamais vraiment pris la peine d'en écouter. Je ne suis pas douée pour.

Il lui tendit une tasse.

— Avec un peu de sucre, ça descend mieux.

— Je te fais confiance.

Il versa du sucre dans la tasse de Helen, remua, puis s'occupa de la sienne.

— Santé.

Elle frissonna.

— Wouah ! dit-elle. C'est bon.

Ils s'assirent.

— C'est une bien triste affaire, dit-elle, les yeux sur le feu.

— C'est certain.

— Ce qui me dérange, c'est que je pense que t'as l'impression que j'essaie de t'utiliser d'une manière ou d'une autre.

Aboiements.

— Tu n'as rien contre les chiens ? demanda-t-il. Ils te dérangeront pas.

— Laisse-les entrer.

Cashin prit la tasse de Helen et fit entrer les chiens qui se précipitèrent sur elle. Elle n'était pas inquiète. Il leur parla sévèrement, puis ils regagnèrent la caisse à bois et s'affalèrent, la tête posée sur les pattes.

— Je ne suis pas ici pour un entretien, Joe. Je veux essayer de comprendre ce qui se passe, et je ne suis pas venue avec des micros pour t'enregistrer. Si tu veux mon avis, je crois que ça arrange bien le gouvernement de flanquer le meurtre de Bourgoyne sur le dos de ces gamins. Ça l'aide au niveau politique.

— La Crim ne fait pas de politique.

— Ah non ?

— Personne ne m'a parlé politique en tout cas.

— Il devrait y avoir une enquête sérieuse sur cette affaire. Au lieu de ça, ils la confient à Dove et toi, qui pars en congé. Tu n'es pas suspendu de tes fonctions, tu es en congé. De son côté, Dove est reparti à Melbourne. Et tu voudrais me faire croire que cette enquête n'a pas été enterrée dix pieds sous terre ?

Cashin n'avait pas envie de lui mentir.

— D'après ce que je sais, ils veulent attendre que

les esprits se calment un peu. Le vieil homme est mort, les gamins aussi, alors rien ne presse. Il n'est pas facile d'enquêter quand les gens sont furieux, ni de trouver des gens qui veulent bien te parler.

— Des gens du Daunt ?

— Oui.

Elle but.

— Joe, est-ce que tu acceptes l'idée que les gamins n'ont peut-être pas agressé Bourgoyne ?

Le poêle n'avait aucun besoin d'être alimenté, mais il se leva et remit du bois. Puis il mit un CD de Björling. La balance avait varié un peu. Il la réajusta.

— Oui, dit-il. C'est une possibilité.

— Bon. Si les garçons ne sont pas responsables, tu n'as pas à t'occuper de l'humeur du Daunt. Tu n'as pas besoin de disculper les gamins avant de te lancer sur d'autres pistes, si ?

— Helen, la Crim m'a affecté à Port Monro. Puis elle a eu des problèmes d'effectif et m'a réembauché. Puis il s'est passé des choses.

— Hopgood avait-il son mot à dire ?

Cashin s'assit.

— Pourquoi aurait-il eu son mot à dire ?

— Parce que c'est lui qui contrôle Cromarty. Son chef ne peut pas aller aux chiottes sans son aval.

— Écoute, moi, je suis à Port Monro. Tu as peut-être des échos différents.

Ils se dévisagèrent par-dessus leurs tasses. Elle cligna lentement des yeux.

— Tu sais, Joe, on raconte que c'est un assassin.

— Un assassin ? Mais qui raconte ça ?

— Les gens du Daunt.

Cashin se dit qu'il croyait Hopgood capable de tout. Il détourna les yeux.

— On en raconte beaucoup sur les flics. C'est la fonction qui veut ça.

— T'as de la famille aborigène, ils ne t'en ont pas parlé ?

— Les gens avec lesquels j'ai des liens de parenté me considèrent comme un flic blanc et véreux, un de plus. Mais tu ne peux pas comprendre. Parlons plutôt des jeunes Blancs qui veulent dominer le monde.

Helen ferma les yeux.

— Franchement déplacée, ta remarque. Je reprends. On raconte que Corey Pascoe a été exécuté cette nuit-là. Tu y étais, alors qu'est-ce que tu en dis ?

— J'en dirai ce que j'ai dit au coroner.

— Tu as essayé de faire abandonner la mission.

— Tu en es sûre ?

— Oui, j'en suis sûre.

— Où as-tu pêché ça ?

— Ça n'a aucune importance en ce qui nous concerne.

— En ce qui nous concerne ? Mais qu'est-ce qui nous concerne ? C'est au coroner de juger de ce que les gens ont fait ou n'ont pas fait.

— Putain, dit-elle, c'est impossible de parler avec toi. Tu ne peux pas te calmer un instant, nom de Dieu ?

Il sentit la bouffée de chaleur.

— Je vais te dire ce que tu es : une petite fille gâtée. T'arrives ici avec toute cette ardeur, mais tu n'es qu'une gamine de riche, intelligente. Si tu n'obtiens pas ce que tu veux, tu trépignes dans tes petits souliers. Mais va donc voir les médias. Demande à la fille de leur raconter l'histoire de la montre. Tu passeras à la télé, ce qui donnera un coup de pouce à ta campagne. À la tienne et à celle de Bobby.

Helen se leva, posa la tasse sur la table branlante et prit son manteau.

— Bon, eh bien, merci de m'avoir reçue. Et merci du café amélioré.

— Tu es toujours la bienvenue.

Cashin se leva et la devança dans l'immense salle. Sous leurs pas, le plancher poussait de faibles murmures plaintifs, comme des cris de souris. Dehors, la lune était aux trois quarts pleine, les nuages épars se déplaçaient rapidement, très haut dans le ciel.

— Je vais te raccompagner, dit-il.

— Non merci, répondit-elle en enfonçant un bras dans son manteau. Je connais le chemin.

— Je t'accompagne jusqu'à la clôture. Je ne veux pas être témoin de prétendues chutes.

Il prit la grosse lampe à son clou et partit devant. Elle le suivit en silence. Ils descendirent le sentier, franchirent le portail et traversèrent la prairie, le territoire des lapins. Près de sa clôture, il agita la lampe et des yeux étincelèrent – quatre, non, davantage.

Il s'arrêta.

Des lièvres. Des lièvres hypnotisés, paralysés. Il se dit que les chiens se seraient régalés.

— Les chiens se seraient régalés, dit-elle derrière lui.

Il se tourna à moitié. Elle était près de lui, quelques centimètres seulement les séparaient.

— On ne peut pas sortir les chiens avec une torche. Les lièvres n'auraient aucune chance.

Elle fit un petit pas, posa la main sur la nuque de Joe, l'embrassa sur la bouche, recula un peu, puis recommença.

— Excuse-moi, dit-elle. Une envie soudaine.

Elle le contourna et alluma sa lampe électrique. Abasourdi, il ne fit pas un geste. Sa torche braquée sur elle, il bandait à moitié quand il la regarda se baisser pour passer sous les fils détendus de la clôture qui jouxtait son nouveau poteau. Puis elle grimpa la côte et disparut dans l'obscurité pour ne plus être qu'un point de lumière qui s'élevait dans la nuit. Elle ne se retourna pas.

Cashin resta planté là un certain temps, les doigts sur les lèvres. Il pensait à la soirée au Chaudron, aux anciens baisers, aux deux baisers de ce soir. Il frissonna. À cause du froid.

Pourquoi avait-elle fait ça ?

Wood Street, à North Melbourne, était une petite impasse flanquée de murs d'usines d'un côté et d'une rangée de cinq bicoques en bois de l'autre. Le bâtiment en brique, au fond de la rue, s'inspirait du modèle des temples grecs : aucune fenêtre, quatre colonnes et un fronton triangulaire. C'était une salle de spectacle, dans le style des foyers maçonniques, mais sans inscription sur le fronton.

Cashin roula lentement, puis se gara en biais devant les rideaux métalliques et nus des portes. Il ne descendit pas, mais songea qu'il avait parcouru ce long trajet sans raison valable, qu'il passait parfois des jours, des semaines et des mois à évaluer telle ou telle décision et que dans d'autres cas, il oubliait carrément de réfléchir.

Vickie s'en était tout de suite aperçue, dès le jour où il était rentré à la maison au volant d'une Audi d'occasion. « Tu pèses intelligemment le pour et le contre, avait-elle dit, tu réfléchis bien. Puis tu te lances et tu fais n'importe quoi. Finalement, si t'étais le dernier des abrutis, le résultat serait le même. »

Elle avait raison. C'était pour ça que Shane Diab

avait trouvé la mort. Pour ça que le sang avait coulé de sa bouche, de son nez et de ses yeux. Pour ça qu'il avait fait ces bruits atroces avant de mourir.

Cashin sortit et fit le tour de sa voiture. Le sol du portique étroit du temple était jonché de crottes de chien moisies, de publicités revenues à l'état de pâte à papier, de seringues, canettes de bière, bouteilles de bourbon, capotes, vêtements, morceaux de polystyrène, plus une serviette de plage toute raide et un pot d'échappement.

Il gravit les deux marches et piétina les ordures jusqu'à une porte double, énorme et cloutée. Elle portait les cicatrices de multiples assauts. Le bouton de sonnette avait été arraché, mais le heurtoir en fonte avait survécu. Il s'en servit pour frapper – une fois, puis deux, puis trois. Il attendit puis recommença. Encore et encore. Puis il s'agenouilla et regarda à travers la fente où l'on glissait le courrier. L'intérieur était dans la pénombre. Il sentit un regard, se redressa et se retourna.

Plantée devant la maison en bois la plus proche, une femme l'observait : sa tête de tortue émergeait d'une carapace de vêtements, le tout reccouvert d'un énorme tablier à fleurs.

— Quesse vous faisez ? demanda-t-elle.

Cashin descendit les marches et s'approcha d'elle.

— Police.

— Ah ouais ? Montrez voir.

Il lui montra. Elle vit.

— Qui s'occupe de cette salle ?

— Hein ?

— Ce bâtiment, dit-il en le montrant du doigt. Qui s'en occupe ?

— Ah ! Y avait un mec, avant. Il sortait jamais par-devant. Je l'ai jamais vu ouvrir c'te porte.

Elle renifla, se passa un doigt sous le nez et étudia silencieusement Cashin sans baisser les yeux.

— Dans ce cas, comment saviez-vous qu'il y était ?

— Parce que Merv a un garage, là-bas, il le voyait.

— Un garage où ?

Elle le regarda comme s'il était simple d'esprit.

— Dans l'allée. Je viens de vous l'dire.

— D'accord. Et comment on va dans cette allée ?

— Ben, c'est à côté de chez Wolf.

— Et c'est où, chez Wolf ?

— Mais dans Tilbrook Street, voyons. Où voulez-vous que ce soye ?

— Merci bien.

Elle le regarda avancer et reculer à trois reprises pour faire demi-tour et repartir. Il la salua d'un signe de main auquel elle ne répondit pas. Dans Tilbrook Street, il trouva l'allée en contrebas, juste assez large pour un véhicule. Il se gara à l'entrée, suivit à pied le caniveau de pierre bleue qui partageait la rue, et chercha l'accès arrière du temple.

Il devait s'agir de la porte aux planches du bas pourries, à côté des portails rouillés. Une serrure Yale, pas de poignée. Il tenta de pousser la porte de ses deux mains. Elle refusa de céder. Il fit la même chose avec le montant de droite, qui ploya un peu.

Il était de rigueur de frapper. Il frappa, appela et recommença. Puis il s'assura qu'il n'y avait personne dans l'allée, se plaça dans l'entrée, colla son dos contre un montant, posa un pied sur celui d'en face et poussa de tout son poids sur la porte.

Elle s'ouvrit dans un grincement. Il faillit tomber.

Entrée par effraction, sans mandat.

Le passage faisait quatre ou cinq mètres de long, avec un mur en brique de chaque côté et une poubelle. Cashin alla jusqu'au fond. L'arrière-cour formait un rectangle en béton derrière un haut mur percé de trois petites fenêtres et d'une porte. À gauche, la corde à linge était vide.

Il gravit les marches jusqu'à la porte, frappa trois fois, de plus en plus fort, jusqu'à se faire mal aux jointures.

Il essaya la poignée. Fermée à clé. Une autre serrure Yale, plus récente.

Il parviendrait à se justifier d'avoir ouvert la porte de l'allée, mais entrer par effraction dans le bâtiment, c'était une autre affaire. Il devrait téléphoner à Villani, lui expliquer ce qu'il voulait, pourquoi il était ici.

Il examina la porte. Elle s'était rétractée pendant son siècle de vie et avait pris du jeu entre les montants. L'installation d'une serrure neuve sur une porte ancienne nécessite des adaptations, ce qui n'avait pas été fait. Il se pencha et aperçut la languette.

Pars ! lui dit la voix de la sagesse. Va-t'en ! Appelle Villani et demande-lui un mandat.

Ça prendrait des lustres. Villani allait citer Singo et suivre sa ligne de conduite. Il exigerait une raison valable.

Cashin eut envie de rentrer chez lui, promener ses chiens dans le vent frais, passer un moment allongé par terre ou assis au coin du feu à écouter la Callas, déguster un verre de rouge en lisant du Conrad.

Il sortit son portefeuille et en tira un bout de

plastique, étroit et fin. Il le tint un moment entre le pouce et l'index, et le plia. Solide, il avait exactement la flexibilité requise.

Bon, allez, quelle importance après tout, il avait déjà fait tout ce chemin…

Le plastique s'enfonça aisément, se glissa contre la languette et la fit reculer, juste assez. Il poussa la porte.

La languette se libéra.

La porte s'ouvrit.

La lumière éclaira un large couloir. Le sol était couvert de lino à carreaux noirs et blancs. On devinait les contours des planches sous le revêtement. Il fit un pas en avant. L'air froid sentait le renfermé. Il entendit gratter au-dessus de sa tête. Des oiseaux. Sans doute des étourneaux. Il y en avait sur tous les toits. Leurs chiures pouvaient isoler un toit en l'espace de quelques semaines.

— Y a quelqu'un ? cria-t-il.

Il fit quelques pas de plus et appela une nouvelle fois. Aucune réponse. Même les étourneaux firent une pause.

Cashin ouvrit la première porte sur la gauche qui donnait sur un W-C et une salle de bains avec une pomme de douche au-dessus d'une vieille baignoire sur pieds. L'étagère du lavabo ne contenait qu'un pain de savon desséché.

La porte suivante ouvrait sur une cuisine avec une vieille cuisinière à gaz, une table en pin, nue, et des paniers à légumes, vides.

Cashin traversa le couloir. Il y avait une chambre de l'autre côté : un lit d'une personne avec des draps blancs, une table et une lampe de chevet. Deux couvertures pliées sur une commode. Rien dans les tiroirs. Cashin ouvrit une étroite armoire et n'y trouva que quelques cintres en fil de fer.

La chambre suivante était similaire : un lit d'une personne avec un matelas en crin et une table. Il eut du mal à ouvrir la porte en face. Il activa l'interrupteur sur sa droite et découvrit un bureau avec une table de travail, une chaise, un casier de rangement gris à trois tiroirs et un mur d'étagères en bois avec des classeurs gris à levier. Cashin passa un doigt sur la surface du bureau et le retira, couvert de poussière.

Il s'approcha des étagères. Les classeurs étaient étiquetés, une carte manuscrite encadrée de cuivre était fixée sur chaque rayon : « Correspondance générale », « Correspondance Queensland », « Correspondance Australie-Occidentale », « Correspondance Australie du Sud », « Correspondance Victoria ». Le rayon du Victoria était vide, d'autres étaient intitulés « Factures ». Rien sur celui des factures du Victoria. Il feuilleta un dossier pris dans « Correspondance Australie-Occidentale » et y trouva des originaux, des copies carbone et des photocopies de lettres à destination ou en provenance du Camp des Compagnons, dans Caves Road, à Busselton, en Australie-Occidentale.

Cashin rangea le dossier et ouvrit un tiroir du bureau.

Des liasses de vieux carnets de chèques tenus par des élastiques dont certains étaient cassés. Il examina quelques souches. Les factures des Compagnons avaient, semble-t-il, toutes été payées à partir de cet endroit.

Il ferma le tiroir, sortit de la pièce et ouvrit la porte au fond du couloir. Noir. Il trouva l'interrupteur en tâtonnant et, après avoir longuement clignoté, trois néons s'allumèrent. Un autre couloir transversal avec trois portes. Cashin ouvrit la première, trouva des interrupteurs, un, deux, trois. Il les alluma tous. Quelques ampoules disposées autour de miroirs s'allumèrent.

C'était une loge de théâtre. La dernière fois qu'il était entré dans des loges, il avait trouvé le corps d'une femme dans les W-C. Il y était depuis seize heures. Après la fête qui avait suivi la représentation finale d'une troupe amateur, l'actrice avait semble-t-il chuté et s'était heurté la tête contre la cuvette. Le bleu qu'elle avait sur la nuque était louche. Singo avait voulu interroger l'auteur de la pièce, un médecin. Ils l'avaient cuisiné, mais en fin de compte, le docteur avait simplement admis avoir baisé une autre comédienne.

Cashin vérifia les autres pièces, qui étaient aussi des petites loges. Deux ampoules grillèrent dans la seconde quand il alluma. Il revint sur ses pas, ouvrit une porte, descendit un long escalier, encore une porte.

Une grande salle dont la lumière tamisée provenait de fenêtres poussiéreuses, en haut des murs. Il avança de quelques pas.

C'était un théâtre à l'ancienne, plus long que large, en pente légère, avec une trentaine de rangées de sièges inclinés. Sur sa gauche, un petit escalier menait à la scène.

— Y a quelqu'un ? cria-t-il encore une fois. Police !

Ici aussi, les étourneaux s'étaient installés sur le

toit, et venant de la rue, il entendit une accélération de voiture, comme quand un mécanicien procède à des essais de moteur.

Il sentit une odeur qui couvrait celle de la poussière et de la légère humidité au-dessous du plancher. Il renifla sans réussir à l'identifier, alors qu'il connaissait cette odeur, qu'il l'avait déjà sentie avant. La peau de son visage et de son cou se tendit.

Au fond de la salle, Cashin ouvrit une des deux portes qu'il y trouva. Il découvrit un petit foyer au sol de marbre et les portes d'entrée principales. Il revint, monta sur scène et écarta le lourd rideau de velours pourpre. Il était dans la pénombre des coulisses et apercevait les planches de la scène entre de grands décors.

Il s'y faufila.

Il y avait du sable versé sur la scène, du sable de construction, propre, en tas et à la volée.

Du sable ?

Il remarqua des seaux au fond de la salle, trois seaux rouges portant l'inscription FEU. Quelqu'un avait vidé les seaux à incendie sur scène et jeté le sable.

L'œuvre de vandales ? Mais pourquoi se seraient-ils contentés de lancer un peu de sable autour d'eux ? Ils auraient tout détruit, arraché les rideaux, chié sur les planches, pissé depuis la scène, sauté sur les sièges jusqu'à ce qu'ils se cassent et les auraient arrachés avant de mettre le feu.

Ce n'était pas l'œuvre de vandales, non.

Quelque chose d'autre avait eu lieu ici.

Pour traverser la scène, il dut marcher sur le sable qui craqua sous ses pieds et fit un bruit étonnamment fort. Arrivé au centre, il regarda autour de lui. Des millions de grains de poussière flottaient devant la lueur jaune pâle des fenêtres.

Il y avait forcément un éclairage pour la scène. Où ?

Il chercha dans les coulisses, trouva un tableau près de l'escalier – quatre interrupteurs en porcelaine blanche, à l'ancienne, et des leviers en cuivre. Il les activa tous ; ils produisirent un déclic sec tandis que la scène s'illuminait.

Il revint sur la scène. Un spot éclairait la peinture d'une toile de fond et une rampe d'une dizaine d'ampoules s'alluma. Deux se grillèrent sous ses yeux, puis une troisième. Il examina la toile : elle représentait un paysage vallonné, parsemé de fermes et de moutons blancs en train de brouter, avec une route jaune qui serpentait à travers la plaine puis escaladait une colline douce et verdoyante. Trois croix trônaient au sommet, deux petites qui en entouraient une troisième deux fois plus grosse.

Cashin se rapprocha. Des corps crucifiés étaient fixés aux petites croix, mais la grande était vide. Elle attendait quelqu'un. Il regarda le sable par terre devant la toile.

Pourquoi s'amuserait-on à jeter du sable sur scène ? Pour éteindre un incendie ? Peut-être quelqu'un avait-il versé un liquide inflammable sur les planches, mis le feu, puis paniqué. Le sable aurait servi à étouffer les flammes.

C'était l'explication la plus logique.

Les vandales aiment bien mettre le feu.

Mais ils n'aiment pas l'éteindre.

Il écarta un peu de sable avec une chaussure,

gratta. Les grains du fond étaient foncés, collés, agglutinés. Il gratta davantage et découvrit les planches.

Une tache noire. Une nausée l'envahit, une vague de froid dans le cou, la nuque et les oreilles.

Quelque chose de terrible s'était déroulé ici.

Il était grand temps de téléphoner à une équipe et d'attendre dans la voiture.

Il s'accroupit, promena son index sur le sol et examina son doigt.

Du sang.

Il savait le reconnaître.

Le sang était-il vieux ? Le sable l'avait bu.

Le dos en compote, il se leva, déplia les épaules et se tourna face à la salle. Avec le spot allumé et la rampe lumineuse dans les yeux, il ne voyait pas très clair.

Puis il le vit.

Tous les sièges de la salle étaient relevés.

Sauf un. Au centre du sixième rang depuis la scène.

Un siège était baissé. Dans toute la salle, un seul siège était baissé.

Quelqu'un s'y était assis. Quelqu'un l'avait choisi. C'était la meilleure place pour voir.

Voir quoi ?

Foutaises. Le siège avait dû tomber, ça arrive parfois. Tout finit par tomber, c'est la nature qui veut ça. Sur une dizaine de choses susceptibles de tomber, une au moins tombe, c'est inévitable.

Cashin descendit de l'estrade, traversa l'allée jusqu'au sixième rang, sortit son portable et appela la Crim.

— Joe Cashin. Passez-moi l'inspecteur Villani, s'il vous plaît.

— Il est déjà en ligne. Ah, non, il vient de raccrocher. Je vous le passe.

Villani aboya son nom. Il ressemblait chaque jour un peu plus à Singo.

— Joe à l'appareil. Écoute, je suis dans une salle

à North Melbourne. Il s'est passé quelque chose ici. Faut venir y jeter un coup d'œil.

Villani toussa.

— Attends. C'est bien Joe de Port Monro ? Tu appelles de North Melbourne ? T'es venu faire un tour à la grand-ville, Joe ? Allez, raconte-moi ce que tu fabriques.

— Je vais te donner l'adresse, dit Cashin.

— Qu'est-ce que c'est que ce bordel ?

— J'ai trouvé du sang. C'est assez récent.

— Mais de quoi s'agit-il ?

— De Bourgoyne.

— Bourgoyne ?

— Je crois, oui. Oui.

— À North Melbourne.

— Écoute, c'est compliqué. Je te signale ce que j'ai trouvé, mais si tu préfères, j'appelle Info Crime. Tu préfères ça ?

— Bordel de merde. Je largue tout ce que je faisais et je te rejoins. L'adresse ?

Cashin la lui communiqua et raccrocha. Il observa la scène et son arrière-fond de calvaire stylisé. Puis il passa entre les rangées de sièges, emprunta l'escalier de l'autre côté de la scène et se posta dans la pénombre des coulisses.

Cette odeur, il la connaissait. Elle était plus forte ici. Une nouvelle vague de froid lui parcourut le cou et les épaules. Il frissonna.

C'était la même odeur que dans le salon de Bourgoyne l'autre matin.

Il renifla, regarda autour de lui et réalisa qu'il avait la mâchoire serrée. Sur sa gauche, contre le mur, il distingua une roue en fonte avec deux poignées à angle droit. Il s'en approcha. À l'arrière de la roue, un câble se perdait dans l'obscurité. Il était enroulé autour d'un bidon, et derrière encore, il y avait une roue à rochet avec un cliquet d'acier dans l'engrenage.

Il lui fallut un moment pour comprendre le mécanisme.

Le câble levait et baissait les décors – les toiles de fond peintes. La roue à rochet permettait de contrôler les opérations, de faire descendre le décor lentement, sans s'effondrer.

Il repéra quelque chose derrière, entre le câble et le mur. Cashin tendit la main et tira dessus.

C'était un morceau de tissu, qui servait de tampon, raidi mais encore humide.

Et cette odeur. Il n'avait pas besoin de sentir le chiffon. Vinaigre. C'était un torchon trempé dans du vinaigre.

Il le prit et l'examina à la lumière de la rampe. Il était foncé.

Du sang.

Les questions lui vinrent sans réfléchir. Pourquoi la roue était-elle bloquée ? Pourquoi le câble était-il tendu ?

Il tira sur la roue, libérant ainsi le cliquet. Il la laissa tourner. Le cliquet fit un petit bruit sec et le câble fila.

Craquements métalliques. Un nouveau décor s'abaissa.

Il observa le bout de scène qu'il parvenait à voir de biais.

Nom de Dieu.

Des pieds nus, des jambes foncées et enflées,

zébrées de filets de sang séché, des poils pubiens collés, un torse foncé, les bras levés, avec un trou noir sous les côtes…

Cashin lâcha la roue. Le cliquet s'enclencha et le câble arrêta de filer.

Le corps mince et nu, maculé de sang séché, se balançait doucement.

Cashin traversa la salle, le foyer, déverrouilla la porte d'entrée, sortit en haut des marches dans l'air pollué et froid de la ville et en inspira une bouffée profonde.

Une voiture métallisée s'engagea dans la rue, en plein milieu, droit sur lui. Elle s'arrêta à deux mètres, les roues de devant contre le trottoir, sans respecter le parking en épi.

Les portières avant s'ouvrirent. Villani et Finucane descendirent, pâles et noirs comme des croque-morts, les yeux sur lui.

— Quoi ? dit Villani. Quoi ?

— À l'intérieur, répondit Cashin.

Ils étaient tous les trois dans la grande salle désordonnée du septième étage, les bureaux poussés les uns contre les autres, chaque centimètre carré recouvert de dossiers, dans un concert de sonneries de téléphone – drings, gazouillis ou petites mélodies ridicules.

— C'est comme dans le temps, observa Birkerts. On est tous ici. Singo va arriver d'une minute à l'autre.

— Si seulement ça pouvait être vrai, bordel, dit Villani.

Il soupira et se passa la main dans les cheveux.

— Putain, faut que j'aille le voir. Je suis rongé par la culpabilité, je finis rien de ce que je commence.

Aux yeux de Cashin, Villani semblait encore plus fatigué que la fois dernière, quand ils avaient bu du vin dans la chambre de son fils jusqu'à point d'heure.

— À propos de pas finir ce qu'on commence, dit Birkerts. Je sais pas si je vous ai dit que Fenton avait déjà été condamné pour exhibitionnisme. Dans un coin paumé, à Clunes, près de Ballarat. L'école privée de filles Wesley.

— Des filles Wesley à Clunes ?

— Ouais, l'établissement a une propriété là-bas. Pour mener un programme de bienfaisance : les gamins riches vont aider les pauvres bouseux, leur apprendre à cuisiner les bas morceaux.

— Ça caille là-bas, lança Cashin. Vous avez regardé s'il avait des engelures à la queue ?

— Une affaire abominable et dégueulasse à la fois, s'il vous plaît, dit Villani. D'après le docteur Colley, le type trouvé sur la scène avait les mains liées. Il était complètement à poil, on l'a suspendu sur l'espèce de mécanisme puis on l'a torturé, tailladé sur tout le corps, devant, derrière, poignardé… Y avait du sang partout. Bâillonné, un mouchoir en guise de mors, un autre fourré dans la bouche. Puis on l'a hissé tout en haut, jusqu'au toit. Il a fini par mourir, peut-être étouffé. On le saura demain matin.

— Et l'autre est resté assis à le regarder pendre et saigner, dit Birkerts.

Finucane entra avec Dove, qui salua Cashin d'un petit signe de tête. Tous les hommes assis se tournèrent vers Finucane.

— On a retrouvé les vêtements du mec. Dans une poubelle, dans un sac en plastique. Les clés au fond de la poche.

— Des papiers ? demanda Villani.

Finucane montra les paumes de ses mains.

— Rien. Pas d'empreintes non plus. Les voisins n'ont rien vu. Aucun avis de disparition qui corresponde, pas le mois dernier en tout cas. On aura bientôt des nouvelles de ses empreintes.

Il regarda sa montre.

— Sa photo passera aux infos dans cinq minutes, ça devrait nous aider.

Villani se tourna vers Cashin.

— À toi, dis-nous ce que tu sais.

— La salle est le QG d'une association qui s'appelle les Compagnons de la Morale. Une œuvre de bienfaisance. Dans le temps, ils organisaient des camps pour les gamins défavorisés, les orphelins et les pupilles de la Nation, au Queensland et en Australie-Occidentale. Bourgoyne les soutenait. Il était propriétaire du terrain d'un de leurs camps, près de Port Monro, et aussi de la salle.

— Qu'est-ce qui leur est arrivé ? demanda Finucane.

— Un incendie au camp de Port Monro a fait trois morts en 1983. Ils ont tout arrêté.

— Et quel est le lien entre Bourgoyne et le type mort ? demanda Birkerts.

— J'en sais rien. Mais le matin où je suis allé chez Bourgoyne, ça sentait aussi le vinaigre.

— Mais on n'y a pas retrouvé de chiffon, précisa Villani.

— Il l'aura emporté avec lui.

— Et pourquoi l'aurait-il laissé, cette fois-ci ?

Cashin haussa les épaules. Il était fatigué, une gaine de douleur lui enveloppait les hanches. Il avait passé des heures à attendre les résultats de l'équipe du labo.

— Du vinaigre ? dit Birkerts. Qu'est-ce que c'est que cette histoire de vinaigre ?

— « Pour nourriture, ils me donnent de l'herbe amère, dans ma soif, ils m'abreuvent de vinaigre », récita Dove.

— Quoi ? dit Villani. Qu'est-ce que c'est que ça ?

— Ça vient du livre des Psaumes, je sais plus lequel, mais c'est un psaume.

Silence général. Dove toussota, gêné. Cashin entendait tous les bruits alentour : les sonneries de téléphone, le ronronnement électronique, la télé dans la pièce voisine, la circulation dans la rue.

Villani se leva, étira les bras par-dessus sa tête, paumes en l'air, les yeux clos.

— Joe, ces Compagnons de la Morale, c'est un truc religieux ?

— Plus ou moins. C'est un ancien prêtre qui a fondé l'association. Raphael je sais plus quoi. Morris... Morrison. Après la dernière guerre. Il avait eu une expérience qui lui avait changé la vie.

— Exactement ce qui me faudrait, dit Villani.

— Tes nouveaux costards sont très classe, dit Cashin. Sans parler des cravates. C'est un bon début.

— Parure que tout ça, dit Villani. Crois-moi, rien n'a changé à l'intérieur. Finu, allume la télé !

C'était le troisième sujet du bulletin. Ils n'avaient pas donné grand-chose aux médias : un homme retrouvé mort à North Melbourne. Les journalistes n'en savaient pas plus. Ni qu'il avait été bâillonné et torturé, ni qu'on l'avait suspendu nu sur une scène de théâtre.

Le visage de l'homme apparut à l'écran, nettoyé, l'air presque vivant, la lumière dans les yeux. Il avait dû être bel homme dans sa jeunesse, cheveux mi-longs coiffés en arrière, cernes sous les yeux, rides profondes reliant son nez à ses lèvres fines.

> « L'homme a une soixantaine d'années. Il a les cheveux teints, châtain foncé. Toute personne susceptible de l'identifier est priée de contacter Info Crime au 990 897 897. »

— Ils l'ont bien arrangé, dit Finucane.

— Parure que tout ça, dit Birkerts. Il n'en reste pas moins mort.

Ils regardèrent la fin du bulletin, Villani apparut à l'écran et resta dans les généralités, en évoquant un nouveau crime de la pègre. Il se toucha le coin de l'œil, puis la bouche.

— Un zeste d'Al Pacino, un autre de Clint Eastwood, dit Cashin. Un cocktail détonant, si je peux me permettre.

— Tu peux aller te faire foutre, oui, répondit Villani. Et d'ailleurs, va te faire foutre.

— Patron ?

C'était Tracy Wallace, la psychologue au fin visage inquiet.

— Info Crime vient de nous transférer l'appel d'une femme, patron. Elle veut nous parler du type mort.

Villani regarda Cashin.

— T'as qu'à répondre, toi, capitaine. On dirait que tu suis à peu près ce qui se passe.

Cashin se dirigea vers le téléphone.

— Elle s'appelle Roberta Condi, lui dit Tracy. Elle habite à North Melbourne.

Il n'avait pas besoin de prendre de notes, Tracy avait les écouteurs.

— Bonjour, madame Condi, dit Cashin. Merci de votre appel. Vous pouvez nous aider ?

— C'est M. Pollard. Le type à la télé. Je le connais.

— Dites-moi tout, fit Cashin en fermant les yeux.

Cashin enfonça la clé verte dans la serrure et la tourna.

— La demeure de feu Arthur Pollard, dit-il.

Il ouvrit la porte. La maison était sombre et froide. Il ne trouva pas immédiatement l'interrupteur.

Un lustre s'alluma et deux ampoules éclairèrent un salon aux meubles qui avaient été modernes dans les années 1970. Un journal était posé sur la table basse.

— Daté d'il y a quatre jours, dit-il.

Le salon s'ouvrait sur une chambre – un lit double soigneusement fait, sans couvre-lit, une armoire à deux glaces, une commode, des souliers rangés sur des supports métalliques. Un couloir menait à une autre chambre avec un lit d'une personne, un bureau, une chaise et une bibliothèque.

Cashin regarda le dos des livres. Uniquement des éditions de poche. Des polars, des romans catastrophe, d'autres aux titres en lettres dorées. Achetés d'occasion, pensa-t-il.

— La cuisine est nickel, dit Dove de la porte.

Cashin le suivit dans le couloir jusqu'à une cuisine des années 1950 : une seule ampoule avec un abat-jour vert, une gazinière émaillée, un frigo Electrolux aux épaules arrondies et une radio portable sur une table en Formica. Une tasse bleu et blanc à rayures était posée à l'envers sur l'évier.

— Il vivait comme un moine, dit Cashin.

Il s'approcha de l'évier et voulut regarder par la fenêtre, mais il ne put rien voir d'autre que le reflet de la triste pièce.

Dove actionna quelques interrupteurs près de la porte du fond et une forte lumière extérieure illumina la pluie qui tombait droit sur la cour bétonnée, fermée par un mur de pierre percé d'une porte en acier. À côté du mur mitoyen, du linge trempé pendait à un unique fil : trois chemises et trois slips.

— Il y a une allée derrière la maison, dit Dove. Le garage doit s'ouvrir à partir de là.

Cashin attendit et se mit à fouiller. Dans les tiroirs du bureau, il trouva des relevés bancaires et des factures d'électricité, de gaz, de téléphone et d'impôts locaux. Il n'y avait rien de personnel : ni lettres, ni photos, ni cassettes, ni CD. Pas une indication jetant la moindre lumière sur Arthur Pollard en tant qu'être humain – ce qu'il aimait et n'aimait pas –, hormis quatre boîtes de haricots blancs à la sauce tomate, une bouteille de whisky à moitié remplie et une complètement vide dans la poubelle.

Dove revint.

— Ce n'est plus un garage, dit-il. La porte a été murée.

Son portable sonna. Il échangea quelques mots, quelques phrases, puis tendit le téléphone à Cashin.

— Le patron.

— On a besoin d'une clé, lui dit Cashin. Une énorme, genre sésame. Et ça attendra pas jusqu'à demain.

— Explique-moi pourquoi tu me donnes des ordres alors que t'as été muté hors de la Crim ? lui demanda Villani.

— Faut bien un responsable.

Ils attendirent dans la voiture, les lueurs des lampadaires ruisselaient sur le pare-brise. Cashin trouva la station de musique classique. Ses pensées le ramenèrent chez lui, dans la sombre ruine au pied de la colline humide, auprès des chiens. Rebb les avait déjà nourris à cette heure, ce n'était pas la peine de le lui demander. Sans doute étaient-ils tous dans la cabane. Les chiens devaient se sécher et roupiller, tous les trois autour du fourneau, ce vieux poêle rouillé de tondeur de moutons qui, avant Rebb, n'avait pas accueilli une flamme pendant une trentaine d'années. La chaleur devait circuler dans le vieux bâtiment et réveiller à son tour de vieilles odeurs – lanoline, graisse de bacon, sueur fétide d'hommes fatigués à présent morts.

— Il pourrait s'agir d'une coïncidence, dit Dove.

— T'aurais peut-être dû rester à la police fédérale.

Les phares d'un fourgon apparurent à l'angle de la rue. Le chauffeur hésita. Cashin sortit et lui fit signe.

Les deux hommes en salopette les suivirent dans l'austère maison de Pollard. Il ne leur fallut pas longtemps.

L'un d'eux ouvrit une boîte à outils et sortit une

pique de métal triangulaire avec une tête aplatie. Il la posa contre le chambranle de la porte, au niveau de la serrure. Le serrurier tapa avec une masse, des coups secs, de plus en plus forts. Une fois le burin placé, il prit du recul et joua des poignets.

— Sésame, ouvre-toi ! dit-il.

Il assena un coup de masse comme s'il s'était agi d'une hache, en plein sur la tête aplatie du burin, dans un bruit de coup de feu.

La porte en acier s'ouvrit brutalement, sur des ténèbres dignes de l'enfer.

Cashin trouva l'interrupteur.

Une pièce peinte en blanc, moquette au sol, sans fenêtre. Air vicié. Contre un mur, une table à tréteaux avec une tour d'ordinateur, un écran plat, une imprimante et un scanner. Puis un casier gris et trois étagères métalliques de quatre rayons chacune, comme on en trouve dans les quincailleries industrielles. Tout était soigneusement classé : quatre rayons pour les cassettes vidéo, quatre pour les CD et DVD, les autres pour des classeurs, des livres et des magazines.

Contre le mur, un lit double avec une couette violette en satin et deux gros oreillers d'un rouge chatoyant. Au pied du lit se trouvaient une télé grand écran, un magnétoscope et un lecteur de DVD. À côté, il y avait un trépied. Les murs étaient couverts de posters d'hommes musclés à moitié nus : athlètes, culturistes, kickboxers, nageurs.

Dove ouvrit le casier.

— Appareil photo numérique, dit-il. Caméra numérique.

Il referma le tiroir, s'assit devant l'ordinateur, appuya sur un bouton de la tour.

— Vous commencez à avoir votre petite idée ? demanda Dove.

Cashin ne répondit pas. Il trouva une télécommande et joua avec, parvint à allumer la télé : image floue. Il continua à appuyer sur des boutons.

Vision.

Une forme occupait tout l'écran. On aurait dit un légume à peau lisse, peut-être une aubergine, puis il y eut un mouvement de caméra. Une ouverture, un trou. Ce n'était pas un légume.

La caméra s'éloigna.

Le visage d'un enfant, jeune, un garçon. Sa bouche était ouverte, on voyait ses dents du haut. La peur était inscrite dans ses yeux.

Cashin appuya sur OFF.

— Regarde-moi un peu ça ! s'écria Dove.

Cashin regarda une minute ou deux.

— Ils ont à peine douze ans, dit Dove. Grand max.

— Bon, je rentre chez moi, dit Cashin.

Arrivé à la porte, il remarqua deux tasses blanches à pois jaunes sur la table proche de l'ordinateur. Le carton d'un sachet de thé pendouillait de l'une d'elles.

— Ils ont bu un thé, dit-il.

Dove regarda.

— L'un d'eux l'aimait fort.

Dans la voiture, Cashin parla à Villani.

— Ça m'étonne pas, lui dit ce dernier. Pollard a déjà eu deux condamnations pour pédophilie. Une peine avec sursis, une ferme. Six mois. Qu'est-ce que vous avez trouvé en dehors du matériel porno ?

— Des relevés de banque et des factures de téléphone.

— Pourquoi t'es pas resté chez toi ? T'as remué toute cette merde et y a personne pour faire le boulot.

— J'y ai déjà pensé.

— En tout cas, j'ai une grande maison où tu peux t'effondrer ce soir. Personne n'y est, sauf moi et encore, pas souvent. Il t'arrive bien de dormir, non ? De temps en temps ?

— Ne projette pas tes problèmes sur moi, mon pote. Il t'en reste un peu de tes délicieux pots de vin ?

— Possible.

Avant de s'endormir, Cashin revit la chambre infâme et les deux tasses à pois aux couleurs vives. Il enfouit sa tête sous l'oreiller et se concentra sur sa respiration.

Dove l'attendait en lisant le *Herald*. Il le plia et le jeta sur la banquette arrière.

— Heureux de te servir de chauffeur. J'ai du nouveau pour la montre de Bourgoyne.

— Sans doute une impasse. Les receleurs ont dû passer par Broome, de l'autre côté du pays, répondit Cashin.

L'expression de Dove ne changea en rien.

— Bourgoyne a acheté une Breitling chez Cozzen, une boutique du centre de Melbourne, en 1986. Puis il en a acheté une autre il y a six ans.

Carol Gehrig lui avait décrit la montre. La fille de la jetée, Susie, lui avait seulement donné la marque. Elle avait dit « Bretling ». Pourquoi ne lui avait-il pas demandé de la décrire ? Singo aurait fermé les yeux et hoché la tête : « Tu ne lui as pas demandé ? T'as envie qu'on l'inscrive sur ta pierre tombale ? *J'ai pas demandé*. »

L'employé du Cash Converters de Sydney avait-il décrit la montre que les garçons lui avaient proposée ? Un flic l'avait-il noté ? Ces types avaient l'œil, ils connaissaient la valeur des choses, c'était leur misérable boulot de savoir.

— La boutique peut décrire les montres ? demanda Cashin.

— Sans doute, je n'ai pas demandé.

— Tu veux qu'on l'inscrive sur…

Il s'interrompit.

— Quoi ?

— Rien. T'as eu Mme Bourgoyne ?

— Elle te recevra à la galerie d'art, à dix heures trente. Dans le café à l'étage. Elle est membre du conseil d'administration. Elle est courtier d'art.

— Elle est quoi ?

— J'ai trouvé ça dans la *Revue financière* du jour.

— Ça a dû m'échapper. Ce matin, je me suis contenté de lire la boîte de Coco Pops. En tout cas, entre le droit, les arts et la politique, cette femme ne laisse rien au hasard.

Dove conduisit en silence. Quand ils furent arrivés à Lygon Street, Cashin récupéra le journal sur la banquette arrière. La photo de Pollard figurait en page cinq, l'article ne donnait pas plus de détails que le reportage télé.

— Nous avons reçu une trentaine d'appels à propos de Pollard, dit Dove. De parents et de victimes. Ce type était un pédophile très actif. Ils auraient fait la queue pour le pendre haut et court. Un type disait le connaître depuis très longtemps. Il parlait sans pouvoir s'arrêter, puis il s'est soudain refermé.

— Je vais rentrer chez moi, dit Cashin. Tu communiqueras tout ça aux experts.

Ils traversèrent la ville en silence, jusqu'à ce que Dove se gare sur la voie de service en face de la galerie.

— Tu boudes ? lui demanda-t-il.

— Quelle impertinence ! dit Cashin.

— Et ça veut dire quoi, impertinence, à la Crim ?

— Que si j'en faisais encore partie, je serais ton supérieur. Et qu'un mollasson de la police fédérale comme toi me doit un peu de respect. Voilà ce que je veux dire par impertinence.

— Je vois. Je vais m'occuper de la description des montres.

— As-tu regardé si Pollard avait un casier quand tu as vérifié les versements de Cecily Addison ?

Dove fronça le nez.

— Je te rendais service. Et de toute façon, c'était il y a trois jours, Pollard était déjà mort.

Cashin se contenta de regarder la circulation.

— T'as le droit de merder, toi, poursuivit Dove. D'avoir laissé Hopgood prendre les choses en main cette nuit-là, de le laisser tuer les gamins et personne t'en veut. T'as tes potes pour te couvrir.

— Occupe-toi de la description des montres. Et demande au bureau de Sydney si le prêteur sur gages – quel que soit son nom – leur a donné une description. En tout cas, on en a besoin tout de suite, pas demain.

— Oui, chef.

Cashin traversa la route devant la galerie. Il passa entre les voitures et un tram. Dans le foyer, il leva les yeux et rencontra immédiatement ceux d'Erica Bourgoyne, accoudée à la rampe. Il monta et la trouva assise.

— Je m'excuse d'être en retard, dit-il. Cet endroit vous convient-il ? Il est assez privé ?

— À moins que vous ne criiez…

Vêtue de gris foncé, elle sirotait un café noir, mais se garda bien d'en proposer un à Cashin.

— Nous nous parlons à quel titre ?

— Simple conversation.

Une moue.

— Je ne suis pas disponible pour de simples conversations. À quoi bon ? Mon beau-père est mort, les suspects aussi.

Cashin pensa à Singo, à ses yeux gris sous les sourcils ressemblant à des phasmes.

— Nous avons une dette envers les morts, répondit-il. Votre beau-père versait régulièrement de l'argent à un dénommé Arthur Pollard.

— Vraiment ?

— Vous ne connaissez pas Pollard ?

— Jamais entendu parler.

Un groupe de touristes japonais tentait de sortir par l'entrée. Le gardien les orientait vers la bonne porte, mais soit ils ne comprenaient pas ce qu'il leur disait, soit ils le prenaient pour un demeuré.

— Il a été assassiné il y a quelques jours. Dans un bâtiment qui appartenait à votre beau-père.

— Bon Dieu ! Quel bâtiment ?

— Une salle de North Melbourne. Un ancien théâtre. Saviez-vous qu'il était à lui ?

— Non. Je ne me suis jamais intéressée à ce qu'il possède. Ou possédait. Et quel est le rapport avec Charles ?

— Il y a quelques ressemblances.

— C'est-à-dire ?

Cashin remarqua un homme en col roulé noir assis à trois tables d'eux, en train de feuilleter le journal.

— L'enquête suit son cours, dit-il. Avez-vous déjà entendu parler des Compagnons de la Morale ? Du camp à Port Monro ?

— Je me souviens du camp, oui. Il y avait eu un incendie. Pourquoi ?

— La salle de North Melbourne était le QG des Compagnons.

— Soyons clairs, dit Erica. Est-ce que vous essayez de me dire que les garçons du Daunt n'ont pas tué Charles ?

Cashin détourna les yeux et observa l'eau qui coulait le long des immenses baies vitrées de la façade. Deux silhouettes floues, qui passaient le doigt sur l'eau, créaient des vaguelettes fugaces.

— C'est possible, dit-il.

— Et la montre, alors ?

— Cet élément n'a jamais été probant.

— Le fait que Charles versait de l'argent à cet homme ne lie pas forcément les deux agressions, dit Erica. Qui sait à combien de personnes Charles donnait de l'argent ?

— Moi.

Elle recula dans son siège, posa les mains sur la table, les joignit, puis les écarta.

— Si je comprends bien, vous savez tout, mais vous ne dites rien. Qu'est-ce que je pourrais bien vous apprendre ?

— J'ai pensé que vous trouveriez peut-être quelque chose.

Erica le regarda longuement, sans ciller, de ses yeux bleu-gris. Elle toucha le fin collier d'argent qu'elle portait au ras du cou, passa le doigt derrière.

— Je n'ai rien d'autre à vous dire et j'ai une réunion.

Cashin ne savait pas pourquoi il avait attendu pour le dire.

— Pollard était un pédophile. Il enculait des garçons pour passer le temps. Des enfants.

Elle eut un hochement de tête déconcerté. Le rouge lui monta aux joues, sans qu'elle pût rien y faire.

— Eh bien, dit-elle. Je suis persuadée que ces informations vous sont utiles, mais…

— Elles ne vous sont pas utiles, à vous ?

— Pourquoi le seraient-elles ? Vous essayez de tâter un peu le terrain parce que vous serez dans l'embarras si les garçons du Daunt sont innocents ?

— On se débrouillera.

Il détourna les yeux et aperçut vaguement l'homme en noir faisant un signe de la main.

— De quoi avez-vous peur, madame Bourgoyne ?

Il crut un instant qu'elle allait le lui dire.

— De quoi parlez-vous ?

— De votre garde du corps.

— Si j'avais peur de quelque chose qui puisse vous concerner, inspecteur, je vous le dirais. Je dois aller à ma réunion, maintenant.

— Merci de m'avoir consacré un peu de temps.

Cashin la regarda partir. Elle avait de belles jambes. Elle se retourna quand elle arriva à l'escalator, l'observa et soutint son regard un peu plus longtemps que nécessaire. Puis le garde du corps lui bloqua la vue.

— Voici la première montre que Bourgoyne a achetée chez Cozzen. C'est ce modèle, dit Dove en pointant une photo du doigt sur une brochure. D'après le reçu, c'était le 14 septembre 1986.

— Très joli. Et pratique pour se chronométrer quand on dévale le Cresta Run en luge.

C'était une montre de professionnel, cadran noir avec trois autres petits cadrans blancs, trois remontoirs dans un chanfrein, et un bracelet en crocodile.

— C'est la Navitimer. Ils la font toujours.

Dove hachait ses mots, il respirait l'agressivité.

— Et voici la seconde qu'il a achetée, une autre Navitimer, le 14 mars 2000.

Elle avait trois petits disques sur un fond blanc, également avec un bracelet de crocodile.

Cashin se souvint du premier matin aux Heights. « Un objet de luxe, lui avait dit Carol Gehrig. Avec un bracelet en croco. »

— Et le type du Cash Converters, qu'est-ce qu'il a dit ?

— Il a fait une déposition, dit Dove. Sydney nous

l'a envoyée, mais dans l'agitation générale, elle avait été mise à l'écart.

Cashin eut l'impression qu'il lui manquait une nuit de sommeil.

— Qu'est-ce qu'il disait dans sa déposition ?

— Alors, je le cite : « C'était une Breitling. Une Navitimer. Un objet de collection. Très chère. C'est celle avec les trois petits disques sur écran noir, bracelet en crocodile. »

Cashin se leva, perclus de douleurs. Il s'approcha de la fenêtre et observa le parc de l'école et les jardins publics ; tout s'estompait sous la pluie brumeuse. Il trouva le numéro direct de Helen Castleman.

— Helen Castleman.

— Joe Cashin.

Un moment.

— J'ai essayé de t'appeler, dit-elle. Le téléphone de ta maison sonne dans le vide et ton portable n'a pas l'air branché.

— Je suis en ville. J'en utilise un autre.

— Je ne sais pas quoi te dire. Je me suis sentie insultée. Tu es arrogant. Méprisant.

— T'es sûre que c'est de moi que tu parles ? Écoute, j'ai besoin d'une description précise de la montre que Susie a vue. Elle m'a donné le nom, mais je veux une description. Tu peux t'en occuper ?

— Ah, parce que l'affaire n'est pas close ?

— Elle n'a jamais été close. Tu peux m'avoir ça au plus vite ?

— Je verrai. Donne-moi ton numéro.

Cashin s'assit et se tourna vers Dove, qui évita son regard.

— Hopgood affirme qu'il ne reste aucune trace des messages qu'on lui a fait passer, dit Cashin.

— Les enculés, dit-il. Ils les ont effacés. Ils ont effacé ce putain d'enregistrement.

— À moins d'un problème technique à partir de notre voiture.

Dove hocha négativement la tête, la lumière du plafond scintillait sur ses lunettes rondes.

— Dans ce cas, t'as qu'à dire que c'était de ma faute quand ils enquêteront. Mauvaise manipulation. Il a merdé. C'est souvent le cas avec ces saloperies de *boongs*.

Cashin se leva. Il souffrait encore plus assis que debout. Il retourna à la fenêtre.

— Hopgood a dit, et je le cite : « Alors, vous avez commencé à raconter des histoires, espèces de sales *boongs*. »

— Quoi ?

— Il a dit : « vous avez commencé à raconter des histoires, espèces de sales *boongs*. »

— C'est de nous qu'il parlait ?

— C'est ce que j'ai compris, oui.

Dove éclata de rire, il était ravi.

— Bienvenue à *Boong-land*, dit-il. Yo, frangin, si on allait casser la croûte dans le restau du coin ? Un sandwich de larves bien juteuses ?

— J'en ai plein le cul du restau du coin, dit Cashin. J'y ai bouffé pendant six ans, c'est suffisant.

— Y a un Brunetti dans le centre culturel, dit Dove. Tu connais celui de Carlton ?

— Putain de touriste ! Tu sais même pas différencier chez Brunetti de chez Donetti.

Finucane les rejoignit dans l'ascenseur et les amena en voiture dans Saint Kilda Road.

— Vu ta gueule, Finu, je te donne 9,6 sur l'échelle du flic surmené, privé de sommeil et naze complet.

Finucane ébaucha le petit sourire modeste de l'homme dont les efforts ont enfin été reconnus.

— Merci, patron, répondit-il.

— Tu veux être muté à Port Monro ? Tu t'occuperas plus que des bagarres dans les pubs et des enculeurs de moutons avec, de temps en temps, un salopard qui taxe l'équipement hydroponique de son voisin, que ce dernier soutient utiliser pour faire mûrir des tomates sur pied. C'est un endroit merveilleux pour les enfants.

— Non, je supporte pas les sensations fortes, dit Finucane. J'ai six types à aller voir pour Pollard. Dont un à Footscray qui dit le connaître depuis longtemps. Enfin, il a sans doute téléphoné de chez sa tante sourde-muette où je n'ai aucune chance de le trouver et où il n'a jamais habité.

Chez Brunetti, ils durent faire la queue derrière des employés de bureau vêtus de noir, des routards, et quatre campagnardes qui n'arrivaient pas à se décider devant tant de choix. Cashin commanda une calzone, Dove un petit pain au canard et aux olives, avec du poivron au vinaigre et cinq espèces de feuilles de salade. Ils en étaient au café quand le portable de Cashin sonna. Il sortit.

— J'entends la circulation, dit Helen. Ça me rend toute nostalgique. Où es-tu ?

— Au centre culturel.

— Quel homme cultivé tu fais ! L'opéra, la galerie d'art…

— T'as vu Susie ?

Cashin observait un homme qui roulait sur le trottoir en monocycle, avec un petit chien campé sur chaque épaule. Les animaux avaient l'air résigné des passagers d'un car long-courrier.

— Elle dit que la montre était noire, avec deux ou trois petits écrans blancs et ronds à l'intérieur.

Cashin ferma les yeux. Il aurait dû la remercier de son aide et raccrocher. C'était ce qu'on attendait de lui. Ce que voulaient le ministre de la Police, le commissaire en chef et le commissaire divisionnaire. Villani aussi, si ça se trouvait.

Mais c'était injuste. Il aurait dû lui dire que la montre que les garçons avaient essayé de vendre à Sydney n'était pas celle que Bourgoyne portait quand il avait été agressé.

— T'es là ? demanda Helen.

— Je te remercie de ton aide, dit Cashin.

— C'est tout ?

— C'est tout.

— Bon, ben, au revoir.

Ils terminèrent leur café et rentrèrent au boulot à pied. Cashin dut attendre vingt minutes avant de voir Villani.

— Bourgoyne ne portait pas la montre que les gamins ont essayé de vendre à Sydney.

— Comment tu le sais ?

Cashin lui raconta.

— Ils auraient pu les voler en même temps. Les deux montres.

— Non, la sœur de Corey Pascoe dit qu'elle l'a vue il y a au moins un an. Corey l'avait avant d'aller à Sydney. Je lui ai parlé.

— Elle te raconte peut-être des histoires.

— Je la crois.

— Ah ouais ?

— Elle se rappelait du nom et elle m'a décrit la montre.

— Putain ! dit Villani. Ça la fout vraiment mal.

— C'est sûr. Quoi de neuf sur Pollard ?

— Une voisine de la salle de théâtre l'a identifié. Elle dit l'avoir vu quelquefois dans le coin. Dont une fois avec un gamin. On a une vingtaine d'anciennes victimes à entendre. L'examen des données de l'ordinateur va prendre beaucoup de temps. Y a des milliers d'images. J'y crois pas trop. Réjouissons-nous de sa mort, c'est pas si mal. Comme ces ordures de dealers pour lesquels on perd notre temps.

— De toute façon, je me barre, dit Cashin. Je rentre chez moi. Je suis en congé d'office. À vous, terminé !

— Juste au moment où tu te remettais dans le bain. Veux-tu qu'on annule cette connerie de détachement ? Tu es rétabli maintenant, nom de Dieu.

— La Crim, c'est fini pour moi. Je ne veux plus voir de mort. Sauf Rai Sarris. J'aimerais bien voir Rai Sarris mort. Hopgood aussi, remarque. Je ferais une exception pour lui aussi.

— Pas très professionnel, tout ça. Dis, pour cette odeur de vinaigre, t'en es sûr ?

— Oui.

Villani le raccompagna jusqu'à l'ascenseur.

— Il faut que je te dise, commença-t-il en regardant au fond du couloir. Je veux te dire que j'ai subi des pressions dans cette affaire. Je ne suis pas satisfait de ma conduite. Ni fier. Je suis en train de revoir ma position.

Cashin ne savait pas quoi lui dire. Les portes s'ouvrirent. Il mit la main sur la manche de Villani.

— Relax, lui dit-il. N'en fais pas une obsession.

Bien avant que Cashin ait eu le temps de quitter la ville, son portable sonna. Il se rangea sur le bas-côté.

— Patron, c'est Finu. Ce type qui avait téléphoné…

— Oui, celui de Footscray.

— Tu devrais lui parler, patron.

— J'ai fini, Finu. Je rentre chez moi, là.

L'heure de pointe approchait, avec ceux qui quittent la ville de bonne heure, les banlieusards des villes satellites, beaucoup de 4 × 4, de pick-up commerciaux et de camions.

— Ben, ouais, mais le patron m'a dit de te le demander quand même, patron.

— Raconte.

— Ben, ce mec a un sacré pète au casque, si tu vois ce que je veux dire. Bien dérangé de la boussole.

— Et ?

— Il connaît Pollard et le déteste. Il déteste tout et tout le monde. Il postillonne de partout et il faut un bouclier anti-émeute pour lui parler.

— Il est vieux ?

— Pas vieux-vieux. Pas facile à dire, crâne rasé, dents pourries, peut-être la quarantaine. Gros problème de came, c'est évident.

— T'as pris sa déposition ?

— C'est pas pour dire, patron, mais il était pas d'humeur à déposer. Plutôt d'humeur à foutre des coups de poing dans les portes.

— Quoi ?

— J'essayais de me faire comprendre, il est devenu tout silencieux, puis il s'est levé de sa putain de chaise. Il a couru à l'autre bout de la pièce et foutu deux gros coups de poing dans la porte. La deuxième fois, il s'est coincé la main dedans, y avait du sang partout.

— Comment il s'appelle ?

— David Vincent.

Cashin expira lentement.

— Donne-moi l'adresse, je suis pas loin.

Finucane l'attendait, garé dans une rue de bicoques en bois pourri, de voitures abandonnées et de jardinets envahis de prospectus publicitaires. Cashin marcha jusqu'à sa voiture, s'approcha de la vitre, les mains dans les poches.

— Il sera content de te revoir ?

— Non, répondit Finucane.

Il se gratta la tête.

— Il m'a envoyé chier. Mais c'est pas à moi qu'il en veut. C'est au monde entier.

— Il vit seul ?

— Y a personne d'autre en ce moment.

— Allons-y.

Il fallut frapper longtemps avant qu'on ouvre. Cashin aperçut un œil injecté de sang.

— Monsieur Vincent, dit Finucane, un inspecteur voudrait parler de ce qui vous inquiète.

La porte s'ouvrit juste assez pour laisser voir les deux yeux, un nez décoloré qui avait dû être cassé à plusieurs reprises et qui ne s'était jamais redressé. Les yeux avaient une couleur de poudre à laver.

— Y a rien qui m'inquiète, bordel de merde, d'où vous sortez ces conneries ?

— On peut entrer, monsieur Vincent ? demanda Cashin.

— Cassez-vous. J'ai dit ce que j'avais à dire.

— Je crois comprendre que vous connaissiez Arthur Pollard ?

— Je vous l'ai déjà dit, bordel. C'est ce que j'ai dit à l'autre connard d'Info Crime. C'est moi qui lui ai dit comment il s'appelait.

Cashin lui sourit.

— Nous vous en sommes très reconnaissants, monsieur Vincent. Merci. On voudrait juste vous demander deux ou trois petites choses.

— Non. J'ai pas le temps, je suis très occupé.

— D'accord, dit Cashin. Bon, encore merci de nous avoir aidés. Il s'agit d'un assassinat. L'assassinat d'un homme innocent…

Vincent ouvrit la porte en grand en la faisant claquer contre le mur du couloir, ce qui ébranla la maison tout entière.

— Innocent ? Vous êtes fêlé ou quoi, nom de Dieu ! Ce salopard, j'aurais dû tuer cet enculé de mes propres mains…

Cashin détourna les yeux. Il n'avait pas voulu parler de Pollard, c'était à Bourgoyne qu'il avait pensé.

Une femme sortit de la maison voisine. D'un âge

indéfinissable, elle portait un turban rose et s'était enveloppée dans un tissu qui ressemblait à un vieux rideau délavé en velours brodé.

— Je vous ai déjà dit de déguerpir ! hurla-t-elle. On veut pas de vos sales religions amerloques, de vos satanées tours de Pise, de vos tours de garde penchées ou je sais pas quel charabia.

— Police, dit Finucane.

Elle battit promptement en retraite. Cashin observa Vincent. La rage s'était effacée de son visage, comme si son coup de gueule lui avait permis d'épancher son venin. Il était grand, mais voûté et empâté, avec des bourrelets autour du cou.

— Elle est givrée, dit Vincent d'une voix calme. Elle a complètement perdu le nord. Allez, entrez.

Ils le suivirent dans un couloir mal éclairé et entrèrent dans une petite pièce avec un sofa avachi, deux sièges de salle de bains en plastique moulé et une table basse aux pieds en métal. Cinq canettes de bière sur la table. Une télé posée sur deux cagettes en plastique empilées. Vincent s'assit dans le sofa et alluma une cigarette. Il tenait le briquet à deux mains et tremblait énormément. Celle de droite était maculée de sang séché.

Cashin et Finucane s'assirent sur les sièges en plastique.

— Alors comme ça, vous connaissez Arthur Pollard, monsieur Vincent ?

Vincent prit une canette, la secoua, en essaya une autre et finit par en trouver une qui n'était pas vide.

— Combien de fois vous voulez que je vous le dise ? Je connais cet enculé, je connais cet enculé, je connais…

Cashin l'interrompit en levant la main.

— Excusez-moi. Où l'avez-vous connu ?

Vincent but une gorgée, les yeux rivés au sol, puis tira une bouffée de cigarette. Son épaule gauche tressaillait.

— Mais en vacances, bordel de merde !

— Quelles vacances, monsieur Vincent ?

— Mais ces putains de vacances, bon sang, ces putains de vacances.

Il leva la tête et regarda Cashin droit dans les yeux.

— J'ai essayé de le leur dire, vous savez. Y avait pas que moi, faut pas croire. Les pauvres petits cons, je les ai vus. Je les ai vus.

— Essayé de leur dire quoi, monsieur Vincent ?

— Vous voulez pas me croire, hein, c'est ça ?

— De quelles vacances parlez-vous ?

— Pas la peine de me regarder comme ça, je connais ce putain de regard, nom de Dieu, JE DÉTESTE CE PUTAIN DE REGARD.

— Calmez-vous, dit Cashin.

— Barrez-vous. Barrez-vous. J'ai rien à vous dire, bande de trous du cul. Vous êtes tous les mêmes, des salauds tuent un gamin et vous, vous… allez, cassez-vous.

— Vous auriez pas une clope ? demanda Cashin.

— Quoi ?

Cashin mima l'action de fumer.

— Vous pouvez m'offrir une clope ?

Les yeux de Vincent dévièrent sur Finucane puis revinrent sur Cashin. Il passa une main sous son polo en coton douteux et en sortit un paquet de Leisure Light ; il l'ouvrit d'un pouce à l'ongle crasseux et le lui tendit en tremblant. Cashin en prit une, Vincent offrit le paquet à Finucane.

— Non merci, dit Finucane. J'essaie d'arrêter.

— Ouais, moi aussi.

Vincent donna le briquet en plastique à Cashin.

Cashin alluma la cigarette et lui rendit le briquet.

— Merci, mon pote, dit-il. Alors comme ça, ils ont pas voulu vous écouter ?

— Pas voulu m'écouter, répéta Vincent. Ce salopard de Kerno m'a même flanqué une rouste. Il arrêtait pas de me cogner. J'étais maigre comme un clou. Il m'a pété des côtes, trois côtes. Puis il m'a fait dire à l'école que j'étais tombé à vélo.

Un long silence suivit. Vincent finit la canette et la posa sur la table. Il baissa sa tête rasée et cabossée. Elle lui touchait presque les genoux, la cigarette n'allait pas tarder à lui brûler les doigts. Cashin et Finucane échangèrent un regard.

— J'avais même pas de vélo, dit Vincent, d'une voix de petit garçon triste. J'en ai jamais eu, de vélo. Pourtant j'en aurais bien voulu un.

Cashin fuma. La cigarette avait un goût abominable ; il s'estima d'autant plus heureux d'avoir arrêté. Ou presque. Vincent ne leva pas la tête. Il jeta son mégot sur la moquette, tenta de l'écraser du pied et le rata. Une odeur de nylon brûlé s'éleva, âcre et étrangement sucrée.

— J'aimerais que vous me parliez de votre enfance, dit Cashin. Je vous écouterai. Parlez, je vous écouterai.

Un autre long silence. Vincent leva la tête et sursauta, comme s'ils venaient juste d'apparaître dans la pièce.

— Faut que j'y aille, les gars, dit-il à bout de souffle. J'ai plein de trucs à faire.

Il se leva et quitta la pièce d'un pas incertain, se cognant contre l'encadrement de la porte. Ils l'entendirent marmonner dans le couloir. Une porte claqua.

— Ça sera tout, je crois, dit Finucane en écrasant la cigarette de Vincent.

Dehors, sous la pluie, Cashin dit à Finucane :

— Ces vacances, dont il parle. C'est au Camp des Compagnons de la Morale, Finu. Fais-lui raconter toute sa vie, il nous faut tout. Et dès que possible. Dis-le à Villani de ma part.

— Tu vas pas rester, alors, patron ?

— Non. Quant aux dossiers trouvés dans la salle de théâtre, faut que quelqu'un sorte tout ce qui a rapport à Port Monro. Appelle-moi pour me dire ce que t'as trouvé. Tu me téléphones, d'accord ?

— D'accord, tu seras le premier au courant, patron.

— Et bordel de merde, va roupiller un peu, Finu. Tu m'inquiètes.

— OK. Ils seront toujours morts quand je me réveillerai, pas vrai ?

— Tu fais des progrès. Lentement, mais sûrement.

Il faisait nuit depuis longtemps quand il coupa le contact et vit le faisceau de la lampe contourner la maison. Les chiens accoururent côte à côte, la tête dressée, leurs grandes oreilles au vent. Ils étaient à la voiture avant qu'il n'ait eu le temps d'en descendre. Il dut les pousser pour ouvrir la portière. Un élancement lui parcourut la cuisse droite tandis qu'il posait les jambes à terre.

— On croyait t'avoir perdu, dit Rebb, qui ressemblait à un géant dans la lumière.

Cashin répondit à l'affection des chiens. Il baissa la tête et les laissa lui lécher les mains, les cheveux et les oreilles.

— Je suis tombé dans une embuscade en ville. Je me suis dit que tu t'occuperais de ces deux brutes.

— Il reste plus d'aliment pour brute, dit Rebb. Je suis allé faire un tour avec ta sarbacane. Pas de problème ?

— Bien joué.

— L'autre lapin est dans le four. J'ai pris des olives dans le frigo. Et aussi des tomates en conserve.

— Tu t'y connais en olives ? demanda Cashin.

— J'en ai cueilli en Australie du Sud et j'ai bossé dans une ferme où ils les mettaient en conserve. J'en ai mangé jusqu'à ce qu'elles me sortent par les yeux. Les vagabonds mangent tout ce qu'ils trouvent. Animaux écrasés sur la route, caviar, tout est bon.

— J'ai besoin de boire un coup, dit Cashin. T'as pas tout bu ?

— Je pars demain matin.

Cashin sentit une lassitude et une douleur gagner l'ensemble de son corps.

— On pourrait pas en discuter ?

— Je passerai te voir si je reviens dans le coin.

— Bois un coup quand même. Un verre d'adieu.

— J'ai bu un coup. Et je suis crevé. Je préfère te dire au revoir maintenant.

Il lui tendit la main. Cashin n'avait pas envie de la serrer. Il la serra.

— Je te dois du fric, dit-il. Je te paierai demain, promis.

— Laisse-le sur l'escalier, dit Rebb. Si t'en as pas, je le prendrai la prochaine fois. J'ai confiance. Après tout, t'es flic. Si je peux pas te faire confiance…

Il fit demi-tour et partit. Cashin ne s'attendait pas à ressentir une telle impression de vide.

— Écoute, mon pote, dit-il, la nuit porte conseil. Réfléchis, s'il te plaît ?

Aucune réponse.

— Fais-le pour les chiens.

— C'est des bons chiens, dit Rebb. Ils vont me manquer.

Sombre journée, le véhicule gravissait une colline perdue dans la brume sur une route ruisselante de pluie. Au portail des Heights, il emprunta l'allée sous les peupliers qui gouttaient.

Cashin tourna à gauche, fit le tour de la propriété sans trop s'en approcher et aboutit au bâtiment en brique rouge. Il se gara sur les pavés devant les portes du garage en bois, coupa le moteur et descendit la vitre. Un froid humide s'engouffra. Assis avec pour seul bruit le cliquetis du moteur, il énuméra toutes les raisons pour lesquelles cette initiative était vaine.

Il pensa aux parents de Shane Diab qui lui avaient rendu visite à l'hôpital, quand il était hors de danger. Ils n'avaient pas voulu s'asseoir. Ils étaient mal à l'aise, s'exprimaient mal en anglais. Il n'avait pas su quoi leur dire ; leur fils était mort à cause de lui, il le savait. L'arrivée opportune de Vincentia l'avait sauvé. Avant de partir, la mère de Shane lui avait touché la joue, puis elle l'avait rapidement embrassé sur le front. Ils avaient laissé une boîte en carton blanc sur la table de nuit.

Vincentia l'avait ouverte, puis inclinée pour lui en montrer le contenu. C'était un gâteau carré avec un glaçage blanc traversé d'une croix rouge. Il lui fallut un moment pour distinguer les lettres qui formaient la barre de la croix : Joe + Shane.

Il avait donné le gâteau à Vincentia. Elle l'avait partagé avec les infirmières de service ce jour-là. C'était un cake aux fruits, délicieux.

Cashin descendit de voiture et fit le tour du bâtiment jusqu'aux doubles portes centrales. La brume se changeait en pluie.

Il y avait une dizaine de clés sur l'anneau qu'Erica Bourgoyne lui avait donné. La septième était la bonne. Il entra dans le couloir. L'atelier de poterie était plongé dans le noir, les volets étaient fermés. Il trouva les interrupteurs et des néons près du plafond s'allumèrent en clignotant. La porte était juste en face.

La lumière fit apparaître un carrelage en brique bien balayé, des outils de jardinage accrochés sur un tableau et rangés sur des étagères comme s'ils étaient exposés. Une tondeuse, un mini-tracteur et sa remorque étaient alignés, aussi propres que dans un magasin. La pièce, méticuleusement rangée, révélait un sens aigu de l'organisation et de la discipline.

Cashin remarqua le tableau sur sa droite, posé face contre le mur, la lacération en forme de V rafistolée au scotch. Il était moins grand, dans son esprit.

Il s'en approcha, le prit par l'encadrement, eut des difficultés à le soulever, puis il le retourna et le reposa contre le mur. Il lui fallut reculer de plusieurs pas pour voir la toile en entier.

Elle représentait un paysage au clair de lune. Un chemin pâle traversait des dunes de sable couvertes de végétation et menait à un groupe de bâtiments, dont les lumières des fenêtres brillaient dans le lointain. La plus grande partie du tableau était occupée par l'immensité du ciel, avec des nuages gris-noir poussés par le vent et éclairés par une lune presque pleine.

Cashin reconnut l'endroit. Il s'était trouvé au même emplacement que le peintre, au sommet de la plus haute dune, d'où il avait contemplé les ruines des bâtiments, la route et le chemin qui serpentaient jusqu'à la route de Kenmare, sur la colline et jusqu'à l'entrée des Heights.

Il s'approcha encore. Il distingua comme des silhouettes sur le sentier, des petites colonnes de personnes, trois de front, en direction des bâtiments. Des enfants, c'était un groupe d'enfants avec deux silhouettes plus grandes.

Le tableau n'était pas signé. Il le retourna et découvrit une petite étiquette dans le coin gauche, avec cette inscription à l'encre rouge : *Camp des Compagnons, Port Monro, 1977*.

— Le Camp des Compagnons, dit Cashin, à l'embouchure de la rivière.

Il y eut un long silence. Adossée à la cheminée, Cecily Addison le regardait fixement. Il n'était jamais sûr de devoir soutenir le regard de la notaire longtemps, car il était possible qu'elle ne le voie pas.

— Je me suis dit que vous étiez bien placée pour me renseigner, dit Cashin.

Cecily pencha la tête et battit des cils. Elle avait l'expression de quelqu'un qui se fait masser les pieds.

— Pourriez-vous m'expliquer de quoi il s'agit ?

— Charles Bourgoyne.

— Je croyais l'affaire classée.

— Non.

Elle tira une longue bouffée sur sa cigarette et haussa un sourcil.

— Eh bien, mon cher, qu'est-ce que vous voulez savoir ?

— De quel genre de camp s'agissait-il ?

— Camp de garçons. Orphelins ou assimilés. Qui venaient d'institutions, de l'Assistance ou de familles d'accueil. Les Compagnons de la Morale leur offraient des vacances, une occasion de s'amuser un peu. Beaucoup de gens de Cromarty donnaient un coup de main et mon Harry n'était pas le dernier, d'ailleurs. C'était pour la bonne cause.

— Puis il y a eu un incendie.

— En 1983. Une tragédie. Remarquez, ça aurait pu être pire. Il n'y avait que trois garçons dans le camp cette nuit-là. Et un surveillant, un Compagnon, c'est comme ça qu'ils s'appelaient entre eux. Il n'a pas réussi à les sauver. Morts par asphyxie, d'après le médecin légiste.

— Où étaient les autres enfants ?

— À une soirée culturelle.

Elle tendit le bras pour déposer sa cendre dans le vase sur la cheminée.

— Ils les amenaient souvent à Cromarty, au théâtre ou au concert. À l'époque, Cromarty avait encore une vie culturelle. Les gens ne restaient pas collés devant leur télé à regarder des conneries américaines.

— Quelle était l'origine de l'incendie ?

— Il me semble que c'était un chauffe-eau situé dans le dortoir, qui était en bois. Les garçons dormaient à l'étage.

Cashin pensa aux restes de briques noircies et aux solives calcinées. Il s'était arrêté à l'endroit même où les garçons avaient trouvé la mort.

— Bourgoyne était propriétaire du terrain, mais à part ça, était-il impliqué dans la vie du camp ?

Cecily fronça les sourcils, ce qui creusa ses rides.

— Ma foi, je n'en sais rien. Il s'y intéressait, bien sûr. Comme son père avant lui. Beaucoup de gens s'y intéressaient. À l'époque, à Cromarty, on avait le sens civique. Les gens faisaient de bonnes actions et pas uniquement pour voir leur nom dans le journal. « La vertu est sa propre récompense. » Vous connaissez cette expression, inspecteur ?

— Ma récompense est le minimum syndical, madame Addison.

Elle plissa les yeux.

— Vous êtes d'une autre trempe que vos pauvres bougres de collègues incapables de trouver un autre boulot, n'est-ce pas ?

— Le feu a donc marqué la fin du camp ?

— Du camp et des Compagnons. C'était dans tous les journaux. Je crois qu'ils ont tout arrêté. Mais ce camp était le dernier encore en fonctionnement. Charles trouva un autre boulot pour le directeur. Percy Crake, il s'appelait. Un vrai glaçon, ce Percy Crake.

On frappa à la porte entrouverte.

— Oui, dit Cecily.

Mme McKendrick.

— Votre rendez-vous aura vingt minutes de retard, madame Addison. Ils ont des problèmes de voiture. C'est l'excuse qu'ils ont donnée.

— Merci.

Mme McKendrick fit un demi-tour digne d'une ballerine et se pencha en arrière pour fermer la porte qu'elle avait trouvée ouverte. C'était un message.

— Elle a été amoureuse de Jock Cameron pendant toutes ces années, dit Cecily. C'est d'une tristesse. Il ne s'en est jamais aperçu. Je me suis souvent demandé s'il n'avait pas reçu des éclats d'obus dans les bijoux de famille.

— On n'a trouvé aucun registre sur le camp de Port Monro dans la salle du QG de Melbourne.

Finucane lui avait téléphoné après sa visite aux Heights.

— On y a trouvé les registres de tous les autres camps, dit Cashin. Vous pensez qu'ils ont peut-être été gardés ailleurs ?

— Aucune idée. Pourquoi les auraient-ils gardés ailleurs ?

Sur la cheminée, des fumerolles s'échappaient du vase. Cashin se leva, le prit, ouvrit la fenêtre et le vida à l'extérieur ; le contenu fumant se dispersa dans le vent de l'océan.

— Merci, Joe.

— Bon, j'y vais. Merci de m'avoir reçu, madame Addison.

— Tout le plaisir était pour moi.

Dehors, il faisait froid, personne ne traînait dans les rues. Cashin ressentit le besoin de parler. Il descendit la rue, passa devant les magasins de vêtements vides, la boutique d'aromathérapie et les annonces en vitrine de l'agence immobilière. Dans le pub de Crozier Street, il vit trois types qui regardaient une course de lévriers à la télé, le plus vieux toussait comme s'il allait mourir debout. Derrière le pub, il y avait des maisons, la plupart des locations saisonnières aux rideaux fermés.

Cashin entendit les chants de l'église de pierre bleue s'élever de plus en plus fort. Quand il tourna au coin, les derniers vers d'une hymne étaient interprétés par des voix hésitantes et éraillées.

Sur notre terre et dans les cieux
Viens parmi nous, Seigneur,
Notre regard Te cherche dans la nuit.

Il y eut un moment de silence, puis un *Amen* assourdi flotta dans l'air froid, comme suspendu aux branches des pins.

Cashin sentit la douleur subite et foudroyante de la fatalité et du deuil. Il fit demi-tour et revint sur ses pas, contre le vent.

Il traversait un pont de cordes, suspendu loin au-dessus de l'eau, dans la tempête. Le pont se balançait, grondait et craquait, il manquait des planches. Il regarda sous ses pieds : le Chaudron. Une vague gigantesque arrivait. Il luttait pour garder son équilibre, agrippé à la corde, il ne pouvait plus tenir, il glissait et tombait dans le Chaudron.

Trempé de sueur, bien éveillé et le cœur affolé, Cashin se laissa gagner par le soulagement. Il savait ce qu'étaient les bruits : l'antenne de télé s'était encore détachée et battait au vent contre son socle. Les bruits avaient déclenché le rêve du Chaudron. Comment les rêves fonctionnaient-ils ?

Il tourna le réveil vers lui : six heures quarante-six. Sept heures de sommeil. Il n'avait pas dormi aussi longtemps d'affilée depuis une éternité. Il eut juste quelques élancements quand il se leva, la matinée s'annonçait bien. Il laissa entrer les chiens, les nourrit, but un jus de fruit et se doucha.

C'était une journée grise et presque sans vent. Quand les chiens furent de retour, après avoir cherché Rebb, il choisit la route circulaire, par la colline. Les arbres d'origine européenne étaient nus au milieu de leur tapis de feuilles mortes, une centaine de générations de feuilles ou plus. Ils descendirent le chemin et traversèrent la grande clairière : aucun lièvre aujourd'hui. Cashin sauta d'une pierre sur l'autre pour franchir le ruisseau, le courant était encore fort. Puis il perdit les chiens de vue et se tourna vers l'ouest, vers la maison de Helen. Il avait toujours le tableau à l'esprit : la plaine au clair de lune, la petite procession de garçons près du bâtiment, les lumières aux fenêtres. Le Camp des Compagnons. Il pensa à Pollard crucifié dans la salle des Compagnons. Il avait agonisé sous le regard d'un spectateur, comme s'il présentait une pièce de théâtre ou un concert, un spectacle à savourer et à applaudir.

Quand Pollard avait-il perdu conscience ? Le spectateur avait-il écouté les bruits de son agonie avec plaisir ? La victime avait-elle demandé pitié ? Était-ce ce que le spectateur voulait entendre ?

Pourquoi Bourgoyne versait-il de l'argent à Pollard ? Bourgoyne, le saint patron des Compagnons.

Les Compagnons avaient gardé les registres de leurs camps en Australie-Occidentale, au Queensland et en Australie du Sud, qui avaient tous fermé avant celui de Port Monro. Qu'était-il advenu des registres de Port Monro ?

Et cette ceinture qu'avaient trouvée les chiens l'autre jour.

Toujours prêts.

On aurait dit un collier de chien, des mains d'adulte auraient pu faire le tour d'une taille aussi fine.

Les travaux avaient commencé chez Helen Castleman. Nouveau toit en tôle ondulée et ce qui ressemblait à une extension en bois, avec des planches au badigeon rose, de grandes ouvertures et une avancée qui deviendrait une terrasse. Ce serait un endroit idéal pour paresser, avec un beau point de vue sur le ruisseau en contrebas, sur la colline au loin et sur la propriété de Cashin.

Pourquoi avait-il proposé de lui vendre le terrain au bord du ruisseau ? Parce qu'elle était fâchée et qu'elle était la belle fille riche et sophistiquée qui l'avait embrassé quand il n'était qu'un jeune dégingandé qui se faisait encore couper les cheveux par sa tante.

Il avait retiré son offre, c'était définitif.

La clôture était bien faite, solide. La clôture de Rebb. Combien de kilomètres pouvait-il parcourir à pied chaque jour ? Rebb ne ferait pas de stop. Il attendrait qu'on lui propose de l'emmener. Il avait aligné tous les outils qu'il avait utilisés, soigneusement nettoyés et huilés, dans le hangar. Son matelas était adossé à un mur, les couvertures étaient pliées sur le sommier, sous l'oreiller et la taie propre.

Cashin mastiquait du porridge cuit au microondes quand le téléphone sonna.

— C'est déjà mardi, chez toi ? demanda Dove.

— De quelle semaine ?

— Je devrais te donner l'année. J'ai rassemblé tout ce qu'on avait sur ce David Vincent.

— Et alors ?

— Y en a une tonne.

— Le résumé, alors. Tu l'as déjà préparé, naturellement.

— Naturellement. Né à Melbourne en 1968, placé à l'Assistance en 73, dans un foyer qui s'appelle Colville House de 73 à 76. Puis première famille d'accueil jusqu'en 78, deuxième en 79, fugue, rattrapé et placé dans une troisième famille d'accueil jusqu'en 80, fugue. Tu me suis ?

— Continue.

— On le retrouve en 1983, arrêté à Perth pour vol de sac à main. Il a quinze ans. Après tout un tas de petits délits, en 84, il est envoyé en maison de redressement pour six mois, puis en 86 pour neuf mois. C'est tout ce qu'il a sur son casier.

— Et le reste ?

— Rien de réjouissant. Des institutions. D'après un rapport, il souffre de dépression due à diverses addictions. Il a passé quatre ans à Lakeside, à Ballarat. Le nom évoque un bord de lac paisible. Mais en fait, je lis ici une liste de problèmes qui vont de l'héroïne, aux amphétamines, à la méthadone, en passant par les joints, l'alcool, les bagarres et les automutilations.

Cashin n'avait pas remarqué le tissu ensoleillé qui se déroulait sur le vieux plancher.

— Merci. Peux-tu trouver le numéro de téléphone d'où Dave Vincent a appelé Info Crime ? Tracy doit l'avoir.

— Je croyais qu'il était difficile de parler à Vincent ?

— Il arrive que le regard des autres soit le problème.

Une observation empruntée à Singo. La première année où ils avaient travaillé ensemble, un type de Geelong avait refusé de leur parler. Il avait gardé les poings serrés, le cou gonflé de tendons. Singo avait inscrit son numéro de téléphone sur un carnet et le lui avait donné. Ils étaient partis et avaient attendu dans le bureau de Singo. Le téléphone avait sonné moins d'une minute plus tard et Singo lui avait parlé près d'une heure.

— Je suis heureux que tu puisses porter un jugement aussi objectif sur toi-même, dit Dove. Au téléphone, en tout cas. Tu ne veux pas éclairer ma lanterne et me dire ce que tu attends de Vincent ?

— Je pense qu'il était au Camp des Compagnons à Port Monro.

— Oui ? Et ça te mène où ?

— Je renifle, c'est tout.

— Ah, ces reniflements. J'en entends tout le temps parler. Secret professionnel. Bouge pas !

Dove reprit la ligne en moins de deux minutes avec le numéro.

— Bon, au boulot, dit Cashin. Va faire un tour à la brigade des stups, ou ce qui s'appelait ainsi dans le temps, et arrête le premier connard que tu croises.

— Quelle attitude rétrograde, pas du tout en phase avec les méthodes modernes de la police.

Personne ne répondit au numéro de David Vincent. Trop tôt pour lui, se dit Cashin. Il commençait probablement la journée à l'heure où la plupart des gens déjeunaient.

— Au chômage, répondit Carol Gehrig.

Elle se tortilla sur la chaise et tira sur l'entre-jambe de son survêtement.

— Ils m'ont donné quatre mois de salaire. Qu'est-ce que vous en dites ? Après vingt-six ans de bons et loyaux services…

Sa bicoque en bois, perchée sur une petite colline qui dominait Kenmare, était en plein vent. Derrière, il y avait un vaste hangar dont la porte était ouverte ; c'était un hangar à camions, mais il n'y avait qu'une vieille Mazda jaune à l'intérieur.

— Qui vous a congédiée ? demanda Cashin.

— La notaire. Addison. Ils vendront la propriété, un de ces jours. Elle veut que j'aille nettoyer quand ce sera le moment.

Elle tira une dernière taffe sur son mégot, puis l'écrasa dans un cendrier en coquillage qui en contenait déjà cinq ou six. Elle tendit le paquet à Cashin qui le refusa d'un signe de tête.

— Café ? demanda-t-elle. Ou un thé ? J'aurais dû vous le proposer. Vous m'avez surprise sans maquillage. J'ai pas encore pris l'habitude d'être chez moi à cette heure-ci du matin.

Il avait dû attendre plusieurs minutes. Il avait arrêté de frapper après avoir entendu des mouvements à l'intérieur.

— Non merci. Vous avez déjà entendu parler d'un certain Arthur Pollard ?

— Pollard ? Non.

La chaise en polystyrène lui faisait mal au dos. Cashin se redressa, essaya d'étirer sa colonne vertébrale. Il sortit la photo du visage retouché de Pollard.

— Vous connaissez cet homme ?

Elle regarda la photo, la tint à distance.

— Il me dit quelque chose… je ne sais pas. C'est quelqu'un du coin ?

— Non. Parlez-moi de Percy Crake.

— Ben, il est venu aux Heights après l'incendie du camp. Il avait une petite moustache. Il avait sa sœur avec lui, une vraie garce. Une gueule en lame de couteau, et une moustache, elle aussi. Plus grande que Crake. Elle se faisait appeler Mme Lowell. Dieu sait comment elle a réussi à piéger un M. Lowell. Elle passait derrière moi avec un mouchoir en papier pour nettoyer la poussière que j'avais pas vue.

— Et Crake, que faisait-il ?

— Il commandait et paradait comme un dindon. Il nous faisait attendre devant la porte de son bureau pour nos salaires, comme s'il était trop occupé à l'intérieur. Puis il ouvrait la porte et disait : « Et maintenant, alignez-vous ! En rang et par ordre alphabétique. »

Elle imita la voix de Crake : une voix de commandement, forte et aiguë à la fois.

— Nous étions cinq ! Alors franchement, l'ordre alphabétique ! Des habitudes de Rosbif de mes deux. Putain de chef des scouts.

Toujours prêts.

Cashin revit la petite ceinture craquelée avec sa boucle ronde et rouillée.

— C'était en 1980, dit-il.

— J'ai commencé à plein temps en 1978. Madame B. habitait là-bas avec les enfants. Elle était gentille, elle est restée une vingtaine d'années. Quelle tragédie, cette chute dans l'escalier !

— Comment les enfants ont-ils réagi ?

— Le garçon n'a pas dit un mot. Erica suivait Monsieur B. partout, comme s'il était une star. Elle en était amoureuse. On trouve parfois ce genre d'attachement chez les filles.

Une bouffée de cigarette, qu'elle souffla, puis un tapotement sur le cendrier.

— Ils recevaient beaucoup à l'époque. Garden-parties, cocktails, dîners. Tous les gens friqués de Cromarty et de Melbourne. Ils avaient des invités qui restaient quelques jours pour les courses d'automne. J'avais de l'aide. Ils faisaient venir un cuisinier et un serveur de Melbourne.

Carol alluma une nouvelle cigarette, et ses joues se creusèrent.

— Enfin, bref, tout ça, c'est de l'histoire ancienne. Qu'est-ce que vous cherchez ?

— Simple curiosité, dit Cashin.

Il haussa les épaules.

— Vous croyez que les gamins noirs ont fait le coup ?

— Qu'est-ce que vous en pensez, vous ?

— Ça m'étonnerait pas. Le Daunt est une putain d'abomination dans cette ville.

— Vous devez savoir beaucoup de choses sur les Bourgoyne.

— Pas tant que ça. On nettoie derrière les gens, c'est notre boulot. On lave, on repasse. Vingt heures par semaine au cours des dix dernières années. C'est à peu près tout.

Une autre bouffée.

— On baisse la tête et on s'active le popotin, mon pote, dit-elle. À moins d'être Bruce Starkey.

— Il bénéficiait d'un traitement de faveur ?

— C'est-à-dire que, dans le temps, Crake n'arrêtait pas de nous surveiller. S'il nous surprenait en train de fumer une clope, il nous retirait un quart d'heure de salaire. Vous vous rendez compte ? Mais Crake foutait la paix à Starkey. Il n'a jamais eu à se mettre en rang pour se faire payer, ce gros con.

— Bourgoyne et Crake, ils s'entendaient bien ?

— Pas mal. J'ai entendu Crake rire une seule fois : un jour où Monsieur B. était dans son bureau. Crake l'aidait avec ses poteries et son four. Ils s'en occupaient toujours les week-ends. Ça brûlait tout le week-end.

— Vous l'avez vu ?

— Non, c'est Mme Lowell qui me l'a raconté. Toute la nuit, ça brûlait. Starkey passait la semaine à scier et à fendre du bois.

— Et ils le faisaient souvent ?

— Putain, c'est pas d'hier. Disons deux fois par an. Oui, à peu près.

— Et les poteries dans la galerie. Il n'y en a que neuf. C'est tout ce qu'il a gardé ?

— Il les détruisait. Starkey allait jeter les morceaux à la décharge. Y en avait la moitié d'un pick-up à chaque voyage.

Cashin regarda le paysage dénudé et vert, se dit qu'il l'aurait encore mieux apprécié si tout cela n'avait pas commencé, s'il n'avait pas reçu de coup de téléphone ce matin-là.

— Vous ne voulez pas de café, vous êtes sûr ? Je vais…

— Non merci, dit Cashin. Erica dit qu'elle ne sait presque rien des affaires de son beau-père. Qu'en pensez-vous ?

Carol fit une grimace qui la vieillit de dix ans.

— Je n'en serais pas étonnée, pour tout vous dire. Je peux compter sur les doigts de la main le nombre de fois où elle est venue le voir depuis ses quatorze ans. Elle n'était plus amoureuse de son beau-père.

Elle l'accompagna jusqu'à la voiture, se passa les bras autour du corps pour se protéger du froid. Les chiens lui firent fête. Elle leur grattouilla le museau.

— C'est des jumeaux, ces petits salopiauds, dit-elle. Quelle race ?

— Caniches.

— Non. Les caniches c'est des petits chignards, ces deux-là, c'est des durs.

— Juste un peu négligés. Il leur manque une tonte et un brushing.

— Ils sont comme moi, alors.

Elle caressa leurs longues oreilles, sans le regarder.

— Vous êtes marié ?

— Plus maintenant.

— Des enfants ?

Il hésita.

— Non.

— Les enfants, c'est bien. C'est le boulot qui pose problème. Mon ex est parti à Darwin, je ne lui en veux pas. Pêcheur, qu'il était. Je pouvais pas supporter cette vie, je le voyais jamais, il dormait ici, point barre.

— Merci de votre aide, dit Cashin.

— Revenez quand vous voulez. Boire une bière.

— Ça ne serait pas de refus. Starkey a été viré, lui aussi ?

— Je sais pas. Faut bien que quelqu'un entretienne la propriété, s'ils veulent la vendre.

Cashin était dans la voiture, quand il pensa à lui demander :

— Et le Camp des Compagnons, qu'est-ce que vous pouvez m'en dire ?

— Pas grand-chose, répondit Carol en hochant la tête. Starkey y a travaillé avant l'incendie.

Les bureaux du *Herald* de Cromarty étaient abrités dans un horrible bâtiment en brique jaune datant des années 1950, à côté du quartier des affaires.

Cashin franchit les portes vitrées. Deux jeunes femmes travaillaient à l'accueil, derrière un long guichet. Un mur en verre les séparait d'un vaste espace où cinq femmes et un homme s'activaient à leur bureau, la tête baissée. Il dut attendre que trois personnes règlent leur facture et qu'une autre place sa petite annonce.

— J'aimerais consulter d'anciennes éditions du journal, s'il vous plaît, demanda-t-il.

— Passez par cette porte, répondit la femme. Elles remontent à environ six mois.

— Il me faut l'année 1983.

— Mince, alors. Je ne pense pas que ce soit possible.

Elle n'avait pas l'air très intéressée et regardait déjà la personne derrière lui.

— Y a-t-il une bibliothèque ?

— Bibliothèque ?

— Un endroit où vous rangez vos dossiers.

Froncement de sourcils perplexe.

— Vous feriez mieux de demander à la rédaction, c'est par là.

Il entra dans un autre hall. Une femme plus âgée se trouvait à la réception. Il posa la même question. Cette fois-ci, il expliqua qu'il travaillait pour la police. Elle téléphona. Quelques secondes plus tard, la porte s'ouvrit sur un homme d'une cinquantaine d'années, un chauve ventru au teint rougeaud. Cashin se présenta et lui montra son insigne.

— Alec Clarke, dit l'homme. Rédacteur adjoint. Entrez.

La salle de rédaction était grande, avec six ou sept personnes devant leur ordinateur et, en plein milieu, trois hommes autour d'un bureau encombré. Cela lui rappela une salle de police. Clarke mena Cashin dans le premier box d'une rangée qui en comptait quatre. Ils s'assirent.

— En quoi puis-je vous aider ?

Cashin lui expliqua.

— Il y a longtemps ? Vous cherchez quelque chose en particulier ?

— Un incendie. Au Camp des Compagnons de la Morale, près de Port Monro.

— Ah oui, ça avait fait couler beaucoup d'encre à l'époque, avec les garçons. Triste affaire. Et pourquoi vous vous y intéressez maintenant ?

— Simple curiosité.

Clarke rit et tendit les mains, paumes au ciel.

— Message reçu cinq sur cinq. Je vais vérifier. Je reviens dans une minute.

Il sortit, tourna à droite. Cashin observa les employés. Toutes des jeunes femmes, à part les trois hommes assis au bureau central, des vieux miteux, pâles, qui tombaient en lambeaux. Le roux – le chef, sans doute – prospectait méthodiquement ses narines et examinait ses trouvailles de temps en temps. Une jeune femme d'une maigreur maladive entra, s'approcha du prospecteur et s'adressa respectueusement à lui. Il fit une grimace et la congédia avec mépris d'un geste de la main droite. Elle acquiesça et alla s'asseoir au fond de la salle. Cashin vit ses épaules s'arrondir et son menton s'approcher du sol.

— Désolé de vous faire attendre, inspecteur, dit Clarke qui s'assit derrière le bureau.

— C'est toujours un plaisir d'observer une machine aussi bien huilée, dit Cashin.

Sourire tendu.

— Bon, nous avons un problème. Nous nous sommes modernisés en 1984 et avons tout mis sur microfiches. Vous êtes sans doute trop jeune pour vous souvenir des microfiches.

— Je connais les microfiches.

— Bon, nos bureaux ont brûlé en 86 – une cigarette dans une corbeille à papiers – et nous avons perdu la fiche qui couvre une dizaine d'années à partir de 1976.

— Vous n'avez pas d'exemplaires des journaux eux-mêmes ?

— Détruits en 84, malheureusement. Personne ne se souciait de l'archivage à l'époque. Bien sûr, rétrospectivement, nous ne devrions jamais...

— La Bibliothèque d'État garde-t-elle un exemplaire ?

— C'est possible. Tentez le coup !

Cashin se dirigea vers son véhicule dans le matin

froid et leva les yeux vers le ciel qui avait une profondeur de paradis et la pâleur de la mémoire. Les chiens le virent arriver et se donnèrent de grands coups de queue.

La Bibliothèque d'État n'avait pas de *Herald* de Cromarty. Cashin raccrocha et pensa à Corey Pascoe et à la montre de Bourgoyne. Quelle importance, à présent ?

Il ferma les yeux, renversa la tête. Les garçons étaient morts à cause de cette satanée montre. Toute cette affaire sordide tournait autour d'elle.

Comment Corey avait-il récupéré la montre de Bourgoyne ? Chris Pascoe lui avait dit quelque chose quand ils s'étaient rencontrés sur la jetée, mais sur le coup, il n'en avait pas mesuré l'importance. *C'était pas un mauvais gars, Corey. Il aurait pu faire du foot australien en pro. Mais il se la jouait en pensant faire une putain de carrière dans la came. Vous êtes pote avec Hopgood et son équipe ?*

Une carrière dans la came. Voulait-il dire que Corey se camait ? Rien de bien exceptionnel dans le Daunt, rien de bien exceptionnel dans le reste du pays, d'ailleurs. De nos jours, l'herbe était comme la bière dans les années 1960. Et personne n'aurait dit que la bière empêchait de faire une carrière de pro au foot.

Non, Pascoe ne voulait pas dire sniffer, mais cultiver et dealer.

Il regarda les chiens patrouiller dans la cour, râlant l'un et l'autre contre les privations sensorielles. Ils n'aimaient pas être ici, auraient voulu être ailleurs, avec Rebb. Comment fonctionnait la mémoire des chiens ? Rebb leur manquait-il ?

Les Piggot étaient dans le milieu de la drogue. Billy Piggot en vendait aux lycéens. Debbie Doogue avait été cliente.

Kendall se tenait derrière lui.

— Est-ce que j'ai le droit de dire que j'aimerais bien que tu reprennes tes fonctions le plus tôt possible et même avant ? Je m'emmerde tellement avec les jeunes prodiges que je suis sur le point de faire quelque chose de défendu.

— Je reviens bientôt, dit Cashin. Ce serait bien la première fois que je manque à quelqu'un.

— Il est interdit de faire la pêche aux compliments. Ce que j'apprécie en toi, c'est seulement que tu ne me gonfles pas avec les conneries de télé-réalité ou le nombre de flexions de l'avant-bras nécessaires pour un effet maximal sur les biceps.

— La gonflette te gonfle ? Soyons sérieux ! Un gamin est venu rouspéter contre sa petite copine, une coiffeuse, qui est partie au Queensland avec son pick-up. Il dit que les Piggot se font du fric. Tu sais s'ils ont déjà été arrêtés ?

— Pas depuis que je suis ici, non.

— Comment ça se fait ?

— Je sais pas, ça dépend de Cromarty.

— Oui, mais il faudrait peut-être avertir Cromarty.

— Je pense pas que ce soit nécessaire. À mon avis, ils sont déjà au courant.

— C'était avant mon arrivée ? Avant que je remplace Sadler ?

— On a eu des plaintes, dit Kendall en évitant son regard. Sadler devait en parler à Cromarty. Bon, c'est pas tout, mais j'ai du boulot.

— Une petite minute, Ken. Le jour de la manif, je t'ai parlé de Billy Piggot et tu m'as dit quelque chose sur Ray Piggot. Qu'est-ce que c'était ?

— Il avait piqué cinq cents dollars à un représentant de commerce qui était descendu au Wavecrest. Le type a raconté qu'il avait pris Ray en stop et l'avait invité dans sa chambre pour boire un coup. Puis il s'est aperçu que son argent avait disparu. Mais d'après lui, il n'y avait rien de plus que deux types qui avaient soif, tu vois, un d'une cinquantaine d'années et l'autre qui faisait à peine quatorze ans.

— Il a donné le nom et le prénom de Ray ?

— Oui. Sadler avait appelé Cromarty. Hopgood et cette saleté de Steggie étaient venus. Ils se sont garés derrière. Ray Piggot était dans la voiture. Ils avaient dû le cueillir en route. Ils l'ont laissé dans la voiture et ont entendu le commercial dans la salle d'interrogatoires. Il est parti, puis eux aussi. Plus jamais entendu parler de l'affaire.

— Piggot n'a pas été inquiété ?

— Non. Il a été également inculpé à Melbourne. Vol de chaîne stéréo et d'ordinateur portable… à un type rencontré dans un parc. C'était un gamin des rues, à l'époque.

— Et t'en tires quelle conclusion ?

Kendall lui décocha un petit sourire triste et entendu, puis baissa les yeux.

— Je m'estime heureuse d'avoir gardé mon boulot, dit-elle. Quand j'étais complètement naze, le corps en compote, on n'a pas essayé de se débarrasser de moi, de m'écarter du paysage ni de me foutre en invalidité. J'ai été traitée comme si j'étais de la famille. Tu dois connaître ce genre de truc, ou je me trompe ?

Elle partit. Cashin renversa la tête, à l'écoute des messages que lui envoyaient ses points de fatigue. Il se souvint que au tribunal, Greg Law l'avait averti sur Hopgood. Gaby Trevena, championne du coup de tête et cultivatrice de marijuana, n'était pas la personne la plus dangereuse de la ville, avait-il dit. Law lui avait-il communiqué un message de la part de Hopgood ? Ou avait-il au contraire voulu lui dire qu'il n'était pas un des hommes de Hopgood ?

Vous êtes pote avec Hopgood et son équipe ?

Hopgood et Lloyd. Et vraisemblablement Steggie.

Steggie avait dégueulé ce soir-là. Sous la pluie battante, la tête baissée, son pistolet braqué en l'air, une giclée de vomi s'était échappée de sa bouche. Le hamburger qu'il avait mangé lors du briefing, les frites jaunes et huileuses trempées dans la sauce tomate, son corps avait rejeté tout cela après qu'il eut tiré sur les gamins.

Steggie n'avait pas l'estomac assez bien accroché.

Cashin appela Helen Castleman.

— J'aimerais reparler à Pascoe, dit-il.

— On t'a déjà dit à quel point tu étais désagréable ?

— Je lui parlerai dans ton bureau. Tu peux être présente.

— Alors c'est officiel ? Une entrevue officielle ?

— Non. Juste une discussion.

— Dans ce cas, je ne représente pas Pascoe, et je n'ai aucune autorité en matière de « discussions ». Sans compter que je n'ai aucune envie d'assister la police dans son travail de discussion.

— Je reprends depuis le début. J'essaie de disculper les garçons. De disculper ton client.

— Mon défunt client.

Elle garda le silence. Cashin attendit.

— Je te rappellerai, dit-elle. Où es-tu ?

Cashin sortit et alla faire un petit tour dans le vent. Seules quelques personnes marchaient dans la rue principale, entre les véhicules et les magasins. Personne chez Leon.

— Police, dit Cashin d'une voix forte. C'est ouvert ?

— Ouvert à toute proposition intéressante, dit Leon qui sortit de la cuisine. Ouvert aux offres en tout genre, nom de Dieu. Menu restreint aujourd'hui. Je sers uniquement de la soupe, mais c'est un vrai minestrone préparé avec l'os du jambon.

— À emporter ?

— Sept dollars cinquante sur place. J'accepte quatre cinquante si tu le manges ailleurs. Trois cinquante parce que tu es de la police.

— Tu peux garder l'os.

— Trois cinquante. Et j'offre une tranche de pain. Du vrai pain. Beurré. Avec du vrai beurre.

— Deux tranches.

— On abuse de ma gentillesse. Qu'est-ce que tu aimes comme musique ?

Cashin mangeait à son bureau quand le téléphone sonna.

— Il ne veut pas venir ici, dit Helen. Il n'a pas l'air intéressé par une « discussion » ou autre chose. Pas intéressé en général.

— C'est tout ?

— Il dit que si tu veux discuter, tu peux aller chez lui ce soir, mais il tient à souligner qu'il ne doit rien à la police. Tu comprendras que je paraphrase et édulcore pour ne pas heurter ta sensibilité à fleur de peau.

Quel esprit vif. Cashin pouvait lire des bouquins pendant dix ans, ça ne servirait à rien. Il ne lui arriverait jamais à la cheville.

— Bon, dans ce cas, c'est ce que je vais faire. Merci et au revoir.

— Il veut que je vienne avec toi et qu'on prenne ma voiture. Il n'a pas très envie d'une voiture de patrouille devant chez lui. Et, comme tu es en train d'essayer d'éclaircir une injustice flagrante, je suis prête à t'accompagner.

Il regarda les chiens dans la cour et pensa à sa bouche et à ses baisers. Des baisers inattendus et déconcertants. À vingt ans d'intervalle.

Cashin et Helen s'assirent autour de la table de cuisine d'un ancien garage recyclé en bistrot, avec comptoir, vraie table de billard, chaises dépareillées et poste de télé fixé au mur.

Chris Pascoe prit un pack de bières derrière le bar et le posa sur la table. Il s'assit et en ouvrit une.

— Servez-vous, dit-il. Alors, de quoi s'agit-il ?

— De la montre de Corey, dit Cashin.

— Susie vous en a déjà parlé.

— J'aimerais bien savoir où il l'a eue.

— Vous comptez l'accuser de vol ? Merde alors, je vous signale que vous l'avez déjà condamné à mort, au cas où ça vous aurait échappé.

— Nous voulons savoir qui a tabassé Bourgoyne. C'était pas les garçons, j'en suis à peu près sûr.

— Depuis quand ?

— Depuis que j'ai décidé de croire Susie, de croire qu'elle avait vu la montre avant.

Pascoe but une gorgée, s'essuya la bouche et trouva une cigarette.

— Ouais, ben, Susie en sait rien. Elle sait pas où il l'a trouvée, et sa mère non plus.

— Mais ses copains sont peut-être au courant.

— Ses copains sont presque tous morts.

Helen toussa.

— Chris. Je vous ai expliqué au téléphone que si je venais, je le faisais pour Donny. Je veux le disculper, lui et tous les autres garçons. Et disculper aussi le Daunt, car il est injuste de lui coller cette réputation.

Pascoe éclata de rire, de ce rire éraillé du fumeur, moitié rire moitié toux.

— Vous en faites pas pour le Daunt. On a l'habitude d'écoper pour les autres. De toute façon, je vois pas à quoi ça rime de savoir où il a eu la montre. Elle a dû être taxée par quelqu'un, à un moment donné.

— S'il s'avère que Corey l'a piquée, dit Cashin, on n'ira pas plus loin. On en restera là.

— J'ai entendu dire que Hopgood vous portait pas dans son cœur, dit Pascoe.

— Je me demande où vous avez entendu ça.

Pascoe haussa les épaules et fuma avec un petit sourire en coin.

— Les murs ont des oreilles, mon pote. Et à votre place, je surveillerais mes arrières.

Une porte s'ouvrit d'un coup et claqua contre le mur. L'autre homme du rendez-vous sur la jetée entra – le rasta au visage décharné. Cashin se dit qu'il paraissait bien plus costaud à l'intérieur.

— Qu'est-ce qui se passe ici, nom de Dieu ?

Pascoe leva la main.

— On discute le coup, Stevo.

— Ah bon ? On boit une bière avec les flics ? Putain, mais dis-moi, les choses ont bien changé par ici, mon pote. Tu vas bientôt organiser des concours de belote avec les flics ou quoi ?

— C'est pour cette histoire de montre de Corey, dit Pascoe. C'est tout.

— Ouais, ben, elle est réglée, cette histoire, non ? Et c'est qui, cette dame ?

— L'avocate de Donny.

Stevo traversa la salle, se plaça derrière Pascoe, tendit le bras pour prendre le pack de bières et en arracha une. Il jeta un regard injecté de sang sur Cashin, Helen, puis revint sur Cashin.

— Vous buvez pas ? dit-il. Jamais avec des *boongs* ?

Exactement le genre de conneries qui provoque des bagarres au pub, songea Cashin. Aucune réponse ne pouvait désamorcer la situation. Il se tourna vers Pascoe.

— Écoutez, si c'est votre pote qui mène la danse, je préfère m'en aller.

— Eh ben cassez-vous, dit Stevo.

Pascoe ne prit même pas la peine de se retourner.

— Calme-toi, Stevo, dit-il d'un ton plutôt abrupt.

— Me calmer ? Comment t'oses me dire de me calmer, bordel de merde ? Comment…

Pascoe renversa soudain sa chaise. Stevo, pris par surprise, perdit pied. D'un bond, Pascoe se leva, le bouscula, et avec des coups de torse – son torse énorme – le fit reculer de trois pas et le plaqua au comptoir. Menton contre menton. Pascoe murmura quelque chose à l'oreille de Stevo que Cashin ne réussit pas à entendre.

Stevo leva les mains au ciel. Pascoe recula et fit un geste. Stevo passa derrière le bar et s'y appuya sans les regarder. Pascoe reprit sa chaise et but un peu de bière.

— Tout ce que je peux vous dire, annonça-t-il comme si de rien n'était, c'est que Corey a peut-être obtenu la montre en l'échangeant, vous voyez ?

— Contre quoi ?

— Nom d'un chien, comment voulez-vous que je le sache ? Qu'est-ce que vous croyez ?

— Bon. Et il l'aurait échangée avec qui ?

— Dur à dire, mon pote.

— Mais utile à savoir. Y a d'autres éléments que vous pourriez me donner ? D'autres mecs qui m'aiment pas ? Tiens, Steggie, par exemple ? Les murs ont pas entendu quelque chose sur lui ?

— C'est un homme mort, celui-là. Enculé de sa mère.

— J'me charge d'lui régler son compte, dit Stevo d'une voix pâteuse. Ce soir même, je le descends, moi c'putain d'enculé.

— Ta gueule, Stevo, dit Pascoe. Ferme ta putain de gueule !

Cashin prit une canette et l'ouvrit. Il lança un regard sur Helen. Les lèvres entrouvertes, des couleurs aux joues, on aurait dit qu'elle regardait un match sanglant.

— Écoutez, dit Cashin. Si vous voulez me dire quelque chose, dites-le vite, je commence à plus pouvoir penser à autre chose qu'à bouffer. Normalement, à cette heure, je dîne.

— Corey a fait pas mal de conneries, dit Pascoe. On pouvait rien lui dire, nom de Dieu, une vraie tête de lard, il écoutait rien.

— On parle de came, ou quoi, là ?

Pascoe fit un geste de la main.

— Les gens font pousser un peu de ganja pour

arrondir leurs fins de mois. Y a pas des tonnes de boulot, par ici.

— Et lui, alors, qu'est-ce qu'il faisait ?

— Ah, vous savez bien, y a moyen de faire un peu de business. Je parle pas de convois entiers, bordel, juste de quoi avoir un peu d'argent de poche. Mais bon, j'ai entendu dire que Corey faisait du business avec Luke – en voilà un autre qui écoutait rien, aucun respect, putain.

Pascoe lui tendit son paquet de cigarettes. Cashin en prit une, puis le briquet, souffla la fumée vers le plafond et suivit son instinct : il se lança.

— Les Piggot, dit-il. Ils font partie du paysage ?

Pascoe regarda Helen, puis Cashin.

— Eh ben, je vois qu'il y en a qui ont oublié de roupiller, à Port Monro. Ouais, les Piggot. C'est qu'ils sont ambitieux, ces enculés de Piggot. Tous plus cons les uns que les autres, mais ils s'y croient. Ils ont l'impression de mener la danse.

— Saloperies de Piggot, dit Stevo, qui tenait à présent une bouteille de Jim Beam à la main. J'me charge de leur régler leur compte. Enculés de leur race.

— Stevo, dit Pascoe. Ferme ta gueule, nom de Dieu. Regarde la télé. Trouve-toi des dessins animés.

— Chris, demanda Helen, corrigez-moi si je me trompe, mais vous êtes bien en train de nous dire que Corey a échangé la montre avec les Piggot ?

— C'est possible, ouais, bien possible.

— Alors dites-moi comment les Piggot se sont procuré la montre ?

Pascoe lui répondit sans quitter Cashin des yeux.

— Vous vous rendez compte ? Les Piggot se sont

dit qu'ils avaient trouvé encore plus simple que de braconner des ormeaux. Ils cultivent pas eux-mêmes et transportent pas la marchandise. Tout bénef et aucun risque.

— Très ambitieux, dit Cashin.

— C'est le moins qu'on puisse dire, bordel ! On raconte même qu'ils ont quelqu'un qui leur prépare la sauce. Un type qui vient avec son petit labo d'amphés ambulant.

— Sans blague ?

— Ça devrait pas être permis, si ?

— Non.

Pascoe se pencha et se plaça aussi près de Cashin que possible.

— Et on peut quand même pas s'attendre à ce que Hopgood et les flics du coin bougent le petit doigt, si ? Ce qui serait guère raisonnable, vu que Hopgood a des parts du marché. Et pas un petit pourcentage, d'après ce que je sais.

— Va bien falloir faire quelque chose, dit Cashin.

— Et comment ! Bordel de merde, dit-il en se reculant. Vous m'avez bien compris ?

— Bien compris, dit Cashin avec un signe d'acquiescement.

Helen toussa.

— Mais... comment les Piggot se sont-ils procuré la montre ? demanda-t-elle. Pourrait-on y revenir ?

Cashin pensait déjà connaître la réponse. Son cerveau l'avait acheminée grâce à un processus qui filtrait en permanence les informations, triait et recoupait ce qu'il avait entendu, lu, vu ou ressenti. Des bribes sans intérêt apparent, des bruits, des riens, jusqu'au moment où deux de ces éléments se rencontraient, tourbillonnaient, se rejoignaient et s'encastraient parfaitement.

— Ray Piggot, dit-il.

— Vous êtes trop rapide, dit Pascoe. Ouais, le petit pédé. C'est ce que j'ai entendu dire.

La plainte contre Ray Piggot. Hopgood et Steggie au poste de police, Ray qui les attendait dans la voiture. Ray qui paraissait avoir à peine quatorze ans.

— C'est Ray Piggot qui a volé la montre de Bourgoyne ? demanda Helen d'une voix incertaine.

— Ça m'étonnerait qu'il la lui ait offerte.

— Je n'y comprends rien, dit Helen. Qui est ce Ray Piggot ? Est-ce que je…

— Pour que tout soit bien clair, dit Cashin, Ray n'a pas obtenu la montre lors d'un cambriolage.

Pascoe répondit en riant :

— Hopgood l'avait sans doute conduit là-bas pour le vieux Charlie Bourgoyne. Cet enculé de Ray savait très bien ce qui l'attendait, mais c'était pas le premier gamin qu'on offrait à Charlie et à ses potes. Et c'était le boulot de Hopgood. C'est comme ça depuis toujours.

Ils roulèrent en silence jusqu'au parking d'une station-service où Cashin avait garé sa voiture.

— Merci, dit-il quand il s'apprêta à descendre.

— Attends.

Le garage était désert. Les vitres de la caisse étaient couvertes de buée.

— Je voudrais que tu m'éclaires un peu, dit Helen, qu'est-ce que vous avez raconté ?

Cashin réfléchit à sa réponse. Elle n'avait plus rien à faire dans ce merdier et n'avait plus de client.

— Pascoe cultive, expliqua-t-il. Et en plus de ça, il s'occupe des livraisons, les trucs risqués. Les Piggot se débrouillent pour que d'autres cultivent, préparent les cachetons et livrent à leur place. D'après Pascoe, Hopgood et ses potes s'engraissent là-dessus et préparent leur retraite.

— Pourquoi Pascoe te l'aurait dit ?

— Il aimerait bien que je le débarrasse des Piggot. Et il avait envie de m'expliquer comment les gamins avaient obtenu la montre.

— C'est une autre montre, qui date d'avant ?

— Exact, et c'est un modèle différent.

— Vous vous êtes gourés dès le départ ?

— C'est exact.

— Et tu crois à cette histoire, à propos de Ray Piggot ?

Cashin la regarda. Son visage fut ébloui par les phares d'une voiture. Il ressentit à nouveau la stupidité pathétique du désir adolescent pour quelqu'un hors d'atteinte.

— Ray fait le tapin. Et il ne rate pas une occasion de faire les poches de ses clients.

— Il fait le tapin ?

— C'est un vide-burne. Un auto-stoppeur. Racolage à la volée, pipe à totale.

— Joe, je suis spécialisée en droit industriel. C'est ce que je faisais jusqu'à l'an dernier.

— Peu importe, dit-il. Ton rôle s'arrête ici. Quant à nous, il nous reste un beau foutoir à nettoyer. Un foutoir dont nous sommes responsables.

— Joe.

— Quoi ?

— Ne me prends pas pour une idiote. Si je ne t'avais pas poussé à rencontrer Pascoe, tu ne saurais pas ce que tu sais. D'après lui, c'est Hopgood qui a amené Ray Piggot chez Bourgoyne. Il lui aurait aussi amené d'autres garçons. Je n'ai jamais entendu raconter de tels trucs sur Bourgoyne.

— Pas dans ton milieu.

— Qu'est-ce que ça veut dire, ça : pas dans mon milieu ?

— Peut-être que chez les gens de Bayview Drive, on n'aborde pas de tels sujets. Bien trop vulgaire.

Helen frappa les jointures de ses doigts sur le volant.

— Je ne mordrai pas à l'hameçon, dit-elle.

Elle marqua une pause entre chaque mot.

— Faut que j'y aille, dit Cashin. Je te tiendrai au courant.

Il faisait froid et humide dehors : la brume océane. Il baissa la tête pour lui dire au revoir.

— T'as souvent des douleurs ? lui demanda Helen.

— Non.

— Tu ferais semblant, tu ne ferais pas mieux. En tout cas, je suis chez moi, nous sommes voisins. Tu veux venir prendre un verre ? Je peux te réchauffer une pizza surgelée au micro-ondes. Je crois que vous les appréciez, dans ton milieu.

Il était sur le point de dire « non, merci, pas cette fois », mais il fit l'erreur de la regarder dans les yeux.

— Je te suis.

— Non, dit-elle. Passe devant, tu connais mieux la route.

L'allée qui menait chez Corrigan serpentait entre de vieux ormes dont la plupart étaient morts. Le terrain, récemment nivelé, était blanc sous ses phares. Cashin s'arrêta à gauche du portail et coupa le moteur. Helen se gara à côté. Il sortit, mal à l'aise. Le ciel s'ouvrit et la pleine lune apparut, baignant le monde d'une lueur gris pâle. Ils descendirent silencieusement le long sentier et gravirent les nouvelles marches en bois qui menaient à la porte d'entrée.

— J'ai encore un peu la trouille ici, dit-elle. L'obscurité. Le silence. J'ai peut-être fait une erreur.

— Prends un chien, dit Cashin. Et un fusil.

Ils traversèrent un couloir. Elle alluma : les cloisons de deux ou trois pièces de l'ancienne maison avaient été abattues pour n'en faire qu'une seule, le sol en parquet était tout neuf. Il y avait deux fauteuils et une table basse.

— Je n'ai pas encore eu le temps de m'occuper des meubles, dit Helen. Ni de déballer mes bouquins.

Il la suivit dans la cuisine.

— Cuisinière, frigo, micro-ondes, dit-elle. Chambre d'hôte standard, sans la moindre personnalité.

— La pizza surgelée sera parfaite dans ce cas, dit Cashin. Très peu de personnalité dans une pizza surgelée.

Helen planta les pouces dans les poches de sa veste, puis leva le menton. Cashin remarqua les tendons de sa gorge. Il entendait son cœur battre.

— T'as faim ? demanda-t-elle.

— Tes yeux, tu en as hérité ?

— Ma grand-mère en avait de couleurs différentes.

Elle se détourna et lui dit :

— Je te trouvais captivant quand on était à l'école. J'aime bien ce mot : captivant.

— C'est un mensonge. Tu ne m'as jamais remarqué.

— Tu avais l'air tellement hostile. Renfrogné. Tu as toujours l'air renfrogné. C'est sexy.

— Qu'est-ce que ça veut dire, l'air renfrogné ?

— C'est un don, par conséquent impossible à expliquer.

Helen s'approcha, lui prit la tête entre ses mains, l'embrassa et recula.

— Pas très réceptif, dit-elle. Les flics peuvent-ils avoir des relations intimes dès le premier rendez-vous ?

Cashin passa les mains sous le manteau de Helen. Il la serra contre lui, inhala son odeur et sentit ses côtes. Elle était plus mince qu'il ne l'aurait cru. Il frissonna :

— En général, les flics n'ont pas droit à un deuxième rendez-vous.

Il y eut une longue pause.

Helen prit la main droite de Cashin et l'embrassa, puis elle l'embrassa sur les lèvres et le guida.

Il s'éveilla dans la nuit et sentit qu'elle ne dormait pas non plus.

— Tu montes toujours à cheval ? lui demanda-t-il.

— Non. J'ai fait une mauvaise chute, j'en ai plus le courage.

— Je croyais qu'il fallait remonter tout de suite, justement.

Elle le caressa.

— Tu essaies de me suggérer quelque chose ?

La maison se voyait de loin, plantée au bout d'une allée de pins, la porte d'entrée en plein milieu. Le soleil couchant dardait ses derniers rayons entre les arbres.

Une femme mince et ridée en survêtement noir lui ouvrit la porte. Cashin lui expliqua ce qu'il voulait et lui montra son insigne.

— Derrière, dit-elle. Dans le hangar.

Il suivit le sentier bétonné. Il régnait une ambiance de prison de basse sécurité – le terrain était clôturé, la peinture fraîche sur les bâtiments et la pelouse récemment tondue avait une odeur de pastèque. Pas d'arbres, pas de fleurs, pas de mauvaises herbes.

Un portail coulissant, plein nord, fermait le hangar, qui était assez grand pour abriter plusieurs avions de tourisme. Un homme s'avança alors que Cashin était à une dizaine de mètres.

— Monsieur Starkey ?

— Oui ?

Il portait une salopette bleue, toute propre, sur une chemise à carreaux. Il était énorme, du genre gros mais dur. Sa tête avait la forme et la couleur d'une pomme de terre lavée.

— Inspecteur Cashin. Puis-je vous dire un mot ?

— Oui.

Il fit demi-tour.

Cashin le suivit dans une pièce qui devait être aussi propre et ordonnée que la cuisine de Mme Starkey. Outils électriques dans leurs casiers. Deux longs établis en fer galvanisé étincelaient sous les néons. Derrière, des outils soigneusement suspendus – clefs universelles et à molette, tenailles, pinces, scies à métaux, règles en acier, étaux et compas à calibrer – tous rangés par ordre de taille et alignés avec une précision de laser. Un grand et un petit tour en métal, une fraiseuse, deux meules, une scie électrique et un rayonnage avec des fentes et des trous pour tout un assortiment de limes, de poinçons et autres accessoires.

Au centre de l'espace, sous des treuils et des chaînes, quatre vieux moteurs à divers stades de désassemblage étaient posés sur des tables métalliques carrées.

Un jeune maigrichon, habillé comme Starkey, était assis devant un étau et semblait occupé à limer. Il regarda brièvement Cashin, puis se concentra à nouveau sur son ouvrage, alors qu'une mèche lui tombait sur les yeux.

— Va voir ta mère, Tay, lui dit Starkey.

Tay sortit un chiffon de sa poche arrière, essuya soigneusement l'établi, s'approcha d'un rayonnage, nettoya sa lime et la rangea à sa place.

Il quitta la pièce sans un regard. Cashin l'observa alors qu'il partait. Le garçon avait une épaule plus basse que l'autre qu'il projetait en avant quand il marchait, à la façon d'un crabe.

— Vous travaillez sur ces générateurs ?

— Oui, dit Starkey (ses yeux étaient étroits comme des fentes), moteurs Bourgoyne & Cromie. Qu'est-ce que vous me voulez ?

— Vous les réparez ?

— Je les rénove. Y a pas meilleure qualité. Alors ?

Cashin s'aperçut qu'il n'y avait nulle part où s'asseoir.

— La montre que portait M. Bourgoyne, dit-il, vous pourriez la reconnaître ?

— Je crois, ouais.

Cashin sortit une photocopie en couleurs de la brochure, pliée de manière à ne montrer que celle à l'écran blanc et aux trois petits disques.

— C'est bien celle-là.

— Il la portait, ce jour-là ?

— Il la portait tous les jours.

— Merci. J'ai encore deux ou trois questions à vous poser.

— Pourquoi ça ? Je croyais que des sales Abos du Daunt l'avaient tabassé.

Visage impassible, des yeux de marbre gris.

— Ce n'est pas si sûr.

— Ah oui ? Et ce petit connard de Coulter est allé se jeter dans le Chaudron pour nager le crawl ? Coupable comme c'est pas permis.

Starkey s'approcha de la porte, cracha, s'essuya les lèvres, revint et se campa face à Cashin, la tête penchée.

— Où étiez-vous ce soir-là ? Chez vous ? Avec Tay ?

Starkey plissa les yeux d'un air menaçant.

— J'ai déjà répondu à ces questions. Qu'est-ce que vous me voulez, nom de Dieu ?

— Venez au poste, dit Cashin. Tous les deux. Et apportez vos brosses à dents, on ne sait jamais.

Starkey fit jouer ses mâchoires, de haut en bas, puis d'avant en arrière.

— Vous connaissez Hopgood, c'est un flic… et un pote à moi.

Cashin lui tendit son portable :

— Appelez-le !

— Je l'appellerai quand je serai prêt, bordel.

— Vous voulez que je l'appelle, moi ? De votre part ?

Starkey fourra les mains dans ses poches.

— On était à la maison, vous avez qu'à demander à ma femme. On sort pas beaucoup le soir. Juste pour le foot.

— Vous travaillez toujours aux Heights ?

— Oui, jusqu'à ce qu'ils vendent.

— Bien payé, ce boulot aux Heights.

— Vous trouvez ?

— Autour de quatre fois ce que gagne un jardinier dans le coin. Peut-être même cinq.

— On est deux à y travailler.

— Deux fois plus, alors, disons…

— Deux fois plus de boulot là-bas qu'ailleurs.

— Vous lui serviez de chauffeur, aussi.

Starkey posa une main énorme sur son cou.

— Je ne lui servais pas de chauffeur. Je le conduisais à la banque ou en ville. Il n'aimait plus conduire.

— Vous connaissez Arthur Pollard ?

— Non.

— Et cet homme ?

Il lui montra le portrait de Pollard en observant ses yeux.

— Non.

Cashin s'interrogea sur la marche à suivre et opta pour la douceur.

— Autant vous le dire, monsieur Starkey, nous ne pensons pas que les garçons du Daunt aient agressé M. Bourgoyne. Alors si vous pouviez me dire tout ce que vous avez vu ou entendu, me communiquer vos impressions…

— Vous ne pensez pas ?

— Non.

— Pourquoi ?

— Il y a plusieurs choses qui clochent.

— Mais vous aviez inculpé Coulter, non ?

— Nous pensions qu'il était impliqué. Nous voulions retarder les choses.

— Ce qui veut dire ?

— Qu'est-ce que vous avez pensé quand vous avez appris ce qui s'était passé ?

Une lueur fugace traversa les yeux de Starkey.

— J'ai été choqué… Voilà, choqué.

— C'est tout ?

— Quoi d'autre ? On n'a pas souvent ce genre d'affaire par ici.

— Vous l'aimiez bien ?

— Il me dérangeait pas, non, mais bon, on risquait pas de devenir meilleurs potes, lui et moi.

— Qui aurait pu lui vouloir du mal ?

— À part des enculés de voleurs ?

— C'est ça.

— Aucune idée.

— Il avait eu de la visite, dernièrement, M. Bourgoyne ? Hormis la belle-fille ?

— Non, pas que j'aie vu.

— Et des cambriolages ? Il y en a eu aux Heights avant cette histoire ?

— Pas de mon temps. On nous a volé des chevaux une fois. Ils ont sectionné la clôture et piqué trois chevaux dans le paddock du bas. La plainte doit être au poste, non ?

— Si elle a été déposée, oui.

— Pourquoi elle le serait pas ?

— Crake. Vous vous entendiez bien avec lui ?

— Pas mal, répondit-il en haussant les épaules. Il avait ses manies et voulait que le boulot soit fait d'une manière bien précise. Ça me dérangeait pas.

— C'est lui qui aidait Bourgoyne avec le four ?

— Je me souviens plus trop de tout ça.

— Vous avez travaillé au Camp des Compagnons.

Starkey se gratta à nouveau la tête d'un air incertain et détourna les yeux.

— Ça fait un bail.

— Mais c'est là que vous avez connu Crake ?

— Oui. C'était le patron.

— Et qu'est-ce que vous faisiez, vous, au camp ?

— L'entretien. Un peu d'entraînement de foot. Je donnais quelques tuyaux aux gamins.

— Vous étiez présent, la nuit de l'incendie ?

Les grandes mains s'animèrent soudain.

— Non. J'étais au pub à Port Monro.

— Parlez-moi des fois où vous avez conduit M. Bourgoyne en ville. Où allait-il ?

— Dans son appartement de Relly Street. De là, il se déplaçait en taxi.

— Vous restiez la nuit ?

— Dans un hôtel de Saint Kilda. Au Gedding's Hotel.

Cashin s'approcha des moteurs.

— C'est un moteur de groupe électrogène ?

— Fabriqué en 56. Il s'est jamais rien fait de mieux.

— Vous avez beaucoup de terrain, ici ?

— Douze hectares.

— Vous cultivez ?

— Non. J'ai construit la maison en plein milieu. Pas envie d'entendre les voisins. Et un connard trouve pourtant le moyen de se plaindre des moteurs !

— Dites-lui que vous l'alimenterez en cas de panne de secteur. J'en aurais bien besoin d'un, d'ailleurs. Vous en vendez ?

— Non, j'en fais pas un business. Je veux juste restaurer ceux qui ont été construits par mon grand-père et mon père. Leurs initiales sont gravées sous le numéro.

— Comment vous les trouvez ?

— Petites annonces. Au Queensland, en Australie-Occidentale, dans le Territoire du Nord. Des commissaires-priseurs surveillent les ventes de ce genre de trucs. J'en ai trouvé un à Fidji, rouillé jusqu'à l'os. Ça m'a coûté un sacré paquet pour le rapatrier.

— Et vous en avez trouvé quatre ?

— Treize. J'ai un autre hangar.

— Vous arrêterez quand ?

— Arrêter quoi ?

— De les collectionner.

— Je suis pas obligé d'arrêter.

Il était inutile de lui en demander la raison. La plupart du temps, d'ailleurs, cette question était vaine. La réponse était soit évidente, soit trop complexe. Cashin chercha le numéro du moteur.

— Il vous est arrivé de conduire Bourgoyne à une maison de North Melbourne.

— North… non. Je l'amenais qu'à Relly Street.

Cashin sentit une faille dans la forteresse, une lézarde. Il évita de regarder Starkey.

— Et le théâtre de North Melbourne, vous l'avez amené là-bas ?

— Un théâtre ? Non, juste à Relly Street.

— La salle des Compagnons. Vous savez très bien de quoi je parle, monsieur Starkey, alors ne me racontez pas de conneries !

— Non, je connais pas.

Cashin s'approcha d'un autre moteur. Des engins simples, il pourrait sans doute apprendre à en réparer un. Ce n'était pas forcément plus difficile que la préparation d'une bonne soupe.

— Votre père a dû être sacrément en pétard quand ils ont vendu l'usine.

Silence. Starkey toussa, déstabilisé.

— Il en a jamais parlé. C'est ma mère qui m'en a parlé.

— Qu'est-ce qu'il a fait, après ?

— Rien. Il est mort avant d'avoir perçu les indemnités. Un truc au cerveau. Grave.

— C'est triste, dit Cashin toujours sans le regarder. Mais je vais vous dire ce qui est aussi mauvais pour le cerveau, monsieur Starkey. C'est de me raconter des conneries. Franchement mauvais pour le cerveau. Alors parlez-moi du théâtre.

— Je connais aucun théâtre.

— Je vais être obligé de parler à Tay, dit Cashin. En privé.

— Pourquoi ?

— Il a peut-être vu quelque chose. Ou entendu quelque chose.

Starkey dévisagea Cashin.

— Il pourra rien vous dire de plus, mec. Il me quitte jamais.

— On verra bien, dit Cashin en haussant les épaules.

— Écoutez, dit Starkey avec un ton de voix différent. C'est pas une flèche, ce garçon. Elle l'a laissé tomber sur le couvercle quand il était petit et ça lui a causé des courts-circuits. Rien à en tirer à l'école.

— Allez le chercher.

Starkey se gratta la tête, lentement mais avec vigueur.

— S'il vous plaît, laissez-le tranquille, je vous le demande. Il fait des cauchemars. Il crie.

Doux moment de victoire. Cashin sentit la peur de Starkey.

— Ça doit être vraiment dur. Allez le chercher.

— S'il vous plaît, mec.

— Allez le chercher.

— Je vais appeler Hopgood.

— Écoutez, Starkey. Hopgood ne peut pas vous protéger. Ce n'est plus de son ressort. C'est Melbourne qui est chargé de l'enquête. Et puisque vous me faites chier à faire de l'obstruction, je ne vais pas parler à Tay ici, ni le convoquer au poste. Je vais l'amener à Melbourne. Alors allez préparer sa brosse à dents, son pyjama et un petit goûter. Qu'est-ce qu'il aime comme biscuits ?

Il vit de la haine dans les yeux de Starkey, il y vit aussi de la peur, une peur panique.

— C'est pas possible, mec. Je vous le demande, s'il vous plaît, je vous le demande.

— Vous perdez votre temps. J'ai de la route à faire, alors dites-moi la vérité ou allez chercher Tay. Tout de suite.

Starkey parcourut le hangar du regard comme si la réponse était écrite sur l'un des murs.

— Bon, d'accord. Je l'ai conduit à North Melbourne.

— C'était quand la dernière fois ?

— Je sais plus trop, ça remonte à cinq ou six ans.

— Combien de fois ?

— Quelques-unes.

— Chaque fois que vous alliez à Melbourne ?

— Sans doute.

— Et c'était souvent ?

Starkey déglutit.

— Quatre ou cinq fois par an.

— Et au théâtre ?

— Je connais pas le théâtre.

La voix du gros costaud sonna creux aux oreilles de Cashin.

Il sortit le portrait de Pollard, sans le montrer.

— Je vais vous reposer la question. Connaissez-vous cet homme ?

— Je le connais.

— Son nom ?

— Arthur Pollard. Il lui arrivait de venir au camp.

— Vous l'avez vu ailleurs : où ?

— Je l'ai vu à Collett Street.

Cashin s'approcha de l'établi, passa un doigt sur le morceau de métal que Tay avait limé. C'était une pièce quelconque.

— Pollard est un pervers. Vous le saviez ? Il aime les garçons. Les petits garçons. Il aime les enculer. Et faire d'autres choses. Beaucoup d'autres choses, croyez-moi. Vous étiez au courant, monsieur Starkey ?

Silence. Cashin poursuivit sans regarder Starkey.

— Vous n'avez jamais déposé votre garçon chez lui, à Collett Street, par hasard ? Vous ne l'avez jamais offert à Pollard ?

— Je vais vous tuer, dit lentement Starkey, d'une voix épaisse. Si vous répétez ça, vous êtes mort.

Cashin se tourna vers lui.

— Parlez-moi de Bourgoyne.

La main sur la poitrine, le visage orange, Starkey essayait de maîtriser sa respiration.

— J'ai jamais rien vu. Rien. Je vous jure que j'ai jamais rien vu.

— Et au théâtre ?

— Juste une fois. J'étais allé y chercher des documents, des dossiers et des classeurs. Il m'avait demandé de tout brûler.

— Bourgoyne ?

— Oui.

— Et vous l'avez brûlé où ?

— C'était pas possible là-bas, alors j'avais tout rapporté ici.

— Papa.

Tay était à la porte, le menton sur la poitrine. Il regardait à travers une mèche pâle qui lui touchait le nez.

— Quoi ?

— Maman demande si tu veux des spaghettis, ce soir.

— Oui, dis-lui que c'est bon, fiston.

Tay partit. Cashin alla jusqu'à la porte et se retourna.

— N'envisagez pas de partir en voyage. Vous avez encore beaucoup à nous dire. Et évitez de parler de notre petite conversation à qui que ce soit. Si vous courez pleurer auprès de ce putain de Hopgood ou si vous courez où que ce soit, je reviendrai vous chercher, vous et Tay, et vous laisserai pourrir en détention provisoire à Melbourne. Pas dans la même cellule. Lui, je le mettrai avec les enculeurs de chiens. Vous aussi, d'ailleurs, mais avec d'autres.

— Je les ai jamais brûlés, ces documents, dit doucement Starkey.

Assis à table, Cashin examinait le contenu des cartons de Starkey. Il lui fallut une demi-heure pour trouver une coupure de presse du *Herald* de Cromarty, datée du 12 août 1977.

Le surtitre de la photo disait :

GRAND BOL D'AIR PUR
POUR LES GOSSES DE LA VILLE

La légende poursuivait :

> L'entraîneur Bruce Starkey, star et avant de North Cromarty, encourageant l'équipe junior du Camp des Compagnons, à la mi-temps de leur match de foot australien contre le collège Saint Stephen, samedi matin. Les garçons de la ville, qui prennent des vacances bien méritées au camp de Port Monro, grâce aux Compagnons de la Morale, se sont inclinés par 167 à 43. Mais le score n'avait pas grande importance, il s'agissait surtout pour eux de se dégourdir les jambes et de respirer l'air pur de la campagne.

La photographie, en noir et blanc, montrait les garçons en shorts blancs maculés de boue et en maillots de foot foncés, face à un grand bonhomme qui tenait la balle à l'horizontale et leur donnait des instructions. Les garçons, cheveux bien dégagés sur la nuque et les oreilles, mangeaient des quartiers d'orange – amères, si l'on en croyait la grimace du gamin le plus proche.

On apercevait des spectateurs à l'arrière-plan, une majorité d'hommes et deux femmes, emmitouflés pour se protéger du froid. À droite, deux hommes en pardessus et devant eux, un petit garçon. Les hommes fumaient des cigarettes.

Cashin se leva de table, approcha la coupure de la fenêtre et la tint à la lumière déclinante. Il reconnut l'homme du centre vêtu d'un manteau couleur chameau, il l'avait déjà vu sur les photos des Heights : Charles Bourgoyne. Il avait de longs doigts. L'homme à sa droite, avec une petite moustache, était peut-être Percy Crake.

Cashin examina les autres spectateurs : des hommes d'âge moyen, une femme au nez pointu avec une écharpe sur la tête, une femme d'un âge indéterminé, en train de rire. Derrière Bourgoyne, un jeune homme de profil, aux cheveux courts, coiffés en arrière. Sa tête disait quelque chose à Cashin.

Ce garçon était-il avec Bourgoyne et Crake ? Il fronçait les sourcils et semblait regarder l'objectif. Cashin était intrigué par ce petit visage. Il ferma les yeux et vit soudain Erica Bourgoyne, à la galerie d'art.

James Bourgoyne. Le môme à la triste mine était peut-être Jamie, le frère d'Erica mort noyé, le beau-fils de Bourgoyne.

Cashin reprit sa lecture des documents et chercha d'autres photos. Dans un classeur, il trouva une bonne dizaine de clichés en format 20 × 25. Ils étaient tous semblables : des gamins alignés en trois rangs de neuf ou dix, les plus grands derrière, le premier rang le genou à terre. Ils portaient tous un maillot de corps et un short foncé, des tennis et des socquettes. Le moustachu figurait sur toutes les photos, habillé comme les enfants, mais un peu à l'écart, sur la droite. Il croisait les bras, les poings sous les biceps, pour les faire ressortir. Il avait des jambes poilues, de grosses cuisses et des mollets musclés. Deux autres hommes en survêtement se tenaient sur sa gauche. L'un d'eux, trapu et basané avec des lunettes, apparaissait sur tous les clichés. L'autre – grand et mince au long nez – n'était présent que sur cinq ou six d'entre eux.

Il regarda le verso d'une photo : *Camp des Compagnons, 1979.*

Les noms étaient écrits à main levée, au crayon : troisième rang, rang du milieu, rang de devant. *À gauche : M. Percy Crake. À droite : M. Robin Bonney, M. Duncan Vallins.*

Vallins était le grand et Bonney le petit trapu.

Cashin trouva le nom qu'il avait en tête, en 1977.

David Vincent était dans le rang du milieu : un gamin maigrichon et pâle au long cou, la pomme d'Adam et les clavicules saillantes. Il détournait légèrement la tête, avec un air d'appréhension, comme s'il craignait d'être frappé par le photographe.

Cashin lut les autres noms, examina les visages, détourna les yeux et réfléchit. Il alla chercher le téléphone, composa le numéro et attendit. David

Vincent était soit défoncé, soit dehors. Il appela Melbourne et dut attendre avant de parler à Tracy.

— Deux noms à vérifier, dit-il. Robin Bonney et Duncan Vallins. Je te le revaudrai et ainsi de suite…

— Vous êtes des clones de Singo, dit-elle. Toi et le patron. On te l'a déjà dit ?

— Plutôt Clint Eastwood jeune, d'habitude. Qu'est-ce que t'en penses ?

— Et ainsi de suite. Tu comptes me parler la prochaine fois que tu viens ici, ou simplement constater que je suis toujours en vie ?

Un des chiens se leva du canapé, posa les pattes par terre et s'étira avec indolence, le derrière bien plus haut que la tête. L'autre chien l'imita, l'air offensé.

— Je devais être préoccupé, dit Cashin. Excuse-moi. T'es toujours mariée au déménageur ?

— Non. Divorcée.

— Ah bon, t'as tourné la page. La prochaine fois que je viens, on échangera des informations un peu plus personnelles. Nos groupes sanguins, ce genre de choses.

— Je n'attends que ça. J'ai trouvé un Robin Gray Bonney de cinquante-sept ans. Qu'est-ce que tu en dis ?

— Ça a l'air de coller.

— Ancien assistant social. Condamné pour pédophilie. Peines avec sursis dans deux affaires. Puis une peine de six ans ferme. Il en a fait quatre.

— Ça colle de plus en plus.

— Ouais, mais il est mort. Poignardé à plusieurs reprises, castré, mutilé et étranglé. À Sydney, Marrickville plus précisément. Il y a deux jours de ça. Personne n'a été arrêté.

Cashin tenta d'étirer le haut de son corps, en écartant les omoplates, mais il sentit la résistance de ses muscles.

— Ah, nous y voilà, dit Tracy. Vallins, Duncan Grant, cinquante-trois ans. Pasteur anglican, adresse à Brisbane, à Fortitude Valley, mais ça remonte à 1994. Condamné pour pédophilie, peine avec sursis en 87. Un an ferme en 94-95. J'imagine que ça fait de lui un ancien pasteur aujourd'hui.

— Je sais pas ce qui te fait croire ça. Tracy, j'ai trois choses à te demander : d'abord, tous les détails sur Bonney. La mutilation. Deuxièmement, sur Vallins, supplie Brisbane de vérifier s'il vit toujours à cette adresse, mais une vérification en douceur. On ne veut pas l'affoler. Troisièmement, dis à Dove qu'on a besoin du rapport d'expertise de l'incendie au Camp des Compagnons, à Port Monro, en 1983.

Il était à la fenêtre. Des rubans roses effilochés traversaient le ciel et venaient mourir dans le noir de la colline.

La même nuit que celle de l'incendie. Double tragédie.

C'étaient les mots de Cecily Addison. L'épouse de Bourgoyne était tombée dans l'escalier la nuit de l'incendie. La faute aux calmants.

— Maintenant que j'y pense, dit-il, je vais peut-être venir faire un tour en ville. Tu peux le dire au patron ?

— Je le dirai à toutes les âmes en mal d'amour du bâtiment. Dove vient d'arriver, tu veux lui parler ?

— Non, mais passe-le-moi quand même.

Cliquetis.

— Salut, dit Dove. T'as vu le rapport d'Info Crime sur Bourgoyne ?

— Comment aurais-je fait pour le regarder, nom de Dieu ?

— À mon avis, personne ne l'a vu. Le soir où c'était diffusé à la télé, une femme a appelé. Elle a tout de suite téléphoné. Une dénommée Moira Laidlaw qui nous a dit, je cite : « Je vous suggère d'enquêter sur Jamie Bourgoyne. »

— C'est tout ?

— C'est tout.

— Jamie est mort. Noyé en Tasmanie.

— Pas la peine de se noyer pour être mort en Tasmanie, mais j'ai pensé que ça valait le coup de renifler l'information. C'est bien comme ça, que vous dites, renifler ? Ou flairer ?

— Tu lui as parlé ?

— J'ai découvert ça il y a dix minutes. J'ai essayé de t'appeler, mais c'était occupé.

— Trouve tout ce que tu peux sur Jamie. Tracy t'expliquera le reste. On se voit demain.

Cashin savait qu'il devrait partir immédiatement, en parler à Villani, monter dans la voiture et s'en aller. Il savait aussi qu'il ne le ferait pas. Quelle importance, à présent ?

— Je l'ai très bien vu, dit la vieille dame d'une voix sèche et posée. J'attendais au feu de Toorak Road et une voiture s'est arrêtée. Je ne sais pas pourquoi, mais j'ai regardé et vu Jamie sur le siège du passager.

— Vous le connaissez bien, madame Laidlaw ? lui demanda Cashin.

— Bien sûr, c'est mon neveu. Le fils de ma sœur. Il a vécu chez nous pendant quelque temps.

— Je vois. Et vous l'avez vu quand ?

— Il y a environ six semaines. Un vendredi. Je fais mes courses et déjeune avec des amies tous les vendredis.

Il n'était guère plus de seize heures, mais dans ce salon, Cashin eut l'impression qu'il était beaucoup plus tard. Il faisait sombre dehors et une rangée de gouttelettes s'apprêtait à dégringoler d'une petite branche encadrée par une porte-fenêtre.

— Jamie est censé s'être noyé en Tasmanie en 1993, vous le savez ? demanda-t-il.

— Oui, eh bien, ce n'est manifestement pas le cas, puisque je l'ai vu sur Toorak Road.

Cashin fit un signe à Dove pour lui signifier qu'il

était inutile de lui demander si elle était sûre de son identification.

— Pourquoi nous avoir conseillé de nous intéresser à Jamie quand son beau-père a été agressé ? demanda Dove.

— Parce qu'il est vivant et qu'il est capable de faire ça. Il déteste Charles Bourgoyne.

— Pourquoi donc ?

— Je n'en ai pas la moindre idée. Demandez à Erica.

Elle tourna la tête et la lumière étincela dans ses cheveux courts.

— Quand avez-vous vu Jamie pour la dernière fois ? demanda Dove. Avant Toorak Road.

— Il est venu aux funérailles de mon mari. À l'église. Dieu sait comment il en avait été informé. Il ne parlait à personne d'autre qu'à Erica. Pas un mot à son beau-père.

— Il aimait votre mari ? demanda Cashin.

Elle fit semblant d'enlever un poil invisible sur son chandail.

— Non. Et je peux vous assurer que c'était réciproque.

Cashin attendit, mais elle ne poursuivit pas.

— Pourquoi ne l'aimait-il pas, madame Laidlaw ?

Elle baissa les yeux. Un chat d'un gris gorge-de-pigeon entra dans la pièce et se frotta contre sa jambe droite. Il regardait fixement Cashin de ses yeux cendrés.

— Mon mari n'a jamais oublié la mort de son neveu. Mark s'est noyé dans la piscine quand il avait dix ans. Jamie était à la maison. Il n'y avait personne d'autre.

— A-t-on soupçonné Jamie d'être responsable ?
— Personne n'a rien dit.
— Mais votre mari en était persuadé ?
Elle acquiesça d'un clignement de paupières.
— Jamie avait trois ans de plus que Mark, vous comprenez.
Cashin sentit le frottement soyeux du chat autour de sa cheville.
— Et c'était un élément important ?
— Il était censé surveiller Mark. Nous l'aimions énormément. Il était chez nous depuis l'âge de six ans. Nous le considérions comme notre fils.
— Je vois. Et Jamie est venu aux obsèques de votre époux ?
— Oui, sans prévenir et déguisé en musicien hippie.
— Et c'était en quelle année ?
— En 1990. Le 12 mai 90. Il est venu ici le lendemain.
— Pourquoi ?
— Pour me demander une photo de Mark. Il savait où elles étaient, d'ailleurs, avec toutes les affaires de Mark. Il m'a dit qu'il l'avait toujours considéré comme un frère. C'était vraiment incroyable.
— Et vous ne l'avez jamais revu ?
— Non. Jusqu'à Toorak Road. Vous voulez un thé ? Je pourrais faire un thé.
— Non merci, madame Laidlaw, répondit Dove. Jamie a vécu combien de temps chez vous ?
Elle ôta ses lunettes, se tapota prudemment le coin d'un œil, puis les remit.
— Pas très longtemps. Moins de deux ans. Il est venu après avoir été en pension au collège. Son beau-père nous a demandé de l'accueillir.

— Et c'était ici ?

— Ici ?

— Vous habitiez dans la même maison, à l'époque ? demanda Cashin.

Mme Laidlaw le regarda comme s'il lui manquait une case.

— Nous avons toujours habité ici. J'ai grandi ici. Mes grands-parents ont construit cette maison.

— Et après avoir fini le collège, qu'a fait Jamie ?

— Il n'a pas fini. Il a abandonné ses études.

— Il a quitté l'école ?

— Oui et il est parti d'ici. Il était en première, et il est parti un beau jour.

— Où est-il allé ?

— Je ne sais pas. D'après Erica, à un moment, il était au Queensland.

Le téléphone sonna dans le couloir.

— Excusez-moi.

Cashin et Dove se levèrent en même temps qu'elle. Elle marcha lentement jusqu'à la porte. Cashin regarda le jardin par les portes-fenêtres. Il vit de gros arbres dénudés – un chêne, un orme et une autre espèce qu'il ne fut pas capable d'identifier. Les feuilles mortes n'avaient pas été ratissées et s'entassaient en piles détrempées. Un mur de soutènement penchait et avait perdu quelques pierres. Il s'effondrerait bientôt et les vers de terre seraient exposés au grand jour.

— Ces appels pour les bonnes œuvres, dit Mme Laidlaw. Je ne sais jamais quoi leur répondre. Ces gens ont toujours l'air si gentils.

Elle reprit son fauteuil et le chat monta sur ses genoux. Cashin et Dove s'assirent.

— Madame Laidlaw, pourquoi Jamie a-t-il arrêté d'aller en pension ? demanda Cashin.

— Je ne connais pas les détails, mais j'imagine que le lycée pourrait vous le dire.

— Et pourquoi est-il parti d'ici ?

— Vous pourriez le demander aussi à l'école. Mais je vous mentirais si je vous disais que son départ n'a pas été un grand soulagement.

Elle caressa le chat en le regardant.

— Jamie était un garçon étrange. Il était très proche de sa mère et je crois qu'il ne s'est jamais remis de sa mort. Mais il y avait autre chose…

— Oui ?

— Il était silencieux, toujours en train d'observer, l'air effrayé. Comme s'il craignait toujours qu'on lui fasse du mal. Et puis il faisait des choses horribles. Une fois qu'il était venu passer le week-end ici, il avait fabriqué un arc et une flèche et tiré sur le chat du voisin. Dans l'œil. Il nous a dit que c'était un accident. Mais un chien a pris feu dans notre rue et nous avons tout de suite su que c'était Jamie. Puis il a noyé les canaries de Mark dans la piscine. Dans leur cage.

Son regard passa de Cashin à Dove.

— Il lisait les manuels médicaux de mon mari. Il s'asseyait par terre dans le bureau et passait des heures à consulter ses ouvrages d'anatomie.

— Vous connaissez quelqu'un avec qui il aurait pu rester en contact ? demanda Cashin.

Elle caressait le chat, tête baissée.

— Non. Mais il avait un ami au lycée, un autre gamin à problèmes. J'imagine qu'il a dû se faire renvoyer, lui aussi.

— Dans quel établissement est-il allé, madame Laidlaw ?

— Saint Paul. Les Bourgoyne sont tous allés à Saint Paul. Ils leur ont donné beaucoup d'argent.

— Vous avez dit qu'il détestait Charles Bourgoyne.

— Oui. Je n'avais jamais réalisé à quel point, jusqu'à ce que je lui suggère d'aller en vacances avec Charles. D'ordinaire, il passait ses congés ici. Il a foncé la tête la première dans la porte d'entrée. Délibérément. Puis il est resté assis par terre à hurler « non, non, non » sans s'arrêter. Seize points de suture au crâne, voilà jusqu'où c'est allé.

— Merci de votre aide, madame Laidlaw.

— Je ne m'attendais pas à ce que vous soyez comme ça, dit-elle en regardant Dove.

— On existe sous toutes les formes, dit Cashin.

Elle sourit à Dove. Le sourire affectueux de quelqu'un qui vous connaît et vous apprécie.

Ils suivirent le couloir jusqu'à la porte d'entrée.

— Madame Laidlaw, dit Cashin, j'ai encore une question à vous poser. Existe-t-il le moindre doute dans votre esprit ou êtes-vous certaine que l'homme de Toorak Road était bien Jamie ? Serait-il possible que ce soit quelqu'un qui lui ressemble ?

— Aucun doute. Je suis tout à fait saine d'esprit. Je portais mes lunettes et c'était Jamie.

— En avez-vous parlé à Erica ?

— Oui, je lui ai téléphoné dès que je suis rentrée.

— Et qu'a-t-elle dit ?

— Pas grand-chose. « Mais oui, bien sûr, ma chère », ce genre de propos.

Une pluie fine mais soutenue les accompagna sur le sentier gravillonné et le trottoir qui les menaient à la voiture. Les caniveaux débordaient, transportant des feuilles, des brindilles et des glands. Dans quelque tunnel sombre, tout cela allait s'ajouter aux ordures humaines sordides de la ville et se jeter ensemble dans la baie froide aux tons d'ardoise.

Cashin y songea à la voiture.

— J'en ai pour une seconde, dit-il.

Mme Laidlaw lui ouvrit la porte comme si elle avait été derrière à l'attendre. Il lui posa la question.

— Mark Kingston Denby, dit-elle. Pourquoi ?

— C'est juste pour nos fichiers.

Dans la voiture, Cashin dit à Dove :

— Allons au collège. Il nous faut le nom de l'ami renvoyé.

Le directeur adjoint, en costume gris, avait une cinquantaine d'années, le visage hâlé et l'air aussi en forme qu'un skieur de fond.

— Le règlement du lycée interdit la divulgation d'informations sur nos étudiants ou notre personnel, anciens ou actuels, dit-il avec un sourire aux dents de neige.

— Monsieur Waterson, répondit Cashin, nous risquons de gâcher votre soirée. Nous allons revenir dans l'heure avec un mandat et un camion pour emporter tous vos registres. Qui sait, ça risque d'intéresser les médias. C'est tellement dur de garder un secret, de nos jours. Ce soir, Saint Paul se retrouvera aux infos de toutes les chaînes de télé. Ce sont les parents d'élèves qui vont être ravis.

Waterson se gratta la joue de son ongle rose, taillé bien droit. Il portait un bracelet en cuivre.

— Je dois consulter un collègue, dit-il. Je vous prie de m'excuser un moment.

Dove s'approcha de la fenêtre du bureau.

— Crépuscule sur les terrains de jeux, dit-il. On se croirait en Angleterre.

Cashin consultait les livres du directeur adjoint. Presque tous des manuels de management.

— Nous avons merdé dans cette affaire, dit-il. Fiasco complet. Heureusement que Singo est pas là pour voir ça.

— Et Dieu merci : *nous* avons merdé, dit Dove. Imagine si tu avais merdé tout seul. Ou pratiquement tout seul.

La porte s'ouvrit.

— Suivez-moi, messieurs, dit Waterson. J'ai réussi à trouver notre conseillère juridique. Elle était sur le point de rentrer chez elle. Elle ne travaille ici que deux jours par semaine.

Ils traversèrent un couloir qui les mena dans une vaste salle lambrissée. Une brune en tailleur à rayures siégeait à une table pouvant accueillir une bonne vingtaine de personnes.

— Louise Carter, dit Waterson. Voici les inspecteurs Cashin et Dove. Asseyez-vous, messieurs.

Ils s'assirent. Carter les examina l'un après l'autre.

— Cet établissement a pour habitude de préserver avec un soin jaloux les coordonnées des membres de sa communauté, commença-t-elle.

Elle avait environ cinquante ans, un visage long, la peau tirée autour des yeux et une expression d'étonnement perpétuel.

— Nous ne pouvons satisfaire aucune demande de renseignements, hormis celles qui nous sont adressées par la famille d'un membre de la communauté ou le membre de la famille de la communauté concernée, à condition néanmoins que cette personne soit en mesure de formuler sa requête. Et, même dans ce cas, nous nous réservons le droit d'user de notre propre jugement pour accéder aux requêtes.

— Vous trichez, lui dit Dove, le règlement est copié sur votre main.

Elle n'était pas sensible à son humour.

— La famille du membre de la communauté dont je parle est dans la merde jusqu'au cou, dit Cashin. Alors, répondez par oui ou par non. Nous n'avons pas de temps à perdre.

— Vos méthodes d'intimidation sont vaines contre Saint Paul, inspecteur. Vous appréciez sans doute mal l'importance de notre institution dans cette ville.

— Non, mais je n'en ai rien à cirer non plus. On sera de retour dans une heure et en force, croyez-moi. Ça va grouiller.

Elle ne sourcilla pas.

— Et que voulez-vous savoir à propos de ces élèves ?

— La raison du renvoi de Jamie Bourgoyne quand il était en pension, le nom de son ami qui a été également renvoyé et la raison de son renvoi.

Mouvement de refus de la tête.

— Impossible. Vous devez comprendre que la famille Bourgoyne est associée de près et depuis longtemps à notre établissement. Je crains que nous ne puissions…

— Accrochez-vous, lui dit Cashin. Nous serons bientôt de retour. Et n'hésitez pas à aller vous faire une beauté ! Vous allez passer à la télé.

Cashin et Dove se levèrent.

— Attendez, dit Waterson en se levant à son tour. Je pense que nous pouvons accéder à votre demande.

Il quitta la pièce. La femme le suivit, dans un claquement de talons. Ils s'entretinrent brièvement dehors, puis elle rentra, se plaça près de la fenêtre, revint s'asseoir et il y eut un bref silence jusqu'à ce qu'elle tousse et dise :

— Il me semble vous avoir vus à la télévision, tous les deux.

Cashin observait une large peinture sur le mur d'en face : des barres verticales grises et marron. Elle lui rappela un pull que Bern portait souvent, tricoté par une vieille parente ; quelqu'un ayant un peu d'amour-propre en aurait fait du compost.

Il fut un temps où il aurait eu envie de faire bonne impression sur cette femme.

— Je passe souvent à la télé, dit Dove. Je suis agent secret, alors je porte une fausse barbe.

Waterson entra, déposa deux dossiers jaunes sur la table et s'assit.

— Je vais répondre à toutes vos questions et vous dire ce que je sais, annonça-t-il sans détour. N'hésitez pas à m'interrompre si je ne suis pas clair.

— David, dit la femme, pourrions-nous…

— James Bourgoyne et un garçon nommé Justin Fischer étaient dans la même classe et partageaient le même dortoir.

Waterson marqua une pause, regarda la femme, Cashin, et reprit :

— Il est de mon devoir de vous signaler que James me semblait particulièrement perturbé. Et que, en trente-six années de carrière dans l'enseignement, je n'ai jamais rencontré de garçon plus dangereux que Justin Fischer.

La juriste se pencha vers lui.

— David, votre franchise est complètement inopportune. Pourrais-je…

— Parmi bien d'autres choses, nous pensons qu'ils ont incendié une salle d'équipement de gym et un dortoir.

— David, je vous en prie.

— C'est du domaine de la police, dit Cashin.

— Oui, nous avions appelé la police, naturellement, dit Waterson, mais nous n'avions pas fait part de nos soupçons et ils n'avaient trouvé aucune preuve. Nous avions donc demandé au beau-père de James de le retirer du pensionnat. Nous voulions séparer les deux jeunes.

La juriste leva les mains.

— Le moment est bien choisi pour…

— Avec le recul, poursuivit Waterson, nous aurions dû tout dire à la police et renvoyer les deux élèves. Dans cet ordre.

La femme s'empressa d'ajouter :

— David, avant que vous ne souffliez un autre mot, je vous somme de consulter notre directeur.

— Louise, lui répondit-il sans lui accorder un regard, mais fixant Cashin. Notre directeur a des valeurs morales avoisinant celles de Pol Pot. N'aggravons pas les jugements erronés du passé.

Cashin lut dans les yeux de cet homme bronzé le soulagement qu'il avait remarqué chez les meurtriers quand ils passent aux aveux.

— Poursuivez, dit-il.

Il avait une intuition à présent, une démangeaison de l'esprit.

— Quand Bourgoyne ne fut plus pensionnaire, dit Waterson, on nous a signalé des incendies de haies dans le voisinage. Trois ou quatre, je ne sais plus. Puis à Prahran, deux adolescents ont amené un garçon de six ou sept ans dans un coin tranquille et l'ont torturé. Torturé, le mot n'est pas trop fort. Son supplice a été bref, et il n'a pas été grièvement blessé, mais c'était un acte de barbarie, de sadisme. L'un des étudiants, un pensionnaire, a aperçu Bourgoyne et Fischer à proximité de cet endroit à l'heure des faits.

— Vous en avez parlé à la police ?

— Pour notre plus grande honte, non.

— Vous n'avez pas dit au pensionnaire d'aller voir la police ?

— David, dit la femme. Je me dois de vous avertir…

— Nous l'avons découragé d'y aller. J'ai obéi aux instructions de notre directeur et je l'ai personnellement dissuadé.

— Quand vous dites « dissuader », est-ce la même chose que lui interdire de porter plainte ? demanda Dove.

— À peu près, répondit Waterson. Après cela, nous avons renvoyé Bourgoyne et Fischer de l'établissement. Le jour même. C'est la seule décision juste et adéquate que nous ayons prise en ce qui concerne ces deux jeunes.

— J'aimerais avoir une photocopie de leurs dossiers, s'il vous plaît, dit Cashin.

— Ce sont des photocopies, dit Waterson en lui tendant le dossier.

— Merci.

Il se leva et serra la main de Waterson. Il ne regarda pas la juriste.

— A priori, je ne vois aucune raison de mentionner le nom de votre établissement.

En descendant l'escalier de pierre, Cashin ouvrit un dossier.

— Appelle Tracy, dit-il à Dove.

Ce dernier lui tendit son portable quand ils arrivèrent dans le hall d'entrée.

— Tracy, c'est Joe. Lâche tout et mets cette histoire sur le feu, en priorité. Trouve tout ce que tu peux sur Justin David Fischer. Avec un S-C-H-E-R à la fin. La dernière adresse est celle de sa tante, Mme K. L. Fischer, 19 Hendon Street, à Albert Park. Demande à Birk de regarder si quelqu'un peut s'en occuper.

— Nous avons mobilisé tous nos moyens pour rechercher Jamie Bourgoyne et trouver des détails sur l'incendie du Camp des Compagnons. Finu est sur l'affaire.

— Demande-lui de m'appeler, d'accord ?

— Brisbane a vérifié l'adresse de Duncan Grant Vallins. Il a déménagé il y a deux ans et ils n'ont rien de plus récent.

— Merde !

— Le voisin leur a dit qu'un type était venu le chercher la semaine dernière. Avec une barbe et des cheveux longs. Un autre type l'attendait dans une voiture.

Dans le crépuscule, leurs pieds crissèrent doucement sur les gravillons. Des garçons en uniforme, blazer vert et pantalon de flanelle gris, descendaient sur leur droite. Parmi les premiers, un gamin pâlichon mangeait des frites dans un carton. Un élève passa derrière lui, l'emprisonna de ses bras et lui tira la tête en arrière. Un autre passa à côté d'eux comme si de rien n'était, lui prit le carton de frites, et en goûta une sans s'arrêter.

— Cours d'agression et vol, niveau Première, dit Dove. Exercice pratique.

— Qu'est-ce qu'on a sur lui ? demanda Cashin.

Ils étaient arrêtés à un feu de Toorak Road. Trois blondes traversaient la route, cheveux mouillés et peignés, sans maquillage, le teint éclatant après la gym.

— Sans blague, dit Dove. Ces créatures-là sont envoyées sur terre pour nous mettre à l'épreuve.

— Jamais inscrit sur les listes électorales, dit Finucane. Pas de numéro de sécu, jamais de chômage ni rien. Un permis de conduire délivré à Darwin en 1989, le genre qu'on trouve dans un paquet de lessive. Ensuite, il part en cavale. Petits délits pour drogue sans gravité à Cairns, puis il se fait arrêter pour avoir agressé un gamin de douze ans à Coffs Harbour. Plainte sans suite. Peine avec sursis pour agression à Sydney en 1986. Dans un parc, victime âgée de seize ans. Possession d'héroïne à Sydney en 1987. Deux ans pour cambriolage avec circonstances aggravantes à Melbourne en 90.

Le feu passa au vert. Sans les regarder, une vieille femme, petite et voûtée, tête baissée, vêtue d'un imperméable de plastique transparent, traversa devant eux. Elle poussait un caddy de fabrication artisanale qui ressemblait à un landau.

— Comme Christophe Colomb, dit Dove. Pas la moindre idée d'où elle va.

Le véhicule derrière eux klaxonna, deux longs coups.

Dove attendit que la femme soit en sécurité sur le trottoir avant de redémarrer lentement et de continuer à la même vitesse, par pure provocation.

— Continue, dit Cashin.

— C'est tout. Jamie est sorti en 92 et présumé mort noyé en Tasmanie en 93.

— Finu, dit Cashin. Tracy fait des recherches sur ce Fischer. Trouve tout ce que tu peux et appelle-moi dès que tu tiens quelque chose. Elle fouille aussi autour d'un Duncan Grant Vallins, pédophile, ancien aumônier militaire anglican, adresse inconnue. Regarde s'il est fiché, ou si l'église peut te renseigner. Dis à l'enfant de chœur qui s'occupe de la com de l'église de coopérer sous peine d'être pendu haut et court. En direct au journal de vingt heures.

— OK, patron.

— Ah ! Encore un truc. Trouve ce que tu peux sur Mark Kingston Denby et appelle Dove si t'as quelque chose.

— OK, patron.

Cashin ferma les yeux et songea à Helen Castleman nue. Si douce. La nudité et les rapports sexuels changeaient tout. Les sandwichs au bacon, à l'oignon et à la tomate n'auraient plus jamais le même goût.

— Où va-t-on ? demanda Dove.

— Queen Street. Tu connais ?

— J'ai appris le plan de la ville par cœur. C'était le premier de mes jobs.

— Tu gardes ainsi la possibilité de te rabattre sur le boulot de chauffeur de taxi. Plus tôt que tu le crois, sans doute.

À Queen Street, Dove dit :

— Je reconnais que j'ai pu sembler un peu…

— Ici, dit Cashin. Gare-toi. Je veux parler à Erica Bourgoyne.

— N'est-il pas un peu tard ?

— Penses-tu ! C'est une avocate. Ces gens-là ne rentrent jamais chez eux.

Cashin avait ouvert sa portière quand le portable de Dove se mit à sonner. Il attendait que Dove réponde, le doigt en l'air.

— Je te le passe, dit Dove.

Il lui tendit le téléphone.

— Patron, j'ai eu un type de l'église qui m'a tout de suite donné l'adresse de Duncan Grant Vallins, dit Finucane. Il vit dans la banlieue d'Essendon, au foyer pour garçons Saint Aidan. C'est fermé maintenant, mais le type m'a dit qu'on y accueille parfois les membres de l'église dans le besoin.

— Besoin de quoi ? dit Cashin. L'adresse ?

La nuit était tombée, la pluie, qui dégoulinait des arbres, créait un flou sur les lumières. Le trottoir était un défilé de visages pâles sur des habits sombres.

— J'ai aussi localisé Mark Kingston Denby. Sorti de prison il y a neuf semaines. Six ans pour vol à main armée. Il y a un coaccusé aussi.

— Oui ?

— Justin Fischer, dit Finucane. Il a écopé de la même peine.

Cashin songea à appeler Villani, mais changea d'avis et expliqua à Dove où aller.

Les phares éclairaient les piliers et le grand portail orné. Il faisait deux bons mètres de haut et, sur la fonte, les traces de peinture avaient cédé la place à des écailles aux couleurs automnales. Derrière les grilles, les lumières projetaient l'ombre du portail sur un chemin qui s'enfonçait dans une végétation sombre et sauvage.

— Si ce connard est chez lui, on va le mettre en détention protégée, dit Cashin.

Son torse entier le faisait souffrir et des élancements lui descendaient le long des cuisses.

Dove arrêta le moteur et éteignit les phares. La rue était mal éclairée à cet endroit. Le réverbère le plus proche était en face, à une cinquantaine de mètres. Ils sortirent, dans le froid du soir, la pluie leur avait accordé un sursis.

— Qu'est-ce qu'on fait ? demanda Dove.

— On frappe, dit Cashin. Que faire d'autre ?

Il tenta d'ouvrir le portail, passa la main dans un trou et trouva une poignée qu'il tira avec difficulté dans un crissement métallique. La droite du portail résista, puis céda aisément.

— Laisse ouvert, dit-il à Dove.

Ils descendirent l'allée côte à côte, en évitant de se frotter aux buissons mouillés.

— T'es armé ? demanda Dove.

— Relax. On va chez un vieux pédophile et un ancien prêtre, pas dans une soirée débauche des Hell's Angels.

Il savait pertinemment qu'il aurait dû porter son arme. Il n'en avait plus l'habitude, avait perdu l'instinct.

L'immeuble à un étage leur apparut, en brique, avec des fenêtres en arc brisé, des marches jusqu'à un long porche et une porte d'entrée flanquée de vitraux. Un rai de lumière s'échappait du rideau mal tiré d'une fenêtre sur la gauche.

— Y a quelqu'un, dit Cashin. Quelqu'un dans le besoin.

Ils montèrent l'escalier. Il souleva le heurtoir, un lourd anneau de cuivre, frappa plusieurs fois, attendit et se remit à tambouriner.

Le vitrail de gauche éclaira faiblement une scène biblique qui représentait un groupe d'hommes, dont un auréolé – rouge, blanc, vert et violet.

— Qui est là ? demanda une voix masculine autoritaire.

— Police.

— Glissez votre insigne dans la boîte aux lettres.

Cashin fit signe à Dove, qui sortit son badge et le faufila dans la fente. Quelqu'un le prit. Ils entendirent deux verrous. La porte s'ouvrit.

— C'est à quel sujet ?

Un grand mal rasé, habillé en noir, multiples mentons, petites lunettes rondes, cheveux gris et fins peignés à l'arrière, gras et bouclés aux extrémités.

— Duncan Grant Vallins ?

— Oui.

— Inspecteur Cashin, brigade criminelle, et inspecteur Dove.

— Que me voulez-vous ?

— Peut-on entrer ?

Vallins hésita, puis recula. Ils pénétrèrent dans un hall d'entrée au sol de marbre, un escalier s'élevait au centre et bifurquait à gauche et à droite jusqu'à une galerie. Un énorme chandelier de cristal était suspendu à six mètres au-dessus de leurs têtes.

— Par ici, dit Vallins.

Ils suivirent son corps en forme de poire dans une pièce sur la gauche. C'était un vaste salon, éclairé par une ampoule nue au plafond et une lampe sur pied à côté de la cheminée. Les meubles étaient vieux et miteux, les fauteuils dépareillés, le sofa en chintz s'affaissait. Il flottait une odeur d'humidité, de crottes de souris et de tabac froid, piégée dans les rideaux, la moquette et les housses.

Vallins s'assit dans le fauteuil près de la cheminée, croisa les jambes et les ajusta. Il avait de grosses cuisses. Il s'empara d'un mégot qui se consumait dans un cendrier en cuivre à côté d'une tasse blanche et inhala une profonde bouffée. Il avait de longs doigts minces tachés, de la couleur d'un bâton de cannelle.

— Que me voulez-vous ?

— Connaissez-vous Arthur Pollard ? demanda Cashin.

Il promena son regard dans la pièce. Sous une

hauteur de plafond impressionnante, des bouteilles étaient amoncelées sur une table basse, sept ou huit de whisky. Toutes, sauf deux, étaient vides.

— Vaguement. Dans le temps.

— Et Robin Gray Bonney. Vous le connaissez ?

Vallins tira sur sa cigarette et recracha la fumée en agitant la main.

— Dans le temps aussi. Il y a des lustres. Pourquoi ?

— Charles Bourgoyne, dit Cashin. Vous le connaissez sans doute. Vaguement. Dans le temps. Et M. Crake aussi, bien entendu.

Vallins ne répondit rien. Il trouva une cigarette dans un paquet. Ses mains tremblaient et il eut quelques difficultés à l'allumer à son mégot, qu'il écrasa dans le cendrier.

— Mais enfin, c'est absurde, s'écria-t-il d'une voix aiguë et distinguée. Pour quelle raison venez-vous me déranger ?

— Vous auriez peut-être tout intérêt à être placé en détention protégée, dit Cashin. Pour nous raconter vos petites histoires du Camp des Compagnons, dans le bon vieux temps. Vous aviez l'air en pleine forme sur les photos. Vous faisiez beaucoup d'exercice à l'époque, n'est-ce pas, monsieur Vallins ? Avec les garçons ?

— Je n'ai absolument rien à vous dire. Pas une seule chose. Je vous prie de me laisser.

— Vous menez une vie d'ermite, ici, monsieur Vallins. Tout seul dans cet endroit pour anglicans dans le besoin.

— Ça ne vous regarde en rien. Je ne vous raccompagne pas, je suis sûr que vous trouverez votre chemin.

Cashin regarda Dove. Il se grattait la tête d'un air mécontent. Le crâne démange-t-il encore quand il est chauve ? Et pourquoi cela ?

— Très bien, dit Cashin. Dans ce cas, on vous laisse. On vous laisse réfléchir aux moyens de torture utilisés contre vos amis Arthur et Robin. C'était pas beau à voir, pour Robin. Ils lui ont enfoncé quelque chose de brûlant. Un aiguisoir. Vous voyez ce que c'est ? En acier. On pense qu'ils l'ont chauffé au gaz de la cuisinière. Chauffé au rouge. C'est ressorti par l'avant.

Le visage de Vallins se tordit en une grimace.

— Quoi ?

— Torturé puis assassiné, dit Cashin. Bourgoyne, Bonney et Pollard. Ne nous raccompagnez pas, monsieur Vallins. Bonne nuit.

Cashin partit. Il était à la porte lorsque Vallins lui dit :

— Attendez, inspecteur, s'il vous plaît. Excusez-moi, je ne savais pas…

— On est juste passés pour vous informer du taux de mortalité parmi les gens de votre espèce, dit Cashin. Nous vous avons offert notre aide, vous l'avez refusée. Nous en avons pris note. Bonne chance et faites de beaux rêves, monsieur Vallins.

Ils étaient dans l'entrée, Cashin devant, puis Dove, puis Vallins à un pas de distance.

— Vous devez avoir raison, inspecteur, dit Vallins de sa voix haut perchée. Est-ce que j'ai besoin de…

— Je sais de quoi tu as besoin, Duncan, lança une voix venant de la galerie à l'étage. Tu as besoin de te repentir pour ta vie de dégueulasse et de mourir en paix avec le Seigneur.

La lumière du salon était trop faible. Cashin ne pouvait pas distinguer l'homme.

— Qui est là ? demanda-t-il.

Il le savait.

Un rire fusa, celui d'une autre personne.

— Les flics ! dit-il. Je sens le flic, ça pue le flic pourri et dégueulasse.

Cashin se tourna vers Dove. Les yeux fixés sur la galerie, ce dernier repoussait son manteau de la main droite et dévoila l'étui à ressort et la crosse, sur laquelle il posa la main.

Coups de feu, flash rouge vif.

Dove recula, et se tourna vers Cashin, qui vit l'éclat de ses lunettes, puis la bouche ouverte, les mains sur la poitrine. Il s'effondra.

— ET D'UN !

Cashin repéra la boîte à fusibles sur le mur à côté des vitraux. Il s'en approcha, deux pas, puis il plongea et la fit disjoncter de la main gauche, dans sa chute. Il vit le flash du coin de l'œil et sentit une lame de couteau lui déchirer le dos, sous les omoplates.

— ET DE DEUX !

Il faisait noir comme dans un four. Il était à genoux, son dos entier semblait en feu.

— Merde, pensa-t-il, j'en ai pris une.

— Je vous en prie, hurla Vallins. Je vous donnerai de l'argent, j'ai de l'argent !

Cashin tendit la main vers l'épaule de Dove, il palpa l'étoffe de son vêtement, puis son visage. Il respirait. Il rampa plus près de lui et entendit un petit ronflement. Il trouva le harnais de Dove, descendit la main jusqu'à l'étui.

Vide.

Nom de Dieu, il avait pris son flingue et l'avait laissé tomber. Mais où ?

— ON DESCEND VOUS CHERCHER, LES GARÇONS !

Une voix grinçante.

Cashin tâtonnait désespérément sur le sol en marbre glacé.

— Je vous en prie, hurlait Vallins, s'il vous plaît !

— Tu dois d'abord te repentir, Duncan, lui dit une voix plus profonde et plus posée.

Cashin rampait rapidement. Il devait atteindre la porte à droite des escaliers avant que l'électricité ne soit rétablie. Ils l'avaient vu actionner l'interrupteur et le retrouveraient. On ne sort jamais sans arme. On n'a jamais besoin de ces putains de machins jusqu'au jour où le besoin est tel qu'on en ressent le manque jusqu'au bout des dents.

Il rampa jusqu'au mur, se leva, se dirigea à tâtons vers la gauche, renversa quelque chose, une table sans doute, un objet tomba et se brisa.

Pan ! Un flash. Provenant du milieu de l'escalier.

Cashin trouva un recoin, puis la porte, la poignée, qu'il tourna. La porte s'ouvrit et il entra.

Une odeur. Un parfum léger, écœurant.

Ne pas fermer la porte pour qu'ils n'entendent pas le claquement.

Il se sentait étourdi. Il heurta quelque chose de dur, au niveau de sa cuisse, tourna à gauche, tâtonna encore, c'était l'arrière de quelque chose, ça continuait, un pilier, sculpté. Il tendit la main et toucha un mur.

Un banc. Il était dans une église ou une chapelle. Ce qui expliquait l'odeur.

La main droite sur le mur, il fit un pas, sentit quelque chose qu'il renversa de son socle et qui tomba sur le sol. Grand fracas. Il s'arrêta.

— Par ici, dit la voix. Il est ici. Il n'est pas armé.

— Descends ce flic, dit la voix aiguë. Fous-lui une balle dans la tête !

— Non, trouve l'autre flic, Justin. Laisse celui-ci se vider de son sang. C'est un agneau du Seigneur. Je prierai pour lui.

Cashin entendit un grognement atroce, mélange d'effroi et de douleur.

Il essayait de s'habituer au noir, clignait des yeux, mais tentant de le faire trop rapidement, il n'y parvenait pas. Ses paupières étaient trop lourdes. Avait-il perdu du sang ? Il passa sa main droite sous son manteau et palpa son dos.

Tiède et humide.

Il ressentit le besoin de s'asseoir. Il tendit la main, trouva l'arrière du banc et y prit appui, soudain privé de tout sentiment d'urgence. Plus rien n'avait d'importance. Il allait mourir ici, dans cette salle glaciale aux odeurs doucereuses.

Non. Une issue. Allez, trouve la porte. Suis le mur.

Ses yeux ne voyaient plus. Il était sous l'eau, de l'eau noire, non, pas de l'eau, mais un liquide plus épais. Du sang. Il essayait de se déplacer dans du sang. De l'eau et du sang. Diab et Dove, il les avait tous les deux tués. Il ne sentait plus ses orteils. Ni ses jambes. Il ne pouvait plus respirer. Il ôta la main du dossier du banc et se sentit tomber. Il aperçut un poteau et tenta de s'y retenir.

Le pilier n'était pas fixé et tomba avec lui. Quelque chose lui cogna la tête. Une douleur abominable, puis plus rien.

Il était à l'hôpital. On lui passait un truc froid sur le visage, on le nettoyait avec un linge humide, quelqu'un parlait fort, mais ne s'adressait pas à lui. C'était assez lointain, la radio, ou la télévision...

Cashin n'ouvrit pas les yeux. Il savait qu'il n'était pas à l'hôpital, ce sur quoi il était allongé était dur comme la pierre. Le sol. Un sol de marbre glacial. Tout lui revint à l'esprit.

— Tu te souviens de ce que tu m'as fait, Duncan ? demandait la voix. Quand je hurlais de douleur ? Quand j'implorais ta pitié ? Tu t'en souviens, Duncan ?

Silence.

Je suis vivant, pensa Cashin. Je suis allongé par terre et je suis vivant.

— Ça m'a fait tellement plaisir d'apprendre que t'étais devenu pasteur, Duncan, dit la voix.

Jamie Bourgoyne. Réincarné dans la peau de son cousin disparu, Mark Kingston Denby.

— Nous avons tous deux consacré nos vies au Seigneur, Duncan, dit Jamie. Ça change tout, n'est-ce pas ? J'étais un pécheur. J'avais fait des choses terribles. J'avais fait atrocement souffrir certaines des créatures du Seigneur. Tu comprends ça, n'est-ce pas ? Bien sûr que oui. Toi non plus, tu n'as pas offert un cœur très pur au Seigneur.

Un grognement agonisant.

— Les petits enfants, Duncan. Penses-tu à ce qu'a dit notre Sauveur ? Réponds-moi, Duncan.

Quelques mots, un murmure inaudible.

— Duncan, notre Seigneur a dit : « Laissez venir à moi les petits enfants. » C'est pas merveilleux, ça, Duncan ? « Laissez venir à moi les petits enfants et ne les en empêchez pas ; car le royaume de Dieu est pour ceux qui leur ressemblent. »

Le hurlement envahit la chapelle, envahit la tête de Cashin, sembla lui pénétrer dans l'oreille par le marbre.

— Je peux ? demanda la voix aiguë. Allez, c'est mon tour, Jamie.

— Bientôt, bientôt. Il faut d'abord que je prépare Duncan. Duncan, l'expression *laissez venir à moi* est très importante. Parle-moi, Duncan. Dis-moi : *Laissez venir à moi les petits enfants*. Dis-le, Duncan.

Cashin se rendit compte qu'il n'était pas aveugle, qu'il y avait de la lumière. Elle provenait de bougies, tremblait, vacillait, projetait des ombres sur les murs. Ils n'avaient pas pris la peine de remettre l'électricité, mais avaient allumé des cierges. Dove était mort, et Cashin passait lui aussi pour tel, ou mourant. Il se vidait de son sang.

Il se vidait de son sang.

Vallins tentait de parler d'une voix rauque, il essayait de former une phrase entière.

— Un enfant, dit Jamie. Un petit garçon, Duncan. N'as-tu jamais éprouvé de regrets ? De remords ? C'est bien ce que je pensais. Toi, Robin et Crake. J'étais triste quand j'ai appris la mort de Crake, en prison. Le Seigneur aurait voulu que je m'occupe aussi de lui.

— C'est à moi, maintenant, dit Justin. Allez, Jamie !

Cashin essaya de se redresser et s'aperçut que son corps n'avait plus de force, il était incapable de le bouger. Il allait rester là, pendant qu'ils tueraient Vallins, puis ils partiraient. Il pouvait se contenter d'attendre. Jamie se foutait de lui, n'avait aucune raison de le haïr.

— « En ces jours-là, dit Jamie, les hommes chercheront la mort, et ils ne la trouveront pas ; ils désireront mourir, et la mort fuira loin d'eux. » J'ai dû aller en prison et vivre avec des hommes mauvais avant de comprendre le sens de ces paroles. Tu les comprends, maintenant, Duncan ?

— Je vous en prie, s'il vous plaît…

Et encore ces grognements lamentables et terribles.

— J'ai souvent souhaité mourir sans en être capable, Duncan. Je comprends maintenant que le Seigneur voulait me faire vivre avec mon tourment car il préparait ma mission.

— C'est mon tour, Jamie, c'est mon tour, répéta Justin.

— « Je suis le vivant, j'étais mort ; et voici, je suis vivant aux siècles des siècles. Je tiens les clés de la mort et du séjour des morts. » Connais-tu ces mots, Duncan. Saint Jean le Divin. *Les clés de la mort et du séjour des morts.* Le Seigneur me les a confiées.

Est-ce que tu es déjà en enfer, Duncan ? Réponds-moi.

Qu'est-ce que je fais, allongé ici ? pensa Cashin. J'ai tué Dove et ils sont en train de torturer un homme. Si je vis, comment vais-je expliquer ça à Singo ? Peu importe Singo, somme toute, mais Villani. Finu. Birkerts. Je suis un policier, nom de Dieu.

— Le Seigneur, poursuivit Jamie, veut te faire connaître la douleur, Duncan, la douleur et la peur. Il voulait aussi la faire connaître à Charles à cause de ce qu'il m'avait fait. Et à ton ami Robin. Est-ce que tu sais que je n'ai jamais pu oublier vos visages, à toi et à Robin ? On dit que les enfants n'ont pas beaucoup de mémoire. Mais ce n'est pas vrai pour tous. Certains se rappellent vos visages car ils les voient dans leurs cauchemars.

Un hurlement foudroyant, une douleur écarlate, absolue.

— Un peu de courage, Duncan. Robin n'était pas très courageux, il a eu de la chance qu'on soit si pressés. Et Arthur Pollard. Je n'étais pas au courant pour Arthur, figure-toi, mais en prison le Seigneur m'a rapproché d'un homme très triste, qui m'a parlé d'Arthur.

— Je vous en prie, mon Dieu, ah, ah…

— « J'attends de la pitié, mais en vain ; des consolateurs, et je n'en trouve aucun, dit Jamie. Pour nourriture, ils me donnent de l'herbe amère, dans ma soif, ils m'abreuvent de vinaigre. » Duncan a soif, Justin, donne-lui à boire.

Un bruit, un glouglou, une toux, un étranglement.

— Voilà, c'est mieux comme ça, non ?

Silence.

— C'est fini, Duncan. Tu ne peux plus faire de bruit maintenant, hein ? Tu ressembles à un cochon, Duncan. Est-ce que dans ton esprit tu récites une prière ? À l'Antéchrist ? Tu ne peux prier que l'Antéchrist, n'est-ce pas ? Tiens, Justin, le Seigneur veut que tu aides Duncan à rejoindre son maître l'Antéchrist.

Cashin se mit à genoux, et leva sa tête lourde.

Une lumière jaune et vacillante. Une chose était sur l'autel en pierre, charnue et rose, ficelée avec de la corde, comme un morceau de viande prêt à être rôti. Elle saignait de tous côtés, le sang ruisselait abondamment.

Deux hommes se tenaient devant l'autel. Le petit, à droite, tenait un couteau à la main. La lumière jouait sur la lame. L'autre, plus grand, tenait la chose, Vallins. Il lui tenait la tête. Cashin vit qu'il s'agissait de celle de Vallins et que l'homme, Jamie, la tenait par les oreilles, les cheveux et les oreilles, on aurait dit qu'il l'embrassait…

Non.

Cashin souleva son crâne, mais son mouvement n'était pas délibéré, son corps décidait pour lui. Il essaya de se lever. Il y avait quelque chose par terre, un piquet, non… oui, un piquet qui se terminait par une croix en cuivre avec des branches pointues, pas des flèches.

Non. Pas des flèches.

Des losanges, oui des losanges.

Il posa la main dessus, tenta de saisir l'objet, mais il n'avait aucune force dans le poignet, il ne sentait rien.

Il parvint tout de même à le saisir et se leva. Il en

fut le premier surpris : il était debout, le piquet et la croix dans la main droite.

Il regarda les hommes.

Ils ne le voyaient pas. Ils ne l'avaient pas entendu.

— Va rejoindre les flammes éternelles, Duncan, lui dit Jamie. Vas-y, Justin.

— Non, dit Cashin.

Ils se tournèrent vers lui.

Cashin lança le piquet et la croix en cuivre. Elle resta suspendue en l'air. Justin se retourna, le long couteau à la main droite.

L'embout lui traversa la gorge, dans le creux entre les clavicules. Et resta planté là. Justin porta les mains à son cou, saisit le projectile béni, fit un pas incertain, puis sa jambe gauche l'abandonna et son pied glissa sur le sol dur et froid.

— Vous êtes en état d'arrestation, dit Cashin d'une voix pâteuse.

Jamie tenait la tête de Vallins tout en regardant Justin.

— Justie, dit-il. Justie.

Il lâcha Vallins, qui était saucissonné, et tomba à genoux.

Cashin ne voyait plus que le haut de sa tête.

— Justie, non. Justie, non, Justie, non, non. Non, Justie, non mon chéri, non, Justie, nooooooon…

Cashin repartit comme il était venu, mais il lui fallut beaucoup de temps pour atteindre la porte de la chapelle. Il traversa le hall d'entrée jusqu'au compteur et remit l'électricité.

Le salon s'éclaira.

Le pistolet de Dove était presque à ses pieds. Il se baissa et le ramassa, chuta, se releva, essaya à nouveau et s'empara enfin de l'arme. Il ne jeta pas un seul regard sur Dove. Il repartit vers la chapelle, franchit la porte, trouva un interrupteur, descendit l'allée centrale et s'arrêta à trois ou quatre mètres de l'autel.

Jamie était penché sur Justin. Il y avait du sang partout. Il regarda Cashin et se leva, le couteau dans la main.

— Je vous arrête, dit Cashin.

Jamie fit signe que non.

— Non, dit-il. Je dois vous tuer, maintenant.

Cashin braqua l'arme sur lui, visa la poitrine – mieux vaut viser à l'endroit le plus large – et il tira.

Jamie eut un petit hochement de tête, comme l'aurait fait un oiseau. Et sourit.

Raté ! pensa Cashin. Comment avait-il fait son compte ? Il voyait mal Jamie, l'arme était trop lourde, il n'arrivait pas à la tenir.

— Le Seigneur ne veut pas ma mort, dit Jamie. Il veut la vôtre parce que vous m'avez pris Justin.

Il s'avança vers Cashin et brandit le couteau. Le policier vit l'éclat de lumière sur la lame, puis il vit le sang. Ses jambes le lâchaient, il n'en pouvait plus, il s'effondrait…

Le couteau, les yeux de Jamie au-dessus de lui, si proches.

— Maintenant vous allez prier *Notre père qui es aux cieux*, dit Jamie.

— *Notre père*, dit Cashin.

— T'es sûr que tu veux pas que je te le porte ? demanda Michael.

— Sûr, dit Cashin.

Son petit sac ne pesait presque rien – brosse à dents, rasoir, pyjama, les quelques effets que son frère lui avait apportés à l'hôpital. Ils s'approchèrent de l'ascenseur et attendirent, côte à côte, mal à l'aise, les épaules l'une contre l'autre.

— J'ai trouvé un nouveau boulot, dit Michael. Dans un petit cabinet juridique de Melbourne.

— C'est bien, dit Cashin.

Il avait rêvé de Dove : ils descendaient la rue ensemble, puis le visage de Dove s'était transformé en celui de Shane Diab.

— Je commence dans quinze jours. Je crois que je vais venir passer une semaine avec toi. Je te donnerai un coup de main pour les travaux. Je n'y connais rien, remarque, je n'ai jamais rien bâti. Mais je me suis fait des muscles en salle de gym.

— Aucune expérience nécessaire. La force brutale suffit amplement.

L'ascenseur arriva, vide. Ils entrèrent et se tournèrent vers la porte.

— Joe, je voulais te demander, dit Michael, les yeux sur le panneau indiquant les étages. Je me suis posé la question…

— Quoi ?

— Aller là-bas sans être armé. Tu n'étais pas motivé par un désir d'autodestruction, par hasard ? Je veux dire…

— C'était une histoire d'arrogance et de bêtise colossales, répondit Cashin. Ma spécialité.

— Autre chose, lui dit Michael. J'ai parlé avec Vickie, maman m'a donné son numéro.

— Parlé de quoi ?

— Elle est d'accord pour que tu voies le petit. Elle a expliqué à son compagnon que tu étais le père.

Cashin demanda d'une voix essoufflée :

— Elle l'a dit au petit aussi ?

— Oui.

L'ascenseur s'arrêta et s'ouvrit sur Villani. Il serra la main de Michael. Ils franchirent des portes coulissantes, descendirent un plan incliné et longèrent l'immeuble. Ils sortirent entre deux averses, les nuages lacérés étaient ouverts sur un ciel infini.

— À dans quelques jours, dit Michael.

— Oublie pas d'acheter des gants, dit Cashin. Des gants de travail.

Finucane s'était garé à côté du véhicule de Villani. Il descendit et vint à leur rencontre.

— Salut, patron, dit-il. Tu te sens comment ?

— Bien, dit Cashin.

— Monte dans la voiture une minute, dit Villani. Toi aussi, Finu.

Cashin s'assit sur le siège du passager. Odeur de voiture de flic.

— T'es pâle comme un linge, dit Villani. Tu vas pas me dire qu'ils n'ont même pas de machine à bronzer ?

— J'étais aussi choqué que toi.

— Bon, quoi qu'il en soit, pâle ou bronzé, Dove et toi vous faites une paire d'enfer, dit Villani. Deux culs bordés de nouilles. Il sort la semaine prochaine. Il a la capacité de coagulation d'un homard, d'après le toubib.

— D'un homard ? demanda Finucane de la banquette arrière. D'un homard ?

— C'est ce qu'il a dit. Écoute, Joe, faut que je te mette au courant de quelques affaires. D'abord, Finu a pu tirer quelques paroles compréhensibles du fou furieux, Dave Vincent. Au téléphone, soit dit en passant. Il a tout noté. Raconte, Finu.

Finucane toussa.

— Il était au camp la nuit de l'incendie. Il s'appelait Dave Curnow à l'époque, c'était le nom de sa famille d'accueil. Il devait aller à un concert, mais il s'était caché parce qu'il avait l'intention de fuguer. Puis deux hommes sont arrivés et ont sorti un corps du coffre de la voiture. Un corps d'enfant, d'après lui.

Cashin regardait la route sans voir la circulation.

— Ils l'ont monté dans le dortoir des garçons. Puis ils sont partis et Dave dit avoir vu des flammes à l'intérieur. Il s'est enfui, a dormi sur la plage et, le lendemain, il est parti en stop. Il s'est retrouvé en Australie-Occidentale. Un gamin de douze ans.

— Les autopsies sur les corps des gamins, qu'est-ce qu'elles avaient indiqué ? demanda Cashin.

— Effectuées par le médecin du coin, dit Finucane. J'imagine que ça se passait comme ça, à l'époque. Morts par asphyxie, d'après son diagnostic.

— Tous les trois.

— Exact.

— Rien d'autre ?

— Rien, patron.

Cashin regretta d'avoir pris son petit déjeuner, un malaise l'envahissait.

— Et le nom du médecin, tu t'en souviens ?

— Oui, je l'ai noté : Castleman, Dr Rodney Castleman. C'est aussi lui qui a signé le certificat de décès de la femme de Bourgoyne. Il chômait pas, ce généraliste.

Le père de Helen. Cecily Addison lui avait dit :

Beaucoup de gens s'intéressaient au camp. À l'époque, à Cromarty, on avait le sens du devoir public. Les gens faisaient de bonnes actions et pas uniquement pour voir leur nom dans le journal. « La vertu est sa propre récompense. »

— Et ça devient encore plus bizarre, dit Villani. Figure-toi que Dave Vincent se rappelle la voiture qui est venue au camp.

— C'est un fou de bagnoles, ce Dave, reprit Finucane. Il dit que c'était un break Mercedes. Il s'en souvient parce que c'était le premier modèle que faisait Mercedes. 1979.

— Et c'était utile ? demanda Cashin.

— Oui, je l'ai retrouvé.

— Laisse-moi deviner. Bourgoyne.

— Voiture de fonction d'une entreprise appartenant à Charles Bourgoyne et un certain J.A. Cameron.

— Jock Cameron. Notaire du coin. Qui était le Compagnon de garde au camp ce soir-là ?

— Vallins, dit Villani.

— T'as pas une clope ? demanda Cashin.

Villani sortit son paquet et le lui tendit avec un briquet. Ils attendirent en silence, allumèrent leurs cigarettes.

La nicotine fit l'effet d'un coup de boule à Cashin ; pendant un moment, il fut incapable de parler, puis il réussit à dire :

— Mais nom de Dieu, comment ils ont pu s'en tirer sans être inquiétés ? Ils géraient le camp comme un bordel. Ils ont assassiné au moins trois gosses, et rien, pas un soupçon. Quelle putain d'enquête de merde a été menée ?

Villani descendit les deux vitres de devant. Ils sentirent des fumées de gaz carbonique et de goudron neuf.

— J'ai autre chose à te dire. Singo est mort il y a deux jours. Une autre attaque. Terrassé.

— Merde, dit Cashin. Merde, alors.

Sentant les larmes lui monter aux yeux, il se détourna de Villani et cligna rapidement des paupières.

— C'est Singo qui avait enquêté sur l'incendie du Camp des Compagnons, dit Villani. Il était chef adjoint à l'époque.

Cashin vit Singo dans son vieil imper pourri. Il pensa aux ruines carbonisées du camp, aux poteaux de foot dans l'herbe, à la petite ceinture. Singo n'avait jamais parlé de Cromarty. En fin de soirée, après quelques verres, il avait raconté les enquêtes de Stawell, Mildura, Geelong, Sale et Shepparton, celle du voyageur assassin de prostituées à Bendigo ou l'affaire de l'homme qui avait tué son oncle et sa tante dans une ferme de tabac près de Bright et qui s'apprêtait à les mettre en silo pour nourrir les cochons.

Singo n'avait jamais parlé de Cromarty.

— J'ai eu un mauvais pressentiment, dit Villani, qui gigotait sur son siège, mal à l'aise. Nous avons consulté les relevés bancaires de Singo. Putain, si j'avais cru que j'en arriverais là un jour… bref, en tout cas, rien. Son salaire et quelques dividendes d'actions de Foster.

— Il avait horreur de cette bière, dit Cashin. Il en buvait jamais une goutte.

Villani lui lança un regard désespéré, ouvrit sa vitre, jeta son mégot d'une pichenette et faillit toucher une mouette, qui s'éloigna en sautillant. Cashin songea au rendez-vous sur la jetée, quand la mouette avait saisi le bout de cigarette en plein vol.

— Il y a trois ans, dit Villani, Singo a hérité d'un million de dollars de son frère Derek. Derek a laissé beaucoup d'argent à toute la famille. Un total d'environ quatorze millions.

— Et ? demanda Cashin.

— J'avais l'impression que Singo était comme un putain de perroquet perché sur mon épaule. Je lui dois tout ce que je sais. Tu crois que t'as fini ton boulot, fiston ? Encore un petit effort. Quatre-vingt-dix-neuf fois sur cent, c'est inutile. Mais il reste ce un pour cent. Du coup, j'ai fait un dernier petit effort, on a fait un dernier petit effort.

Grosses gouttes sur le pare-brise. Cashin ressentit une forte envie d'être chez lui, dans sa vieille maison pourrie, sur son vieux fauteuil pourri, les museaux des chiens enfouis dans les coussins, sous ses cuisses, devant un bon feu, avec de la musique. Il écouterait Björling. D'abord Björling. Puis la Callas.

— Quelqu'un a versé deux cent mille dollars sur trois comptes appartenant à Derek. En 1983. Trois jours après l'incendie de Cromarty. Puis, après l'enquête, ce dernier a reçu encore deux cent mille. Il a acheté des terrains sur la Gold Coast. Loin d'être con, le Derek.

Cashin se tourna vers Villani, qui soutint son regard. Des rides profondes se creusaient entre ses sourcils, puis il hocha faiblement la tête plusieurs fois, tira sur sa cigarette, tenta de souffler la fumée par la vitre, mais elle revint dans la voiture.

— Singo a accepté l'argent de Bourgoyne ?

— L'argent a été versé à partir d'un compte d'entreprise. Il faut passer par trois autres compagnies pour remonter jusqu'à Bourgoyne.

Cashin sentit que rien n'était solide dans cette vie. Il n'y avait que des croûtes d'épaisseurs différentes qui couvraient le pus ambiant. Ils restèrent silencieux. Trois infirmières sortirent du boulot. Elles étaient de la même taille, comme des piquets de cricket, et celle du milieu agitait les mains comme un chef d'orchestre.

— Pour moi, c'est comme s'il était mort deux fois, dit Villani. Quand je me suis réveillé ce matin, il manquait quelque chose… J'avais perdu quelque chose.

— Ça sera tout ? demanda Cashin. D'autres petits détails sans importance dont je devrais être mis au courant ? Non ? Bon, ben je vais rentrer chez moi alors, merci d'être venus.

— C'est Finu qui conduit ta voiture, dit Villani. Birkerts est là-haut, il a fini, il le ramènera. Si ça te convient pas, prends un taxi ou vas-y à pied, bordel de merde.

Cashin voulait discuter, mais il n'en eut pas la force.

— Encore une chose, dit Villani. Le notaire de Singo a appelé. On est dans son testament, toi, moi et Birk.

— Dernier refuge de l'intégrité au sein des forces de police, la Crim, dit Cashin. L'Armée du Salut peut prendre ma part.

Ils partirent et une fois en route, Cashin dit :

— Finu, il faut que je passe à Queen Street. Je n'en ai pas pour longtemps.

Erica Bourgoyne, sévère et belle en noir, se tenait derrière un bureau à plateau de verre.

— Je n'ai vraiment pas le temps, aujourd'hui, dit-elle. Peut-on s'en tenir à l'essentiel et faire vite ?

— C'est possible, répondit Cashin.

Il prit son temps, promena son regard sur la pièce lambrissée, la bibliothèque aux portes vitrées, les fauteuils en cuir pour les clients, les violettes fraîchement cueillies dans un vase en cristal ciselé sur le rebord de la fenêtre, les branches de platane dénudées à l'extérieur.

— Très beau bureau, dit-il.

— Dites-moi ce que vous voulez, s'il vous plaît.

Tête penchée, la voix et le visage d'une institutrice qui s'adresse à un élève bouché.

— Je voudrais vous soumettre quelques idées. Des propositions.

Elle consulta sa montre.

— Je peux vous accorder cinq minutes, à la seconde près.

— Votre beau-père a fait subir des sévices sexuels à votre frère et vous étiez au courant.

Erica s'assit et cligna des yeux, comme pour se débarrasser d'une poussière.

— Jamie et Justin Fischer ont torturé et tué Arthur Pollard et je crois que vous êtes au courant. Jamie et Justin ont assassiné un certain Robin Gray Bonney, à Sydney, et il est possible que vous soyez au courant, ou non.

Erica leva les mains.

— Inspecteur, tout ceci est complètement…

— Pourquoi ne pas m'avoir dit – n'avoir dit à personne – que Mme Laidlaw avait vu Jamie ?

Geste vague.

— Moira n'est plus toute jeune et on ne peut pas se fier à…

— Mme Laidlaw m'a semblé en pleine possession de toutes ses facultés. Elle est certaine d'avoir vu Jamie. Et vous l'avez crue, n'est-ce pas ? C'est pour ça que vous avez engagé un garde du corps. C'était avant que Charles se fasse tabasser.

— Inspecteur Cashin, vous allez trop loin. Je ne vois aucun intérêt à poursuivre cet entretien.

— Nous pouvons le poursuivre de façon plus officielle. Prenez votre journée et descendez au poste de Saint Kilda Road. C'est sans doute mieux. Car c'est vous qui êtes allée trop loin. Jusqu'à l'association de malfaiteurs.

Silence. Elle soutenait son regard, mais il perçut un changement.

— Vous avez parlé à Jamie, n'est-ce pas ?

— Non.

Erica ferma les yeux. Cashin vit les nervures de ses veines et lui dit ce qui lui trottait à l'esprit depuis longtemps.

— Il n'y avait que vous deux après l'accident de votre mère. Tout seuls, la nuit, dans cette grande maison avec Charles. Que se passait-il la nuit, Erica ?

— Joe, s'il vous plaît, non.

Elle avait le menton contre la gorge, une mèche de cheveux lui tomba sur le front.

— S'il vous plaît, Joe.

— Que se passait-il dans cette maison, Erica ?

Silence.

— Êtes-vous devenue la petite femme de Charles ? Était-ce après ou avant le décès de votre mère ? Vous le suiviez partout. Vous le vénériez. Saviez-vous que ces hommes baisaient Jamie ? Saviez-vous que Charles baisait votre frère ?

Elle se mit à trembler.

— Non, non, non…

Elle ne démentait rien. Elle le suppliait d'arrêter.

— Et vous croyez encore que la mort de votre mère était accidentelle, Erica ? La même nuit où le Camp des Compagnons a brûlé, vous vous en souvenez ? Trois garçons ont trouvé la mort cette nuit-là. Charles en a tué un de ses propres mains aux Heights. Votre mère aurait-elle vu quelque chose ? Entendu quelque chose ?

— Joe, non, s'il vous plaît, je ne peux pas…

Cashin fixa sa tête baissée, la pâleur de la peau de sa nuque, les mains serrées autour de sa gorge.

Erica ne leva pas les yeux. Elle disait des paroles inaudibles, elle les disait pour elle, les répétait encore et encore, comme un mantra.

Cashin s'y connaissait en mantras. Il en avait récité des millions, contre la douleur, contre la pensée, contre la mémoire, contre la nuit qui refusait d'abandonner sa noirceur.

Elle se redressa dans son fauteuil et tenta de retrouver son sang-froid.

Cashin attendit.

— Quelle importance, à présent, Joe ? demanda-t-elle d'une voix blanche, une voix usée. Pourquoi essayer de m'arracher tout cela ? Est-ce que vous y trouvez du plaisir ?

— Le garde du corps ? demanda Cashin. C'était pour quoi ?

— Un client m'a menacée.

— Je ne vous crois pas. Je pense que vous avez toujours su que Jamie était vivant. Vous vouliez le protéger, mais en même temps, vous en aviez peur. C'est vrai, oui ou non ?

Aucune réponse.

— Vous les avez regardés torturer Pollard, n'est-ce pas ? Il y avait un siège baissé dans la salle. Un seul. Vous vous y êtes assise, Erica.

Elle pleurait en silence, les larmes creusaient des sillons dans son maquillage.

— Charles vous a-t-il offerte à Pollard, Erica ? Il aimait aussi les petites filles. Nous avons trouvé beaucoup de photos sur son ordinateur. Vous vouliez que Jamie tue Charles et Pollard, n'est-ce pas ? Vous ne pouviez pas être présente pour Charles, mais vous ne risquiez pas de manquer Pollard. C'est bien la vérité ?

Erica se mit à sangloter, de plus en plus fort, la tête baissée, le haut du corps secoué de tremblements.

— Êtes-vous restée jusqu'au bout, Erica ? Avez-vous applaudi quand ils l'ont suspendu ? Est-ce que cela vous a permis de vous purifier ?

Une femme en pleurs. Elle pleurait de tout son corps, de tout son être.

Cashin se leva.

— Vous êtes malade, madame Bourgoyne. La maladie a engendré la maladie. Merci de m'avoir accordé un peu de votre temps.

La pluie tombait fort sur Queen Street. Garé en double file, Finu bloquait tranquillement la circulation et lisait le journal.

— C'était comment, patron ?

— La routine, dit Cashin. Allez, ramène-moi chez moi, fiston.

Les chiens étaient méconnaissables.

— Qu'est-ce que tu leur as fait ? demanda Cashin. Regarde ces oreilles !

— Ils ont été correctement tondus et toilettés pour la première fois de leur vie, répondit sa mère. Ils ont adoré ça.

— Ils sont traumatisés. Ils ont besoin d'un psy.

— Je devrais les garder ici. Ils sont heureux. Je crois qu'ils n'ont aucune envie de retourner dans ta ruine.

Cashin marcha jusqu'à son véhicule et ouvrit la portière arrière. Les chiens le regardèrent sans bouger.

— Tu vois, Joseph. Tu vois bien.

Cashin siffla, un coup sec, et fit un brusque mouvement du pouce en direction de la porte. Les chiens se précipitèrent, réussirent à entrer en même temps, côte à côte, s'assirent tout droits et regardèrent devant eux.

Cashin ferma la portière.

— Je les amènerai te rendre visite, dit-il.

— Amène-les souvent, dit sa mère. Bonzo les adore. Ce sont ses compagnons préférés.

Cashin crut voir une larme.

— Je les laisserai ici avec Bonzo quand j'irai en ville, dit-il. À condition qu'il n'y ait pas de sulfatage de dioxine.

Il s'approcha d'elle et l'embrassa.

— Tu devrais consulter, tu sais, Joseph, dit-elle, les mains autour de la tête. Ta vie est une abominable litanie d'horreurs.

— Juste un peu de malchance, la loi des séries.

Il monta. Elle s'approcha de la vitre.

— Ils aiment le poulet. Tu en as, du poulet ?

— Ils aiment aussi le filet de steak. Mais ils mangent les animaux écrasés que je trouve sur les routes. Allez, salut, Syb.

Alors qu'il rentrait chez lui accompagné des dernières traînées de rose à l'ouest, la nuit s'emparait des terres et envahissait chaque fossé et chaque creux. Au croisement, il alluma les phares qui, cinq minutes plus tard, balayèrent la maison plongée dans l'obscurité et un homme adossé au mur, en train de fumer une cigarette, une lampe électrique à la main.

Rebb s'approcha du véhicule et fit sortir les chiens.

— Doux Jésus, s'exclama l'homme, t'as échangé les chiens contre d'autres créatures ?

Ils lui bondirent dessus, fous de joie.

— J'y suis pour rien, dit Cashin. C'est l'œuvre de ma mère. Je te croyais parti ?

— Parti, puis j'ai rien trouvé. Je suis revenu par ici. L'ancien ne marche plus très bien. Alors je me suis dit : autant lui donner un petit coup de main et profiter de mon temps libre pour travailler un peu sur ta cathédrale.

Ils allèrent voir le chantier, examinèrent les travaux de Rebb à la lampe électrique.

— Travailler « un peu » ? demanda Cashin. T'appelles ça « un peu » ?

— Bern est venu me donner un coup de main. Il jure comme un charretier, ce Bern, mais il sait bosser.

— Bern le travailleur, c'est nouveau pour moi, mais je suis sûr d'une chose, il a une sacrée mémoire.

— Ah bon ?

Rebb projeta le faisceau de la torche sur le nouveau mur, s'en approcha et passa un doigt le long du jointoiement.

— Oui, le jour où il a apporté la citerne. Il s'est souvenu de toi. Pourtant ça fait de longues années, vous étiez gamins. Il avait joué au foot contre vous. Contre le Camp des Compagnons.

— Tiens, c'est nouveau, cette histoire ! J'ai jamais entendu parler de ça.

Il projeta la lampe sur les chiens.

— J'ai même une photo de toi, dit Cashin. En train de manger un quartier d'orange. Tu devais avoir dans les douze ans.

— J'ai jamais eu douze ans, dit Rebb. Je pourrais faire une tarte au lapin. Je suis encore allé me balader avec ton fusil à bouchon.

— Il te serait rien arrivé, par hasard, au camp ?

Cashin crut bien que Rebb souriait.

— J'y suis resté un jour, c'est tout. J'ai pas trouvé la bouffe à mon goût.

— J'ai du steak, dit Cashin. Ça te va ?

— On fera aller. La voisine est venue. Elle t'a laissé quelque chose. Enveloppé comme un cadeau.

— J'ai besoin d'un cadeau, soupira Cashin. Ça fait longtemps qu'on ne m'en a pas fait.

— Être vivant est un cadeau, dit Rebb. Chaque minute de chaque heure de chaque jour.

En fin d'après-midi, Cashin alla promener les chiens. Ils poursuivirent les premiers lièvres proches de la maison. Les bêtes s'étaient enhardies pendant leur absence. Puis, dans la prairie, ils interrompirent une conférence de lapins. Les chiens coururent jusqu'à épuisement, mais aucun de leurs crocs ne frôla leurs fourrures.

Au ruisseau, les chiens se mouillèrent jusqu'en haut des pattes et paniquèrent dans des trous d'eau. Cashin se mouilla lui aussi. Il entra jusqu'aux genoux et l'eau pénétra dans ses bottes. Il s'en fichait. Il monta la colline en pataugeant et réfléchit à ce qu'il devait faire. Finalement, il n'eut pas besoin de prendre de décision : il la vit descendre à sa rencontre.

Ils se rejoignirent au poteau, le poteau de Rebb, et se saluèrent. Elle paraissait plus mince, et plus jolie que dans son souvenir.

— Ils sont fatigués, dit-elle, qu'est-ce que tu leur as fait ?

Il dut saliver avant de pouvoir lui répondre.

— Ils sont pas en forme. Trop gras, trop lents. Gâtés. Mais c'est fini.

— Comment vas-tu, Joe ?

— Bien. Je vais bien. C'était une blessure superficielle. En plus de ça, je suis super-courageux et je me plains jamais.

Helen hocha la tête.

— Je voulais venir te voir, mais je me suis dit… bof, je ne sais pas ce que je me suis dit. J'ai pensé que tu serais entouré par ta famille et tes copains flics.

Les chiens déguerpirent, la conversation les ennuyait, ils voulaient de l'action.

— Bien raisonné, dit Cashin. C'est ce qui s'est passé, jour et nuit. Ils faisaient les trois-huit, famille, copains flics, famille.

— Connard ! T'as vu Bobby Walshe à la télé ?

— Non.

— Il a dit que vous méritiez une médaille, Dove et toi.

— Médaille de la connerie ? Je crois que c'est pas encore sorti.

Helen hocha encore la tête.

— Et t'es au courant pour le complexe ?

— Non.

— Erica Bourgoyne a changé d'avis. Elle refuse de vendre le Camp des Compagnons à Fyfe. Elle en fait don à l'État pour le transformer en réserve côtière. Conclusion : il n'y a plus d'accès possible à l'embouchure et le projet tout entier tombe à l'eau.

Cashin vit le siège dans le théâtre des Compagnons, puis Erica dans son bureau, les marques de pleurs sur son chemisier en soie beige, ses sanglots.

— Bonne nouvelle, dit-il. Tu auras plus de temps à consacrer à ta campagne électorale.

— Je compte déjà sur la voix d'un flic.

— Elle dépend d'un certain nombre de choses. Mais tu sais que nous, les flics, n'avons pas le droit de parler politique.

— Vous avez le droit de boire un coup ?

— Mon foie est comme neuf. Il n'a rien eu à faire pendant des semaines.

Ils se regardèrent, puis il détourna les yeux et vit le crépuscule s'enfouir dans les creux du ruisseau. Les sommets des arbres gravissaient la colline.

— Au fait, je voulais te demander. Ton père est mort en quelle année ?

— En 88. Il a raté un virage sur la route du littoral. C'était l'année après qu'on a eu fini le lycée. Pourquoi tu me le demandes ?

— Pour rien. C'est lui qui avait fait le certificat de décès de la femme de Bourgoyne.

— J'imagine qu'il a dû en établir des centaines.

— Oui.

— Alors, tu viens boire un coup ? Je pourrais même te donner à manger.

— C'est de pizza surgelée qu'on parle ?

— On n'a pas eu le temps d'y goûter la dernière fois.

— Je vais d'abord aller nourrir mes bêtes, dit-il. Je reviendrai.

— Ne louvoie pas en chemin, dit-elle.

— Louvoyer. C'est la première fois que j'entends quelqu'un employer ce mot.

— Il te reste d'autres mots à apprendre.

Il gravit la colline, les jambes raides comme des bûches. Il siffla les chiens, puis se retourna et vit qu'elle n'avait pas bougé, elle le regardait.

— Rentre chez toi, cria-t-il. Va donc mettre ces pizzas au micro-ondes.

Il se réveilla à ses côtés. Il aperçut un rai de lumière d'une couleur fumée au-dessus du store. Il sentit sa chaleur contre lui. Elle bougea et il perçut son souffle sur sa peau entre les omoplates, ses lèvres remontant sa colonne, puis elle se pressa contre lui et l'embrassa. Le monde s'ouvrit, le jour se leva, il se sentit à nouveau vivant, pardonné.

— Joe ?
— Oui.
— Carol Gehrig. Je vous réveille ?
— Non.
— Joe, c'est peut-être n'importe quoi, mais hier soir, j'ai bu un peu et quelque chose m'est revenu.
— Quoi ?
— J'ai retrouvé des emballages de chocolat dans la poubelle. À deux reprises.
— Oui ?
— Eh bien, il n'en mangeait jamais. Il n'aimait pas les sucreries. Il n'y en avait aucune dans la maison. Il prenait même son thé sans sucre.
— Vous avez trouvé ces papiers dans la poubelle de la cuisine ?
— Non, dans la grande qui était dehors. Je les ai vus quand j'y mettais des ordures. Des emballages de Mars, ce genre de cochonneries.
— Bon, il avait eu des invités ?
— Non, pas à ce moment-là.
— À deux reprises ?

— Ben, deux fois dont je me souvienne. Je vous fais perdre votre temps avec des conneries ?

Rebb apparut, il revenait de traire les vaches de Den. Les chiens, un de chaque côté, regardaient tout autour d'eux comme des gardes du corps, attentifs aux assassins potentiels dissimulés dans l'herbe.

— Pas du tout, dit-il. Vous vous souvenez d'une date ?

— L'une des fois, oui, c'était l'anniversaire de Kirstie la veille et j'avais eu ce… bref, j'avais pris ma journée. Un lundi, 23 juillet, en 1988. J'en suis sûre et certaine.

23.07.88.

— C'est intéressant, dit Cashin. Essayez de réfléchir à l'autre fois. Le mois pourrait m'aider, même l'année. Même la saison, hiver ou été.

— Je vais y réfléchir.

Ils se saluèrent et il resta planté où il était, revoyant les neuf poteries de Bourgoyne, les uniques pièces que ce perfectionniste avait jugées dignes d'être conservées. Sous l'une d'elles avait été gravée une date : 11/6/88.

Était-ce la date de la fabrication ? Était-il possible de retourner une poterie de cette taille toute neuve et d'inscrire une date sur le fond ? Ou est-ce que ça avait été inscrit plus tard ?

Il s'approcha du téléphone, le regarda un moment, songea à l'étage du vieil immeuble en brique, aux Heights, où il avait remarqué un verrou sur la porte de la chambre.

Quand on montait la colline et que le four marchait, on l'entendait sûrement avant de le voir – il devait faire un sacré bruit, vibrer, vrombir. Et si l'on contournait la pile de bois, on voyait sans doute les trous d'une incandescence blanche, la clairière illuminée, et on devait sentir la force du vent de l'océan qui soufflait de la bouche du four.

Il appela Tracy sur sa ligne directe. Le téléphone sonna plusieurs fois. Elle finit par répondre avec un ton de réprimande plutôt que de salutation.

— C'est Joe, dit-il. Tu peux me rendre un service, Tracy. Des gamins portés disparus en juin ou juillet 1988. Des garçons.

— Ça finira donc jamais, dit-elle.

— Jamais de la vie.

Un matin lumineux sur la rondeur des collines hivernales. Des mèches nuageuses survolaient l'intérieur des terres ; le vent pinçait les cordes des grandes herbes, les agaçait.

Un aboiement à la porte, puis un autre, plus impérieux, les chiens à tour de rôle. Il les laissa entrer et l'encercler, content de leur présence, content d'être là.

DU MÊME AUTEUR

Aux Éditions Gallimard

Dans la collection Série Noire

SÉQUELLES, 2008. Folio Policier n° 809.

Aux Éditions Payot & Rivages

UN MONDE SOUS SURVEILLANCE, 2010.

VÉRITÉ, 2012.

Composition: Nord Compo
Impression Novoprint
le 25 août 2016
Dépôt légal : août 2016

ISBN 978-2-07-046711-2/ Imprimé en Espagne.

290088